# O LÍRIO DO VALE

Livros do autor na Coleção **L&PM** POCKET:

*Como fazer a guerra – máximas e pensamentos de
  Napoleão*

A COMÉDIA HUMANA:

*Ascensão e queda de César Birotteau*
*O coronel Chabert* seguido de *A mulher abandonada*
*A duquesa de Langeais*
*Esplendores e misérias das cortesãs*
*Estudos de mulher*
*Eugénie Grandet*
*Ferragus*
*Ilusões perdidas*
*O lírio do vale*
*A menina dos olhos de ouro*
*A mulher de trinta anos*
*O pai Goriot*
*A pele de onagro*
*A vendeta* seguido de *A paz conjugal*

*Honoré de Balzac*

# A COMÉDIA HUMANA
## ESTUDOS DE COSTUMES
### CENAS DA VIDA RURAL

# O LÍRIO DO VALE

*Tradução de* ROSA FREIRE D'AGUIAR

www.lpm.com.br

**L&PM** POCKET

Coleção **L&PM** POCKET, vol. 493

Primeira edição na coleção **L&PM** POCKET: março de 2006
Esta reimpressão: setembro de 2010

Título original: *Le Lys dans la valée*

*Tradução*: Rosa Freire d'Aguiar
*Capa*: Ivan Pinheiro Machado sobre quadro *Dormeuse* de Jean-Jacques Henner. (Museu de Picardie, Armiens)
*Revisão*: Renato Deitos e Bianca Pasqualini

ISBN 978-85-254-1520-2

---

B198L

Balzac, Honoré de, 1799-1850.
  O lírio do vale / Honoré de Balzac; tradução de Rosa Freire D'Aguiar. – Porto Alegre: L&PM, 2010.
  320 p. ; 18 cm. – (Coleção L&PM POCKET, v.493)

  1.Literatura francesa-Romances de costumes-vida no campo. 2.Literatura francesa-Romances bucólicos I. Título. II.Série.

CDU 821.133.3-311.2
821.133.3-312.3

---

Catalogação elaborada por Izabel A. Merlo, CRB 10/329.

© da tradução, L&PM Editores, 2006

Todos os direitos desta edição reservados a L&PM Editores
Rua Comendador Coruja 314, loja 9 – Floresta – 90220-180
Porto Alegre – RS – Brasil / Fone: 51.3225.5777 – Fax: 51.3221-5380

Pedidos & Depto. Comercial: vendas@lpm.com.br
Fale conosco: info@lpm.com.br
www.lpm.com.br

Impresso no Brasil
Primavera de 2010

# Sumário

Apresentação – A comédia humana ............................... 7

Introdução – A grande arte ........................................... 11

O lírio do vale ............................................................... 15

Cronologia ..................................................................... 316

## Apresentação

# A comédia humana

*A comédia humana* é o título geral que dá unidade à obra máxima de Honoré de Balzac e é composta de 89 romances, novelas e histórias curtas.[1] Esse enorme painel do século XIX foi ordenado pelo autor em três partes: "Estudos de costumes", "Estudos analíticos" e "Estudos filosóficos". A maior das partes, "Estudos de costumes", com 66 títulos, subdivide-se em seis séries temáticas: *Cenas da vida privada, Cenas da vida provinciana, Cenas da vida parisiense, Cenas da vida política, Cenas da vida militar* e *Cenas da vida rural*.

Trata-se de um monumental conjunto de histórias, considerado unanimemente uma das mais importantes realizações da literatura mundial em todos os tempos. Cerca de 2,5 mil personagens se movimentam pelos vários livros de *A comédia humana*, ora como protagonistas, ora como coadjuvantes. Genial observador do seu tempo, Balzac soube como ninguém captar o "espírito" do século XIX. A França, os franceses e a Europa no período entre a Revolução Francesa e a Restauração têm nele um pintor magnífico e preciso. Friedrich Engels, numa carta a Karl Marx, disse: "Aprendi mais em Balzac sobre a sociedade francesa da primeira metade do século, inclusive nos seus pormenores econômicos (por exemplo, a redistribuição da propriedade

---

1. A idéia de Balzac era que *A comédia humana* tivesse 137 títulos, segundo seu *Catálogo do que conterá A comédia humana*, de 1845. Deixou de fora, de sua autoria, apenas *Les cent contes drolatiques*, vários ensaios e artigos, além de muitas peças ficcionais sob pseudônimo e esboços que não foram terminados.

real e pessoal depois da Revolução), do que em todos os livros dos historiadores, economistas e estatísticos da época, todos juntos".

Clássicos absolutos da literatura mundial como *Ilusões perdidas, Eugénie Grandet, O lírio do vale, O pai Goriot, Ferragus, Beatriz, A vendeta, Um episódio do terror, A pele de onagro, Mulher de trinta anos, A fisiologia do casamento*, entre tantos outros, combinam-se com dezenas de histórias nem tão célebres, mas nem por isso menos deliciosas ou reveladoras. Tido como o inventor do romance moderno, Balzac deu tal dimensão aos seus personagens que já no século XIX mereceu do crítico literário e historiador francês Hippolyte Taine a seguinte observação: "Como William Shakespeare, Balzac é o maior repositório de documentos que possuímos sobre a natureza humana".

Balzac nasceu em Tours em 20 de maio de 1799. Com dezenove anos convenceu sua família – de modestos recursos – a sustentá-lo em Paris na tentativa de tornar-se um grande escritor. Obcecado pela idéia da glória literária e da fortuna, foi para a capital francesa em busca de periódicos e editoras que se dispusessem a publicar suas histórias – num momento em que Paris se preparava para a época de ouro do romance-folhetim, fervilhando em meio à proliferação de jornais e revistas. Consciente da necessidade do aprendizado e da sua própria falta de experiência e técnica, começou publicando sob pseudônimos exóticos, como Lord R'hoone e Horace de Saint-Aubin. Escrevia histórias de aventuras, romances policialescos, açucarados, folhetins baratos, qualquer coisa que lhe desse o sustento. Obstinado com seu futuro, evitava usar o seu verdadeiro nome para dar autoria a obras que considerava (e de fato eram) menores. Em 1829, lançou o primeiro livro a ostentar seu nome na capa – *A Bretanha em 1800* –, um romance histórico em que tentava seguir o estilo de *Sir* Walter Scott (1771-1832), o grande romancista escocês autor de romances históricos clássicos, como *Ivanhoé*. Nesse momento, Balzac sente que começou um grande projeto literário e lança-se fervorosamente na sua execução. Paralelamente à enorme produção que detona a partir de 1830, seus delírios de grandeza levam-no a bolar negócios que envolveram desde gráficas e revistas até minas de prata. Mas fracassou como homem de negócios. Falido e endividado, reagiu criando obras-primas para pagar seus credores numa destrutiva jornada de trabalho de até dezoito horas diárias. "Durmo às seis da tarde e acordo à meia-noite, às vezes passo 48 horas sem dormir...", queixava-se em cartas aos amigos. Nesse ritmo alucinante, ele produziu alguns de seus livros mais conhecidos e despontou para a fama e para a glória. Em 1833, teve a antevisão do conjunto de sua obra e passou a formar uma grande "sociedade", com famílias, cortesãs, nobres, burgueses, notários, personagens de bom ou mau caráter, vigaristas, camponeses, homens honrados, avarentos, enfim, uma enorme galeria de tipos que se cruzariam em várias histórias diferentes sob o título geral de *A comédia humana*. Convicto da importância que representava a idéia de unidade para todos os seus romances, escreveu à sua irmã, comemorando: "Saudai-me, pois estou seriamente na iminência de tornar-me um gênio". Vale ressaltar que nessa imensa galeria de tipos, Balzac criou um espetacular conjunto de personagens femininos que – como dizem unanimemente seus biógrafos e críticos – tem uma dimensão muito maior do que o conjunto dos seus personagens masculinos.

Aos 47 anos, massacrado pelo trabalho, pela péssima alimentação e pelo tormento das dívidas que não o abandonaram pela vida inteira, ainda que com projetos e esboços para pelo menos mais vinte romances, já não escrevia mais. Consagrado e reconhecido como um grande escritor, havia construído em frenéticos dezoito anos esse monumento com quase uma centena de livros. Morreu em 18 de agosto de 1850, aos 51 anos, pouco depois de ter casado com a condessa polonesa Ève Hanska, o grande amor da sua vida. O grande intelectual Paulo Rónai (1907-1992), escritor, tradutor, crítico e coordenador da publicação de *A comédia humana* no Brasil, nas décadas de 1940 e 1950, escreveu em seu ensaio biográfico "A vida de Balzac": "Acabamos por ter a impressão de haver nele um velho conhecido, quase que um membro da família – e ao mesmo tempo compreendemos cada vez menos seu talento, esta monstruosidade que o diferencia dos outros homens".[2]

A verdade é que a obra de Balzac sobreviveu ao autor, às suas idiossincrasias, vaidades, aos seus desastres financeiros e amorosos. Sua mente prodigiosa concebeu um mundo muito maior do que os seus contemporâneos alcançavam. E sua obra projetou-se no tempo como um dos momentos mais preciosos da literatura universal. Se Balzac nascesse de novo dois séculos depois, ele veria que o último parágrafo do seu prefácio para *A comédia humana*, longe de ser um exercício de vaidade, era uma profecia:

"A imensidão de um projeto que abarca a um só tempo a história e a crítica social, a análise de seus males e a discussão de seus princípios, autoriza-me, creio, a dar à minha obra o título que ela tem hoje: *A comédia humana*. É ambicioso? É justo? É o que, uma vez terminada a obra, o público decidirá."

*Ivan Pinheiro Machado*

---

[2]. RÓNAI, Paulo. "A vida de Balzac". In: BALZAC, Honoré de. *A comédia humana.* Vol. 1. Porto Alegre: Globo, 1940. Rónai coordenou, prefaciou e executou as notas de todos os volumes publicados pela Editora Globo.

## Introdução

# A grande arte

*Há em Paris somente três homens que conhecem bem a sua língua: Victor Hugo, Teophile Gautier e eu.*

HONORÉ DE BALZAC
(*correspondência a Champfleury*)

"Balzac é o gênio da alma moderna como Shakespeare foi o gênio da alma antiga. Penetrar, como Balzac fez, no fundo do pensamento moderno e pôr a nu todas as almas: quem mais que Balzac o fez? Meu entusiasmo é tanto que só tenho um conselho a dar-te: lê *O lírio do vale* e depois varre da tua cabeça o alfabeto, para que nenhum livro venha a profanar essa leitura suprema e última. Lê *O lírio*, Rangel, e morre. Lê *O lírio*, e suicida-te, Rangel. Se não tens aí, posso mandar-te o meu – e junto o revólver."

Este trecho bem-humorado de um bilhete a Godofredo Rangel mostra bem o entusiasmo de Monteiro Lobato por *O lírio do vale*, romance controverso na sua origem, admirado por uns e odiado por outros, mas hoje, quase duzentos anos depois de publicado, considerado uma das obras-primas de Honoré de Balzac.

Na origem deste romance está a difícil relação entre o romancista e o grande crítico francês Charles Augustin Sainte-Beuve (1804-1869), que sempre opôs pequenas restrições à obra de Balzac. Sainte-Beuve escreveu um único romance – *Volúpia* (1833), de fundo autobiográfico – entre dezenas de livros teóricos e de crítica literária. Nesse romance, o crítico partia da idéia da *mulher virtuosa*. Em data próxima à publicação de *Volúpia*, Sainte-Beuve publicou na *Revue des Deux Mondes* uma crítica ao romance *A busca do absoluto*. Com pálidos elogios, grandes restrições e muita ironia, o grande crítico analisou este livro e toda a obra de Balzac colocando-o num segundo plano da literatura francesa. "Ele vai me pagar, vou atravessá-lo com minha pena", disse Balzac ao ler o artigo, segundo o testemunho do escritor Jules Sandeau (1811-1883). "Vou reescrever *Volúpia*."

Na verdade, *O lírio do vale* transcendeu a polêmica com Sainte-Beuve, atravessou os séculos e colocou-se entre os grandes romances da literatura, pelo que tem de estranho, tenso e profundamente original.

Aproveitando sua vendeta particular, Balzac resolveu debruçar-se, como Sainte-Beuve, sobre uma mulher "possuidora de todas as virtudes", buscando também reagir aos críticos puritanos que o acusavam de valer-se, em seus romances, basicamente de relações adúlteras. Assim, ele criou a condessa de Mortsauf e seu trágico destino de amar a Félix Vandenesse sem jamais ceder à consumação carnal, mantendo-se, portanto, digna de seu marido, o truculento conde de Mortsauf. O resultado é a narrativa genial de um exasperante amor platônico que tem seu destino trágico, como se Balzac quisesse, ao final, expressar seu profundo ceticismo em relação à moral cristã.

Escrito como uma carta à condessa de Natalie de Manerville, Félix relata sua infância infeliz e a enorme paixão pela condessa com todos os seus desdobramentos. A narrativa tem seu ápice quando entra na vida de Félix (então um servidor do rei Louis XVIII, nos períodos imediatamente anterior e posterior aos Cem Dias, em que Napoleão voltou ao poder) a aristocrata inglesa *Lady* Arabelle Dudley, sensual, bela e senhora de todos prazeres – momento que define uma encruzilhada na relação platônica entre Félix e a condessa, que se vê atormentada por terríveis ciúmes.

Balzac ambientou *O lírio do vale* em Tours, sua cidade natal, e muito da própria vida do escritor está na trajetória atribuída de Félix de Vandenesse: suas carências juvenis, o romance com madame de Berny, bem mais velha do ele (como madame de Mortsauf em relação a Félix) e de cuja virtude ele diria numa carta: "uma celeste criatura de quem madame Mortsauf é uma mostra pálida". Madame de Berny foi um personagem fundamental na formação sentimental e intelectual do escritor; era 22 anos mais velha e de origem aristocrática, tendo sido afilhada de Louis XVI e dama de quarto de Maria Antonieta. O próprio Félix Vandenesse, que termina o romance calejado pelo sofrimento e experiente nas artes de viver, junta-se a Henri de Marsay e outros personagens sedutores, ricos, intelectualmente brilhantes de *A comédia humana* como um *alter ego* do que Balzac gostaria de ter sido. Se não teve a naturalidade de seus donjuans para conquistar os salões de Paris, sua glória veio como fruto de milhares e milhares de páginas que encantaram Paris e a Europa. Mas aí já era tarde demais para destroçar corações e atender aos credores que bateram à sua porta até o dia da sua morte.

Parte de *O lírio do vale* foi publicada pela primeira vez nos números de 22 de novembro e 27 de dezembro de 1835 da *Revue de Paris*. Na mesma época, a *Revue* vendeu, à revelia de Balzac, os direitos para uma publicação em São Petersburgo. O autor, por essa razão, recusou-se a entregar o fim do livro, processando a revista. Depois de muitos aborrecimentos e meio ano de trâmites, ele venceu a querela judicial, liberando o livro para o editor Verdet publicá-lo em versão integral em 1º de junho de 1836. Essa edição, em dois volumes, trazia um amplo relato de todo o processo contra a *Revue de Paris*.

Como *Ilusões perdidas, O pai Goriot, Eugênia Grandet, Fisiologia do Casamento*, entre tantos outros, *O lírio do vale* desponta na galeria balzaquiana como exemplo impressionante da "grande arte" que o escritor legou à literatura com sua impressionante *A comédia humana*.

*I. P. M.*

# O LÍRIO DO VALE

## Ao sr. J.B. Nacquart,[1]
### Membro da Academia Real de Medicina

*Caro doutor, eis uma das pedras mais trabalhadas da segunda fiada de um edifício literário lenta e laboriosamente construído; nele desejo escrever seu nome, tanto para agradecer ao cientista que me salvou outrora como para celebrar o amigo de todos os dias.*

De Balzac

### À sra. condessa Natalie de Manerville[2]

"Cedo a seu desejo. O privilégio da mulher que amamos mais que ela nos ama é fazer-nos esquecer a todo momento as regras do bom senso. Para não ver uma ruga formar-se em sua fronte, para dissipar a expressão amuada de seus lábios que a menor recusa entristece, transpomos milagrosamente as distâncias, damos nosso sangue, despendemos o futuro. Hoje você quer meu passado, ei-lo. Só que, saiba-o bem, Natalie: ao obedecer-lhe, tive de esmagar repugnâncias invioladas. Mas por que suspeitar dos súbitos e longos devaneios que por vezes me acometem em plena felicidade? Por que sua linda cólera de mulher amada a respeito de um silêncio? Não poderia você

---

1. Jean-Baptiste Nacquart (1780-1854), médico e amigo de Balzac, autor de várias obras de medicina. (Esta, bem como todas as notas que se seguem, salvo indicação em contrário, são da tradutora.)
2. Condessa Natalie Évangeliste de Manerville, personagem de *A comédia humana*.

jogar com os contrastes de meu caráter sem indagar as causas? Tem você no coração segredos que, para serem absolvidos, precisam dos meus? Finalmente, você adivinhou, Natalie, e talvez seja melhor que saiba tudo: sim, minha vida é dominada por um fantasma, que se delineia vagamente à menor palavra que o provoque, que freqüentemente se agita por conta própria acima de mim. Tenho imponentes lembranças sepultadas no fundo de minha alma, como essas formações marinhas que se percebem com o tempo calmo, e que as ondas da tempestade projetam em fragmentos na praia. Embora o trabalho para expressar as idéias contenha essas antigas emoções que me fazem tanto mal quando despertam demasiado rápido, se houver nesta confissão estilhaços que possam feri-la, lembre-se de que você me ameaçou se não lhe obedecesse, portanto não me castigue por lhe ter obedecido. Gostaria que minha confiança redobrasse sua ternura. Até logo.

Félix."

A que talento nutrido de lágrimas deveremos um dia a mais emocionante elegia, a pintura dos tormentos sofridos em silêncio pelas almas cujas raízes ainda tenras só encontram no solo doméstico pedras duras, cujas primeiras folhagens são rasgadas por mãos odiosas, cujas flores são atingidas pela geada no momento em que desabrocham? Que poeta nos dirá as dores da criança cujos lábios sugam um seio amargo, e cujos sorrisos são reprimidos pelo fogo devorador de um olhar severo? A ficção que representasse esses pobres corações oprimidos pelas criaturas postas em torno deles para favorecer o desenvolvimento de sua sensibilidade seria a verdadeira história de minha juventude. Que vaidade podia eu ferir, eu, recém-nascido? Que desgraça física ou moral valia-me a frieza de minha mãe? Era eu, pois, o filho do dever, aquele cujo nascimento é fortuito, ou aquele cuja vida é uma repreenda? Entregue a uma ama-de-leite no campo, esquecido por minha família durante três anos, quando voltei à casa paterna eu tinha tão pouca importância que as pessoas demonstravam compaixão por mim. Não conheci o sentimento, nem o feliz acaso que me auxiliassem a me soerguer dessa primeira queda: em mim, a criança ignora e o homem nada sabe. Longe de aliviarem minha sorte, meu irmão e minhas duas irmãs divertiram-se em me fazer sofrer. O pacto em virtude do qual as crianças escondem seus pecadilhos, e que já lhes ensina a honra, foi nulo para mim; bem mais, volta e meia fui castigado pelas faltas de meu irmão sem poder reclamar contra essa injustiça; a adulação, em gestação nas crianças, aconselhava-as a contribuir para as perseguições que me afligiam a fim de conquistarem as boas graças da mãe igualmente temida por elas? Seria um efeito de sua tendência à imitação? Seria necessidade de testar as forças ou falta de piedade? Talvez essas causas reunidas tenham me privado das doçuras da fraternidade. Já deserdado de todo afeto, eu nada podia amar e a natureza me fizera amoroso! Um anjo recolhe os suspiros dessa sensibilidade incessantemente repelida? Se em certas almas os sentimentos desconhecidos viram ódio, na minha concentraram-se e cavaram um leito de onde, mais tarde, jorraram sobre minha vida. Conforme os temperamentos, o hábito de tremer relaxa as fibras, gera o temor, e o temor sempre obriga a ceder. Daí vem uma fraqueza que abastarda o homem e comunica-lhe algo de escravo. Mas esses contínuos tormentos habituaram-me a exibir uma força que cresceu com o exercício e predispôs minha alma às resistências morais. Sempre esperando uma nova dor, assim como os mártires esperavam um novo golpe, todo o meu ser teve de expressar uma resignação sombria sob a qual as graças e os movimentos da infância foram abafados, numa atitude que foi confundida com um sintoma de idiotia e justificou os prognósticos sinistros de minha mãe. A certeza dessas injustiças excitou prematuramente em minha alma o orgulho, esse fruto da razão que provavelmente sustou os maus pendores que uma educação dessas estimulava. Embora abandonado por minha mãe, eu era às vezes objeto de seus escrúpulos, e de vez em quando ela falava de minha instrução e manifestava o desejo de se ocupar dela; então percorriam-me arrepios horríveis quando pensava nos sofrimentos que o convívio diário com ela me causaria. Eu abençoava meu abandono e sentia-me feliz em poder ficar no jardim brincando com pedras, observando insetos, olhando o azul do firmamento. Embora o isolamento me devesse levar ao devaneio, meu gosto pelas contemplações veio de uma aventura que pintará minhas primeiras desgraças. Eu tinha tão pouca importância que volta e meia a governanta esquecia de me pôr para dormir. Certa noite, encolhido tranqüilamente sob uma figueira, eu olhava uma estrela com essa curiosa paixão que arrebata as crianças e à qual minha melancolia precoce acrescentava uma espécie de inteligência sentimental. Minhas irmãs brincavam e gritavam, eu ouvia sua distante algazarra como um acompanhamento para minhas idéias. O barulho parou, a noite chegou. Por acaso minha mãe percebeu minha ausência. Para evitar uma repriminda, nossa governanta, uma terrível srta. Caroline, justificou as falsas apreensões de minha mãe alegando que eu tinha horror à casa, que, se ela não tivesse me vigiado atentamente, eu já teria fugido, que eu não era imbecil, mas sonso, que entre todas as crianças entregues a seus cuidados nunca tinha encontrado uma cujos pendores fossem tão maus como os meus. Fingiu me procurar e chamou-me, e respondi; foi à figueira onde sabia que eu estava.

– Mas o que você fazia aí? – perguntou-me.

– Olhava para uma estrela.

– Você não olhava para estrela nenhuma – disse minha mãe, que nos escutava no alto de sua sacada – alguém conhece astronomia na sua idade?

– Ah, senhora! – exclamou a srta. Caroline – ele abriu a torneira do tanque, o jardim está inundado.

Foi um alvoroço geral. Minhas irmãs estavam brincando de abrir essa torneira para ver a água correr, mas, surpreendidas pelo desvio de um esguicho que as molhara de todos os lados, tinham perdido a cabeça e fugido sem conseguir fechar a torneira. Apanhado e convencido de ter imaginado essa travessura, acusado de mentira quando eu afirmava minha inocência, fui severamente castigado. Mas, horrível castigo!, caçoaram de meu amor pelas estrelas, e minha mãe proibiu-me de ficar no jardim à noitinha. As proibições tirânicas acirram uma paixão nas crianças ainda mais que nos homens; as crianças têm contra si a vantagem de só pensar na coisa proibida, que lhes oferece então atrativos irresistíveis. Portanto, muitas vezes sofri o chicote por causa de minha estrela. Como não podia me confiar a ninguém, contava a ela minhas tristezas nesse delicioso gorjeio interno com que uma criança balbucia suas primeiras idéias, como outrora balbuciou suas primeiras palavras. Aos doze anos, no colégio, eu ainda a contemplava sentindo delícias indizíveis, de tal forma as impressões recebidas na manhã da vida deixam traços profundos no coração.

Cinco anos mais velho que eu, Charles foi criança tão bela como é homem belo, era o predileto de meu pai, o amor de minha mãe, a esperança de minha família, portanto o rei da casa. Bem-posto e robusto, tinha um preceptor. Eu, miúdo, franzino, aos cinco anos fui mandado como externo para um colégio da cidade, levado de manhã e trazido à tarde pelo camareiro de meu pai. Partia levando uma cesta pouco abastecida, enquanto meus colegas levavam provisões abundantes. Esse contraste entre minha penúria e a riqueza deles gerou mil sofrimentos. As famosas *rillettes*[3] e os torresmos de Tours formavam o elemento principal da refeição que fazíamos no meio do dia, entre o café-da-manhã e o jantar em casa, cuja hora coincidia com nossa volta. Essa iguaria, tão apreciada por certos gulosos, raramente aparece em Tours nas mesas aristocráticas; se ouvi falar dela antes de entrar para o colégio, nunca tivera a felicidade de ver essa pasta marrom passada para mim numa fatia de pão; mas mesmo que ela não estivesse na moda no colégio, meu

---

3. *Rillettes*: charcuteria feita de carne de porco moída e cozida em sua própria gordura.

desejo não teria sido menos vivo, pois ela se tornara como que uma idéia fixa, parecida com o desejo que inspiravam a uma das mais elegantes duquesas de Paris os ensopados cozinhados pelas zeladoras, e que ela, em sua condição de mulher, acabou por satisfazer. As crianças adivinham a cobiça nos olhares tão bem como neles você lê o amor: tornei-me, então, um excelente assunto de zombaria. Meus colegas, que pertenciam quase todos à pequena burguesia, acabavam de me apresentar suas excelentes *rillettes* perguntando-me se eu sabia como eram feitas, onde eram vendidas e por que eu não as levava. Lambiam os beiços louvando os torresmos, esses resíduos de porco fritos na própria gordura e que parecem trufas cozidas; vasculhavam na minha cesta, só achavam queijos de Olivet, ou frutas secas, e assassinavam-me com um: "*Você então não tem com quê?*", que me ensinou a calcular a diferença estabelecida entre mim e meu irmão. Esse contraste entre meu abandono e a felicidade dos outros maculou as rosas de minha infância e murchou minha verdejante juventude. Na primeira vez que, embaído por um sentimento generoso, avancei a mão para aceitar a gulodice tão desejada que me foi oferecida com ar hipócrita, meu mistificador retirou seu pão diante dos risos dos colegas avisados do desfecho. Se os espíritos mais ilustres são sujeitos à vaidade, como não absolver a criança que chora ao se ver desprezada, ridicularizada? Nesse jogo, quantas crianças teriam se tornado gulosas, pedinchonas, covardes! Para evitar as perseguições, lutei. A coragem do desespero tornou-me temível, mas fui objeto de ódio e fiquei sem recursos contra as traições. Uma noite, ao sair, recebi nas costas a pancada de um lenço enrolado, cheio de pedras. Quando o camareiro, que me vingou rudemente, contou esse caso à minha mãe, ela exclamou: "Essa maldita criança só nos dará desgostos!". Entrei numa horrível desconfiança de mim mesmo, enxergando nisso a repulsa que inspirava na família. Ali, como em casa, fechei-me sobre mim mesmo. Uma segunda nevada retardou a floração dos germes semeados em minha alma. Aqueles que eu via serem admirados eram uns rematados patifes, minha altivez apoiou-se nessa observação, e fiquei só. Assim, continuei impossibilitado de desabafar os sentimentos que entristeciam meu pobre coração. Vendo-me sempre sombrio, odiado, solitário, o professor confirmou as suspeitas errôneas de minha família a respeito de minha má índole. Logo que aprendi a escrever e ler, minha mãe despachou-me para Pont-le-Voy, colégio dirigido pelos oratorianos, que recebiam os meninos de minha idade numa classe chamada de *Não-latinos*, onde ficavam também os colegiais cuja inteligência tardia recusava-se ao aprendizado. Lá permaneci oito anos, sem ver ninguém, levando uma vida de pária. Eis como e por quê. Eu só tinha três francos por mês para minhas miudezas, quantia que mal chegava para as penas, canivetes, réguas, tinta e papel de que devíamos nos abastecer. Assim, não podendo comprar as pernas-de-pau, nem as cordas, nem nenhuma das coisas necessárias aos divertimentos do colégio, era banido dos jogos; para ser admitido, teria de bajular os ricos ou adular os fortes de minha divisão. A menor dessas covardias, que as crianças se permitem tão facilmente, fazia meu coração pular. Ficava debaixo de uma árvore, perdido em devaneios queixosos, ali eu lia os livros que o bibliotecário nos distribuía mensalmente. Quantas dores havia escondidas no fundo dessa solidão monstruosa, que angústias meu abandono gerava? Imagine o que minha alma terna deve ter ressentido na primeira distribuição de prêmios em que obtive os dois mais apreciados, o prêmio de tema e o de versão? Ao ir recebê-los no teatro, em meio às aclamações e fanfarras, não tive meu pai nem minha mãe para me felicitar, ao passo que a platéia estava repleta com os pais de todos os meus colegas. Em vez de beijar o distribuidor, como era costume, precipitei-me em seu colo e desfiz-me em lágrimas. À noite, queimei minhas coroas na estufa. Os pais ficavam na cidade durante a semana dedicada aos exercícios que precediam a distribuição dos prêmios, e assim, de manhã, todos os meus colegas saíam alegremente, enquanto eu, cujos pais estavam a algumas léguas dali, ficava nos pátios junto com os ultramares, nome dado aos alunos cujas famílias viviam nas ilhas ou no estrangeiro. À noite, durante a prece, os bárbaros vangloriavam-se para nós dos bons jantares feitos com os pais. Você verá minha desgraça sempre aumentando em razão da circunferência das esferas sociais em que penetrarei. Quantos esforços não fiz para anular o decreto que me condenava a viver apenas em mim! Quantas esperanças concebidas por tanto tempo com mil arrebatamentos da alma e destruídas num dia! Para que meus pais decidissem ir ao colégio, escrevia-lhes missivas cheias de sentimentos, talvez enfaticamente expressados, mas essas cartas iriam atrair-me as críticas de minha mãe, que repreendia com ironia o meu estilo. Sem me desencorajar, eu prometia preencher as condições que minha mãe e meu pai impunham para sua ida, implorava a assistência de minhas irmãs a quem escrevia nos dias de seu santo e de seu nascimento, com a exatidão das pobres crianças abandonadas, mas com uma persistência vã. Ao aproximar-se a distribuição dos prêmios, redobrava minhas súplicas, falava dos triunfos pressentidos. Enganado pelo silêncio de meus pais, esperava-os com o coração exaltado, anunciava-os a meus colegas; e, quando à chegada das famílias, o passo do velho porteiro que chamava os alunos ressoava nos pátios, sentia então palpitações doentias. Nunca esse velho pronunciou meu nome. No dia em que me acusei de ter amaldiçoado a existência, meu confessor mostrou-me o céu em que florescia a palma prometida pelo *Beati qui lugent!*[4] do Salvador. Assim, por ocasião de minha primeira comunhão, lancei-me nas misteriosas profundezas da oração, seduzido pelas idéias religiosas cujas fantasias morais encantam os espíritos jovens. Animado por uma fé ardorosa, rezava a Deus para renovar em meu benefício os milagres fascinantes que

---

4. Felizes os que choram! Em latim no original. (N. do E.)

lia no Martiriológio. Aos cinco anos voava para uma estrela, aos doze ia bater às portas do Santuário. Meu êxtase fez eclodir em mim sonhos inenarráveis que povoaram minha imaginação, enriqueceram minha ternura e fortaleceram minhas faculdades pensantes.

Várias vezes atribuí essas visões sublimes a anjos encarregados de modelar minha alma para destinos divinos; elas dotaram meus olhos da faculdade de ver o espírito íntimo das coisas, prepararam meu coração para as magias que fazem do poeta um infeliz, quando ele tem o poder fatal de comparar o que sente com o que existe, as grandes coisas desejadas com o pouco que obtém; escreveram em minha cabeça um livro em que pude ler o que eu devia expressar, puseram em meus lábios a chispa do improvisador.

Meu pai teve algumas dúvidas sobre o alcance do ensino oratoriano e foi me tirar de Pont-le-Voy para me pôr, em Paris, numa instituição situada no Marais. Eu tinha quinze anos. Feito o exame de minha capacidade, o aluno de retórica de Pont-le-Voy foi julgado digno de entrar para o terceiro ano. As dores que eu havia sentido em família, na escola, no colégio, reencontrei-as em nova forma durante minha permanência no internato Lepître. Meu pai não me dera dinheiro. Quando meus pais souberam que eu podia ser alimentado, vestido, empanturrado de latim, entupido de grego, ficou tudo resolvido. No decorrer de minha vida colegial, conheci cerca de mil camaradas, e em nenhum deles encontrei exemplo de tamanha indiferença. Ligado fanaticamente aos Bourbons, o sr. Lepître se relacionara com meu pai na época em que os devotos realistas tentaram tirar do Temple[5] a rainha Maria Antonieta; tinham reatado relações; o sr. Lepître julgou-se, portanto, obrigado a reparar o esquecimento de meu pai, mas a quantia que me deu mensal-

---

5. Em 1793, Lepître (1764-1821) participou da conspiração para tirar Maria Antonieta do velho mosteiro do Temple, em cuja torre estavam presos, desde a Revolução Francesa, a rainha e o rei Louis XVI. (N. do T.)

mente foi medíocre, pois ignorava as intenções de minha família. O internato estava instalado no velho palacete Joyeuse, onde, como em todas as antigas residências senhoriais, havia uma casinha para o porteiro. Durante o recreio que precedia a hora em que o bedel nos conduzia ao liceu Charlemagne, os colegas ricos iam almoçar na casa de nosso porteiro, chamado Doisy. O sr. Lepître ignorava ou tolerava o comércio de Doisy, verdadeiro contrabandista que os alunos tinham interesse em papariçar: era ele o protetor secreto de nossas faltas, o confidente das voltas em horas tardias, nosso intermediário junto aos alugadores de livros proibidos. Almoçar uma xícara de café com leite era um gosto aristocrático, explicado pelo preço excessivo a que subiram os gêneros alimentícios coloniais na época de Napoleão. Se o uso do açúcar e do café constituía um luxo entre os pais, demonstrava entre nós uma superioridade presunçosa que engendraria nossa paixão, se a propensão à imitação, a gulodice, o contágio da moda já não fossem suficientes. Doisy dava-nos crédito, imaginava que todos tinham irmãs ou tias que aprovam os compromissos dos colegiais e pagam suas dívidas. Resisti por muito tempo às delícias do bar. Se meus juízes tivessem conhecido a força das seduções, as heróicas aspirações de minha alma ao estoicismo, os furores contidos durante minha longa resistência, teriam enxugado minhas lágrimas em vez de as fazerem correr. Mas, criança, podia eu ter essa grandeza de alma que leva a desprezar o desprezo alheio? Além disso, senti talvez os ataques de vários vícios sociais cujo poder foi ampliado por minha cobiça. Por volta do final do segundo ano, meu pai e minha mãe vieram a Paris. O dia de sua chegada foi-me anunciado por meu irmão: morava em Paris e não tinha me feito nem uma só visita. Minhas irmãs também participavam da viagem, e devíamos ver Paris juntos. No primeiro dia iríamos jantar no Palais-Royal a fim de ficarmos bem perto do Théâtre-Français. Apesar da embriaguez que me causou esse programa de festas inesperadas, minha alegria foi desfeita pelo vento de tempestade que impressiona tão depressa os que estão acostumados com a desgraça. Eu tinha de confessar cem francos de dívidas contraídas com o sr. Doisy, que me ameaçava pedir pessoalmente seu dinheiro a meus pais. Inventei de pegar meu irmão como dragomano de Doisy, como intérprete de meu arrependimento, como mediador de meu perdão. Meu pai inclinou-se à indulgência. Mas minha mãe foi implacável, seus olhos azul-escuros me petrificaram, ela fulminou terríveis profecias: o que eu seria mais tarde, se desde a idade de dezessete anos fazia semelhantes aventuras! Seria mesmo seu filho? Iria arruinar minha família? Seria então o único da casa? A carreira abraçada por meu irmão Charles não exigia uma dotação independente, já merecida por um comportamento que glorificava sua família, ao passo que eu seria a sua vergonha? Minhas duas irmãs se casariam sem dote? Então eu ignorava o valor do dinheiro e o quanto eu custava? De que serviam o açúcar e o café numa educação? Comportar-se assim não era aprender todos os vícios? Comparado comigo, Marat[6] era um anjo. Depois de ter sofrido o choque dessa torrente que arrastou milhares de terrores em minha alma, meu irmão reconduziu-me ao internato, perdi o jantar no Frères Provençaux e fui privado de ver Talma em *Britannicus*. Este foi meu encontro com minha mãe depois de uma separação de doze anos.

Quando terminei o curso de humanidades, meu pai deixou-me sob a tutela do sr. Lepître: eu devia aprender matemática superior, fazer um primeiro ano de direito e começar os estudos superiores. Pensionista com um quarto e dispensado das aulas, acreditei numa trégua entre mim e a miséria. Mas, apesar de meus dezenove anos, ou talvez por causa de meus dezenove anos, meu pai prosseguiu o sistema

---

6. Jean-Paul Marat (1743-1793), um dos revolucionários de 1789, a quem se atribui a iniciativa das matanças dos presos políticos em 1792. Foi assassinado por Charlotte Corday.

que outrora me enviara à escola sem provisões para comer, ao colégio sem dinheiro para as miudezas, e fizera de Doisy o credor. Tive pouco dinheiro à minha disposição. Que tentar em Paris sem dinheiro? Aliás, minha liberdade foi habilmente acorrentada. O sr. Lepître mandava me acompanhar até a Escola de Direito um bedel que me entregava em mãos do professor e que vinha me buscar de volta. Uma moça teria sido guardada com menos precauções do que aquelas que os temores de minha mãe lhe haviam inspirado para proteger minha pessoa. Paris apavorava meus pais, com razão. Os colegiais estão secretamente ocupados com o que preocupa também as senhoritas em seus pensionatos; por mais que se faça, elas sempre falarão do namorado, e eles, das mulheres. Mas em Paris, e nessa época, as conversas entre colegas eram dominadas pelo mundo oriental e sultanesco do Palais-Royal. O Palais-Royal era um Eldorado de amor onde à noite corriam os lingotes de ouro devidamente. Ali cessavam as dúvidas mais puras, ali podiam se apagar nossas curiosidades acesas! O Palais-Royal e eu fomos duas linhas assímptotas, dirigidas uma para a outra sem conseguir se encontrar. Eis como a sorte baldou minhas tentativas. Meu pai havia me apresentado a uma de minhas tias que morava na ilha Saint-Louis, aonde tive de ir jantar às quintas-feiras e aos domingos, levado pela sra. ou pelo sr. Lepître, que, nesses dias, saíam e me apanhavam à noite, ao voltarem para casa. Singulares diversões! A marquesa de Listomère[7] era uma respeitável senhora cerimoniosa que jamais teve a idéia de me oferecer um escudo. Velha como uma catedral, pintada como uma miniatura, suntuosa no porte, vivia em seu palacete como se Louis XV não tivesse morrido e só encontrava velhas e fidalgos, sociedade de corpos fósseis na qual eu imaginava estar num cemitério. Ninguém me dirigia a palavra, e eu não sentia

---

7. Personagem de *A comédia humana* e tia-avó de Félix, herói deste romance.

ânimo para falar primeiro. Os olhares hostis ou frios deixavam-me envergonhado de minha juventude, que a todos parecia importuna. Nessa indiferença eu baseava o êxito de minha escapada quando me propus, um dia, esquivar-me assim que o jantar terminasse, para correr às Galerias de madeira.[8] Ao ficar concentrada num uíste, minha tia não prestava mais atenção em mim. Jean, seu criado, pouco se preocupava com o sr. Lepître; mas infelizmente esse jantar desgraçado prolongava-se devido à vetustez dos maxilares ou à imperfeição das dentaduras. Finalmente, uma noite, entre oito e nove horas, eu havia chegado à escada, palpitante como Bianca Capello[9] no dia de sua fuga; mas quando o porteiro abriu-me a porta, vi o fiacre do sr. Lepître na rua e o homem me chamando com sua voz ofegante. Três vezes o acaso interpôs-se fatalmente entre o inferno do Palais-Royal e o paraíso de minha juventude. No dia em que, aos vinte anos, envergonhado de minha ignorância, resolvi enfrentar todos os perigos para acabar com aquilo, no momento em que, fugindo da companhia do sr. Lepître enquanto ele subia no carro, operação difícil, pois era gordo como Louis XVIII e de pé torto, pois bem!, minha mãe chegou de diligência! Fui parado por seu olhar e fiquei como o pássaro diante da serpente. Por qual acaso a encontrei? Nada mais natural. Napoleão tentava suas últimas cartadas. Meu pai, que pressentia a volta dos Bourbons, vinha prevenir meu irmão já funcionário da diplomacia imperial. Ele saíra de Tours junto com minha mãe. Minha mãe encarregara-se de me levar de volta para me livrar dos perigos que, para os que acompanhavam inteligentemente a marcha dos inimigos, pareciam ameaçar a capital. Em poucos minutos fui retirado de Paris, no momento em que a permanência ali me seria fatal. Os tormentos de uma imaginação inces-

---

8. Galpões provisórios de madeira que abrigavam lojas e bordéis.
9. Nobre veneziana (1542-1587) que aos quinze anos fugiu da casa do pai para seguir o amante, o plebeu Pietro Bonaventuri.

santemente agitada por desejos reprimidos, os aborrecimentos de uma vida atormentada por constantes privações tinham me obrigado a atirar-me ao estudo, assim como os homens cansados de sua sorte outrora confinavam-se num claustro. Em mim, o estudo transformara-se numa paixão que podia me ser fatal ao aprisionar-me numa época em que os jovens devem entregar-se às atividades encantadoras de sua natureza primaveril.

Este leve esboço de uma juventude, no qual você adivinha inúmeras elegias, era necessário para explicar a influência que exerceu sobre meu futuro. Afetado por tantos elementos mórbidos, eu ainda era, com vinte anos passados, pequeno, magro e pálido. Minha alma cheia de desejos debatia-se com um corpo de aparência débil, mas que, segundo a expressão de um velho médico de Tours, submetia-se à última fusão de um temperamento de ferro. Criança no corpo e velho no pensamento, eu tinha lido tanto, meditado tanto, que conhecia metafisicamente a vida em suas alturas no momento em que ia perceber as dificuldades tortuosas de seus desfiladeiros e os caminhos arenosos de suas planícies. Acasos inacreditáveis haviam me deixado nesse delicioso período em que surgem as primeiras perturbações da alma, em que ela desperta para as volúpias, em que para ela tudo é saboroso e fresco. Estava entre minha puberdade prolongada por meus estudos e minha virilidade que estendia tardiamente seus ramos verdes. Nenhum jovem foi mais bem preparado que eu para sentir, para amar. Para compreender bem meu relato, reporte-se, pois, a essa bela idade em que a boca é virgem de mentiras, em que o olhar é franco, ainda que velado por pálpebras pesadas pela timidez em contradição com o desejo, em que o espírito não se dobra ao jesuitismo do mundo, em que a covardia do coração iguala-se em violência às generosidades do primeiro movimento.

Não lhe falarei da viagem que fiz de Paris a Tours com minha mãe. A frieza de seus modos reprimiu os impulsos de minhas ternuras. Ao partirmos de cada nova parada, eu me prometia falar; mas um olhar, uma palavra assustavam as frases prudentemente meditadas para meu preâmbulo. Em Orléans, na hora de se deitar, minha mãe criticou meu silêncio. Joguei-me a seus pés, beijei seus joelhos, debulhando-me em lágrimas, abri-lhe meu coração cheio de afeto; tentei comovê-la com a eloqüência de uma argumentação faminta de amor, cujo tom teria remexido as entranhas de uma madrasta. Minha mãe respondeu-me que eu representava uma comédia. Queixei-me de seu abandono, ela me chamou de filho desnaturado. Senti tamanho aperto no coração que, em Blois, corri para a ponte a fim de me jogar no Loire. A altura do parapeito impediu meu suicídio.

Quando cheguei, minhas duas irmãs, que já nem me conheciam, manifestaram mais surpresa do que ternura; no entanto, mais tarde, em comparação, pareceram-me cheias de amizade por mim. Fui alojado num quarto, no terceiro andar. Você terá compreendido o alcance de minhas misérias quando eu lhe disser que minha mãe me deixou, a mim, rapaz de vinte anos, sem outra roupa de baixo além daquela de meu miserável enxoval de pensão, sem outro guarda-roupa além dos meus trajes de Paris. Se eu corria de um canto ao outro do salão para apanhar seu lenço, ela só me dizia o frio "obrigada" que uma mulher concede a seu criado. Forçado a observá-la para reconhecer se havia em seu coração recantos friáveis em que eu pudesse fixar alguns ramos de afeto, percebi em minha mãe uma mulher alta, seca e magra, jogadora, egoísta, impertinente como todas as Listomère entre as quais a impertinência faz parte do dote. Na vida só enxergava deveres a cumprir; todas as mulheres frias que encontrei faziam, igualmente, do dever uma religião; recebia nossas adorações como um padre recebe o incenso na missa; meu irmão mais velho parecia ter absorvido o pouco de maternidade que tinha no coração. Espicaçava-nos incessantemente com as marcas de uma ironia mordaz, a arma das pessoas sem coração, e da qual se servia contra nós, que nada podíamos lhe responder. Apesar dessas barreiras espinhosas, os sentimentos instintivos mantêm-se por tantas raízes, o terror religioso inspirado pela mãe, de quem custamos muito a nos desiludir, conserva tantos laços, que o erro sublime de nosso amor continua até o dia em que, mais avançados na vida, ela é soberanamente julgada. Nesse dia começam as represálias dos filhos cuja indiferença gerada pelas decepções do passado, aumentada pelos destroços limosos que eles trazem, estende-se até sobre o túmulo. Esse terrível despotismo expulsou as idéias voluptuosas que eu havia loucamente pensado satisfazer em Tours. Joguei-me desesperadamente na biblioteca de meu pai, onde me pus a ler todos os livros que não conhecia. Minhas longas sessões de trabalho pouparam-me de todo contato com minha mãe, mas agravaram minha situação moral. De vez em quando, minha irmã mais velha, que se casou com nosso primo, o marquês de Listomère, procurava me consolar, sem conseguir acalmar a irritação de que eu era vítima. Eu queria morrer.

Grandes acontecimentos, aos quais eu era alheio, preparavam-se então. Tendo partido de Bordeaux para juntar-se a Louis XVIII em Paris, o duque de Angoulême[10] recebia, em sua passagem por cada cidade, as ovações preparadas pelo entusiasmo que invadia a velha França em torno dos Bourbons. A Touraine alvoroçada com seus príncipes legítimos, a cidade agitada, as janelas enfeitadas, os moradores endomingados, os preparativos de uma festa e esse toque inebriante que se espalha no ar deram-me vontade de assistir ao baile oferecido pelo príncipe. Quando me armei de audácia para expressar o desejo à minha mãe, na ocasião muito doente para poder assistir à festa, ela se enfureceu enormemente. Chegava eu do Congo, para não saber de nada? Como podia eu imaginar que nossa família não esta-

---

10. O duque de Angoulême (1775-1844), sobrinho de Louis XVIII e primogênito de Carlos X, era o herdeiro do trono na época em que os Bourbons retornaram ao poder. (N. do E.)

ria representada nesse baile? Na ausência de meu pai e de meu irmão, não cabia a mim ir? Não tinha eu mãe? Não pensava ela na felicidade de seus filhos? Num instante o filho quase renegado tornava-se um personagem. Fiquei tão atordoado com minha importância como com o dilúvio de razões ironicamente deduzidas pelas quais minha mãe acolhia minha súplica. Interroguei minhas irmãs, soube que minha mãe, que gostava desses gestos teatrais, tinha necessariamente se ocupado de meu traje. Surpreso com as exigências de suas práticas, nenhum alfaiate de Tours pudera se encarregar de minha roupa. Minha mãe havia convocado sua empregada diarista, que, segundo o costume da província, sabia fazer todo tipo de costura. Um traje azul vivo foi, mal ou bem, secretamente confeccionado para mim. Encontraram facilmente meias de seda e escarpins novos; os coletes masculinos usavam-se curtos, e pude vestir um dos coletes de meu pai; pela primeira vez tive uma camisa de jabô cujos plissados avolumaram meu peito e se enroscaram no nó da gravata. Quando acabei de me vestir, parecia tão pouco comigo mesmo que minhas irmãs me deram, com seus cumprimentos, a coragem de aparecer diante da Touraine reunida. Árdua tarefa! Essa festa comportava muitos chamados para que ali houvesse muitos escolhidos. Graças à exigüidade de meu tamanho, esgueirei-me sob uma tenda construída nos jardins da casa Papion e cheguei perto da poltrona onde reinava o príncipe. Num instante fui sufocado pelo calor, ofuscado pelas luzes, pelas tapeçarias vermelhas, pelos ornamentos dourados, pelas toaletes e pelos diamantes da primeira festa pública a que assistia. Era empurrado por uma multidão de homens e mulheres que se precipitavam uns sobre os outros e se atropelavam numa nuvem de poeira. Os cobres vibrantes e os estrondos bourbonianos da música militar eram abafados pelos hurras de: "Viva o duque de Angoulême! Viva o rei! Vivam os Bourbons!". Essa festa era uma torrente de entusiasmo para que cada um se esforçava em se superar no feroz empenho de acorrer à aurora dos Bourbons, verdadeiro egoísmo de partido que me deixou frio, encolheu-me, fechou-me sobre mim mesmo.

Levado como um fiapo de palha nesse turbilhão, tive um desejo infantil de ser duque de Angoulême, de misturar-me assim àqueles príncipes que se exibiam diante de um público atônito. A tola vontade do tourainiano fez eclodir uma ambição que meu caráter e as circunstâncias enobreceram. Quem não invejou essa adoração da qual um ensaio grandioso me foi oferecido alguns meses depois, quando toda Paris se precipitou para o Imperador no seu regresso da ilha de Elba[11]? Esse domínio exercido sobre as massas, cujos sentimentos e vida descarregam numa só alma, consagrou-me subitamente à glória, essa sacerdotisa que hoje estrangula os franceses, assim como outrora a druidesa sacrificava os gauleses. Depois, de repente, encontrei a mulher que devia estimular incessantemente meus ambiciosos desejos e satisfazê-los ao me atirar no coração da realeza. Tímido demais para convidar uma moça a dançar e, aliás, temendo confundir os rostos, fiquei naturalmente muito melancólico, não sabendo o que fazer da minha pessoa. No momento em que sofria do mal-estar causado pelo aperto a que nos obriga a multidão, um oficial pisou em meus pés inchados tanto pela compressão do couro como pelo calor. Esta última amolação tirou-me o gosto da festa. Era impossível sair, refugiei-me num canto, na ponta de uma banqueta abandonada, onde fiquei de olhos fixos, imóvel e emburrado.

Enganado por minha aparência miúda, uma mulher me confundiu com uma criança prestes a adormecer à espera de que sua mãe se digne levá-la e pousou perto de

---

11. Após sua derrota na batalha de Leipzig, em outubro de 1813, Napoleão foi levado a abdicar e foi exilado na ilha de Elba. Ele conseguiu fugir e, em 20 de março de 1815, marchou sobre Paris, dando início ao período posteriormente chamado de Cem Dias, que durou até 28 de junho de 1815, quando então foi derrotado definitivamente e levado para a ilha de Santa Helena, onde morreu. (N. do E.)

mim com um movimento de pássaro que se joga no ninho. Logo senti um perfume de mulher que brilhou em minha alma como desde então brilhou a poesia oriental. Olhei para minha vizinha e fiquei mais deslumbrado com ela do que ficara com a festa; ela passou a ser toda a minha festa. Se você compreendeu direito minha vida anterior, adivinhará os sentimentos que brotaram em meu coração. Meus olhos foram de repente tocados pelos brancos ombros roliços sobre os quais eu gostaria de poder rolar, ombros ligeiramente rosados que pareciam corar como se estivessem nus pela primeira vez, ombros pudicos que tinham alma e cuja pele acetinada brilhava na luz como um tecido de seda. Esses ombros eram divididos por um risco, ao longo do qual correu meu olhar, mais atrevido que minha mão. Levantei-me todo arfante para ver o busto e fiquei absolutamente fascinado por um colo castamente coberto com uma gaze, mas cujos seios azulados e de uma redondeza perfeita estavam maciamente repousados em torrentes de renda. Os mais leves detalhes dessa cabeça foram detonadores que despertaram em mim júbilos infinitos: o brilho dos cabelos lisos sobre um pescoço aveludado como o de uma menina, as linhas brancas que o pente havia desenhado e onde minha imaginação correu como por trilhas frescas, tudo me fez perder o espírito. Depois de me assegurar de que ninguém me via, atirei-me naquelas costas como uma criança se atira no seio da mãe e beijei todos aqueles ombros, rolando a cabeça. Essa mulher deu um grito agudo, que a música impediu de ser ouvido, virou-se, me viu e disse: "Senhor?" Ah! Se tivesse dito: "Meu rapazinho, mas o que é que lhe deu?", talvez a teria matado; mas frente a esse *Senhor*? lágrimas abundantes jorraram de meus olhos. Fiquei petrificado diante de um olhar animado por uma sacrossanta cólera, diante de uma cabeça sublime coroada por um diadema de cabelos acendrados, em harmonia com aquele dorso de amor. A púrpura do pudor ofendido cintilou em seu rosto, que já estava desarmado pelo perdão da mulher que compreende um frenesi quando ela é sua causa, e adivinha adorações infinitas nas lágrimas do arrependimento. Foi embora com um movimento de rainha. Senti então o ridículo de minha posição; só então compreendi que estava vestido como o macaco de um saboiano.[12] Senti vergonha de mim mesmo. Fiquei um tanto aparvalhado, saboreando a maçã que eu acabava de roubar, guardando nos lábios o calor daquele sangue que havia aspirado, sem me arrepender de nada, e seguindo com o olhar aquela mulher descida dos céus. Tomado pelo primeiro acesso carnal da grande febre do coração, perambulei pelo baile agora deserto, sem conseguir encontrar minha desconhecida. Voltei para me deitar, metamorfoseado.

Uma alma nova, uma alma de asas furta-cores tinha rompido sua larva. Caída das estepes azuis onde eu a admirava, minha querida estrela tinha-se, pois, feito mulher, conservando sua claridade, suas cintilações e seu frescor. De súbito, amei, sem nada saber do amor. Não é uma estranha coisa essa primeira irrupção do sentimento mais vivo do homem? Eu havia encontrado no salão de minha tia algumas mulheres bonitas, nenhuma tinha me causado a menor impressão. Será que existe, então, uma hora, uma conjunção de astros, uma reunião de circunstâncias expressas, uma certa mulher entre todas, para determinar uma paixão exclusiva, no momento em que a paixão abrange o sexo inteiro? Pensando que minha eleita vivia na Touraine, eu aspirava o ar com delícia, encontrei no azul do tempo uma cor que nunca mais vi em lugar nenhum. Se estava radiante mentalmente, pareci seriamente doente, e minha mãe teve receios misturados com remorsos. Semelhante aos animais que sentem o mal se aproximar, eu ia me acocorar num canto do jardim para ali sonhar com o beijo que roubara.

---

12. Alusão aos oriundos da Sabóia que ganhavam a vida com biscates ou exibição de bichos.

Alguns dias depois desse baile memorável, minha mãe atribuiu o abandono de meus estudos, minha indiferença a seus olhares opressores, minha despreocupação diante de suas ironias e minha atitude sombria às crises naturais que devem sofrer os jovens de minha idade. O campo, esse eterno remédio para as afecções das quais a medicina nada conhece, foi visto como a melhor maneira de me tirar da apatia. Minha mãe resolveu que eu iria passar uns dias em Frapesle, castelo situado à beira do Indre, entre Montbazon e Azay-le-Rideau, na casa de um de seus amigos, a quem provavelmente deu instruções secretas. Assim, no dia em que me vi sem peias, eu havia nadado tão vigorosamente no oceano do amor que o atravessara. Ignorava o nome de minha desconhecida, como designá-la, onde encontrá-la? Aliás, com quem podia falar a seu respeito? Meu temperamento tímido aumentava ainda mais os temores inexplicados que se apoderam dos jovens corações no início do amor e fazia-me começar pela melancolia que conclui as paixões sem esperança. Tudo o que desejava era ir, vir, correr pelos campos. Com essa coragem de criança que não duvida de nada e que comporta um quê de cavalheiresco, eu me propunha vasculhar todos os castelos da Touraine, viajando a pé, dizendo-me à cada linda torrinha: "É ali!".

Portanto, numa quinta-feira de manhã saí de Tours pela porta Saint-Eloy, atravessei as pontes Saint-Sauveur, cheguei ao Poncher levantando os olhos para cada casa e alcancei a estrada de Chinon. Pela primeira vez na vida, eu podia parar sob uma árvore, andar lentamente ou depressa a meu bel-prazer, sem ser questionado por ninguém. Para uma pobre criatura esmagada pelos diferentes despotismos que, muito ou pouco, pesam sobre todas as juventudes, o primeiro uso do livre-arbítrio, ainda que exercido sobre ninharias, conferia à alma não sei qual desabrochar. Muitas razões reuniram-se para fazer daquele dia uma festa cheia de encantamentos. Na infância, meus passeios não tinham me levado a mais de uma légua fora da cidade. Minhas excursões às redondezas de Pont-le-Voy, assim como as que fiz em Paris, não tinham estragado meu gosto pelas belezas da natureza campestre. Contudo, restava-me, das primeiras lembranças de minha vida, o sentimento do belo que transpira na paisagem de Tours, com que eu me havia familiarizado. Embora completamente virgem à poesia desses locais, eu era, portanto, exigente sem querer, como aqueles que, sem ter a prática de uma arte, imaginam de início o seu ideal. Para irem a pé ou a cavalo ao castelo de Frapesle, as pessoas encurtam caminho passando pelas chamadas charnecas de Charlemagne, terras baldias, situadas no cume do planalto que separa a bacia do Cher daquela do Indre, e aonde vai dar um atalho que se pega em Champy. Essas charnecas planas e arenosas, que nos entristecem durante cerca de uma légua, juntam-se, num conjunto de bosques, ao caminho de Saché, nome da comuna da qual depende Frapesle. Esse caminho, que desemboca na estrada de Chinon, bem para lá de Ballan, costeia uma planície ondulada sem acidentes dignos de nota, até o pequeno povoado de Artanne. Ali descobre-se um vale que começa em Montbazon, termina no Loire e parece saltar sob os castelos pousados sobre essas duplas colinas, uma magnífica taça de esmeralda no fundo da qual o Indre rola em movimentos de serpente. Diante dessa vista, fui tomado por um espanto voluptuoso que o tédio das charnecas ou o cansaço do caminho haviam preparado. "Se essa mulher, a flor de seu sexo, mora num lugar no mundo, este lugar é aqui!" Com esse pensamento, encostei numa nogueira sob a qual, desde esse dia, repouso todas as vezes que volto ao meu querido vale. Debaixo dessa árvore confidente de meus pensamentos interrogo-me sobre as mudanças que sofri durante o tempo que se foi desde o último dia que de lá parti. Ela morava ali, meu coração não me enganava: o primeiro castelo que vi, no declive de uma charneca, era sua residência. Quando me sentei sob minha nogueira, o sol de meio-dia fazia cintilarem as ardósias de seu telhado e as vidraças de suas janelas. Seu vestido de percal produzia o ponto branco que observei nas parreiras sob um damasqueiro. Era ela, como você já sabe, sem nada saber ainda, O LÍRIO DAQUELE VALE onde crescia para o céu, enchendo-o com o perfume de suas virtudes. O amor infinito, sem outro alimento além de um objeto apenas entrevisto e que enchia minha alma, eu o encontrava expressado naquela longa fita de água que corre ao sol entre duas margens verdes, naquelas fileiras de álamos que enfeitam com suas rendas movediças aquele vale de amor, nos bosques de carvalhos que avançam entre os vinhedos em encostas que o rio arredonda sempre diferentemente, e naqueles horizontes esfumados que se perdem com efeitos contrastantes. Se quiser ver a natureza bela e virgem como uma noiva, vá até lá num dia de primavera, se quiser serenar as chagas sangrentas de seu coração, volte lá nos últimos dias do outono; na primavera, o amor ali bate as asas em pleno céu, no outono, pensamos nos que não mais existem. O pulmão doente ali respira uma benfazejo frescor, a vista ali se repousa sobre tufos dourados que comunicam à alma suas serenas doçuras. Naquele momento, os moinhos situados nas quedas do Indre conferiam uma voz àquele vale fremente, os álamos balançavam-se rindo, nem uma nuvem no céu, os pássaros cantavam, as cigarras gritavam, tudo era melodia. Não me pergunte mais por que amo a Touraine! Não a amo nem como se ama o berço nem como se ama um oásis no deserto; amo-a como um artista ama a arte; amo-a menos do que a você, mas sem a Touraine eu talvez não vivesse mais. Sem saber por que, meus olhos voltavam ao ponto branco, à mulher que brilhava naquele vasto jardim assim como no meio dos arbustos verdes eclodia a campânula de um convólvulo, murcha se lhe tocamos. Desci, com a alma em comoção, ao fundo daquele canteiro e logo avistei uma aldeia que a poesia, em mim superabundante, levou-me a achar inigualável. Imagine três moinhos colocados entre ilhas graciosamente recortadas, coroadas de alguns bosques de árvores no meio de um prado de água; que outro nome dar àquelas vegetações aquáticas, tão viçosas, tão bem coloridas, que atapetam o rio, surgem acima, ondulam junto com ele, deixam-se levar por seus caprichos e curvam-se às tempestades do rio fustigado pela roda dos moinhos? Aqui e ali, elevam-se volumes de cascalho sobre as quais a água se quebra formando franjas em que reluz o sol. As amarílis, o nenúfar, os lírios-d'água, os juncos, os floxes decoram as margens com suas magníficas tapeçarias. Uma ponte trêmula feita de vigas podres, cujos pilares estão cobertos de flores, cujos parapeitos estão plantados de ervas viçosas e musgos aveludados que se debruçam sobre o rio e não caem; barcos velhos, redes de pescadores, o canto monótono de um pastor, patos que vogavam entre as ilhas ou se depenavam sobre o *jard*, nome do areão carregado pelo Loire; rapazes moleiros, com o boné cobrindo as orelhas, ocupados em carregar as mulas; cada um desses detalhes conferia àquela cena uma ingenuidade surpreendente. Imagine, para lá da ponte, duas ou três granjas, um pombal, rolas, umas trinta cabanas separadas por jardins, por cercas de madressilvas, jasmins e clematites; depois, esterco coberto de flores diante de todas as portas, galinhas e galos pelos caminhos. Eis a aldeia de Pont-de-Ruan, lindo vilarejo encimado por uma velha igreja muito singular, uma igreja do tempo das cruzadas, e como essas que os pintores procuram para seus quadros. Emoldure o conjunto em velhas nogueiras, em álamos novos de folhas ouro-claro, coloque graciosas construções no meio dos longos prados onde o olhar se perde sob um céu quente e vaporoso, e terá uma idéia de um dos mil panoramas dessa bela região. Segui o caminho de Saché pela esquerda do rio, observando os detalhes das colinas que povoam a margem oposta. Depois, atingi enfim um parque ornamentado de árvores centenárias que me indicou o castelo de Frapesle. Cheguei justamente na hora em que o sino anunciava o almoço. Depois da refeição, meu anfitrião, não desconfiando de que eu tinha ido a pé a Tours, me fez percorrer os arredores de sua terra onde, de todos os lados, vi o vale em todas as suas formas: aqui, por uma nesga, ali, todo ele; volta e meia meus olhos eram atraídos no horizonte pela bela lâmina dourada do Loire onde, entre as ondas da marola, as velas desenhavam fantásticas figuras que fugiam levadas pelo vento. Subindo numa elevação, admirei pela primeira vez o castelo de Azay, diamante talhado em facetas, engastado no Indre, erguido sobre pilastras cobertas de flores. Depois vi ao fundo os volumes românticos do castelo de Saché, melancólica morada cheia de harmonias, graves demais para as pessoas superficiais, queridas aos poetas cuja alma está dolorida. Assim, mais tarde, amei seu silêncio, suas grandes árvores de copas despojadas, e esse toque de mistério espalhado por seu vale solitário! Mas toda vez que reencontrava na encosta da colina vizinha o pequeno castelo avistado, escolhido por meu primeiro olhar, detinha-me nele prazerosamente.

– Sim senhor! – disse meu hospedeiro ao ler em meus olhos um desses desejos faiscantes sempre tão ingenuamente expressos em minha idade. – Você sente de longe uma mulher bonita assim como um cão fareja a caça.

Não gostei dessa última palavra, mas perguntei o nome do castelo e o de seu proprietário.

– Este é Clochegourde – ele me disse –, uma bonita casa que pertence ao conde de Mortsauf[13], representante de uma família histórica da Touraine, cuja fortuna data de Louis XI e cujo nome indica a aventura a que deve tanto suas armas como sua celebridade. Descende de um homem que sobreviveu à forca. Assim, os Mortsauf usam armas *de ouro, com a cruz de sable encurtada potenciada e contrapoten-*

---

13. Personagem fictícia de *A comédia humana*. (N. do E.)

*ciada, carregada no centro por uma flor-de-lis de ouro, de haste cortada*, tendo como divisa: *Deus salve o Rei nosso Senhor*. O conde veio se estabelecer neste domínio ao retornar da emigração. Este bem é da mulher dele, em solteira srta. de Lenoncourt, da casa de Lenoncourt-Givry, que vai se extinguir: a sra. de Mortsauf[14] é filha única. A reduzida fortuna dessa família contrasta tão singularmente com a celebridade dos nomes, que, por orgulho ou talvez necessidade, eles permanecem sempre em Clochegourde e não vêem ninguém. Até o momento, a ligação deles com os Bourbons podia justificar sua solidão; mas duvido que a volta do rei mude seu modo de viver. Quando vim me estabelecer aqui, no ano passado, fui fazer-lhes uma visita de cortesia; retribuíram-na e convidaram-nos para jantar; o inverno nos separou por alguns meses, depois os acontecimentos políticos retardaram nossa volta, pois faz pouco tempo que estou em Frapesle. A sra. de Mortsauf é uma mulher que poderia ocupar o primeiro plano em qualquer parte.

– Ela vai muitas vezes a Tours?

– Não vai nunca. Mas – disse, emendando-se – foi recentemente, por ocasião da passagem do duque de Angoulême, que se mostrou muito amável com o sr. de Mortsauf.

– É ela! – exclamei.

– Ela, quem?

– Uma mulher que tem belos ombros.

– Você encontrará na Touraine muitas mulheres que têm belos ombros – ele disse rindo. – Mas, se não está cansado, podemos cruzar o rio e subir a Clochegourde, e tentará reconhecer esses ombros.

Aceitei, não sem corar de prazer e vergonha. Por volta das quatro horas chegamos ao pequeno castelo que meus olhos acariciavam desde tanto tempo. Essa residência, que produz um belo efeito na paisagem, é na verdade modesta.

---

14. Personagem fictícia de *A comédia humana*, que aparece também em *Ilusões perdidas* e *César Birotteau*. (N. do E.)

Tem cinco janelas de frente, cada uma das que terminam a fachada exposta ao sul avança cerca de duas toesas, artifício de arquitetura que simula dois pavilhões e dá graça à casa; a do meio serve de porta, e se desce por uma dupla escadaria aos jardins escalonados que levam a um prado estreito que se estende ao longo do Indre. Embora uma estrada comunal separe esse prado do último terraço assombreado por uma alameda de acácias e de verniz-do-japão, ele parece fazer parte dos jardins; pois o caminho é escavado, escondido de um lado pelo terraço, e ladeado de outro por uma sebe normanda. Os declives bem cuidados criam suficiente distância entre a casa e o rio para poupá-la dos inconvenientes da vizinhança das águas sem privá-la de seus atrativos. Sob a casa encontram-se depósitos, currais, galpões, cozinhas, cujas aberturas diversas desenham arcadas. Os telhados são graciosamente torneados nas quinas, decorados com mansardas de caixilhos lavrados e ramalhetes de chumbo nas empenas. O telhado, certamente descuidado durante a Revolução, está cheio dessa ferrugem produzida pelos musgos rasteiros e avermelhados que crescem nas casas voltadas para o lado sul. A porta-janela da escadaria é encimada por um zimbório em que permanece esculpido o escudo dos Blamont-Chauvry: *esquartelado, de goles com uma pala de veiros, flanqueada por duas mãos espalmadas, de carnação e de ouro com duas lanças de sable, postas de chaveirão*. A divisa: *Vede todos, ninguém toque!*, impressionou-me profundamente. Os suportes, que são um grifo e um dragão de goles, acorrentados de ouro, faziam, esculpidos, um belo efeito. A Revolução estragou a coroa ducal e a cimeira, que se compõe de uma palmeira sinople com frutos dourados. Senart,[15] secretário do Comi-

---

15. Gabriel-Jerôme Senart (1760-1796), advogado, procurador em Tours, foi secretário dos Comitês de Salvação Pública e de Segurança Geral, em Paris, de dezembro de 1793 a março de 1794, no período do Terror, e preso depois da queda de Robespierre.

tê de Salvação Pública, era bailio de Saché antes de 1781, o que explica essas devastações.

Tais disposições dão uma fisionomia elegante a esse castelo trabalhado como uma flor e que não parece pesar sobre o chão. Visto do vale, o térreo parece estar no primeiro andar; mas, do lado do pátio, fica no mesmo nível de uma larga alameda arenosa que dá para um canteiro avivado por diversos maciços de flores. À direita e à esquerda, os cercados das vinhas, os pomares e alguns campos de terras aráveis plantadas de nogueiras descem rapidamente, envolvendo com seus maciços a casa, e chegam às margens do Indre, que nesse local é guarnecido de arvoredos cujos verdes foram matizados pela própria natureza. Ao subir o caminho que ladeia Clochegourde, eu admirava esses volumes tão bem colocados, respirava um ar carregado de felicidade. Terá a natureza moral, então, assim como a natureza física, suas comunicações elétricas e suas mudanças bruscas de temperatura? Meu coração palpitava ao aproximar-se dos acontecimentos secretos que deviam modificá-lo para sempre, assim como os animais alegram-se ao prever o bom tempo. Esse dia tão marcante em minha vida não foi desprovido de nenhuma das circunstâncias capazes de solenizá-lo. A natureza havia se enfeitado como uma mulher que vai ao encontro do bem-amado, minha alma tinha pela primeira vez ouvido sua voz, meus olhos a haviam admirado tão fecunda, tão variada como minha imaginação a representava em meus sonhos de colégio, sobre os quais eu lhe disse algumas palavras inábeis para lhe explicar a influência deles, pois foram como um Apocalipse em que minha vida me foi figurativamente prevista: cada acontecimento feliz ou infeliz liga-se a eles por imagens estranhas, laços visíveis apenas aos olhos da alma. Atravessamos um primeiro pátio cercado das construções necessárias às explorações rurais, uma granja, um lagar, estábulos, cocheiras. Avisado pelos latidos do cão de guarda, um doméstico foi ao nosso encontro e disse-nos que o senhor conde, que desde a manhã partira para Azay, ia provavelmente voltar e que a senhora condessa estava em casa. Meu hospedeiro olhou para mim. Eu tremia de medo que não quisesse ver a sra. de Mortsauf na ausência do marido, mas ele disse ao doméstico que nos anunciasse. Impelido por uma avidez de criança, joguei-me na longa ante-sala que atravessa a casa.

– Mas entrem, senhores! – disse então uma voz de ouro.

Apesar de no baile a sra. de Mortsauf só ter pronunciado uma palavra, reconheci sua voz, que penetrou em minha alma e encheu-a como um raio de sol enche e doura a masmorra de um prisioneiro. Pensando que ela podia se lembrar de meu rosto, quis fugir; não dava mais tempo, ela apareceu na soleira da porta, nossos olhos reencontraram-se. Não sei qual de nós dois enrubesceu mais fortemente. Bastante perplexa para dizer alguma coisa, voltou a se sentar, defronte de um bastidor de tapeçaria, depois que o criado aproximou as duas poltronas; acabou de puxar a agulha a fim de dar um pretexto ao seu silêncio, contou alguns pontos e levantou a cabeça, doce e altiva ao mesmo tempo, para o sr. de Chessel[16] perguntando-lhe a que feliz circunstância devia sua visita. Se bem que curiosa de saber a verdade sobre minha aparição, não olhou para um nem outro; seus olhos estavam constantemente fixos no rio; mas, pela maneira como nos escutava, eu diria que, semelhante aos cegos, ela sabia reconhecer as agitações da alma nos imperceptíveis acentos da palavra. E era verdade. O sr. de Chessel disse meu nome e traçou minha biografia. Eu tinha chegado uns meses antes a Tours, trazido por meus pais para a casa deles quando a guerra havia ameaçado Paris. Filho da Touraine, para quem a Touraine era desconhecida, eu era um rapaz enfraquecido por estudos imoderados, enviado a Frapesle para se divertir e a quem ele tinha mostrado sua terra, aonde eu vinha pela primeira vez. Só ao pé da colina

---

16. Personagem fictícia de *A comédia humana*. (N. do E.)

eu havia lhe contado minha caminhada de Tours a Frapesle, e, temendo por minha saúde já tão fraca, ele cogitara entrar em Clochegourde, pensando que ela me permitiria descansar ali. O sr. de Chessel dizia a verdade, mas um feliz acaso parece tão fortemente inventado que a sra. de Mortsauf ficou meio desconfiada; virou para mim olhos frios e severos que me fizeram baixar as pálpebras, tanto por um sentimento de humilhação, como para esconder as lágrimas que contive entre meus cílios. A imponente castelã viu minha fronte suada; talvez também tenha adivinhado as lágrimas, pois me ofereceu aquilo de que eu pudesse necessitar, expressando uma bondade consoladora que me restituiu a fala. Eu enrubescia como uma mocinha em falta e, com voz trêmula como a de um velho, respondi com um agradecimento negativo.

– Tudo o que desejo – disse levantando os olhos para os dela, que encontrei pela segunda vez, mas por um instante tão fugaz como um raio – é não ser mandado embora daqui, estou tão entorpecido pelo cansaço que não conseguiria andar.

– Por que desconfia da hospitalidade de nossa bela região? – ela me disse. – Com toda certeza nos dará o prazer de jantar em Clochegourde? – acrescentou, virando-se para seu vizinho.

Lancei sobre meu protetor um olhar em que ecvolidiram tantas súplicas que ele se sentiu em condições de aceitar a proposta, cuja fórmula exigia uma recusa. Se o hábito mundano permitia ao sr. de Chessel distinguir tais matizes, um jovem sem experiência acredita tão firmemente na união da palavra com o pensamento, numa bela mulher, que fiquei muito espantado quando ao voltarmos, à noite, meu hospedeiro me disse: "Fiquei porque você morria de vontade de ficar; mas se você não acomodar as coisas, talvez eu fique inimizado com meus vizinhos". Esse *se você não acomodar as coisas* me fez devanear muito tempo. Se eu agradava à sra. de Mortsauf, ela não poderia querer mal àquele que havia me introduzido em sua casa. O sr. de Chessel supunha-me, portanto, capaz de ter o poder de interessá-la, e isso não seria me dar esse poder? Essa explicação corroborou minha esperança num momento em que eu precisava de socorro.

– Isso me parece difícil – ele respondeu à condessa –, a sra. de Chessel[17] nos espera.

– Ela o tem todos os dias – retrucou a condessa –, e podemos avisá-la. Ela está só?

– Está com o padre de Quélus.

– Pois bem – disse levantando-se para tocar a campainha –, os senhores jantarão conosco.

Dessa vez o sr. de Chessel considerou-a sincera e lançou-me olhares lisonjeiros. Logo que tive certeza de ficar durante uma tarde sob aquele teto, senti-me como que diante de uma eternidade. Para muitas criaturas infelizes, "amanhã" é uma palavra vazia de sentido, e nessa época eu me incluía entre os que não têm nenhuma fé no dia seguinte; quando tinha algumas horas para mim, nelas fazia caber toda uma vida de volúpias. A sra. de Mortsauf iniciou, sobre a região, as colheitas, as parreiras, uma conversa à qual eu era estranho. Numa dona de casa, esse modo de agir atesta falta de educação ou desprezo por aquele que, assim, ela coloca à margem do discurso; mas na condessa isso era embaraço. Se de início acreditei que procurava me tratar como uma criança, se invejei o privilégio dos homens de trinta anos que permitia ao sr. de Chessel entreter sua vizinha sobre assuntos graves dos quais eu nada compreendia, se me senti despeitado conjeturando que tudo era para ele, alguns meses depois soube quão significativo é o silêncio de uma mulher e quantos pensamentos uma conversa difusa encobre. Primeiro tentei me pôr à vontade na poltrona; depois reconheci as vantagens de minha posição deixando-me levar pelo encanto de ouvir a voz da condessa. O sopro

---

17. Personagem fictícia de *A comédia humana*. (N. do E.)

de sua alma desdobrava-se nos recônditos das sílabas, assim como o som se divide pelos orifícios de uma flauta; expirava formando ondulações no ouvido, e de lá acelerava a circulação do sangue. Sua maneira de dizer as terminações em *i* faziam pensar em um canto de pássaro; o *ch* pronunciado por ela era como uma carícia, e seu modo de atacar os *t* indicava o despotismo do coração. Ela assim estendia, sem saber, o sentido das palavras e arrastava minha alma para um mundo sobre-humano. Quantas vezes não deixei prosseguir uma discussão que eu podia concluir, quantas vezes não me deixei repreender injustamente para escutar aqueles concertos de voz humana, para aspirar o ar que saía de seus lábios repletos de sua alma, para estreitar essa luz falada com o ardor que eu dedicaria a apertar a condessa contra meu peito! Que canto de andorinha alegre, quando ela ria! Mas que voz de cisne chamando os companheiros, quando falava de suas tristezas! A desatenção da condessa permitiu-me examiná-la. Meu olhar deliciava-se, escorregando sobre a bela mulher que falava; cingia sua cintura, beijava seus pés e brincava nos cachos de sua cabeleira. No entanto, eu estava às voltas com um terror que compreenderão aqueles que, em suas vidas, sentiram as alegrias ilimitadas de uma paixão verdadeira. Receava que ela me flagrasse com os olhos fitos no lugar de seus ombros que eu havia beijado tão ardorosamente. Esse temor avivava a tentação, e eu sucumbia, olhava para eles! Meu olhar rasgava o tecido, eu revia a pinta que marcava o nascimento do lindo risco que dividia suas costas, mosca perdida no leite, e que desde o baile flamejava sempre à noite naquelas trevas onde parece fluir o sono dos jovens cuja imaginação é ardente, cuja vida é casta.

 Posso esboçar os traços principais que em qualquer lugar teriam assinalado aos olhares a condessa, mas o desenho mais correto, a cor mais quente ainda nada expressariam. Seu rosto é um desses que, para ser pintado com semelhança, exige o artista raro cuja mão sabe pintar o reflexo dos fogos internos e restituir esse vapor luminoso negado pela ciência, que a palavra não traduz mas um amante enxerga. Seus cabelos finos e acendrados muitas vezes a faziam sofrer, e esses sofrimentos eram talvez causados por súbitos afluxos de sangue à cabeça. Sua fronte arredondada, proeminente como a da Gioconda, parecia cheia de idéias não expressadas, sentimentos contidos, flores afogadas em águas amargas. Seus olhos esverdeados, salpicados de pontos castanhos, eram sempre pálidos; mas quando se tratava de seus filhos, quando lhe escapavam essas vivas efusões de alegria ou dor, raras na vida das mulheres resignadas, seus olhos lançavam então um clarão sutil que parecia inflamar-se nas fontes da vida e que devia secá-las; raio que me arrancara lágrimas quando ela me cobria com seu formidável desdém e que lhe bastava para baixar as pálpebras dos mais audaciosos. Um nariz grego, como que desenhado por Fídias e unido por um duplo arco a lábios elegantemente sinuosos, espiritualizava seu rosto de forma oval, e cuja tez, comparável ao tecido das camélias brancas, enrubescia nas faces com bonitos tons rosados. Sua gordura não destruía a graça de sua silhueta nem a corpulência desejada para que as formas permanecessem belas embora desenvolvidas. Você compreenderá de súbito esse gênero de perfeição quando souber que os deslumbrantes tesouros que me haviam fascinado pareciam unir-se ao antebraço sem formar nenhuma dobra. A parte inferior de sua cabeça não tinha essas cavidades que tornam a nuca de certas mulheres semelhantes a troncos de árvores, ali seus músculos não desenhavam cordas e por toda parte as linhas arredondavam-se em sinuosidades desesperadoras para o olhar como para o pincel. Uma ligeira penugem descia ao longo de suas faces, na área do pescoço, retendo a luz sedosa. Suas orelhas pequenas e bem delineadas eram, segundo sua expressão, orelhas de escrava e de mãe. Mais tarde, quando habitei em seu coração, ela me dizia: "O sr. de Mortsauf está aí!", e tinha razão, ao passo que eu ainda nada escutara, eu, cuja audição possui um alcance notável. Seus braços eram belos, sua mão de dedos curvos era longa e, como nas estátuas antigas, a carne ultrapassava as unhas de pontas finas. Se eu desse às silhuetas finas a superioridade sobre as silhuetas redondas, desagradaria a você, se você não fosse uma exceção. A silhueta arredondada é sinal de força, mas as mulheres assim constituídas são imperiosas, voluntariosas, mais voluptuosas que ternas. Ao contrário, as mulheres de silhueta fina são dedicadas, cheias de delicadeza, propensas à melancolia; são mais mulheres que as outras. A silhueta fina é dócil e suave, a silhueta redonda é inflexível e ciumenta. Agora você sabe como ela era. Tinha o pé como deve ser o de uma mulher, esse pé que anda pouco, logo se cansa e alegra a vista quando vai além do vestido. Embora fosse mãe de dois filhos, jamais encontrei em seu sexo ninguém que parecesse mais donzela. Seu ar expressava uma simplicidade unida a um toque de espanto e de sonhador que reconduzia a ela, assim como o pintor nos reconduz ao rosto em que seu gênio traduziu um mundo de sentimentos. Aliás, suas qualidades visíveis só podem ser expressas por comparações. Lembre-se do perfume casto e selvagem daquela urze que colhemos voltando de Villa Diodati,[18] daquela flor preta e rosa que você tanto louvou, e adivinhará como essa mulher podia ser elegante longe do mundo, natural em suas expressões, requintada nas coisas que se tornavam suas, rosa e preta ao mesmo tempo. Seu corpo tinha o verdor que admiramos nas folhas recém-abertas, seu espírito tinha a profunda concisão do selvagem; era criança pelo sentimento, grave pelo sofrimento, castelã e donzela. Assim, agradava sem artifício, por seu jeito de se sentar, levantar, calar ou lançar uma palavra. Habitualmente reservada, atenta como a sentinela sobre quem repousa a salvação de todos e que espreita a desgraça, às vezes escapavam-lhe sorrisos que traíam uma

---

18. Casa em que morou Byron, à beira do lago Léman, em Genebra, e que Balzac visitou com a sra. Hanska em 1834.

natureza risonha sepultada sob a conduta exigida por sua vida. Sua vaidade tornara-se mistério, ela fazia sonhar, em vez de inspirar a atenção galante que as mulheres solicitam, e deixava perceber sua primeira natureza de chama viva, seus primeiros sonhos azuis, assim como se enxerga o céu pelas nesgas das nuvens. Essa revelação involuntária deixava pensativos aqueles que não sentiam uma lágrima interior secada pelo fogo dos desejos. A raridade de seus gestos, e sobretudo de seus olhares (exceto os filhos, não olhava para ninguém), dava uma inacreditável solenidade ao que fazia ou dizia, quando fazia ou dizia uma coisa com esse ar que sabem assumir as mulheres no momento em que comprometem sua dignidade por uma confissão. Naquele dia, a sra. de Mortsauf usava um vestido rosa listradinho, uma gola larga, um cinto preto e borzeguins da mesma cor. Seus cabelos simplesmente enrolados sobre a cabeça estavam presos por um pente de tartaruga. É este o imperfeito esboço prometido. Mas a constante emanação de sua alma sobre os seus, essa essência nutritiva que, espalhada em ondas como o sol, emite sua luz, sua natureza íntima, sua atitude nas horas sossegadas, sua resignação nas horas tormentosas, todos esses remoinhos da vida em que o caráter se revela, dependem, como os efeitos do céu, de circunstâncias inesperadas e fugazes que só se parecem entre si pelo fundo do qual se destacam, e cuja pintura será necessariamente misturada aos acontecimentos desta história: verdadeira epopéia doméstica, tão grande aos olhos do sábio como são as tragédias aos olhos da multidão, e cujo relato a prenderá tanto pela parte que me coube como por sua semelhança com um grande número de destinos femininos.

Tudo em Clochegourde trazia a marca de um esmero verdadeiramente inglês. O salão onde ficava a condessa era inteiramente forrado de madeira, pintado em duas nuances de cinza. A lareira tinha como ornamento um relógio de pêndulo contido numa caixa de mogno encimada por uma taça, e dois grandes vasos de porcelana branca com filetes de ouro, de onde elevavam-se urzes do Cabo.[19] Havia um abajur sobre o console. Diante da lareira havia um tabuleiro de triquetraque. Duas largas braçadeiras de algodão prendiam as cortinas de percal branco, sem franjas. Capas cinza, bordadas com galão verde, cobriam os assentos, e a tapeçaria esticada no bastidor da condessa explicava por que seu móvel estava assim escondido. Essa simplicidade beirava a grandiosidade. Nenhum aposento, entre os que vi desde então, causou-me impressões tão férteis, tão densas como a que senti naquele salão de Clochegourde, calmo e recolhido como a vida da condessa, e onde se adivinhava a regularidade conventual de suas ocupações. A maioria de minhas idéias, e mesmo as mais audaciosas em ciência ou em política, nasceu ali, assim como os perfumes emanam das flores; mas ali vicejava a planta desconhecida que lançou em minha alma seu pólen fecundo, ali brilhava o calor solar que desenvolveu minhas boas qualidades e secou as más. Da janela, o olhar abarcava o vale desde a colina onde se ergue Pont-de-Ruan até o castelo de Azay, e seguia as sinuosidades do lado oposto, que acompanham as torres de Frapesle, depois a igreja, o povoado e a velha mansão de Saché cujos volumes dominam o prado. Em harmonia com essa vida sossegada e sem outras emoções além daquelas proporcionadas pela família, esses locais comunicavam à alma sua serenidade. Se a tivesse encontrado ali pela primeira vez, entre o conde e os dois filhos, em vez de encontrá-la esplêndida em seu vestido de baile, não lhe teria roubado aquele beijo delirante do qual então senti remorso, acreditando que ele destruiria o futuro de meu amor! Não, nas negras disposições em que me punha a desgraça, teria me ajoelhado, teria beijado seus borzeguins, nos quais teria deixado algumas lágrimas, e teria ido me jogar no Indre.

---

19. Cabo da Boa Esperança. Essa planta dava uma flor recém-conhecida na França e muito rara.

Mas, depois de haver aflorado o fresco jasmim de sua pele e bebido o leite daquela taça cheia de amor, eu tinha na alma o gosto e a esperança das voluptuosidades sobre-humanas, queria viver e esperar a hora do prazer assim como o selvagem espreita a hora da vingança, queria me suspender nas árvores, rastejar pelas vinhas, esconder-me no Indre, queria ter como cúmplice o silêncio da noite, a lassidão da vida, o calor do sol a fim de terminar a maçã deliciosa que eu já havia mordido. Houvesse ela me pedido a flor que canta ou as riquezas enterradas pelos companheiros de Morgan, o Exterminador,[20] eu as teria levado a fim de obter as riquezas certas e a flor muda que desejava! Quando cessou o sonho em que me mergulhara a longa contemplação de meu ídolo, e durante o qual um criado chegou e lhe falou, a ouvi falar do conde. Só então pensei que uma mulher devia pertencer ao marido. Esse pensamento me deu vertigens. Depois, tive a curiosidade obscura e furiosa de ver o possuidor daquele tesouro. Dois sentimentos me dominaram, o ódio e o medo; um ódio que não conhecia nenhum obstáculo e os avaliava sem temê-los; um medo vago, mas real, do combate, de seu desfecho, e DELA, sobretudo. Às voltas com inefáveis pressentimentos, temia aqueles apertos de mão que desonram, já entrevia aquelas dificuldades elásticas em que as mais rudes vontades se chocam e enfraquecem, temia essa força de inércia que hoje despoja a vida social dos desfechos buscados pelas almas apaixonadas.

– O sr. de Mortsauf está aí – ela disse.

Levantei-me de um pulo, como um cavalo assustado. Embora esse gesto não escapasse ao sr. de Chessel nem à condessa, não me valeu nenhuma observação muda, pois uma menina a quem dei seis anos distraiu a atenção ao entrar dizendo:

---

20. Trata-se de Henry John Morgan (1635-1688), um dos mais famosos flibusteiros ingleses do século XVII, que devastou as colônias espanholas nas Antilhas.

– Meu pai chegou.
– Pois é! Madeleine? – disse sua mãe.

A menina esticou ao sr. de Chessel a mão que ele pedia e olhou-me muito atentamente depois de me dirigir uma pequena saudação cheia de espanto.

– Está satisfeita com a saúde da menina? – perguntou o sr. de Chessel à condessa.

– Ela está melhor – respondeu, acariciando a cabeleira da pequena já aninhada em seu colo. Uma pergunta do sr. de Chessel me fez saber que Madeleine tinha nove anos; expressei certa surpresa por meu erro, e meu espanto trouxe nuvens à fronte da mãe. Meu introdutor lançou-me um desses olhares significativos pelos quais as pessoas mundanas nos dão uma segunda educação. Ali havia sem dúvida um ferimento materno cuja cicatriz devia ser respeitada. Criança mirrada de olhos pálidos, pele branca como uma porcelana iluminada por um clarão, Madeleine talvez não estivesse viva no clima de uma cidade. O ar do campo os cuidados da mãe, que parecia resguardá-la, mantinham a vida naquele corpo tão delicado como uma planta que vivesse na estufa apesar dos rigores de um clima estranho. Embora em nada lembrasse a mãe, Madeleine parecia ter sua alma, e essa alma a sustentava. Seus cabelos ralos e pretos, seus olhos fundos, as faces chupadas, os braços magros, o peito estreito anunciavam um embate entre a vida e a morte, duelo sem trégua do qual até então a condessa era a vencedora. A menina mostrava vivacidade, certamente para evitar tristezas à mãe; pois, em certos momentos em que ela não a observava, tomava a atitude de um salgueiro-chorão. Parecia uma pequena cigana passando fome, vinda de seu país mendigando, exausta, mas corajosa e enfeitada para seu público.

– Onde você deixou Jacques? – perguntou-lhe a mãe, beijando-a no repartido branco que dividia seus cabelos em dois bandos semelhantes às asas de um corvo.

– Ele vem com papai.

Nesse instante o conde entrou, trazendo o filho pela mão. Jacques, verdadeiro retrato de sua irmã, exibia os mesmos sintomas de fraqueza. Ao ver essas duas crianças frágeis ao lado da mãe tão magnificamente bela, era impossível não adivinhar as fontes da tristeza que enternecia as têmporas da condessa e a fazia calar um desses pensamentos que só têm Deus como confidente, mas que dão à fronte terríveis significados. Ao me cumprimentar, o sr. de Mortsauf lançou-me um olhar menos observador do que inabilmente inquieto do homem cuja desconfiança vem de seu pouco hábito em manejar a análise. Depois de tê-lo posto a par e dito meu nome, sua mulher cedeu-lhe o lugar e nos deixou. As crianças, cujos olhos estavam presos nos da mãe, como se dela tirassem sua luz, quiseram acompanhá-la, e ela disse: "Fiquem, meus queridos anjos!", e pôs o dedo nos lábios. Elas obedeceram, mas seus olhares se turvaram. Ah! Para ouvir dizer a palavra *queridos*, que esforços não faríamos? Como as crianças, senti menos calor quando ela se retirou. Meu nome mudou as disposições do conde a meu respeito. De frio e altivo, tornou-se, se não afetuoso, ao menos polidamente solícito, demonstrou consideração comigo e pareceu feliz de me receber. Outrora meu pai tinha se dedicado, em nome de nossos chefes, a representar um papel grande mas obscuro, perigoso mas que podia ser eficaz. Quando tudo estava perdido, depois de Napoleão aceder ao topo dos negócios do país, assim como muitos conspiradores secretos ele se refugiara nas doçuras da província e da vida privada, aceitando acusações tão duras como imerecidas, salário inevitável dos que arriscam tudo e sucumbem depois de ter servido de pivô da máquina política. Nada sabendo da fortuna, dos antecedentes nem do futuro de minha família, eu também ignorava as particularidades desse destino perdido do qual se lembrava o conde de Mortsauf. No entanto, se a antiguidade do nome, a seu ver a mais preciosa qualidade de um homem, podia justificar a acolhida que me deixou encabulado, só mais tarde soube de sua verdadeira razão. Por ora, a transição súbita deixou-me à vontade. Quando as duas crianças viram que a conversa era retomada entre nós três, Madeleine soltou a cabeça das mãos do pai, olhou para a porta aberta, esgueirou-se para fora como uma enguia, e Jacques a seguiu. Os dois foram se juntar à mãe, pois ouvi suas vozes e movimentos, semelhantes, ao longe, aos zumbidos das abelhas em torno da colméia amada.

Contemplei o conde, tentando adivinhar seu temperamento, mas fiquei bastante interessado em certos traços principais e não me limitei ao exame superficial de sua fisionomia. Tendo apenas 45 anos, parecia estar beirando os sessenta, de tal modo tinha subitamente envelhecido no grande naufrágio que terminou o século XVIII. O semicírculo que cingia monasticamente o alto de sua cabeça desprovida de cabelos ia terminar nas orelhas, chegando às têmporas em tufos grisalhos misturados de preto. Seu rosto parecia vagamente com o de um lobo branco com sangue no focinho, porque o nariz estava congestionado como o de um homem cuja vida foi alterada em seus princípios, cujo estômago está debilitado e cujos humores estão viciados por antigas enfermidades. Sua testa plana, muito larga para o rosto que terminava em ponta, enrugado transversalmente por sulcos desiguais, anunciava os hábitos de vida ao ar livre e não os cansaços do espírito, o peso de um constante infortúnio e não os esforços para dominá-lo. As maçãs do rosto, salientes e morenas no meio dos tons pálidos de sua tez, indicavam uma constituição suficientemente forte para assegurar-lhe vida longa. Seus olhos claros, amarelos e duros caíam sobre a pessoa como um raio de sol no inverno, luminoso sem calor, inquieto sem pensamento, desafiante sem objeto. Sua boca era violenta e imperiosa, seu queixo era reto e comprido. Magro e alto, tinha a atitude de um fidalgo apoiado num valor convencional, que sabe estar acima dos outros pelo direito, abaixo pelos fatos. O desleixo da vida no campo o levara a descuidar-se da aparência. Seu vestuário era o do morador do campo de quem os camponeses tanto como os vizinhos só consideram a fortuna territorial. Suas mãos morenas e nervosas comprovavam que só usava luvas para montar a cavalo ou no domingo para ir à missa. Seus sapatos eram grosseiros. Embora os dez anos de emigração e os dez anos como agricultor tivessem influenciado seu físico, subsistiam nele vestígios de nobreza. O liberal mais rancoroso, palavra que ainda não era moeda corrente, teria facilmente reconhecido nele a lealdade cavalheiresca, as convicções imarcescíveis do leitor conquistado para sempre por *La Quotidienne*.[21] Teria admirado o homem religioso, apaixonado por sua causa, franco em suas antipatias políticas, incapaz de servir pessoalmente a seu partido, muito capaz de perdê-lo, e sem conhecimento das coisas na França. O conde era, de fato, um desses homens retos que não se prestam a nada e barram obstinadamente tudo, capazes de morrer de arma na mão, no posto que lhes for atribuído, mas bastante avaros para dar a vida antes de dar seus escudos. Durante o jantar reparei, na depressão de suas faces murchas e em certos olhares de soslaio para seus filhos, os traços de pensamentos importunos cujos ímpetos subiam à superfície. Ao vê-lo, quem não o teria compreendido? Quem não o teria acusado de ter fatalmente transmitido aos filhos aqueles corpos aos quais faltava vida? Se ele mesmo se condenava, negava aos outros o direito de julgá-lo. Amargo como uma autoridade que se sabe faltosa, mas não tendo grandeza suficiente ou encanto para compensar a soma de dor que havia atirado na balança, sua vida íntima devia oferecer as asperezas denunciadas nele pelos traços angulosos e os olhos incessantemente inquietos. Quando sua mulher voltou, seguida pelas duas crianças agarradas em seu corpo, desconfiei, pois, de uma desgraça, como quando, andando sobre as abóbadas de uma adega, os pés têm, de certa for-

---

21. Jornal ultra-realista e clerical, fundado em 1792 para combater a Revolução Francesa.

ma, a consciência da profundidade. Vendo aquelas quatro pessoas juntas, beijando-as com meus olhares, indo de uma a outra, estudando suas fisionomias e atitudes respectivas, pensamentos impregnados de melancolia caíram sobre meu coração assim como uma chuva fina e cinza embruma uma linda região depois de uma bela aurora. Quando o assunto da conversa se esgotou, o conde pôs-me novamente em cena, em detrimento do sr. de Chessel, contando à mulher vários episódios a respeito de minha família e que eu desconhecia. Perguntou minha idade. Quando disse, a condessa retribuiu meu gesto de surpresa a propósito de sua filha. Talvez me desse catorze anos. Foi, como eu soube depois, o segundo laço que a prendeu tão fortemente a mim. Li em sua alma. Sua maternidade estremeceu, iluminada por um raio tardio de sol que a esperança lhe lançava. Ao me ver, com mais de vinte anos, tão franzino, tão delicado e no entanto tão nervoso, uma voz talvez lhe tenha gritado: "*Eles viverão!*". Olhou para mim com curiosidade, e senti que naquele momento muitos gelos entre nós derretiam. Ela pareceu ter mil perguntas para me fazer, e guardou-as todas.

– Se o estudo o fez adoecer – disse –, o ar de nosso vale o restabelecerá.

– A educação moderna é fatal para as crianças – retrucou o conde. – Nós as enchemos de matemática, nós as matamos a golpes de ciência e as gastamos antes do tempo. O senhor precisa descansar aqui – ele me disse –, está esmagado pela avalanche de idéias que rolou sobre si. Que século nos prepara esse ensino posto ao alcance de todos, se não prevenirmos o mal confiando a instrução pública às corporações religiosas!

Essas palavras bem prenunciavam o comentário que ele disse num dia de eleições, recusando seu voto a um homem cujos talentos podiam servir a causa realista: "Sempre desconfiarei das pessoas de espírito", respondeu ao intermediário do candidato eleitoral. Propôs-nos dar uma volta por seus jardins e levantou-se.

– Meu marido... – disse-lhe a condessa.

– Sim, o que há, minha querida?... – ele respondeu virando-se com uma aspereza altiva que denotava o quanto queria ser absoluto em casa, mas quão pouco era.

– O cavalheiro veio de Tours a pé, o sr. de Chessel não sabia de nada e deu uma volta com ele em Frapesle.

– O senhor cometeu uma imprudência – ele me disse –, se bem que na sua idade!...

E balançou a cabeça em sinal de decepção.

A conversa foi retomada. Não demorei a perceber como o realismo dele era intratável e quantas precauções tinha-se de usar para permanecer sem choque em suas águas. O criado, que havia prontamente vestido uma libré, anunciou o jantar. O sr. de Chessel apresentou o braço à sra. de Mortsauf, e o conde pegou alegremente o meu para passar à sala de jantar, que, na arrumação do térreo, formava par com o salão.

Revestida de ladrilhos brancos fabricados na Touraine e forrada de madeira até a altura de um parapeito, a sala de jantar era coberta de um papel envernizado que representava grandes painéis emoldurados de flores e frutas; as janelas tinham cortinas de percal ornadas de galões vermelhos; os bufês eram velhos móveis de Boulle[22], e a madeira das cadeiras, guarnecidas com estofo feito a mão, era carvalho talhado. Abundantemente servida, a mesa não oferecia nada de luxuoso: prataria de família sem unidade de forma, porcelana de Saxe que ainda não tinha propriamente voltado à moda, garrafas octogonais, facas de cabo de ágata, e depois, sob as garrafas, rodelas de charão; ramos de flores nos vasos esmaltados e dourados nos recortes lavrados. Gostei daquelas velharias, achei o papel Réveillon[23] e seus motivos de flores magníficos. O contentamento que enfunava

---

22. André-Charles Boulle (1642-1732), famoso ebanista que fabricava peças de diversas madeiras e com incrustrações de metais preciosos.

23. Fabricante de papéis de parede pintados, cuja fábrica foi destruída em 1789.

todas as minhas velas impediu-me de ver as inextricáveis dificuldades postas entre ela e mim pela vida tão coerente da solidão e do campo. Eu estava perto dela, à sua direita, servia-lhe bebida. Sim, felicidade inesperada!, roçava seu vestido, comia seu pão. Ao final de três horas, minha vida se mesclava à vida dela! Enfim, estávamos ligados por aquele terrível beijo, espécie de segredo que nos inspirava uma vergonha mútua. Fui de uma covardia gloriosa: esmerava-me em agradar ao conde, que se prestava a todas as minhas bajulações; eu teria afagado o cão, teria acorrido aos menores desejos das crianças, teria lhes trazido arcos, bolinhas de ágata, teria lhes servido de cavalo, censurava-os por já não se apossarem de mim como uma coisa sua. O amor tem intuições assim como o gênio tem as suas, e eu via confusamente que a violência, a acrimônia, a hostilidade arruinariam minhas esperanças. Para mim todo o jantar se passou em alegrias interiores. Vendo-me na casa dela, não conseguia pensar nem em sua frieza real, nem na indiferença que se ocultava sob a cortesia do conde. Assim como a vida, o amor tem uma puberdade durante a qual se basta a si mesmo. Dei algumas respostas desastradas, em harmonia com os tumultos secretos da paixão, mas ninguém podia imaginá-los, nem sequer *ela*, que nada sabia do amor.

O resto do tempo foi como um sonho. Esse belo sonho cessou quando, à luz da lua e numa noite quente e perfumada, atravessei o Indre em meio a brancas fantasias que decoravam os prados, as margens, as colinas; ouvindo o canto claro, a nota única, cheia de melancolia, emitida incessantemente, em intervalos iguais, por uma pererreca cujo nome científico ignoro, mas que desde esse dia solene não escuto sem infinitas delícias. Reconheci um pouco tarde, lá como alhures, essa insensibilidade de mármore contra a qual meus sentimentos tinham até então se desgastado; perguntei-me se seria sempre assim; acreditei estar sob uma influência fatal; os sinistros acontecimentos do passado debateram-se com os prazeres puramente pessoais que eu havia provado.

Antes de voltar para Frapesle, olhei Clochegourde e vi lá embaixo um bote, chamado na Touraine de *toue*, amarrado a um freixo e que a água balançava. Esse *toue* pertencia ao sr. de Mortsauf, que o utilizava para pescar.

– Muito bem! – disse-me o sr. de Chessel quando já não havia perigo de sermos ouvidos. – Não preciso lhe perguntar se reencontrou os belos ombros; devo lhe felicitar pela acolhida que lhe fez o sr. de Mortsauf! Diachos! Você chega ao centro da praça-forte no primeiro ataque.

Essa frase, seguida da que lhe falei, reanimou meu coração abatido. Eu não tinha dado uma palavra desde Clochegourde, e o sr. de Chessel atribuiu meu silêncio à minha felicidade.

– Como! – respondi num tom de ironia, que também podia ter sido ditado pela paixão contida.

– Ele nunca recebeu ninguém tão bem.

– Confesso-lhe que eu mesmo estou espantado com essa acolhida – disse-lhe, sentindo a amargura interior que esta última palavra me revelava.

Embora fosse muito inexperiente nos assuntos mundanos para compreender a causa do sentimento que o sr. de Chessel transmitia, fiquei, todavia, impressionado com a expressão com que ele se traía. Meu hospedeiro tinha a infelicidade de se chamar Durand, e dava-se ao ridículo de renegar o sobrenome do pai, ilustre fabricante que, durante a Revolução, fizera imensa fortuna. Sua mulher era a única herdeira dos Chessel, velha família parlamentar, da burguesia da época de Henrique IV, como a da maioria dos magistrados parisienses. Ambicioso de alto nível, o sr. de Chessel quis matar o seu Durand original para atingir os destinos com que sonhava. Primeiro chamou-se Durand de Chessel, depois, D. de Chessel; agora era o sr. de Chessel. Na época da Restauração, estabeleceu um morgado com o título de conde, em virtude de cartas outorgadas por Louis XVIII. Seus filhos recolherão os frutos de sua coragem sem conhecer sua grandeza. Um comentário de certo príncipe cáustico costumava pesar sobre sua cabeça. "O sr. de Chessel mostra-se geralmente pouco como Durand",[24] ele disse. Por muito tempo essa frase deliciou a Touraine. Os *parvenus* são como os macacos, de quem têm a destreza: vemo-los nas alturas, admiramos sua agilidade durante a escalada, mas, quando chegam ao alto, só percebemos suas partes pudendas. O avesso de meu hospedeiro compôs-se de mesquinharias ampliadas pela inveja. O pariato e ele são, até o presente, duas tangentes impossíveis. Ter uma pretensão e justificá-la é a impertinência da força; mas estar abaixo de suas pretensões confessadas constitui um ridículo constante do qual se alimentam os espíritos pequenos. Ora, o sr. de Chessel não teve o trajeto retilíneo do homem forte: duas vezes deputado, os êxitos ou derrotas estragaram seu temperamento e deram-lhe a aspereza do ambicioso inválido. Embora homem galante, homem espirituoso e capaz de grandes coisas, talvez a inveja que envenena a existência na Touraine, onde os oriundos da região empregam seu espírito em tudo invejar, tenha-lhe sido funesta nas altas esferas sociais em que têm pouco êxito essas figuras crispadas pelo sucesso alheio, esses lábios amuados, rebeldes ao elogio e fáceis ao epigrama. Querendo menos, talvez ele tivesse obtido mais; mas, infelizmente, tinha superioridade suficiente para querer andar sempre erguido. Naquele momento, o sr. de Chessel estava no crepúsculo de sua ambição, a realeza lhe sorria. Talvez exibisse ares de importância, mas para mim foi perfeito. Aliás, gostei dele por uma razão muito simples, nele encontrei pela primeira vez o repouso. O interesse, talvez fraco, que me demonstrava, pareceu, a mim, infeliz criança enjeitada, uma imagem do amor paterno. Os cuidados com a hospitalidade contrastavam tanto com a indiferença que até então sempre me prostrara, que eu

---

24. No original: *"M. de Chessel se montre généralement peu en Durand"*, trocadilho entre *en Durand* (como Durand) e *endurant*, que significa resistente. Durand é um dos sobrenomes mais corriqueiros na França.

expressava uma gratidão infantil por viver sem amarras e quase acariciado. Assim, os senhores de Frapesle misturaram-se tão bem à aurora de minha felicidade que meu pensamento os confunde nas lembranças que amo reviver. Mais tarde, e justamente no caso das cartas patentes, tive o prazer de prestar alguns serviços a meu hospedeiro. O sr. de Chessel desfrutava de sua fortuna com um fausto que ofendia alguns vizinhos seus; podia renovar seus belos cavalos e elegantes viaturas, a mulher era requintada em suas toaletes, ele recebia luxuosamente, sua criadagem era mais numerosa do que demandam os hábitos da região, e ele se comportava como um príncipe. A área de Frapesle é imensa. Em presença de seu vizinho e diante de todo esse luxo, o conde de Mortsauf, reduzido ao cabriolé familiar, que na Touraine está a meio caminho entre o patacho e a sege de posta, obrigado pela mediocridade de sua fortuna a explorar Clochegourde, foi, portanto, tourainiano até o dia em que os favores régios deram à sua família um brilho talvez inesperado. Sua acolhida ao caçula de uma família arruinada, cujo escudo data das cruzadas, servia-lhe para humilhar a grande fortuna, para rebaixar os bosques, os terrenos e os prados de seu vizinho, que não era fidalgo. O sr. de Chessel compreendera bem o conde. Assim, sempre se viram cortesmente, mas sem nenhuma dessas relações cotidianas, sem essa agradável intimidade que deveria ter se estabelecido entre Clochegourde e Frapesle, duas propriedades separadas pelo Indre e das quais cada uma das castelãs podia, de sua janela, fazer sinal à outra.

A inveja não era a única razão da solidão em que vivia o conde de Mortsauf. Sua primeira educação foi a da maioria das crianças de grandes famílias, uma instrução incompleta e superficial à qual supriam os ensinamentos do mundo, os usos da corte, o exercício dos grandes encargos da coroa ou de postos eminentes. O sr. de Mortsauf havia emigrado justamente na época em que começava sua segunda educação, que lhe fazia falta. Foi daqueles que acreditaram no pronto restabelecimento da monarquia na França; com essa convicção, seu exílio fora a mais deplorável ociosidade. Quando se dispersou o exército de Condé,[25] em que sua coragem o levou a se inscrever entre os mais devotados, esperou brevemente regressar sob a bandeira branca,[26] e não procurou, como alguns emigrados, criar uma vida de trabalho. Talvez não houvesse tido a força de abdicar de seu nome para ganhar o pão com o suor de um trabalho desprezado. Suas esperanças sempre postergadas para o dia seguinte, e talvez também a honra, impediram-no de se pôr a serviço das potências estrangeiras. O sofrimento minou sua coragem. Longas caminhadas a pé, sem alimentação suficiente, além das esperanças sempre frustradas, alteraram sua saúde, desencorajaram sua alma. Pouco a pouco sua penúria tornou-se extrema. Se para muitos homens a miséria é um tônico, há outros para quem é um dissolvente, e o conde foi um destes. Ao pensar nesse pobre fidalgo da Touraine andando e dormindo pelos caminhos da Hungria, dividindo um quarto de carneiro com os pastores do príncipe Esterhazy,[27] aos quais o viajante pedia o pão que o fidalgo não teria aceitado do patrão, e que ele recusou muitas vezes das mãos inimigas da França, nunca senti fel em meu coração contra o emigrado, nem mesmo quando o vi ridículo no triunfo. Os cabelos brancos do sr. de Mortsauf me falaram de dores horrorosas, e simpatizo demais com os exilados para conseguir julgá-los. A alegria francesa e tourainiana sucumbiu no conde; tornou-se moroso, caiu doente e foi tratado por caridade em algum hospital alemão. Sua doença era uma inflamação do mesentério, caso

---

25. O exército do príncipe Louis-Joseph de Condé (1756-1830) reuniu príncipes e nobres exilados em Coblenz e à beira do Reno, com o objetivo de combater a Revolução Francesa.

26. Insígnia da monarquia francesa.

27. Nicolas Esterhazy (1756-1833), general e diplomata húngaro, dono das mais ricas propriedades rurais do império austríaco.

freqüentemente mortal e cuja cura acarreta alterações de humor e quase sempre causa hipocondria. Seus amores, sepultados no mais profundo de sua alma e que só eu descobri, foram amores de baixa classe, que não só atacaram sua vida, como também arruinaram seu futuro. Depois de doze anos de desgraças, virou os olhos para a França, para onde o decreto de Napoleão permitiu-lhe voltar. Quando, ao passar o Reno, o andarilho sofredor avistou o campanário de Estrasburgo numa linda tarde, desmaiou. "A França! França! Gritei: 'Eis a França!'", ele me disse, "como uma criança que grita: 'Mamãe!', quando está ferida." Rico antes de nascer, encontrava-se pobre; feito para comandar um regimento ou governar o Estado, estava sem autoridade, sem futuro; nascido saudável e robusto, retornava doente e acabado. Sem instrução num país onde os homens e as coisas tinham se ampliado, necessariamente sem influência possível, viu-se despojado de tudo, até mesmo de suas forças corporais e morais. A ausência de fortuna tornou seu nome uma carga pesada. As opiniões inabaláveis, os antecedentes no exército de Condé, as tristezas, as lembranças, a saúde perdida deram-lhe uma suscetibilidade fadada a ser pouco respeitada na França, país das zombarias. Semimoribundo, chegou ao Maine onde, por um acaso talvez devido à guerra civil, o governo revolucionário esquecera de mandar vender uma fazenda de área considerável e que o arrendatário conservava para ele, dando a entender que era o proprietário. Quando a família de Lenoncourt, que morava em Givry, castelo situado perto dessa fazenda, soube da chegada do conde de Mortsauf, o duque Lenoncourt foi lhe propor que permanecessem em Givry o tempo necessário para conseguir uma moradia. A família Lenoncourt foi nobremente generosa com o conde, que ali se restabeleceu, numa temporada de muitos meses, e fez esforços para ocultar suas dores durante essa primeira parada. Os Lenoncourt tinham perdido seus imensos bens. Pelo nome, o sr. de Mortsauf era um bom partido para a filha deles. Longe de se opor ao casamento com um homem de 35 anos, doentio e envelhecido, a srta. de Lenoncourt pareceu feliz com isso. Um casamento conferia-lhe o direito de viver com sua tia, a duquesa de Verneuil, irmã do príncipe Blamont-Chauvry,[28] que para ela era uma mãe adotiva.

Amiga íntima da duquesa de Bourbon,[29] a sra. de Verneuil fazia parte de uma sociedade religiosa cuja alma era o sr. Saint-Martin, nascido na Touraine e apelidado de *Filósofo desconhecido*[30]. Os discípulos desse filósofo praticavam as virtudes aconselhadas pelas altas especulações do iluminismo místico. Essa doutrina dá a chave dos mundos divinos, explica a existência pela transformação em que o homem se encaminha para sublimes destinos, liberta o dever de sua degradação legal, aplica às penas da vida a inalterável doçura do *quaker* e ordena o desprezo pelo sofrimento, inspirando algo de maternal no anjo que conduzimos ao céu. É o estoicismo que tem futuro. A prece ativa e o amor puro são os elementos dessa fé que sai do catolicismo da Igreja romana para entrar no cristianismo da Igreja primitiva. A srta. de Lenoncourt permaneceu, contudo, no seio da Igreja apostólica, à qual a tia também foi sempre fiel. Rudemente castigada pelos tormentos revolucionários, a duquesa de Verneuil ficara, nos últimos dias de sua vida, com uma aparência de piedade apaixonada que derramou na alma da filha querida *a luz do amor celeste e o óleo da alegria interior*, para empregar as próprias expressões de Saint-Martin. A condessa recebeu várias vezes, em Clochegourde, esse homem de paz e virtuoso saber, depois da

---

28. Verneuil e Blamont-Chauvry são personagens balzaquianos.
29. A duquesa de Bourbon (1750-1822), mãe do duque de Enghien, era conhecida por suas tendências místicas e por seu interesse pelas doutrinas de Louis-Claude de Saint-Martin (1743-1803), teósofo iluminista, autor preferido da mãe de Balzac.
30. Louis-Claude de Saint-Martin (1743-1803), personagem histórica à qual Balzac faz referência também em *Uma filha de Eva* e *Úrsula Mirouët*, entre outros. (N. do E.)

morte de sua tia, que ele visitava com freqüência. Saint-Martin vigiou, de Clochegourde, a impressão em Tours de seus últimos livros, pela casa Letourmy. Inspirada na sabedoria das velhas senhoras que experimentaram os apertos tormentosos da vida, a sra. de Verneuil deu Clochegourde para a jovem casada, a fim de que ela tivesse um canto seu. Com a delicadeza dos velhos, que é sempre perfeita quando são delicados, a duquesa tudo abandonou à sobrinha, contentando-se com um quarto acima daquele que ocupava antes e que a condessa pegou para si. Sua morte quase súbita enlutou as alegrias dessa união e imprimiu indeléveis tristezas em Clochegourde como na alma supersticiosa da noiva. Os primeiros dias de sua instalação na Touraine foram para a condessa a única fase, não feliz, mas despreocupada de sua vida.

Depois dos reveses da temporada no estrangeiro, o sr. de Mortsauf, satisfeito de entrever um futuro clemente, teve como que uma convalescença da alma; respirou naquele vale os odores inebriantes de uma esperança florida. Obrigado a pensar em sua fortuna, lançou-se nos preparativos da empresa agronômica e começou por sentir certa alegria; mas o nascimento de Jacques foi um como um raio que arruinou o presente e o futuro: o médico desenganou o recém-nascido. O conde escondeu cuidadosamente da mãe essa condenação; depois, consultou-se por conta própria e recebeu respostas desesperadoras, confirmadas pelo nascimento de Madeleine. Esses dois acontecimentos, uma espécie de certeza interior sobre sua sentença fatal, aumentaram as disposições doentias do emigrado. Seu sobrenome para sempre extinto, uma jovem mulher pura, irrepreensível, infeliz a seu lado, fadada às angústias da maternidade, sem desfrutar seus prazeres; aquele húmus de sua antiga vida, de onde germinavam novos sofrimentos, caiu-lhe no coração e concluiu sua destruição. A condessa adivinhou o passado pelo presente e leu no futuro. Embora nada seja mais difícil do que fazer feliz um homem que se sente culpado, a condessa tentou essa empreitada digna de um anjo. Em um só dia, tornou-se estóica. Depois de ter descido ao abismo de onde ainda conseguiu ver o céu, dedicou-se, para um só homem, à missão a que a irmã de caridade se dedica para todos os homens; e, a fim de reconciliá-lo consigo mesmo, perdoou-lhe aquilo que ele não se perdoava. O conde tornou-se avarento, ela aceitou as privações impostas; ele temia ser enganado, como temem todos os que só conheceram da vida mundana suas repugnâncias, e ela permaneceu na solidão e dobrou-se sem murmúrios às suas desconfianças; empregou as astúcias da mulher para fazê-lo desejar o que era bom, e assim ele acreditava ter iniciativas e provava em sua casa os prazeres da superioridade que não teria em lugar nenhum. Depois, tendo avançado na vida de casada, resolveu nunca sair de Clochegourde, reconhecendo no conde uma alma histérica cujos desvios poderiam, numa região de malícia e mexericos, prejudicar seus filhos. Assim, ninguém desconfiava da real incapacidade do sr. de Mortsauf, pois ela cobrira suas ruínas com um manto espesso de hera. O temperamento instável, não propriamente descontente, mas insatisfeito do conde encontrou, portanto, em sua mulher uma terra doce e fácil onde ele se estendeu, sentindo suas dores secretas amolecidas pelo frescor dos bálsamos.

Esse histórico é a expressão mais simples dos discursos arrancados do sr. de Chessel por um secreto despeito. Seu conhecimento do mundo fizera-o entrever alguns dos mistérios enterrados em Clochegourde. Mas se, por sua sublime atitude, a sra. de Mortsauf enganava o mundo, não conseguiu enganar os sentidos inteligentes do amor. Quando me vi em meu quartinho, a presciência da verdade fez-me pular de minha cama, não suportei estar em Frapesle quando podia ver as janelas de seu quarto; vesti-me, desci pé ante pé e saí do castelo pela porta de uma torre onde havia uma escada em caracol. O frio da noite me serenou. Cruzei o Indre pela ponte do moinho Vermelho e cheguei, na bem-aventurada *toue*, defronte de Clochegourde, onde brilhava uma luz na última janela, do lado de Azay. Reencontrei minhas antigas contemplações, mais serenas, entremeadas pelos gorjeios do cantor das noites amorosas e pela nota única do rouxinol-das-caniças. Despertavam em mim idéias que deslizavam como fantasmas, levantando os crepes que até então haviam roubado meu belo futuro. A alma e os sentidos estavam igualmente encantados. Com que violência meus desejos subiram até ela! Quantas vezes pensei como um louco dizendo seu refrão: "Eu a terei?". Se durante os dias anteriores o universo havia se ampliado para mim, numa só noite teve um centro. A ela ligaram-se meus anseios e minhas ambições, desejei ser tudo para ela, a fim de refazer e encher seu coração dilacerado. Bela foi essa noite passada sob suas janelas, em meio ao murmúrio das águas que corriam pelas comportas dos moinhos, entrecortado pela voz das badaladas das horas no campanário de Saché! Durante essa noite banhada de luz, em que aquela flor sideral iluminou minha vida, prometi-lhe minha alma com a fé do pobre cavaleiro castelhano de quem zombamos em Cervantes e pela qual nos iniciamos no amor. Ao primeiro clarão no céu, ao primeiro grito de pássaro, fugi para o parque de Frapesle; não fui avistado por nenhum homem do campo, ninguém desconfiou de minha escapada, e dormi até o momento em que o sino anunciou o almoço. Apesar do calor, depois do almoço desci ao prado a fim de ir rever o Indre e suas ilhas, o vale e suas encostas das quais eu parecia um admirador apaixonado; mas, com aquela velocidade de pés que desafia a do cavalo desembestado, reencontrei meu barco, meus salgueiros e meu Clochegourde. Tudo ali estava silencioso e fremente como é o campo ao meio-dia. As folhagens imóveis recortavam-se nitidamente contra o fundo azul do céu; os insetos que vivem de luz, libélulas verdes, cantáridas, voavam para seus freixos, seus bambuais; os rebanhos ruminavam à sombra, as terras vermelhas da vinha queimavam, e as cobras deslizavam ao longo dos barrancos. Que mudança naquela paisagem tão viçosa e tão faceira antes de meu sono! De repente, pulei para fora do barco e subi o caminho para contornar Clochegourde, de onde acreditava ter visto o conde sair. Não me enganava, ele ia ao longo de uma sebe, e provavelmente alcançava uma porta que dava para a estrada de Azay, à beira do rio.

– Como se sente esta manhã, senhor conde?

Ele me olhou com um ar feliz, não era freqüente ser chamado assim.

– Bem – disse –, mas então o senhor gosta do campo, para passear com este calor?

– Não me enviaram aqui para viver ao ar livre?

– Muito bem! Quer vir ver cortar o centeio?

– Mas com muito prazer – eu disse. – Sou, confesso, de uma ignorância incrível. Não distingo o centeio do trigo nem o olmo do choupo-branco; não sei nada das lavouras, nem das diferentes maneiras de explorar uma terra.

– Muito bem! Venha – disse ele alegremente, dando uns passos atrás. – Entre pela portinhola lá em cima.

Subiu ao longo de sua sebe, pelo lado de dentro, e eu pelo lado de fora.

– O senhor não aprenderá nada com o sr. de Chessel – disse-me. – Ele é muito cheio de si para se ocupar de outra coisa que não seja receber as contas de seu administrador.

Mostrou-me, pois, seus quintais e suas construções, os jardins de lazer, os pomares e as hortas. Enfim, levou-me para aquela longa alameda de acácias e vernizes-do-japão, que costeia o rio, onde avistei na outra ponta, num banco, a sra. de Mortsauf ocupada com os dois filhos. Como uma mulher é tão bonita sob aquelas miúdas folhagens trêmulas e recortadas! Surpresa talvez com minha solicitude ingênua, não se moveu, sabendo muito bem que iríamos até ela. O conde me fez admirar a vista do vale, que, dali, apresenta um aspecto bem diferente daqueles que tinha das elevações por onde havíamos passado. Ali, poderia se pensar num pequeno recanto da Suíça. O prado, sulcado pelos riachos que se lançam no Indre, descobre-se em toda a sua extensão e perde-se em lonjuras vaporosas. Do lado de Montbazon, o olhar avista uma imensa extensão verde, e em todos os outros pontos encontra-se detido por colinas, arvoredos, rochedos. Aceleramos o passo para ir cumprimentar a sra. de Mortsauf, que de repente deixou cair o livro que Madeleine lia e pegou no colo Jacques, às voltas com uma tosse convulsiva.

— E então, o que é que há? — exclamou o conde, empalidecendo.

— Ele está com dor de garganta — respondeu a mãe, que parecia não me ver —, não vai ser nada.

Ela segurava ao mesmo tempo sua cabeça e suas costas, e de seus olhos saíam dois raios que vertiam vida àquela pobre e fraca criatura.

— Você é de uma imprudência inacreditável — retomou o conde com azedume —, o expõe à friagem do rio e senta-o num banco de pedra.

— Mas, papai, o banco está queimando — exclamou Madeleine.

— Lá no alto eles estavam sufocando — disse a condessa.

— As mulheres querem sempre ter razão! — ele disse olhando para mim.

Para evitar aprová-lo ou reprová-lo com meu olhar, eu contemplava Jacques, que se queixava de sentir dor na garganta e que foi levado embora pela mãe. Antes de nos deixar, ela pôde escutar o marido.

— Quem fez filhos tão doentios deveria saber cuidar deles!

Palavras profundamente injustas, mas seu amor-próprio impelia-o a justificar-se às custas da mulher. A condessa voava, subindo as rampas e as escadarias. Eu a vi desaparecendo pela porta-janela. O sr. de Mortsauf sentara-se no banco, com a cabeça inclinada, pensativo; minha situação tornava-se intolerável, ele não olhava para mim nem falava comigo. Adeus, passeio, durante o qual eu esperava cair nas suas boas graças. Não me lembro de ter passado em minha vida um quarto de hora mais horrível que aquele. Eu suava em bicas, pensando: irei embora? Não irei embora? Quantos tristes pensamentos elevaram-se nele para fazê-lo esquecer de ir se informar como estava Jacques! Levantou-se abruptamente e veio para perto de mim. Viramo-nos para olhar o risonho vale.

— Adiaremos nosso passeio para outro dia, senhor conde – disse-lhe então, com suavidade.

— Vamos sair! – ele respondeu. – Estou infelizmente acostumado a ver com freqüência crises semelhantes, eu, que daria a vida, sem nenhum desgosto, para conservar a dessa criança.

— Jacques está melhor, ele dorme, meu amigo – disse a voz dourada. A sra. de Mortsauf apareceu de repente no fim da alameda, chegou sem fel, sem amargura, e retribuiu meu cumprimento. – Vejo com prazer – disse-me – que o senhor gosta de Clochegourde.

— Quer que eu monte a cavalo e vá buscar o sr. Deslandes, minha querida? – disse-lhe demonstrando o desejo de ser perdoado por sua injustiça.

— Não se atormente – disse ela –, Jacques não dormiu esta noite, só isso. Esse menino é muito nervoso, teve um pesadelo e passei o tempo todo lhe contando histórias para que voltasse a dormir. Sua tosse é puramente nervosa, acalmei-a com uma pastilha de goma, e ele pegou no sono.

— Pobre mulher! – disse pegando sua mão nas dele e lançando-lhe um olhar úmido. – Eu não sabia de nada disso.

— Para que incomodá-lo com ninharias? Vá para o seu centeio. Você sabe! Se não estiver lá, os meeiros deixarão as respigadeiras estranhas ao vilarejo entrarem na lavoura antes que os feixes tenham sido retirados.

— Vou fazer meu primeiro curso de agricultura, senhora – disse-lhe.

— O senhor está na boa escola – ela respondeu, mostrando o conde, cuja boca se contraiu para exprimir esse sorriso de contentamento que familiarmente chamamos de *fazer um biquinho com a boca*. Só dois meses depois soube que ela tinha passado aquela noite em terríveis ansiedades, temendo que o filho estivesse com crupe. E eu, eu estava naquele barco, molemente ninado por pensamentos de amor, imaginando que, de sua janela, me veria adorando o clarão da vela que então iluminava sua fronte dilacerada por alarmes mortais. O crupe grassava em Tours e fazia estragos terríveis. Quando chegamos à porta, o conde me disse com voz emocionada: "A sra. de Mortsauf é um anjo!". Essa palavra me fez cambalear. Eu ainda só conhecia superficialmente aquela família, e o remorso tão natural de que é tomada uma alma jovem em ocasião semelhante me gritou: "Com que direito você perturbaria essa paz profunda?".

Feliz por encontrar como ouvinte um rapaz contra quem podia conseguir triunfos fáceis, o conde me falou do futuro que o retorno dos Bourbons preparava para a França. Tivemos uma conversa desnorteante, em que ouvi verdadeiras criancices que me surpreenderam estranhamente. Ele ignorava fatos de uma evidência geométrica, tinha medo das pessoas instruídas, negava as superioridades, caçoava, talvez com razão, dos progressos, enfim, reconheci nele uma profusão de fibras dolorosas que me obrigavam a tomar tantas precauções para não feri-lo, que uma conversa longa tornava-se um trabalho do espírito. Quando, por assim dizer, apalpei seus defeitos, curvei-me a eles com tanta flexibilidade como a que a condessa empregava para afagá-los. Em outra época de minha vida, eu o teria indubitavelmente magoado, mas, tímido como uma criança, acreditando nada saber, ou acreditando que os homens feitos sabem tudo, eu me estarrecia com as maravilhas obtidas em Clochegourde por aquele paciente agricultor. Escutava com admiração seus planos. Enfim, adulação involuntária que me valeu a benevolência do velho fidalgo, invejava aquela linda terra, sua posição, esse paraíso terrestre, colocando-o bem acima de Frapesle.

– Frapesle – disse-lhe – é uma prataria maciça, mas Clochegourde é um escrínio de pedras preciosas!

Frase que volta e meia ele repetiu desde então, citando o autor.

– Pois bem! antes que viéssemos para cá, era uma desolação – ele dizia.

Eu era todo ouvidos quando me falava de suas semeaduras, de seus viveiros de plantas. Novo nos trabalhos do campo, eu o sobrecarregava de perguntas sobre o preço das coisas, os meios de exploração, e ele parecia feliz por ter de me ensinar tantos detalhes.

– O que lhe ensinam, então? – perguntava-me com espanto.

Já nesse primeiro dia, o conde disse à mulher, ao voltar:
– O sr. Félix é um jovem encantador!

À noite, escrevi à minha mãe para me enviar peças de vestir e roupa branca, anunciando-lhe que eu ficava em Frapesle. Ignorando a grande revolução que então se realizava e não compreendendo a influência que iria exercer sobre meu destino, eu imaginava retornar a Paris para concluir meu curso de Direito, e a escola só recomeçava os cursos nos primeiros dias do mês de novembro, portanto eu tinha dois meses e meio pela frente.

Durante os primeiros momentos de minha temporada, tentei unir-me intimamente ao conde, e foi um tempo de impressões cruéis. Descobri naquele homem uma irascibilidade sem causa, uma afobação para agir em casos desesperados, que me apavoraram. Nele encontravam-se retornos súbitos do fidalgo tão destemido do exército de Condé, alguns lampejos parabólicos daqueles anseios que podem, em face de circunstâncias graves, prorromper na política à maneira das bombas, e que, pelos acasos da retidão e da coragem, fazem de um homem condenado a viver no seu solar, um Elbée, um Bonchamps, um Charette.[31] Diante de certas suposições, seu nariz se contraía, sua fronte se ilumi-

---

31. Maurice Gigot d'Elbée (1720-1778), general, fuzilado em Noirmoutiers; marquês Charles de Bonchamps (1760-1793), capitão, ferido mortalmente na batalha de Cholet; François-Athanase Charette de La Contrie (1763-1796), fuzilado em Nantes. Os três foram chefes da Vendéia, movimento monarquista que se insurgiu contra a Revolução Francesa.

nava, e seus olhos lançavam um raio logo atenuado. Eu temia que, flagrando a linguagem de meus olhos, o sr. de Mortsauf me matasse irrefletidamente. Nessa época, eu era exclusivamente terno. O desejo, que modifica os homens tão estranhamente, apenas começava a despontar em mim. Meus desejos excessivos tinham me comunicado esses rápidos tremores da sensibilidade que se assemelham aos abalos do medo. A luta não me fazia tremer, mas eu não queria perder a vida sem ter provado a felicidade de um amor partilhado. As dificuldades e meus desejos cresciam em duas linhas paralelas. Como falar de meus sentimentos? Eu andava às voltas com deploráveis perplexidades. Esperava um acaso, observava, me familiarizava com as crianças, por quem me fiz amar, tentava me identificar com as coisas da casa. Insensivelmente, o conde se conteve menos comigo. Conheço, pois, suas súbitas mudanças de humor, suas profundas tristezas sem motivo, seus arroubos bruscos, suas queixas amargas e maçantes, sua frieza odiosa, seus movimentos de loucura reprimidos, seus gemidos de criança, seus gritos de homem em desespero, suas cóleras imprevistas. A natureza moral distingue-se da natureza física pelo fato de que nela nada é absoluto: a intensidade dos efeitos está na razão direta do alcance dos temperamentos, ou das idéias que agrupamos em torno de um fato. Minha permanência em Clochegourde, o futuro de minha vida, dependia dessa vontade fantasiosa. Eu não saberia expressar a você que angústias comprimiam minha alma, na época tão fácil de desabrochar como de se contrair, quando, ao entrar, eu pensava: "Como ele vai me receber?". Que ansiedade no coração me prostrava quando, de repente, uma tempestade se formava naquela fronte embranquecida! Era um permanente estado de alerta. Assim, caí sob o despotismo desse homem. Meus sofrimentos me fizeram adivinhar os da sra. de Mortsauf. Começamos a trocar olhares de compreensão, minhas lágrimas corriam às vezes quando ela retinha as suas. A condessa e eu, nós nos provamos assim pela dor. Quantas descobertas não fiz durante aqueles quarenta primeiros dias cheios de amarguras reais, de alegrias tácitas, de esperanças ora naufragadas, ora mantidas à tona! Uma noite achei-a religiosamente pensativa diante de um pôr-do-sol que avermelhava tão voluptuosamente os cumes, deixando ver o vale como um leito, que era impossível não escutar a voz desse eterno Cântico dos Cânticos pelo qual a natureza convida suas criaturas ao amor. A moça estaria retomando ilusões perdidas? A mulher sofreria com alguma comparação secreta? Acreditei ver em sua pose um abandono propício às primeiras confissões, e disse:

– Há dias difíceis!
– Leu em minha alma – disse-me –, mas como?
– Nós nos assemelhamos em tantos pontos! – respondi.
– Não pertencemos ao pequeno número de criaturas privilegiadas pela dor e pelo prazer, cujas qualidades sensíveis vibram todas em uníssono produzindo grandes ressonâncias internas, e cuja natureza nervosa está em harmonia constante com o princípio das coisas? Ponha-as num meio onde tudo é dissonância, e essas pessoas sofrem horrivelmente, assim como também o prazer delas beira a exaltação quando encontram as idéias, as sensações ou os seres que lhes são simpáticos. Mas há para nós um terceiro estado cujas desgraças só são conhecidas das almas afetadas pela mesma doença e nas quais se encontram fraternas compreensões. Pode nos acontecer não ficarmos impressionados para o bem nem para o mal. Um órgão expressivo, dotado de movimento, faz-se então ouvir em nós no vazio, apaixona-se sem objeto, produz sons sem produzir melodia, lança tonalidades que se perdem no silêncio! Espécie de contradição terrível de uma alma que se revolta contra a inutilidade do nada. Jogos torturantes em que nossa força se esvai inteiramente, sem alimento, como o sangue por um ferimento ignorado. A sensibilidade corre em torrentes, disso resultam horríveis enfraquecimentos, indizíveis melancolias para as quais o confessor não tem ouvidos. Não exprimi nossas dores comuns?

Ela estremeceu, e, sem parar de olhar para o crepúsculo, respondeu-me:

– Como, tão jovem, sabe essas coisas? Já foi mulher algum dia?

– Ah! – respondi com voz emocionada –, minha infância foi como uma longa doença.

– Ouço Madeleine tossir – disse-me, deixando-me precipitadamente.

A condessa me viu assíduo em casa dela sem nenhuma desconfiança, por duas razões. Primeiro, era pura como uma criança, e seu pensamento não se lançava em nenhum desvio. Depois, eu divertia o conde, fui uma presa para aquele leão sem garras e sem juba. Por fim, a razão que eu encontrara para ir lá pareceu plausível a todos. Eu não sabia jogar triquetraque, o sr. de Mortsauf prontificou-se a me ensinar, aceitei. Quando fizemos esse acordo, a condessa não pôde se impedir de me dirigir um olhar de compaixão que queria dizer: "Mas o senhor está se jogando na goela do lobo!". Se de início nada entendi, no terceiro dia soube em que havia me metido. Minha paciência, que nada cansa, esse fruto de minha infância, amadureceu durante esse tempo de provações. Foi uma felicidade para o conde entregar-se a cruéis reprimendas quando eu não punha em prática o princípio ou a regra que ele havia me explicado; se eu refletia, queixava-se do tédio causado por um jogo lento, se eu jogava depressa, aborrecia-se porque o jogo era apressado, se eu fazia escolas,[32] ele me dizia, aproveitando-as, que eu me apressava demais. Foi uma tirania de mestre-escola, um despotismo de férula do qual não posso lhe dar uma idéia senão me comparando com Epíteto[33] caído sob o jugo de uma criança malvada. Quando jogamos

---

32. No jogo de triquetraque, nome para o antigo jogo de gamão, fazer uma escola é esquecer de marcar os pontos ganhos, ou marcá-los erradamente.

33. Epíteto: filósofo estóico, do século I a.C., que suportou as crueldades de seu amo com grande resignação.

a dinheiro, seus ganhos constantes causaram-lhe alegrias desonrosas, mesquinhas. Uma palavra de sua mulher me consolava de tudo e o reconduzia prontamente ao sentimento da cortesia e das conveniências. Logo caí nos braseiros de um suplício imprevisto. Naquele jogo, meu dinheiro se foi. Embora o conde ficasse sempre entre sua mulher e eu até o momento em que eu os deixava, às vezes muito tarde, eu sempre tinha esperança de encontrar um momento em que me insinuaria no coração dela; mas para conseguir essa hora esperada com a dolorosa paciência do caçador, não era preciso continuar com aquelas partidas maçantes em que minha alma era constantemente dilacerada, e que levavam todo o meu dinheiro! Quantas vezes já não tínhamos ficado em silêncio, ocupados em observar um efeito do sol no prado, nuvens num céu cinza, as colinas vaporosas, ou os tremores da lua nas pedras do rio, sem nos dizermos outra coisa senão:

– A noite está linda!
– A noite é mulher, senhora.
– Que tranqüilidade!
– Sim, aqui não se pode ser totalmente infeliz.

Diante dessa resposta, ela voltava à sua tapeçaria. Acabei ouvindo nela o tumulto interior causado por uma afeição que quer seu lugar. Sem dinheiro, adeus encontros. Eu havia escrito à minha mãe para que me enviasse dinheiro; minha mãe me repreendeu e por oito dias nada me deu. Portanto, a quem pedir? E tratava-se de minha vida! Eu reencontrava, assim, no seio de minha primeira grande felicidade, os sofrimentos que haviam me assaltado por toda parte. Mas em Paris, no colégio, na pensão, eu escapara, graças a uma abstinência meditativa, e minha desgraça havia sido passiva; em Frapesle, tornou-se ativa; conheci então o desejo do roubo, esses crimes sonhados, essas pavorosas fúrias que abrem sulcos na alma e que devemos abafar sob pena de perder nossa auto-estima. As lembranças das cruéis meditações, das angústias que me impôs a parcimônia de minha mãe inspiraram-me pelos jovens a santa indulgência daqueles que, sem ter fraquejado, chegaram à beira do abismo como para calcular sua profundidade. Embora minha probidade, nutrida de suores frios, tenha se fortalecido nesses momentos em que a vida entreabre-se e deixa ver o árido cascalho de seu leito, todas as vezes que a terrível justiça humana lança seu gládio sobre o pescoço de um homem eu penso: "As leis penais foram feitas por gente que não conheceu a desgraça". Nessa situação extrema, descobri, na biblioteca do sr. de Chessel, o tratado de triquetraque, e estudei-o; depois, meu anfitrião quis me dar algumas aulas. Tratado com menos dureza, consegui fazer progressos, aplicar as regras e os cálculos que aprendi de cor. Em poucos dias estava em condições de dominar meu professor, mas quando ganhei dele, seu humor tornou-se execrável, seus olhos faiscaram como os dos tigres, seu rosto crispou-se, suas sobrancelhas mexeram-se como nunca vi se mexerem sobrancelhas de ninguém. Suas queixas foram as de uma criança mimada. Às vezes ele atirava os dados, ficava furioso, empacava, mordia seu copinho e me dizia injúrias. Essas violências tiveram um fim. Quando adquiri prática no jogo, conduzi a batalha como bem entendi, dei um jeito para que no final tudo ficasse mais ou menos igual, deixando-o ganhar durante a primeira metade da partida e restabelecendo o equilíbrio na segunda metade. O fim do mundo teria surpreendido menos o conde do que a rápida superioridade de seu aluno, mas ele jamais a reconheceu. O desfecho constante de nossas partidas foi uma nova isca da qual seu espírito se apossou.

– Decididamente – ele dizia –, minha pobre cabeça está se cansando. O senhor sempre ganha, lá pelo final da partida, porque então já perdi minhas faculdades.

A condessa, que sabia jogar, percebeu minha manobra desde a primeira vez, e adivinhou os imensos testemunhos de afeto. Esses pormenores só podem ser apreciados pelos que conhecem as horríveis dificuldades do triquetraque. O quanto não significava aquela pequena coisa! Mas o amor, como o Deus de Bossuet, põe acima das mais ricas vitórias o copo d'água do pobre,[34] o esforço do soldado que morre ignorado. A condessa me lançou um desses agradecimentos mudos que partem um jovem coração: concedeu-me o olhar que reservava a seus filhos! Desde aquela noite bem-aventurada, sempre olhou para mim ao falar comigo. Eu não saberia explicar em que estado fiquei ao partir. Minha alma absorvera meu corpo, eu não sentia o peso, não andava: voava. Sentia em mim mesmo aquele olhar, que me inundara de luz, assim como seu *adeus, senhor!* fizera ressoar em minha alma as harmonias contidas no *O filii, o filiae!* da ressurreição pascal. Eu nascia para uma nova vida. Com que então, eu era alguma coisa para ela! Adormeci em lençóis de púrpura. Chamas passaram diante de meus olhos fechados, perseguindo-se nas trevas como as lindas larvas de fogo que correm umas atrás das outras sobre as cinzas do papel queimado. Em meus sonhos, sua voz tornou-se algo palpável, uma atmosfera que me envolveu de luz e perfumes, uma melodia que acariciou meu espírito. No dia seguinte, sua acolhida expressou a plenitude dos sentimentos que me outorgara, e desde então fui iniciado nos segredos de sua voz. Aquele dia haveria de ser um dos mais marcantes de minha vida. Depois do jantar, passeamos pelas colinas, fomos a uma charneca onde nada conseguia brotar, o solo era pedregoso, ressequido, sem terra vegetal; entretanto, havia ali alguns carvalhos e arbustos de espinheiros cheios de frutos; mas, em vez de grama, estendia-se um tapete de musgos fulvos, crespos, iluminados pelos raios do sol poente e sobre o qual os pés escorregavam. Eu pegava Madeleine pela mão para segurá-la, e a sra. de Mortsauf dava o braço a Jacques. O conde, que ia à frente,

---

34. Alusão à frase: "Servi, pois, este rei imortal e tão cheio de misericórdia que vos contará vossos suspiros e um copo de água dado em seu nome mais do que todos os outros jamais farão por todo vosso sangue derramado." (Oração fúnebre de Louis de Bourbon, de Bossuet.)

virou-se, bateu na terra com sua bengala e disse-me com uma inflexão horrível:

– Eis a minha vida! Ah! Mas antes de tê-la conhecido – retrucou, lançando para a mulher um olhar de desculpas. Reparação tardia, a condessa havia empalidecido. Que mulher não teria cambaleado da mesma forma, ao receber esse golpe?

– Que cheiros deliciosos chegam aqui, e que lindos efeitos de luz! – exclamei. – Bem que gostaria de ter essa charneca para mim, talvez aí encontrasse tesouros, ao sondá-la, mas a riqueza mais certa seria a vizinhança de vocês. Aliás, quem não pagaria caro por uma vista tão harmoniosa para os olhos, e por esse rio sinuoso em que a alma se banha contra os freixos e amieiros? Estão vendo a diferença de gostos? Para o senhor, este canto de terra é uma charneca, para mim, é um paraíso.

Ela me agradeceu com um olhar.

– Bobagens bucólicas! – disse ele em tom amargo. – Isto aqui não é vida para um homem com o seu nome.

Depois, parou e disse:

– Está ouvindo os sinos de Azay? Sem a menor dúvida, estou ouvindo os sinos tocarem.

A sra. de Mortsauf olhou-me com ar espantado, Madeleine apertou minha mão.

– Quer que voltemos para uma partida de triquetraque? – disse-lhe eu. – O barulho dos dados o impedirá de escutar os sinos.

Voltamos para Clochegourde, falando pelos cotovelos. O conde queixava-se de dores profundas, sem localizá-las. Quando estávamos no salão, houve entre todos nós uma incerteza indefinível. O conde estava afundado numa poltrona, absorto numa contemplação respeitada por sua mulher, que conhecia os sintomas da doença e sabia prever seus acessos. Imitei seu silêncio. Se ela não me pediu para ir embora, talvez tenha acreditado que a partida de triquetraque alegraria o conde e dissiparia essas suscetibilidades nervosas fatais cujas explosões a matavam. Nada era mais difícil do que conseguir que o conde jogasse aquela partida de triquetraque, para a qual sempre estava muito disposto. Como uma amantezinha, ele queria ser rogado, forçado, para não dar a impressão de estar agradecido, talvez porque fosse justamente isso. Se, em seguida a uma conversa interessante, eu esquecia por um instante meus salamaleques, ele ficava maçante, áspero, ferino, e irritava-se com a conversa contradizendo tudo. Advertido por seu mau humor, eu lhe propunha uma partida; então, fazia poses: "Primeiro, é muito tarde – dizia –, depois, não estou pensando nisso". E finalmente, lançava-se em afetações desordenadas, como essas mulheres que acabam nos fazendo ignorar seus verdadeiros desejos. Eu me humilhava, suplicava-lhe que me entretivesse numa ciência tão fácil de esquecer por falta de exercício. Dessa vez, precisei de uma alegria louca para decidi-lo a jogar. Queixava-se de atordoamentos que o impediriam de calcular, sentia o crânio apertado como por tenazes, ouvia zumbidos, sufocava-se e soltava enormes suspiros. Finalmente, consentiu em ir para a mesa. A sra. de Mortsauf deixou-nos para ir pôr as crianças na cama e fazer com que todos da casa rezassem as orações. Tudo correu bem durante sua ausência, arranjei-me para que o sr. de Mortsauf ganhasse e sua alegria o desanuviou abruptamente. A passagem súbita de uma tristeza que lhe arrancava sinistras previsões sobre si mesmo àquela alegria de homem embriagado, àquele riso louco e quase sem razão, inquietou-me, gelou-me. Nunca o tinha visto num acesso tão francamente visível. Nosso conhecimento íntimo havia produzido seus frutos, ele já não se constrangia comigo. Cada dia tentava me envolver em sua tirania, garantir uma nova isca para seu humor, pois, realmente, parece que as doenças morais são criaturas que têm seus apetites, seus instintos, e querem aumentar o espaço de seu império assim como um proprietário quer aumentar seu domínio. A condessa desceu e foi para perto do triquetraque para melhor iluminar sua tapeçaria, mas pôs-se diante do bastidor com uma apreensão mal disfarçada. Um lance funesto, e que não consegui impedir, mudou a face do conde: de alegre, ficou sombria; de púrpura, tornou-se amarela, seus olhos vacilaram. Depois, aconteceu uma derradeira desgraça que eu não podia prever nem remediar. O sr. de Mortsauf tirou, ele mesmo, um dado fulminante que completou sua ruína. Logo em seguida, levantou-se, jogou a mesa sobre mim, o abajur no chão, deu um soco no console e pulou pelo salão – eu não poderia dizer que andou. A torrente de injúrias, imprecações, invectivas, frases incoerentes que saiu de sua boca teria feito pensar num antigo possesso, como na Idade Média. Imagine minha atitude!

– Vá para o jardim – ela me disse, apertando minha mão.

Saí sem que o conde percebesse meu sumiço. Do terraço, para onde fui a passos lentos, ouvi os estrondos de sua voz e seus gemidos que partiam do quarto contíguo à sala de jantar. No meio da tempestade ouvi também a voz do anjo que, por intervalos, elevava-se como um canto de rouxinol quando a chuva vai parar. Eu passeava sob as acácias, na mais bela noite do fim do mês de agosto, esperando que a condessa fosse me encontrar. Ela iria, seu gesto me havia prometido isso. Havia alguns dias, pairava entre nós uma explicação, prestes a estourar à primeira palavra que fizesse jorrar a fonte transbordante de nossas almas. Que vergonha retardava a hora de nosso perfeito entendimento? Talvez ela gostasse tanto quanto eu desse sobressalto semelhante às emoções do medo, que machuca a sensibilidade, durante esses momentos em que retemos nossa vida prestes a transbordar, em que hesitamos em desvendar nosso interior, obedecendo ao pudor que agita as mocinhas antes que se mostrem ao esposo amado. Nós mesmos havíamos engrandecido, por nossos pensamentos acumulados, essa primeira confidência agora necessária. Passou-se uma hora. Eu estava sentado na balaustrada de tijolos, quando o eco de seu passo misturado ao ruído onduloso do vestido farfalhando animou o ar calmo da noite. É dessas sensações fortes demais para o coração.

– O sr. de Mortsauf agora está dormindo – disse-me. – Quando é assim, dou-lhe uma xícara de água na qual fazemos a infusão de alguns brotos de papoula, e as crises são bastante espaçadas para que esse remédio tão simples tenha sempre a mesma virtude. Senhor – disse mudando de tom e assumindo sua inflexão de voz mais persuasiva –, um maravilhoso acaso revelou-lhe segredos até agora cuidadosamente guardados, prometa-me sepultar em seu coração a lembrança dessa cena. Faça-o por mim, peço-lhe. Não lhe peço um juramento, diga-me o *sim* do homem honrado, ficarei contente.

– Tenho eu necessidade de pronunciar este *sim*? – perguntei. – Não temos nos compreendido sempre?

– Não julgue desfavoravelmente o sr. de Mortsauf por ver os efeitos dos longos sofrimentos padecidos durante a emigração – continuou. – Amanhã ele ignorará completamente as coisas que terá dito, e o senhor o encontrará excelente e afetuoso.

– Pare, senhora – respondi –, de querer justificar o conde, farei tudo o que quiser. Eu me jogaria agora mesmo no Indre se assim pudesse renovar o sr. de Mortsauf e devolvê-la a uma vida feliz. A única coisa que não posso refazer é minha opinião, nada está mais fortemente estruturado dentro de mim. Eu lhe daria minha vida, mas não posso lhe dar minha consciência; posso não escutá-la, mas posso impedi-la de falar? Ora, em minha opinião, o sr. de Mortsauf é...

– Compreendo-o – disse ela, interrompendo-me com insólita brusquidão –, tem razão. O conde é nervoso como uma amantezinha – prosseguiu, atenuando a palavra para atenuar a idéia da loucura –, mas só é assim de vez em quando, no máximo uma vez por ano, no auge do calor. Quantos males a emigração causou! Quantas belas existências perdidas! Ele teria sido, tenho certeza, um grande militar, a honra de seu país.

– Eu sei – disse-lhe interrompendo-a, por minha vez, e fazendo-a compreender que era inútil me enganar.

Ela parou, pôs uma das mãos na testa e me disse:

– Mas quem o introduziu, assim, em nosso interior? Deus deseja enviar-me um socorro, uma viva amizade que me sustente? – recomeçou, apoiando com força a mão na minha. – Pois o senhor é bom, generoso...

Levantou os olhos para o céu, como a invocar um testemunho visível que lhe confirmasse suas secretas esperanças, e depois os fixou em mim. Eletrizado por aquele olhar que lançava uma alma dentro da minha, cometi, segundo a jurisprudência mundana, uma falta de tato: mas, em certas almas, a precipitação generosa diante de um perigo não é quase sempre desejo de prevenir um choque, temor de uma desgraça que não chega, e, ainda mais freqüentemente, a interrogação brusca feita a um coração não é o golpe dado para saber se ele vibra em uníssono? Vários pensamentos elevaram-se em mim como clarões e aconselharam-me a lavar a mancha que maculava minha candura, no momento em que eu previa uma completa iniciação.

– Antes de ir mais longe – disse-lhe com uma voz alterada pelas palpitações facilmente ouvidas no profundo silêncio em que estávamos –, permita-me purificar uma lembrança do passado?

– Cale-se – ela me disse vivamente, pondo sobre meus lábios um dedo que logo retirou. Olhou para mim com altivez, como uma mulher colocada muito alto para que a injúria consiga atingi-la, e disse-me com voz perturbada: – Sei do que quer falar. Trata-se do primeiro, do último, do único ultraje que terei recebido! Jamais fale desse baile. Se a cristã o perdoou, a mulher ainda sofre.

– Não seja mais impiedosa que Deus – disse guardando entre meus cílios as lágrimas que vieram a meus olhos.

– Devo ser mais severa, sou mais fraca – respondeu.

– Mas – recomecei com jeito de revolta infantil –, escute-me, ainda que seja pela primeira, a última e a única vez de sua vida.

– Muito bem – disse –, fale! Do contrário, acreditaria que temo escutá-lo.

Sentindo então que aquele momento era único em nossa vida, disse-lhe, naquele tom que comanda a atenção, que todas as mulheres no baile me haviam sido indiferentes, como as que tinha visto até então; mas que, ao vê-la, eu, cuja vida era tão dedicada aos estudos, cuja alma era tão pouco ousada, fui como que levado por um frenesi que só poderia ser condenado por aqueles que nunca o houvessem sentido, e que nunca um coração de homem se sentira tão cheio do desejo a que nenhuma criatura humana resiste e que faz tudo vencer, mesmo a morte...

– E o desprezo? – ela me disse, interrompendo-me.

– Então a senhora me desprezou? – perguntei-lhe.

– Não falemos mais dessas coisas – retrucou.

– Falemos, sim! – respondi-lhe com uma exaltação causada por uma dor sobre-humana. –Trata-se de todo o meu eu, de minha vida desconhecida, de um segredo que a senhora deve conhecer; do contrário, eu morreria de desespero! Não se trata também da senhora, que, sem saber, tem sido a dama nas mãos de quem reluz a coroa prometida aos vencedores do torneio?

Contei-lhe minha infância e minha juventude, não como as descrevi a você, julgando-as à distância, mas com as palavras ardentes do jovem cujos ferimentos ainda sangravam. Minha voz ressoou como o machado dos lenhadores na floresta. Diante dela caíram com estrépito os anos mortos, as longas dores que os haviam sobrecarregado de galhos sem folhagens. Pintei para ela, com palavras febris, uma multidão de detalhes terríveis dos quais lhe poupei. Exibi o tesouro de meus votos brilhantes, o ouro virgem de meus desejos, todo um coração ardendo conservado sob o gelo acumulado naqueles Alpes por um inverno contínuo. Quando, curvado sob o peso de meus sofrimentos reproduzidos com as brasas de Isaías,[35] ouvi uma palavra dessa mulher que me escutava de

---

35. Alusão à visão de Isaías (VI, 6-7): "E voou para mim um dos serafins, o qual trazia na mão uma brasa viva que tinha tomado do altar com uma tenaz. E tocou a minha boca, e disse: Eis que esta brasa tocou os teus lábios, e será tirada a tua iniquidade, e expiado o teu pecado".

cabeça baixa, ela iluminou as trevas por um olhar, animou os mundos terrestres e divinos com uma só palavra.

– Tivemos a mesma infância! – disse ela, mostrando-me um rosto em que reluzia a auréola dos mártires. Depois de uma pausa em que nossas almas desposaram-se neste mesmo pensamento consolador "Então eu não era o único a sofrer!", a condessa me disse, com a voz reservada para falar a seus queridos filhinhos, como sofrera por ser uma menina quando os irmãos meninos tinham falecido. Explicou-me as diferenças que sua condição de filha permanentemente agarrada na mãe criava entre suas dores e as de um menino jogado no mundo dos colégios. Minha solidão fora como um paraíso, comparada com o contato da mó sob a qual sua alma foi permanentemente esmagada, até o dia em que sua mãe verdadeira, sua boa tia, a salvara, arrancando-a daquele suplício cujas dores renascentes ela me contou. Eram as inexplicáveis briguinhas sobre tolices, insuportáveis para as naturezas nervosas que não recuam diante de uma punhalada e morrem sob a espada de Dâmocles: ora uma expansão generosa detida por uma ordem glacial, ora um beijo friamente recebido; um silêncio imposto e, em seguida, criticado; lágrimas devoradas que lhe ficavam no coração; enfim, as mil tiranias do convento, ocultadas aos olhos dos estranhos sob as aparências de uma maternidade gloriosamente exaltada. Sua mãe aproveitava-se da vanglória dela, e a vangloriava; mas no dia seguinte ela pagava caro por essas lisonjas necessárias ao triunfo da professora. Quando, à custa de obediência e doçura, acreditava ter vencido o coração da mãe, e abria-se com ela, o tirano reaparecia, armado de suas confidências. Um espião não teria sido tão covarde nem tão pérfido. Todos os seus prazeres de mocinha, suas festas tinham-lhe sido vendidos muito caro, pois ela era repreendida por ter sido feliz, como o teria sido por uma falta. Nunca os ensinamentos de sua nobre educação lhe foram dados com amor, mas com uma ironia ferina. Não queria mal à mãe, apenas se recriminava ao sentir por ela menos amor que terror. Talvez, pensava esse anjo, aquelas severidades tivessem sido necessárias? Não a haviam preparado para sua vida atual? Ao escutá-la, parecia-me que a harpa de Jó[36] da qual eu havia tirado acordes selvagens, agora manejada por dedos cristãos a eles respondia, entoando as litanias da Virgem ao pé da cruz.

– Vivíamos na mesma esfera antes de nos encontrarmos aqui, a senhora partindo do oriente e eu do ocidente.

Ela sacudiu a cabeça com um movimento desesperado:

– Para o senhor, o oriente, para mim, o ocidente – disse. – O senhor viverá feliz, eu morrerei de dor! Os próprios homens constroem os acontecimentos de sua vida, e a minha está traçada para sempre. Nenhuma força consegue quebrar essa pesada corrente a que a mulher está presa por um anel de ouro, emblema da pureza das esposas.

Sentindo-nos, então, gêmeos do mesmo regaço, ela não admitiu que as confidências se fizessem pela metade entre irmãos alimentados nas mesmas fontes. Depois do suspiro natural em corações puros no momento em que se abrem, contou-me os primeiros dias de seu casamento, as primeiras decepções, todo o *renascimento* da desgraça. Como eu, conhecera os pequenos episódios, tão grandes para as almas cuja límpida substância é totalmente abalada ao menor choque, da mesma forma que uma pedra atirada num lago agita igualmente sua superfície e profundidade. Ao se casar, possuía suas economias, aquele punhado de ouro que representa as horas alegres, os mil desejos da idade jovem; em um dia de necessidade, dera-o generososamente a ele, sem dizer que eram lembranças, e não moedas de ouro; nunca o marido levara isso em conta, nem se considerava seu devedor! Em troca daquele tesouro tragado nas águas estagnadas do esquecimento, ela não obtivera nem mesmo aquele olhar molhado que tudo paga, que para as almas ge-

---

36. "A minha harpa trocou-se em pranto." Livro de Jó, XXX, 31.

nerosas é como uma jóia eterna cujos fulgores brilham nos dias difíceis. Como havia caminhado de dor em dor! O sr. de Mortsauf esquecia de lhe dar o dinheiro necessário à casa, despertava de um sonho quando ela, após ter vencido toda a sua timidez de mulher, lhe pedia; e nunca, nem uma só vez, ele havia lhe evitado esses cruéis constrangimentos! Que terror foi assaltá-la no momento em que a natureza doentia daquele homem arruinado se revelou! Foi despedaçada pela primeira explosão de suas cóleras alucinadas. Por quantas duras reflexões não havia passado antes de encarar o marido como um nulo, essa imponente figura que domina a existência de uma mulher! Que horríveis calamidades seguiram-se a seus dois partos! Que estupor diante do aspecto de dois filhos que pareciam natimortos! Que coragem para dizer a si mesma: "Vou insuflar-lhes a vida! Vou pari-los de novo todos os dias!". Depois, que desespero ao sentir um obstáculo no coração e na mão de onde as mulheres tiram seu socorro! Tinha visto aquela imensa desgraça espalhando suas savanas espinhosas a cada dificuldade vencida. Ao subir em cada rochedo avistara novos desertos a transpor, até o dia em que conheceu bem o marido, a constituição dos filhos e a terra onde devia viver; até o dia em que, como a criança arrancada por Napoleão dos carinhosos cuidados do lar, habituou seus pés a andar na lama e na neve, acostumou sua fronte às grilhetas, toda a sua pessoa à passiva obediência do soldado. Essas coisas que eu resumo para você me foram, então, ditas por ela em sua tenebrosa extensão, com seu cortejo de fatos desoladores, de batalhas conjugais perdidas, de ensaios infrutíferos.

– Enfim – disse-me, concluindo –, seria preciso ficar aqui alguns meses para saber quantas penas me custam os melhoramentos de Clochegourde, quantas exaustivas bajulações para conseguir que ele queira a coisa mais útil a seus interesses! Que malícia de criança o assalta quando uma coisa devida a meus conselhos não dá certo no início! Com que alegria atribui-se o bem! Que paciência preciso para sempre ouvir queixas, enquanto me mato para desbastar suas horas, embalsamar seu ar, cobrir de areia, florir os caminhos que ele semeou de pedras. Minha recompensa é este terrível refrão: "Vou morrer, a vida me pesa!". Se ele tem a felicidade de estar com visitas em casa, tudo se apaga, é afável e polido. Por que não é assim com a família? Não sei como explicar essa falta de lealdade num homem por vezes realmente cavalheiresco. Ele é capaz de ir desabalado, secretamente, a Paris para me comprar um adorno, como o fez ultimamente para o baile da cidade. Avaro com a casa, seria pródigo comigo, se eu quisesse. Deveria ser o inverso: não preciso de nada, e sua casa é um peso. No desejo de tornar sua vida feliz, e sem pensar que eu viria a ser mãe, talvez o tenha habituado a ver-me como sua vítima; eu, que usando de certas blandícias o conduziria como a uma criança, se pudesse me rebaixar a representar um papel que me parece infame! Mas o interesse da casa exige que eu seja calma e severa como uma estátua da Justiça e, no entanto, também tenho a alma expansiva e carinhosa!

– Por que – disse-lhe – não usa essa influência para tornar-se senhora dele, para governá-lo?

– Se apenas se tratasse de mim, eu não saberia vencer seu silêncio obtuso, contraposto durante horas inteiras a argumentos justos, nem responder a observações sem lógica, verdadeiros raciocínios de criança. Não tenho coragem contra a fraqueza nem contra a infância; elas podem me atacar sem que eu lhes resista; talvez eu contrapusesse a força à força, mas não tenho energia contra aqueles por quem sinto compaixão. Se fosse preciso obrigar Madeleine a alguma coisa para salvá-la, eu morreria junto com ela. A piedade distende todas as minhas fibras e amolece meus nervos. Assim, os violentos abalos desses dez anos me abateram; agora minha sensibilidade tão freqüentemente atacada é por vezes sem consistência, nada a regenera; às vezes, falta-me a energia com que eu suportava as tempestades.

Sim, às vezes sou derrotada. Por falta de repouso e de banhos de mar em que eu retemperaria minhas fibras, morrerei. O sr. de Mortsauf terá me matado e morrerá por causa de minha morte.

– Por que não abandona Clochegourde por alguns meses? Por que não iria, acompanhada por seus filhos, para a beira do mar?

– Primeiro, o sr. de Mortsauf se consideraria perdido se eu me afastasse. Embora não queira acreditar em sua situação, tem consciência dela. Nele se encontram o homem e o doente, duas naturezas diferentes cujas contradições explicam muitas esquisitices! Depois, teria razão de tremer. Aqui, tudo correria mal. Talvez o senhor tenha visto em mim a mãe de família ocupada em proteger os filhos contra o milhafre que paira sobre eles. Tarefa acachapante, aumentada pelos cuidados exigidos pelo sr. de Mortsauf, que está sempre a perguntar: "Onde está a senhora?". Isso não é nada. Sou também a preceptora de Jacques, a governanta de Madeleine. E ainda tem mais! Sou intendente e adminstradora. Um dia o senhor conhecerá o alcance de minhas palavras, quando souber que a exploração de uma terra é, aqui, o mais cansativo dos ofícios. Temos poucas rendas em dinheiro, nossas fazendas são cultivadas em meação, sistema que requer uma vigilância contínua. É preciso vender por conta própria seus grãos, seu gado, as colheitas de toda natureza. Temos como concorrentes nossos próprios sitiantes, que se põem de acordo com os consumidores na taberna e fixam os preços, depois de terem vendido em primeiro lugar. Eu o aborreceria se lhe explicasse as mil dificuldades de nossa agricultura. Por mais que eu me dedique, não consigo evitar que nossos colonos fertilizem suas próprias terras com nossos adubos, não posso ir ver se nossos ceifeiros não se entendem com eles no momento da divisão das colheitas, nem saber o momento oportuno para a venda. Ora, se o senhor levar em conta a memória curta do sr. de Mortsauf, os sacrifícios que me viu fazer para obrigá-lo a cuidar de seus negócios, compreenderá o peso de meu fardo, a impossibilidade de largá-lo por um momento. Se me ausentasse, ficaríamos arruinados. Ninguém o escutaria; quase o tempo todo suas ordens se contradizem; aliás, ninguém gosta dele, que é muito resmungão e muito autoritário; além disso, como todas as pessoas fracas, escuta com muita facilidade os subordinados e não consegue inspirar em torno de si a afeição que une as famílias. Se eu partisse, nenhum criado ficaria aqui oito dias. Como vê, estou presa a Clochegourde como esses ornatos de chumbo o estão a nossos telhados. Toda a região ignora os segredos de Clochegourde, e agora o senhor os conhece. Não diga nada que não seja bom e amável, e terá minha estima, meu reconhecimento – acrescentou ainda, com uma voz suavizada. – A esse preço, poderá voltar sempre a Clochegourde, aqui encontrará corações amigos.

– Mas – disse –, eu nunca sofri! Só a senhora...

– Não! – retrucou, deixando escapar aquele sorriso das mulheres resignadas, que fenderia o granito. – Não se espante com essa confidência, que lhe mostra a vida como ela é, e não como sua imaginação esperava que fosse. Todos temos nossos defeitos e nossas qualidades. Se eu tivesse me casado com um pródigo, ele teria me arruinado. Se eu tivesse me entregado a algum rapaz ardoroso e voluptuoso, ele teria tido êxitos, talvez eu não tivesse sabido conservá-lo, ele teria me abandonado, eu estaria morta de ciúme. Sou ciumenta! – disse num tom de exaltação que parecia a trovoada de uma tempestade que passa. – Pois é, o cavalheiro me ama tanto quanto consegue amar; tudo o que seu coração encerra de afeto, despeja a meus pés, assim como Madalena despejou o resto de seus perfumes ao pé do Salvador. Acredite! Uma vida de amor é uma fatal exceção à lei terrestre; toda flor perece, as grandes alegrias têm um amanhã triste, quando têm amanhã. A vida real é uma vida de angústias: sua imagem está nesta urtiga, nascida ao pé do terraço, e que, sem sol, permanece verde no caule. Aqui, como nas pátrias do norte, há sorrisos no céu, raros é verdade, mas que muito compensam as penas. Enfim, as mulheres que são exclusivamente mães não se prendem mais pelos sacrifícios do que pelos prazeres? Aqui, atraio para mim as tempestades que vejo prestes a desabar sobre as pessoas ou sobre meus filhos, e sinto que, ao desviá-las, um sentimento qualquer me dá uma força secreta. A resignação da véspera sempre preparou a do dia seguinte. Aliás, Deus não me deixa sem esperança. Se, de início, a saúde de meus filhos desesperou-me, hoje, quanto mais avançam na vida, mais saudáveis se tornam. Afinal de contas, nossa casa se embelezou, a fortuna se reconstrói. Quem sabe se a velhice de meu marido não será feliz para mim? Acredite! A criatura que se apresenta perante o Grande Juiz, com uma palma verde na mão, trazendo-lhe, consolados, os que amaldiçoam a vida, essa criatura converteu suas dores em delícias. Se meus sofrimentos servem à felicidade da família, serão mesmo sofrimentos?

– Sim – eu lhe disse –, mas eram necessários, assim como são os meus para me fazerem apreciar os sabores do fruto amadurecido em nossos rochedos; agora talvez o saboreemos juntos, talvez admiremos seus prodígios? Essas torrentes de afeto com que ele inunda as almas, essa seiva que revigora as folhas que amarelecem. Então, a vida não pesa mais, não é mais nossa. Meu Deus! Não está me entendendo? – retruquei, servindo-me da linguagem mística a que nossa educação religiosa nos havia acostumado. – Veja por que caminhos marchamos um para o outro? Que ímã nos dirigiu sobre o oceano das águas amargas, rumo à fonte de água doce, correndo ao pé dos montes sobre uma areia cintilante, entre duas margens verdes e floridas? Assim como os Magos, não seguimos a mesma estrela? Eis-nos diante do presépio onde desperta um menino divino que lançará suas flechas contra o tronco das árvores nuas, que reanimará nosso mundo com seus gritos alegres, que, por prazeres incessantes, dará gosto à vida, restituirá o sono às noites, a alegria aos dias. Mas quem terá apertado a cada ano novos laços entre nós? Jamais desuna o que o céu reuniu. Os sofrimentos de que fala eram o trigo espalhado em profusão pela mão do Semeador para fazer eclodir a colheita já dourada pelo mais belo sol. Veja! Veja! Não iremos juntos colher tudo, de grão em grão? Que força em mim, para que eu ouse lhe falar assim! Responda-me, então, do contrário não tornarei a cruzar o Indre.

– O senhor me poupou da palavra *amor* – ela disse interrompendo-me com voz severa –, mas falou de um sentimento que ignoro e que não me é permitido. O senhor é uma criança, ainda o perdôo, mas pela última vez. Saiba, meu coração está como que inebriado de maternidade! Não gosto do sr. de Mortsauf por dever social, nem por cálculo de beatitudes eternas a ganhar, mas por um sentimento irresistível que o liga a todas as fibras de meu coração. Fui forçada a me casar? Decidi-me por minha simpatia pelos infortúnios. Não cabia às mulheres reparar os males do tempo, consolar os que acorreram ao combate e voltaram feridos? O que lhe direi? Senti um contentamento egoísta ao ver que o senhor o divertia: não é isso a pura maternidade? Será que minha confissão não lhe mostrou o suficiente os *três* filhos aos quais jamais devo faltar, sobre os quais devo fazer chover um orvalho reparador, e conseguir que minha alma irradie sem deixar que a menor parcela se adultere? Não torne amargo o leite desta mãe! Portanto, se bem que em mim a esposa seja invulnerável, nunca mais me fale assim. Se não respeitar essa defesa tão simples, previno-o, a entrada desta casa lhe será para sempre fechada. Eu acreditava em amizades puras, em fraternidades voluntárias, mais certas do que o são as fraternidades impostas. Erro! Queria um amigo que não fosse um juiz, um amigo para me escutar nesses momentos de fraqueza em que a voz que troveja é uma voz assassina, um amigo santo com quem nada tivesse a temer. A juventude é nobre, sem mentiras, capaz de sacrifícios, desinteressada: ao ver a sua persistência, acreditei, confesso, em algum desígnio do céu; acreditei que teria uma alma que seria só minha, assim como um padre é de todos, um coração em que poderia derramar minhas dores quando elas são abundantes, gritar quando meus gritos são irresistíveis e me sufocassem caso eu continuasse a devorá-los. Assim minha existência, tão preciosa para essas crianças, poderia se prolongar até o dia em que Jacques tivesse se tornado um homem. Mas não será egoísmo demais? A Laura de Petrarca pode reviver? Enganei-me, Deus não o quer. Terei de morrer em meu posto, como o soldado sem amigo. Meu confessor é rude, austero; e... minha tia não existe mais!

Duas grandes lágrimas iluminadas por um raio de lua saíram de seus olhos, rolaram por suas faces, alcançaram o queixo; mas estiquei a mão bem a tempo de recebê-las, e bebi-as com uma avidez devota excitada por aquelas palavras já confirmadas por dez anos de lágrimas secretas, de sensibilidade dispendida, de cuidados constantes, de alarmes perpétuos, o heroísmo mais elevado de seu sexo! Olhou para mim com uma expressão docemente atônita.

– Eis – disse-lhe – a primeira, a santa comunhão do amor. Sim, acabo de participar de suas dores, unir-me à sua alma, como nos unimos a Cristo bebendo sua divina substância. Amar sem esperança ainda é uma felicidade. Ah! Que mulher na terra poderia me causar uma alegria tão grande como a de ter aspirado estas lágrimas! Aceito este contrato que deve se transformar em sofrimentos para mim. Dou-me a si sem segundas intenções e serei o que quiser que eu seja.

Ela me deteve com um gesto e me disse com sua voz profunda:

– Consinto nesse pacto, se nunca mais quiser apertar os laços que nos unirão.

– Sim – eu disse –, mas quanto menos me conceder, mais certamente desejarei possuir.

– O senhor começa por uma desconfiança – respondeu, expressando a melancolia da dúvida.

– Não, mas por um júbilo puro. Escute! Gostaria de poder chamá-la por um nome que não fosse de ninguém, como deve ser o sentimento que consagramos um ao outro.

– É muito – ela disse –, mas sou menos fraca do que pensa. O sr. de Mortsauf me chama de Blanche. Uma só pessoa no mundo, aquela a quem mais amei, minha adorável tia, chamava-me de Henriette. Portanto, tornarei a ser Henriette, para você.

Peguei sua mão e beijei-a. Ela a abandonou com essa confiança que torna a mulher tão superior a nós, confiança que nos abate. Apoiou-se na balaustrada de tijolos e olhou para o Indre.

– Não está errado, meu amigo – disse –, de ir já do primeiro salto ao fim da corrida? Você esgotou, com sua primeira aspiração, uma taça oferecida com candura. Mas um verdadeiro sentimento não se divide, deve ser inteiro, ou não é. O sr. de Mortsauf – disse-me depois de um instante de silêncio – é, acima de tudo, leal e orgulhoso. Talvez você ficasse tentado, por mim, a esquecer o que ele disse; se ele ignorar o que disse, amanhã o informarei sobre a conduta que teve. Fique algum tempo sem se mostrar em Clochegourde, ele o estimará ainda mais. No próximo domingo, ao sair da igreja, ele mesmo irá ao seu encontro; conheço-o, ele se desculpará por seus erros e o apreciará por tê-lo tratado como um homem responsável por suas ações e palavras.

– Cinco dias sem vê-la, sem escutá-la!

– Jamais ponha esse calor nas palavras que me disser – retrucou.

Duas vezes demos a volta no terraço, silentes. Depois ela me disse num tom de ordem que me provava que tomava posse de minha alma:

– É tarde, separemo-nos.

Eu queria beijar sua mão, ela hesitou, esticou-a para mim, e disse-me com voz de prece:

– Pegue-a apenas quando eu lhe der, deixe-me meu livre-arbítrio, sem o que eu seria uma coisa sua, e isso não deve acontecer.

– Adeus – disse-lhe eu.

Saí pela portinhola de baixo, que ela abriu para mim. No momento em que ia fechá-la, reabriu-a, estendeu-me a mão dizendo: "Na verdade, você foi muito bondoso esta noite, consolou todo o meu futuro; tome, meu amigo, tome!".

Beijei sua mão repetidas vezes, e, quando levantei os olhos, vi lágrimas nos seus. Ela subiu para o terraço e, pelo prado, olhou para mim mais um momento. Quando estava a caminho de Frapesle, ainda vi seu vestido branco iluminado pelo luar; em seguida, alguns instantes depois, acendeu-se a luz em seu quarto.

"Ó, minha Henriette!", pensei, "para ti o amor mais puro que jamais brilhou nesta terra!"

Voltei para Frapesle, virando-me a cada passo. Sentia em mim um contentamento inefável. Uma brilhante carreira abria-se enfim à dedicação que enche todo jovem coração, e que em mim foi, por tanto tempo, uma força inerte! Semelhante ao padre que, com um só passo, avançou para uma vida nova, eu estava consagrado, ordenado. Um simples *sim, senhora!* me comprometera a guardar só para mim, em meu coração, um amor irresistível, a jamais abusar da amizade para conduzir a passos lentos aquela mulher ao amor. Todos os nobres sentimentos despertados faziam com que eu ouvisse em mim mesmo suas vozes confusas. Antes de me ver na pequenez de meu quarto, quis voluptuosamente ficar sob o azul salpicado de estrelas, ouvir ainda em mim aqueles cantos de pombo ferido, os tons simples daquela confidência ingênua, juntar no ar os eflúvios daquela alma que, todos, deviam chegar a mim. Como me pareceu grande, essa mulher, com o esquecimento profundo de seu eu, sua religião dos seres feridos, fracos ou sofredores, com sua dedicação liberta das correntes legais! Ela estava lá, serena em sua fogueira de santa e mártir! Eu admirava seu vulto, que me apareceu no meio das trevas, quando de súbito acreditei descobrir um sentido em suas palavras, um misterioso significado que, para mim, a tornou absolutamente sublime. Será que queria que eu fosse para ela o que ela era para seu pequeno mundo? Será que queria tirar de mim a força e o consolo, incluindo-me, assim, em sua esfera, no seu nível ou mais alto? Os astros, dizem certos ousados construtores dos mundos, comunicam-se assim o movimento e a luz. Esse pensamento me elevou, de súbito, às alturas etéreas. Reencontrei-me no céu de meus antigos sonhos e justifiquei os sofrimentos de minha infância pela felicidade imensa em que agora nadava.

Gênios consumidos nas lágrimas, corações magoados pelas ingratidões, santas Clarissa Harlowe[37] ignoradas, crianças enjeitadas, proscritos inocentes, vós todos que entrastes na vida por seus desertos, vós que por toda parte encontrastes os rostos frios, os corações fechados, os ouvidos surdos, nunca vos lamenteis! Somente vós podeis conhecer o infinito da alegria no momento em que para vós um coração se abre, um ouvido vos escuta, um olhar vos responde. Um só dia apaga os dias maus. As dores, as meditações, os desesperos, as melancolias passadas e não esquecidas são outros tantos laços pelos quais uma alma se liga à alma confidente. Alvo de nossos desejos reprimidos, uma mulher herda então suspiros e amores perdidos, restitui-nos, ampliadas, todas as afeições equivocadas, explica as tristezas anteriores como a compensação que o destino exige pela felicidade eterna que ela nos concede no dia dos esponsais da alma. Só os anjos dizem o nome novo com que se deveria designar esse santo amor, assim como só vós, queridos mártires, sabereis perfeitamente o que a sra. de Mortsauf tornara-se subitamente para mim, pobre, só!

Essa cena tinha se passado numa terça-feira, esperei até o domingo sem cruzar o Indre nos meus passeios. Du-

---

37. Heroína do romance homônimo de Samuel Richardson (1689-1761), que simboliza a infância infeliz.

rante esses cinco dias, grandes acontecimentos ocorreram em Clochegourde. O conde recebeu o título de marechal-de-campo, a cruz de São Luís e uma pensão de quatro mil francos. O duque de Lenoncourt-Givry, nomeado Par de França, recuperou duas florestas, retomou seu serviço na corte, e a mulher dele recuperou seus bens não-vendidos, que tinham feito parte do domínio da coroa imperial. A condessa de Mortsauf tornava-se, assim, uma das mais ricas herdeiras do Maine. Sua mãe viera lhe trazer cem mil francos economizados das rendas de Givry, o montante de seu dote que não havia sido pago, e do qual o conde jamais falava, apesar de suas dificuldades. Nas coisas da vida exterior, o comportamento desse homem atestava o mais altivo de todos os desprendimentos. Juntando a essa soma suas economias, o conde podia comprar dois domínios vizinhos que valiam cerca de nove mil libras de renda. Como seu filho devia suceder ao avô no pariato, pensou de repente em constituir para ele um morgado que se comporia da fortuna territorial das duas famílias sem prejudicar Madeleine, à qual a proteção do duque proporcionaria, sem dúvida, um belo casamento. Esses arranjos e essa felicidade lançaram algum bálsamo nas chagas do emigrado. A duquesa de Lenoncourt em Clochegourde foi um acontecimento na região. Eu pensava dolorosamente que essa mulher era uma grande dama, e percebi, então, em sua filha, o espírito de casta que, a meus olhos, a nobreza de seus sentimentos encobria. Quem era eu, pobre, sem outro futuro além de minha coragem e minhas faculdades? Não pensava nas conseqüências da Restauração, nem para mim nem para os outros. No domingo, da capela reservada onde eu estava, na igreja, junto com o sr. e a sra. de Chessel e o padre de Quélus, lançava olhares ávidos para uma outra capela lateral onde estavam a duquesa e a filha, o conde e as crianças. O chapéu de palha que me escondia o meu ídolo não se mexeu, e esse esquecimento de mim pareceu me ligar a ela mais profundamente que todo o passado. Aquela grande Henriette de Lenoncourt, que agora era minha querida Henriette, e cuja vida eu queria florir, rezava com ardor; a fé comunicava à sua atitude algo de desfigurado, prosternado, uma pose de estátua religiosa, que penetrou em mim. Seguindo o hábito das paróquias de aldeia, as vésperas deviam ser ditas algum tempo depois da missa. Ao sair da igreja, a sra. de Chessel propôs naturalmente a seus vizinhos passarem as duas horas de espera em Frapesle, em vez de, naquele calor, atravessarem duas vezes o Indre e o prado. A oferta foi aceita. O sr. de Chessel deu o braço à duquesa, a sra. de Chessel aceitou o do conde, apresentei o meu à condessa e senti, pela primeira vez, aquele belo braço fresco encostado em meu corpo. Durante a volta da paróquia a Frapesle, trajeto que era feito pelos bosques de Saché onde a luz filtrada nas folhagens produzia, na areia das alamedas, aqueles lindos desenhos que parecem sedas pintadas, tive sensações de orgulho e idéias que me causaram violentas palpitações.

– O que tem? – ela me disse depois de alguns passos dados num silêncio que eu não ousava quebrar. – Seu coração bate tão rápido!...

– Soube de acontecimentos felizes para você – eu lhe disse –, e, como os que amam muito, tenho vagos receios. Suas grandezas não serão nocivas às suas amizades?

– Eu! – ela me disse – Cruzes! Mais uma idéia dessas, e não o desprezarei, mas o esquecerei para sempre.

Olhei para ela, tomado por um inebriamento que devia ser comunicativo.

– Aproveitamos o benefício de leis que nem provocamos nem pedimos, mas não seremos mendicantes nem ávidos; e aliás, você bem sabe – continuou – que nem eu nem o sr. de Mortsauf podemos sair de Clochegourde. A conselho meu, ele recusou o comando ao qual tinha direito na Casa Vermelha.[38] Basta-nos que meu pai tenha seu cargo! Nossa modéstia for-

---

38. Alusão ao uniforme vermelho do corpo de fidalgos da casa real durante a primeira Restauração (1814-1830).

çada – disse sorrindo com amargura – já foi bastante útil para o nosso filho. O rei, junto a quem meu pai está de serviço, disse muito gentilmente que transferiria para Jacques o favor que não queríamos. A educação de Jacques, na qual é preciso pensar, é agora objeto de uma grave discussão; ele vai representar duas casas, os Lenoncourt e os Mortsauf. Só posso ter ambição para ele, e, assim sendo, eis que minhas inquietações se agravaram. Jacques deve não só viver, mas também se tornar digno de seu nome, duas obrigações que se contrariam. Até agora consegui ser suficiente para sua educação, calculando os estudos de acordo com suas forças, mas, primeiro, onde encontrar um preceptor que me convenha? Depois, mais tarde, que amigo o guardará naquela terrível Paris onde tudo é armadilha para a alma e perigo para o corpo? Meu amigo – ela me disse com voz emocionada –, ao ver sua fronte e seus olhos, quem não adivinharia em você um desses pássaros que devem habitar as alturas? Levante seu vôo, seja um dia o padrinho de nosso querido filho. Vá para Paris. Se seu irmão e seu pai não o auxiliarem, nossa família, sobretudo minha mãe, que tem o gênio dos negócios, será decerto muito influente; aproveite de nosso crédito! Não lhe faltará, então, apoio nem ajuda na carreira que escolher! Empregue, pois, o supérfluo de suas forças numa nobre ambição...

– Compreendo – disse-lhe, interrompendo-a –, deseja que minha ambição se torne minha amante. Não preciso disso para ser totalmente seu. Não, não quero ser recompensado por minha sensatez aqui com favores ali. Irei, crescerei sozinho, por mim mesmo. Aceitarei tudo de si, dos outros não quero nada.

– Criancice! – ela disse murmurando, mas mal retendo um sorriso de contentamento.

– Aliás, já me consagrei – eu lhe disse. – Meditando sobre nossa situação, pensei em me ligar a você por laços que jamais possam ser desfeitos.

Ela estremeceu ligeiramente e parou, olhando para mim.

– O que quer dizer? – perguntou, deixando que seguissem os dois casais que nos precediam e guardando os filhos perto de si.

– Pois é – respondi –, diga-me francamente como quer que eu a ame.

– Ame como me amava minha tia, cujos direitos lhe conferi autorizando-o a me chamar pelo nome que, entre os meus, ela escolhera para si mesma.

– Então eu amaria sem esperança, com uma dedicação completa. Pois, bem, sim, farei por você o que o homem faz por Deus. Não foi o que pediu? Vou entrar para um seminário, de onde sairei padre, e educarei Jacques. O seu Jacques será como um outro eu: concepções políticas, pensamento, energia, paciência, lhe darei tudo. Assim, permanecerei perto de você, sem que meu amor, aprisionado na religião como uma imagem de prata num cristal, possa ser suspeitado. Você não precisará temer nenhum desses ardores imoderados que se apossam de um homem e pelos quais já uma vez me deixei vencer. Vou consumir-me na chama, e a amarei com um amor purificado.

Ela empalideceu, e disse com palavras apressadas:

– Félix, não se enrede em laços que, um dia, seriam um obstáculo à sua felicidade. Eu morreria de tristeza de ter sido a causa desse suicídio. Criança, um desespero de amor seria por acaso uma vocação? Espere as provações da vida para julgar a vida; exijo-o, ordeno-o. Não se case com a Igreja nem com uma mulher, não se case de nenhuma maneira, proíbo-o. Fique livre. Você tem 21 anos. Mal sabe o que o futuro lhe reserva. Meu Deus! Terei eu o julgado mal? No entanto, acreditei que dois meses bastavam para conhecer certas almas.

– Que esperança tem? – disse-lhe jogando faíscas pelos olhos.

– Meu amigo, aceite minha ajuda, instrua-se, faça fortuna, e saberá qual é minha esperança. Enfim – disse parecendo deixar escapar um segredo –, jamais largue a mão de Madeleine que você segura neste momento.

Ela se inclinara para meu ouvido a fim de me dizer essas palavras que provavam o quanto se ocupava de meu futuro.

– Madeleine? – eu lhe disse. – Jamais!

Essas duas palavras nos jogaram num silêncio cheio de agitações. Nossas almas estavam às voltas com esses transtornos que as sulcam de modo a ali deixar marcas eternas. Estávamos defronte de uma porta de madeira pela qual se entrava no parque de Frapesle, e da qual ainda tenho a impressão de ver as duas pilastras estragadas, cobertas de plantas trepadeiras e musgos, mato e espinheiros. De repente, uma idéia, a da morte do conde, passou como uma flecha em meu cérebro, e eu lhe disse:

– Compreendo-a.

– Felizmente – ela respondeu, num tom que me fez ver que eu lhe atribuía um pensamento que jamais teria.

Sua pureza arrancou-me uma lágrima de admiração que o egoísmo da paixão transformou em muito amarga. Refletindo sobre minha atitude, pensei que ela não me amava o suficiente para desejar sua liberdade. Se o amor recua diante de um crime, parece ter limites, e o amor deve ser infinito. Senti um horrível aperto no coração.

"Ela não me ama", pensei.

Para não deixar que lesse em minha alma, beijei os cabelos de Madeleine.

– Tenho medo de sua mãe – disse à condessa, para retomar a conversa.

– E eu também – ela respondeu, fazendo um gesto muito pueril –, mas não se esqueça de sempre chamá-la de senhora duquesa e de lhe falar na terceira pessoa. A juventude atual perdeu o hábito dessas formas corteses, você as retoma? Faça isso por mim. Aliás, é de tão bom gosto respeitar as mulheres, seja qual for a idade, e reconhecer as distinções sociais sem questioná-las! As honras que você prestar aos superiores estabelecidos não são a garantia daquelas que lhe são devidas? Em sociedade, tudo é solidário. O cardeal della Rovere[39] e Rafael de Urbino eram outrora duas potências igualmente reverenciadas. Nos seus colégios, você bebeu o leite da Revolução, e suas idéias políticas podem se ressentir disso, mas avançando na vida você aprenderá quão impotentes em criar a felicidade dos povos são os princípios de liberdade mal definidos. Antes de pensar, em minha qualidade de Lenoncourt, no que é ou deve ser uma aristocracia, meu bom senso de camponesa me diz que as sociedades só existem pela hierarquia. Você está num momento da vida em que é preciso escolher bem! Fique com o seu partido. Sobretudo – acrescentou, rindo – quando ele triunfa.

Fiquei vivamente tocado por essas palavras em que a profundidade política escondia-se sob o calor do afeto, aliança que dá às mulheres tão grande poder de sedução; todas sabem conferir aos raciocínios mais agudos as formas do sentimento. Parecia que, em seu desejo de justificar as ações do conde, Henriette tivesse previsto as reflexões que deveriam surgir em minha alma no momento em que vi, pela primeira vez, os efeitos da adulação. O sr. de Mortsauf, rei em seu castelo, cercado de sua auréola histórica, assumira, a meu ver, proporções grandiosas, e confesso que fiquei singularmente espantado com a distância que pôs entre si mesmo e a duquesa, apelando para modos, quando nada, obsequiosos. O escravo tem sua vaidade, só quer obedecer ao maior dos déspotas; eu me sentia como que humilhado de ver o rebaixamento daquele que me fazia tremer, dominando todo o meu amor. Esse movimento interior fez-me compreender o suplício das mulheres cuja alma generosa está unida à de um homem de quem elas escondem diariamente as covardias. O respeito é uma barreira que protege igualmente o grande e o pequeno, cada um de seu lado pode se olhar de frente. Fui respeitoso com a duquesa por causa

---

[39]. Giuliano della Rovere (1443-1513), futuro papa Júlio II, protetor das artes e do pintor Rafael.

de minha juventude, mas ali onde os outros viam uma duquesa, vi a mãe de minha Henriette e imprimi uma espécie de santidade às minhas homenagens. Entramos no grande pátio de Frapesle, onde encontramos o grupo. O conde de Mortsauf apresentou-me muito gentilmente à duquesa, que me examinou com ar frio e reservado. A sra. de Lenoncourt era então uma senhora de 56 anos, perfeitamente conservada e com nobres maneiras. Ao ver seus olhos de um azul duro, as têmporas enrugadas, o rosto magro e macerado, a silhueta imponente e ereta, os gestos raros, a brancura fulva que se reproduzia tão esplendorosa em sua filha, reconheci a raça fria de onde provinha minha mãe, tão prontamente como um mineralogista reconhece o ferro da Suécia. Sua linguagem era a da velha corte, ela pronunciava os *oit* como *ait*, e dizia *frait* em vez de *froid*, *porteux* em vez de *porteurs*. Não fui cortesão nem presunçoso; comportei-me tão bem que, indo às vesperas, a condessa me disse ao ouvido:

– Você está perfeito!

O conde veio a mim, pegou minha mão e disse:

– Não estamos zangados, não é, Félix? Se cometi algumas violências, você perdoará seu velho companheiro. Vamos ficar aqui provavelmente para jantar, e o convidaremos para quinta-feira, véspera da partida da duquesa. Vou a Tours concluir uns negócios. Não abandone Clochegourde. Minha sogra é uma amizade que o aconselho a cultivar. Seu salão dará o tom no Faubourg Saint-Germain. Ela tem as tradições da alta sociedade, possui uma imensa cultura, conhece o brasão do primeiro ao último fidalgo na Europa.

O bom gosto do conde talvez os conselhos de seu gênio doméstico mostraram-se nas circunstâncias novas em que o colocava o triunfo de sua causa. Não teve arrogância nem cortesia agressiva, comportou-se sem ênfase, e a duquesa mostrou-se sem ares protetores. O sr. e a sra. de Chessel aceitaram gratos o jantar da quinta-feira seguinte. Agradei à duquesa, e seus olhares me ensinaram que ela examinava em mim um homem de quem sua filha lhe havia falado. Quando voltamos das vésperas, interrogou-me sobre minha família e perguntou se o Vandenesse que já servia na diplomacia era meu parente.

– É meu irmão – eu lhe disse.

Então, tornou-se um pouco afetuosa. Contou-me que minha tia-avó, a velha marquesa de Listomère[40], era uma Grandlieu. Suas maneiras foram corteses como haviam sido as do sr. de Mortsauf no dia em que me viu pela primeira vez. Seu olhar perdeu aquela expressão de altivez com que os príncipes da terra nos fazem medir a distância que existe entre eles e nós. Eu não sabia quase nada de minha família. A duquesa me ensinou que meu tio-avô, velho padre que eu não conhecia nem mesmo de nome, fazia parte do Conselho Privado,[41] que meu irmão tinha recebido uma promoção; enfim, por um artigo da Carta que eu ainda não conhecia, meu pai voltava a ser marquês de Vandenesse.

– Sou apenas uma coisa, o servo de Clochegourde – disse baixinho à condessa.

O passe de mágica da Restauração realizava-se com uma rapidez que estarrecia as crianças educadas sob o regime imperial. Essa revolução não foi nada para mim. A menor palavra, o mais simples gesto da sra. de Mortsauf eram os únicos fatos a que eu dava importância. Ignorava o que era o conselho privado; não conhecia nada da política nem das coisas do mundo; não tinha outra ambição além de amar Henriette, mais do que Petrarca[42] amou Laura. Essa despreocupação fez a duquesa me achar uma criança. Foi muita gente a Frapesle, éramos umas trinta pessoas no jantar. Que euforia para um rapaz ver a mulher que ele ama ser a mais bela de todas, tornar-se o objeto de olhares apaixonados, e saber que é o único a receber o brilho de seus olhos castamente reservados; conhecer o suficiente todos os ma-

---

40. Personagem fictícia de *A comédia humana*. (N. do E.)
41. Nome do Conselho de Estado, durante a Restauração.
42. Francesco Petrarca (1304-1374), poeta italiano. (N. do E.)

tizes de sua voz para encontrar em sua palavra, de aparência leve ou brincalhona, as provas de um pensamento constante, mesmo quando sentimos no coração um ciúme devorador contra as distrações do mundo. O conde, feliz com as atenções de que foi objeto, estava quase jovem; sua mulher esperou que disso resultasse alguma mudança de humor; eu ria junto com Madeleine que, semelhante às crianças cujo corpo sucumbe sob os apertos da alma, me fazia rir com suas observações espantosas e cheias de um espírito zombeteiro sem maldade, mas que não poupava ninguém. Foi um belo dia. Uma palavra, uma esperança nascida de manhã tornara luminosa a natureza; e, vendo-me tão alegre, Henriette estava alegre.

– Essa felicidade no meio de sua vida triste e anuviada lhe fará muito bem – disse-me ela no dia seguinte.

Passei naturalmente todo o dia seguinte em Clochegourde; de lá havia sido banido por cinco dias, tinha sede de minha vida. O conde partira desde as seis horas para mandar lavrar seus contratos de aquisições em Tours. Um grave motivo de discórdia se interpusera entre a mãe e a filha. A duquesa queria que a condessa a acompanhasse a Paris, onde devia obter para ela uma posição na corte e onde o conde, reconsiderando a recusa, poderia ocupar altas funções. Henriette, que passava por ser uma mulher feliz, não queria revelar a ninguém, nem mesmo ao coração da mãe, seus horríveis sofrimentos, nem trair a incapacidade do marido. Para que a mãe não penetrasse no segredo de seu casamento, enviara o sr. de Mortsauf a Tours, onde ele devia se debater com os tabeliães. Só eu, como ela o dissera, conhecia os segredos de Clochegourde. Depois de ter demonstrado como o ar puro e o céu azul daquele vale acalmavam as irritações do espírito ou as dores amargas da doença, e a influência que a residência de Clochegourde exercia na saúde de seus filhos, ela opôs recusas motivadas, que eram combatidas pela duquesa, mulher invasora, menos pesarosa do que humilhada com o mau casamento da filha. Henriette percebeu que a mãe pouco se preocupava com Jacques e Madeleine, terrível descoberta! Como todas as mães habituadas a manter sobre a mulher casada o despotismo que exerciam sobre a moça solteira, a duquesa procedia por considerações que não admitiam réplicas; mostrava ora uma amizade capciosa a fim de arrancar uma aprovação de seus pontos de vista, ora uma amarga frieza para ter, pelo temor, o que a doçura não obtinha; depois, vendo a inutilidade de seus esforços, empregou o mesmo espírito de ironia que eu havia observado em minha mãe. Em dez dias, Henriette conheceu todos os dilaceramentos causados nas jovens mulheres pelas revoltas necessárias ao estabelecimento de sua independência. Você, que, para sua felicidade, tem a melhor das mães, não conseguiria compreender essas coisas. Para ter uma idéia dessa luta entre uma mulher seca, fria, calculista, ambiciosa, e sua filha, cheia dessa bondade piedosa e fresca que jamais se esgota, seria preciso imaginar o lírio ao qual meu coração a comparou incessantemente, triturado nas engrenagens de uma máquina de aço polido. Essa mãe nunca tivera nada de coerente com a filha, não soube adivinhar nenhuma das verdadeiras dificuldades que a obrigavam a não aproveitar as vantagens da Restauração e a prosseguir sua vida solitária. Pensou em algum namorico entre mim e sua filha. Essa palavra, da qual se serviu para expressar suas desconfianças, abriu entre as duas mulheres abismos que, doravante, nada conseguiria fechar. Embora as famílias enterrem cuidadosamente essas dissidências intoleráveis, se penetrar nelas você encontrará, em quase todas, chagas profundas, incuráveis, que diminuem os sentimentos naturais: ou são paixões reais, enternecedoras, que a conveniência dos temperamentos eterniza e que dão à morte um contragolpe cujos negros ferimentos são inextinguíveis; ou são ódios latentes que gelam lentamente o coração e secam as lágrimas no dia do adeus eterno. Atormentada ontem, atormentada hoje, atacada por todos, mesmo por seus dois anjos sofredores que não eram cúmplices dos males que sofriam nem dos que causavam, como a pobre alma não teria amado aquele que não a atacava e queria cercá-la de uma tripla sebe de espinhos, a fim de defendê-la das tempestades, de qualquer contato, de qualquer ferimento? Se eu sofria com essas discussões, às vezes também ficava feliz sentindo que ela se refugiava em meu coração, pois Henriette confiou-me seus novos pesares. Pude então apreciar sua calma na dor, e a paciência enérgica que sabia demonstrar. Cada dia aprendi melhor o sentido daquelas palavras: "Ame-me como me amava minha tia".

– Então o senhor não tem ambição? – disse-me no jantar a duquesa, com ar duro.

– Senhora – respondi, lançando-lhe um olhar sério –, sinto em mim uma força para dominar o mundo, mas tenho apenas 21 anos e sou inteiramente só.

Ela olhou para a filha com ar espantado, acreditava que, para me guardar perto de si, a filha apagava em mim qualquer ambição. A temporada que a duquesa de Lenoncourt passou em Clochegourde foi um tempo de eterno constrangimento. A condessa me recomendava o decoro, apavorava-se com uma palavra dita suavemente; e, para lhe agradar, era preciso vestir a máscara da dissimulação. Chegou a grande quinta-feira, foi um dia de maçante cerimonial, um desses dias odiados pelos amantes habituados aos afagos do desleixo cotidiano, acostumados a ver sua cadeira no lugar e a dona de casa toda voltada para eles. O amor tem horror de tudo o que não é ele mesmo. A duquesa ia desfrutar das pompas da corte, e em Clochegourde tudo entrou em ordem.

Minha pequena desavença com o conde tivera como resultado implantar-me ali ainda mais que antes: pude voltar lá a qualquer momento sem provocar a menor desconfiança, e os antecedentes de minha vida levaram-me a estender-me como uma planta trepadeira na bela alma em que se abria para mim o mundo encantador dos sentimentos partilhados. A toda hora, de momento em momento, nosso casamento fraterno, baseado na confiança, tornou-se mais coerente; nós nos instalávamos, cada um, na nossa posição: a condessa envolvia-me com nutritivas proteções, com roupagens brancas de um amor todo maternal, ao passo que meu amor, seráfico em sua presença, longe dela tornava-se mordaz e alterado como um ferro em brasa; eu a amava com um duplo amor que arremessava, uma após outra, as mil flechas do desejo, e as perdia no céu onde elas morriam num éter inatingível. Se você me perguntar por que, jovem e cheio de desejos ardentes, permaneci nas abusivas crenças do amor platônico, vou lhe confessar que ainda não era homem suficiente para atormentar essa mulher, sempre temerosa de alguma catástrofe com seus filhos, sempre esperando uma explosão, uma tempestuosa variação no caráter de seu marido, ferida por ele, quando não se sentia afligida pela doença de Jacques ou de Madeleine, sentada à cabeceira de um deles quando o marido, acalmado, conseguia deixá-la ter um pouco de sossego. O som de uma palavra viva demais abalava seu ser, um desejo a ofendia; para ela, era preciso haver amor velado, força mesclada de ternura, enfim, tudo o que ela era para os outros. Além disso, direi a você, que é tão mulher, que essa situação comportava uma languidez encantadora, momentos de divina suavidade e contentamentos que se seguem às tácitas imolações. Sua consciência era contagiosa, sua dedicação sem recompensa terrestre impunha-se pela persistência; essa piedade viva e secreta que servia de laço às suas outras virtudes agia ao redor como um incenso espiritual. Além de tudo, eu era jovem! Bastante jovem para concentrar meu temperamento no beijo que tão raramente ela me permitia dar em sua mão, da qual sempre só quis me dar o dorso e jamais a palma, limite onde, para ela, começavam talvez as volúpias sensuais. Se um dia duas almas se estreitaram com mais ardor, nunca o corpo foi mais dominado. Enfim, mais tarde conheci a causa dessa felicidade plena. Na minha idade, nenhum interesse distraía meu coração, nenhuma ambição atravessava o curso desse sentimento desenfreado como uma torrente e que levava consigo tudo o que arrastava. Sim, mais tarde, amamos a mulher numa mulher, ao passo que, da primeira mulher amada, amamos tudo: seus filhos são os nossos, sua casa é a nossa, seus interesses são nossos interesses, sua desgraça é nossa maior desgraça; amamos seu vestido e seus móveis, ficamos mais zangados ao ver seu trigo desperdiçado do que ao saber de nosso dinheiro perdido, estamos prontos a repreender o visitante que desarruma nossas curiosidades sobre a lareira. Esse santo amor faz-nos viver num outro, ao passo que mais tarde, infelizmente, atraímos outra vida para nós mesmos, pedindo à mulher que enriqueça com seus jovens sentimentos nossas faculdades empobrecidas. Breve tornei-me alguém de casa, e senti pela primeira vez uma dessas doçuras infinitas que são para a alma atormentada aquilo que é um banho para o corpo fatigado; a alma é, então, refrescada em todas as suas superfícies, acariciada em suas dobras mais profundas. Você não conseguiria me compreender, pois é mulher, e trata-se aqui de uma felicidade que você dá sem jamais receber outra igual. Só um homem conhece o delicioso prazer de ser, dentro de uma casa estranha, o privilegiado da dona de casa, o centro secreto de suas afeições: os cães não ladram mais quando você chega, os criados reconhecem, tão bem como os cães, as insígnias ocultas que você leva, as crianças, em quem nada é falso, que sabem que seu quinhão jamais diminuirá, e que você é benfazejo à luz da vida deles, essas crianças possuem um espírito adivinhador; para você, tornam-se como gatos, têm essas boas tiranias que reservam às criaturas adoradas e adoradoras, têm discrições espirituais e são inocentes cúmplices, vão a você na ponta dos pés, sorriem e partem, sem barulho. Para você, tudo se desdobra, tudo o ama e lhe sorri. As paixões verdadeiras parecem ser belas flores que dão tanto prazer de ver quanto mais ingratos são os terrenos onde se produzem. Mas se tive os deliciosos benefícios dessa naturalização numa família em que eu encontrava parentes adequados ao meu coração, também tive os encargos disso. Até então o sr. de Mortsauf se constrangia diante de minha presença; eu só tinha visto os contornos de seus defeitos, e breve os conheci em toda a sua extensão e vi como a condessa havia sido nobremente caridosa ao me pintar suas lutas diárias. Conheci então todos os ângulos desse caráter intolerável: ouvi suas gritarias contínuas a respeito de nada, aquelas queixas sobre males dos quais não havia nenhum sinal exterior, aquele descontentamento inato que deflorava a vida e aquela necessidade incessante de tirania que o faria devorar, todo ano, novas vítimas. Quando passeávamos à noite, ele comandava pessoalmente o passeio; mas, fosse qual fosse, sempre se amolava; de volta à casa, jogava em cima dos outros o peso de sua lassidão: a mulher tinha sido a causa de tudo, levando-o contra a sua vontade para onde queria ir; como não se lembrava mais de ter nos conduzido, queixava-se de ser governado por ela nos menores detalhes da vida e de não poder guardar nem uma vontade nem um pensamento seus, de ser um zero em casa. Se essas durezas esbarravam numa silenciosa paciência, zangava-se ao sentir um limite a seu poder, perguntava amargo se a religião não ordenava às mulheres agradar aos maridos, se era conveniente desprezar o pai de seus filhos. Acabava sempre por atacar em sua mulher uma corda sensível, e quando a fazia ressoar parecia experimentar um prazer particular nessas ninharias dominadoras. Às vezes mostrava um mutismo morno, uma prostração mórbida, que de súbito apavorava sua mulher, de quem recebia então cuidados pungentes. Semelhante a essas crianças mimadas que exercem o poder sem se preocupar com os sustos maternos, deixava-se afagar como Jacques e Madeleine, de quem tinha ciúme. Enfim, com o passar do tempo descobri que tanto nas menores como nas maiores circunstâncias, o conde agia com seus criados, filhos e mulher assim como agia comigo no jogo de triquetraque. No dia em que compreendi em suas raízes e em seus ramos essas dificuldades que, semelhantes a cipós, se sufocavam, comprimiam os movimentos e a respiração daquela família, manietavam com fios leves mas múltiplos o andamento do lar e retardavam o crescimento da fortuna, complicando os atos mais necessários, senti um pavor admirativo que dominou meu amor e o recalcou em meu coração. Quem era eu, meu Deus? As lágrimas que havia bebido geraram em mim como que uma embriaguez sublime e encontrei felicidade em desposar os sofrimentos daquela mulher. Outrora eu me curvara ao despotismo do conde assim como um contrabandista paga suas multas; doravante, ofereci-me voluntariamente aos golpes do déspota, para ficar mais perto de Henriette. A condessa adivinhou, deixou-me ocupar um lugar a seu lado e recompensou-me com a permissão de partilhar suas dores, como outrora o apóstata arrependido, desejando voar ao céu junto com seus irmãos, obtinha a graça de morrer no circo.

– Sem você, eu sucumbiria a essa vida – disse-me Henriette numa noite em que o conde tinha sido, como as moscas num dia de calorão, mais picante, mais acerbo, mais instável que de costume.

O conde havia se deitado. Ficamos, Henriette e eu, durante uma parte da noite, sob os pés de acácias; as crianças brincavam ao redor, banhadas pelos raios do poente. Nossas palavras raras e puramente exclamativas nos revelavam a mutualidade dos pensamentos pelos quais repousávamos de nossos sofrimentos comuns. Quando faltavam as palavras, o silêncio servia fielmente a nossas almas, que por assim dizer entravam uma na outra sem obstáculos, mas sem serem convidadas a fazê-lo por meio do beijo; saboreando ambas os encantos de um torpor pensativo, metiam-se nas ondulações de um mesmo devaneio, mergulhavam juntas no rio, de onde saíam refrescadas como duas ninfas tão perfeitamente unidas como o ciúme pode desejar, mas sem nenhum laço terrestre. Íamos para um abismo sem fundo, voltávamos à superfície, de mãos vazias, perguntando-nos por um olhar: "Teremos um só dia para nós entre tantos dias?". Quando a volúpia nos cobre com essas flores nascidas sem raízes, por que a carne murmura? Apesar da enervante poesia da noite, que dava aos tijolos da balaustrada aqueles tons alaranjados, tão calmantes e tão puros, apesar daquela atmosfera religiosa que nos comunicava em sons suavizados os gritos das duas crianças e nos deixava tranqüilos, o desejo serpenteou em minhas veias como o sinal de um fogo de artifício. Depois de três meses, eu começava a não mais me contentar com a parte que me era servida, e acariciava suavemente a mão de Henriette, tentando transbordar assim as ricas volúpias que me incendiavam. Henriette tornou a ser a sra. de Mortsauf e retirou a mão; algumas lágrimas rolaram em meus olhos, ela as viu e lançou-me um olhar morno levando a mão a meus lábios.

– Fique sabendo – disse-me – que isso me custa lágrimas! A amizade que quer um favor tão grande é bem perigosa.

Explodi, derramei-me em críticas, falei de meus sofrimentos e do pouco alívio que pedia para suportá-los. Ousei dizer-lhe que, na minha idade, se os sentidos eram totalmente alma, a alma também tinha um sexo; que eu saberia morrer, mas não morrer de lábios cerrados. Ela me impôs silêncio, lançando-me seu olhar altivo no qual acreditei ler: "*E eu, estou sobre rosas?*",[43] Talvez eu também me enganasse. Desde o dia em que, diante da porta de Frapesle, eu lhe atribuíra equivocadamente esse pensamento que fazia nossa felicidade nascer de um túmulo, tive vergonha de macular sua alma com desejos carregados de paixão brutal. Ela tomou a palavra e, com lábios melosos, disse-me que não podia ser totalmente minha, que eu devia saber disso. Compreendi, no momento em que dizia essas palavras, que, se não lhe obede-

---

43. Trata-se de uma frase Guatemozin, o último imperador indígena do México, barbaramente torturado pelos espanhóis. A um auxiliar, também torturado, que se queixava de seus sofrimentos, o imperador, cujos pés iam sendo queimados a fogo lento, respondeu: "E eu, estou sobre rosas?". (N. do E.)

cesse, cavaria abismos entre nós. Baixei a cabeça. Ela continuou, dizendo que tinha a certeza religiosa de poder amar a um irmão, sem ofender a Deus nem aos homens; que havia alguma doçura em fazer desse culto uma imagem real do amor divino, que, segundo seu bom Saint-Martin, é a vida do mundo. Se eu não podia ser para ela algo como seu velho confessor, menos que um amante, mas mais que um irmão, não devíamos mais nos ver. Ela saberia morrer levando até Deus essa sobrecarga de sofrimentos vivos, suportados não sem lágrimas nem dilaceramentos.

– Dei – disse ela, concluindo – mais do que devia para não ter mais nada a tomarem de mim, e já fui punida por isso.

Foi preciso acalmá-la, prometer nunca lhe causar uma tristeza, amá-la aos vinte anos como os velhos amam o filho caçula.

No dia seguinte, cheguei bem cedinho. Ela não tinha mais flores para os vasos do salão cinza. Lancei-me nos campos, nas vinhas, procurei flores para compor dois buquês; mas enquanto as colhia, uma a uma, cortava-as da haste, admirando-as, pensei que as cores e as folhagens tinham uma harmonia, uma poesia que surgia na combinação, enfeitiçando o olhar, como as frases musicais revelam milhares de lembranças no fundo dos corações amantes e amados. Se a cor é a luz organizada, não deve ela ter um sentido como as combinações do ar têm o seu? Ajudado por Jacques e Madeleine, felizes nós três por conspirarmos uma surpresa para nossa querida, compus, nos últimos degraus da escadaria onde instalamos o quartel-general de nossas flores, dois ramos pelos quais tentei pintar um sentimento. Imagine um manancial de flores saindo em ebulição dos dois vasos, caindo por ondas em franja, e do seio do qual se lançavam meus votos em rosas brancas, em lírios de copa prateada? Sobre esse viçoso tecido brilhavam centáureas, miosótis, viperinas, todas as flores azuis cujos matizes, tirados do céu, casam tão bem com o branco; não são duas inocências, a que nada sabe e a que sabe tudo, um pensamento de criança, um pensamento de mártir? O amor tem seu brasão, e a condessa o decifrou secretamente. Deu-me um desses olhares incisivos que parecem o grito de um doente tocado em sua chaga: estava a um só tempo envergonhada e radiante. Que recompensa naquele olhar! Fazê-la feliz, refrescar seu coração, que estímulo! Inventei, assim, a teoria do padre Castel[44] em benefício do amor, e encontrei para ela uma ciência perdida na Europa em que as flores colocadas sobre a escrivaninha substituem as páginas escritas no Oriente com cores embalsamadas. Que encanto expressar suas sensações por essas filhas do sol, as irmãs das flores desabrochadas sob os raios do amor! Logo me entendi com as produções da flora campestre como um homem que encontrei mais tarde em Grandlieu se entendia com as abelhas.

Duas vezes por semana, durante o resto de minha permanência em Frapesle, recomecei o longo trabalho dessa obra poética para cuja realização eram necessárias todas as variedades das gramíneas sobre as quais fiz um estudo aprofundado, menos como botanista do que como poeta, estudando mais seu espírito do que sua forma. Para encontrar uma flor ali onde ela aparecia, volta e meia eu percorria enormes distâncias, à beira das águas, pelos vales, no cume dos rochedos, em plenas charnecas, recolhendo pensamentos nos bosques e nas matas. Nessas corridas, iniciei-me por minha conta nos prazeres desconhecidos do cientista que vive na meditação, do agricultor ocupado com suas especialidades, do artesão arraigado nas cidades, do comerciante preso a seu balcão; mas conhecidos de alguns guardas-florestais, de alguns lenhadores, de alguns sonhadores. Há na natureza efeitos cujos significados não têm limites, e que se elevam à altura das maiores concepções do espírito. Seja uma urze florida, coberta pelos diamantes do orvalho que a encharca,

---

44. O padre Louis-Bertrand Castel (1688-1757), autor de *A óptica das cores*, inventou, numa tentativa de unir o som e a luz, um "cravo cromático" cujas notas correspondiam a cores. (N. do E.)

e na qual o sol brinca, imensidão enfeitada para um só olhar que ali se lance de propósito. Seja um canto de floresta cercada de rochas desmoronadas, cortado por areais, vestido de musgos, guarnecido de zimbros, que nos impressiona por seu quê de selvagem, chocante, apavorante, e de onde sai o grito do xofrango. Seja uma charneca escaldante, sem vegetação, pedregosa, de trechos escarpados, cujos horizontes têm algo daqueles do deserto e onde eu encontrava uma flor sublime e solitária, uma anêmona com a corola de seda violeta e estames dourados: imagem enternecedora de meu branco ídolo, único em seu vale! Sejam grandes lamaçais sobre os quais a natureza logo atira manchas verdes, espécie de transição entre a planta e o animal, onde a vida brota em poucos dias, plantas e insetos boiando ali, como um mundo no éter! Seja, ainda, uma choupana com sua horta cheia de repolhos, seu vinhedo, suas estacas, suspensa no alto de um barranco, cercada por alguns magros campos de centeio, figura de tantas existências humildes! Seja uma longa alameda de floresta semelhante a uma nave de catedral, onde as árvores são pilastras, onde seus galhos formam os arcos da abóbada, no fim da qual uma clareira distante de luzes misturadas com sombras ou matizadas pelos tons vermelhos do poente surge através das folhas e mostra como que os vitrais coloridos de um coro cheio de pássaros que cantam. Depois, ao sair desses bosques frescos e cerrados, um alqueire gredoso onde, sobre musgos ardentes e sonoros, cobras saciadas entram nas tocas levantando a cabeça elegante e fina. Jogue sobre esses quadros, ora torrentes de sol fluindo como ondas fecundantes, ora blocos de nuvens cinza alinhadas como as rugas na testa de um velho, ora os tons frios de um céu tenuamente alaranjado, sulcado de faixas azul-claro. Depois, escute: ouvirá indefiníveis harmonias em meio a um silêncio que confunde. Durante os meses de setembro e outubro, jamais construí um só buquê que tenha me custado menos de três horas de pesquisas, de tal forma eu admirava, com o suave abandono dos poetas, aquelas fugazes alegorias em que para mim pintavam-se as fases mais contrastantes da vida humana, espetáculos majestosos em que atualmente minha memória vai remexer. Hoje, freqüentemente, ligo essas grandes cenas à lembrança da alma então espraiada sobre a natureza. Ali ainda faço passar a soberana cujo vestido branco ondulava na vegetação rasteira, pairava sobre a relva, e cujo pensamento elevava-se, como um fruto prometido, de cada cálice cheio de estames amorosos.

Nenhuma declaração, nenhuma prova de paixão insensata teve contágio mais violento do que essas sinfonias de flores, em que meu desejo sufocado me fazia empregar os esforços que Beethoven expressava em suas notas; retornos profundos sobre si mesmo, prodigiosos ímpetos rumo ao céu. Ao vê-las, a sra. de Mortsauf não era mais do que Henriette. Voltava incessantemente a elas, delas se nutria, nelas pegava todos os pensamentos que eu havia colocado, quando, para recebê-las, erguia a cabeça de seu bastidor de tapeçaria dizendo: "Meu Deus, como é belo!". Você compreenderá essa deliciosa correspondência pelo detalhe de um buquê, como por um trecho de poesia você compreenderia Saadi.[45] Você já sentiu nos prados, no mês de maio, esse perfume que comunica a todas as criaturas a embriaguez da fecundação, que faz com que num barco você mergulhe as mãos na onda, com que solte ao vento sua cabeleira, e com que seus pensamentos reverdeçam como os arbustos da floresta? Uma pequena erva, o feno-de-cheiro aromático, é um dos mais poderosos princípios dessa harmonia velada. Assim, ninguém consegue guardá-la impunemente perto de si. Coloque num buquê suas folhas luzidias e riscadas como um vestido de listras brancas e verdes, e inesgotáveis exalações hão de revolver no fundo de seu coração as rosas em botão que o pudor ali esmagar. Em torno do

---

45. Saadi Shirazi (c. 1200 - c. 1292), poeta persa, é autor de *Bustan* (Jardim das árvores) e de *Gulistan* (Jardim das rosas), e a quem Balzac se referia como o Homero da Pérsia. (N. do E.)

gargalo largo de porcelana, imagine um grande círculo composto unicamente dos tufos brancos particulares ao sedo das parreiras na Touraine; vaga imagem das formas desejadas, enroladas como as de uma escrava submissa. Dessa base saem as espirais das campânulas brancas, os raminhos da bugrana rosada, misturados com algumas samambaias, alguns brotos novos de carvalho de folhas magnificamente coloridas e lustrosas; todas avançam prosternadas, humildes como salgueiros-chorões, tímidas e suplicantes como preces. Acima, veja as fibrilas soltas, floridas, permanentemente agitadas, das flores do campo e da purpurina que derrama em ondas suas anteras quase amarelas, as pirâmides nevadas da gramínea dos campos e das águas, a verde cabeleira dos bromos estéreis, os penachos afilados dessas agróstis chamadas espigas-do-vento; esperanças violáceas com as quais se coroam os primeiros sonhos e que se destacam contra o fundo cinza-claro onde a luz irradia em torno dessas ervas em flores. Mas, já mais acima, algumas rosas de Bengala esparsas entre as loucas franjas dos daucos, as plumas do junco-do-brejo, os marabus da rainha-dos-prados, as umbélulas do cerefólio selvagem, os cabelos louros da clematite em fruto, os pequeninos colares do cardo-de-santa-maria branco como leite, os corimbos dos milefólios, as hastes difusas da fumária de flores rosadas e negras, as gavinhas da parreira, os ramos tortuosos das madressilvas; tudo, enfim, o que essas criaturas ingênuas têm de mais alucinante, de mais atormentado, chamas e dardos triplos, folhas lanceoladas, recortadas, hastes atormentadas como os desejos retorcidos no fundo da alma. Do seio dessa prolixa torrente de amor que transborda eleva-se uma magnífica dupla papoula vermelha acompanhada de suas glandes prestes a se abrir, lançando as faíscas de seu incêndio sobre jasmins estrelados e dominando a chuva incessante do pólen, bela nuvem que flutua no ar refletindo a luz nas suas milhares de partículas luminosas! Que mulher, inebriada pelo perfume de Afrodite oculto no feno-de-cheiro, não compreenderá esse luxo de idéias submissas, essa alva ternura perturbada por movimentos indomáveis e esse rubro desejo de amor que pede uma felicidade recusada nas lutas cem vezes recomeçadas da paixão subjugada, infatigável, eterna? Ponha esse discurso à luz de uma janela, a fim de mostrar seus viçosos detalhes, suas delicadas oposições, os arabescos, a fim de que a soberana, emocionada, veja ali uma flor mais desabrochada e da qual cai uma lágrima; ela estará bem perto de se abandonar, será preciso que um anjo ou a voz de seu filho a retenha à beira do abismo. O que damos a Deus? Perfumes, luz e cantos, as expressões mais depuradas de nossa natureza. Pois bem, tudo o que se oferece a Deus não estava oferecido ao amor naquele poema de flores luminosas que sussurrava incessantemente suas melodias ao coração, afagando volúpias ocultas, esperanças inconfessas, ilusões que se inflamam e se apagam como os fios da teia de aranha numa noite quente?

Esses prazeres neutros foram-nos de grande auxílio para enganar a natureza irritada pelas longas contemplações da pessoa amada, por esses olhares que se deliciam brilhando até o fundo das formas penetradas. Para mim, não me atrevo a dizer para ela, foi como essas rachaduras pelas quais brotam as águas contidas numa barragem invencível e que volta e meia impedem uma desgraça, evitando o acúmulo das águas. A abstinência tem esgotamentos mortais que são prevenidos por algumas migalhas caídas, uma a uma, desse céu que, de Dan ao Saara, dá o maná ao viajante. No entanto, ao ver aqueles buquês, freqüentemente flagrei Henriette com os braços caídos, mergulhada nesses devaneios tempestuosos durante os quais os pensamentos estufam o seio, animam a fronte, vêm em ondas, jorram espumosos, ameaçam e deixam uma lassidão irritante. Nunca, desde então, fiz um buquê para ninguém! Quando criamos essa língua para nosso uso, sentimos um contentamento parecido com o do escravo que engana o senhor.

Durante o resto desse mês, ao correr pelos jardins via às vezes sua figura colada nas vidraças; e quando entrava no salão, encontrava-a com seu bordado. Se eu não chegava na hora combinada sem que jamais a tivéssemos fixado, às vezes sua forma branca vagava pelo terraço; e, quando ali a flagrava, ela me dizia: "Vim ao seu encontro. Não há que ter um pouco de faceirice com o filho caçula?".

As cruéis partidas de triquetraque tinham sido interrompidas entre o conde e eu. Suas últimas aquisições obrigavam-no a uma profusão de idas e vindas, reconhecimentos, verificações, demarcações e medições; estava ocupado com ordens a dar, trabalhos campestres que exigiam o olho do dono, e que se decidiam entre sua mulher e ele. Muitas vezes fomos, a condessa e eu, encontrá-lo nos novos domínios com as duas crianças que, no caminho, corriam atrás dos insetos, dos escaravelhos, besouros-dourados, e faziam também seus buquês, ou, para ser exato, seus feixes de flores. Passear com a mulher que se ama, dar-lhe o braço, escolher seu caminho! Essas alegrias ilimitadas bastam a uma vida. O discurso é nesses momentos tão confiante! Íamos sozinhos, voltávamos com o general, apelido de suave zombaria que dávamos ao conde quando ele estava de bom humor. Essas duas maneiras de percorrer a estrada matizavam nosso prazer pelas oposições cujo segredo só é conhecido dos corações tolhidos em sua união. Na volta, as mesmas felicidades, um olhar, um aperto de mão, eram entremeados de inquietações. A palavra, tão livre na ida, tinha, na volta, misteriosos significados, quando um de nós encontrava, depois de curto intervalo, uma resposta a interrogações insidiosas, ou que uma discussão iniciada prosseguia com essas formas enigmáticas às quais se presta tão bem nossa língua e que as mulheres criam tão engenhosamente. Quem não saboreou o prazer de se entender assim como numa esfera desconhecida em que os espíritos se separam da multidão e se unem, enganando as leis vulgares? Um dia tive uma esperança louca, prontamente dissipada, quando, a uma pergunta do conde, que queria saber do que estávamos falando, Henriette respondeu com uma frase de duplo sentido com a qual ele se zangou. Esse inocente gracejo divertiu Madeleine e fez, mais tarde, sua mãe enrubescer, e ela me informou por um olhar severo que podia me retirar sua alma como outrora tinha retirado a mão, querendo permanecer uma esposa irrepreensível. Mas essa união puramente espiritual tem tantos atrativos que no dia seguinte recomeçamos.

As horas, os dias, as semanas fugiam assim cheias de felicidades renovadas. Chegamos à época das vindimas, que na Touraine são verdadeiras festas. Lá por fim do mês de setembro, o sol, menos quente que durante a colheita, permite que se fique nos campos sem temer a insolação nem o cansaço. É mais fácil colher os cachos de uvas do que ceifar os cereais. As frutas estão todas maduras. A colheita está feita, o pão fica mais barato, e essa abundância torna a vida feliz. Por último, os temores que inspirava o resultado dos trabalhos campestres em que se afundam tanto o dinheiro como a faina desapareceram diante da granja abundante e dos celeiros prontos para ser enchidos. A vindima é, então, como a alegre sobremesa do festim colhido, ali o céu sorri sempre na Touraine, onde os outonos são magníficos. Nessa terra hospitaleira, os vindimadores são alimentados nas casas dos patrões. Como essas refeições são as únicas em que essa pobre gente tem, a cada ano, os alimentos substanciais e bem preparados, apegam-se a isso como, nas famílias patriarcais, as crianças se apegam às festas de aniversário. Assim, correm em massa para as casas, onde os senhores os tratam sem mesquinharia. A casa fica, pois, cheia de gente e de provisões. As oficinas onde se fabrica o vinho ficam sempre abertas. Parece que tudo é animado por esse movimento de operários toneleiros, charretes carregadas de moças risonhas, de pessoas que, recebendo salários melhores do que no resto do ano, cantam a todo momento. Aliás, outra causa de prazer, os grupos se confundem: mulheres, crianças, patrões e domésticos, todos participam da divina colheita. Essas circunstâncias diversas podem explicar a hilaridade, transmitida de geração em geração, que se desenvolve nesses derradeiros dias bonitos do ano e cuja lembrança inspirou outrora a Rabelais a forma báquica de sua grande obra. Jacques e Madeleine, sempre doentes, nunca tinham estado na vindima; eu estava na mesma situação, e eles tiveram uma alegria infantil ao ver suas emoções partilhadas; a mãe deles prometera acompanhar-nos. Tínhamos ido a Villaines, onde se fabricam os cestos da região, encomendar alguns, muito bonitos; tratava-se de fazermos, nós quatro, a vindima de alguns metros reservados a nossas tesouras; mas estava combinado que não comeríamos uvas demais. Comer nas vinhas a grossa *co*[46] da Touraine parecia coisa tão deliciosa que desprezávamos as mais belas uvas servidas à mesa. Jacques me fez jurar não ir fazer a vindima em lugar nenhum e reservar-me para a quinta de Clochegourde. Nunca essas duas pequenas criaturas, habitualmente doentes e pálidas, foram mais viçosas, nem mais rosadas, nem tão ativas e irrequietas como naquela manhã. Tagarelavam por tagarelar, iam, trotavam, voltavam sem razão aparente; mas, como as outras crianças, pareciam ter um excesso de vida para agitar; o sr. e a sra. de Mortsauf nunca os tinham visto assim. Com elas, voltei a ser criança, mais criança que elas talvez, pois também esperava a minha colheita. Fomos com um tempo belíssimo para as parreiras, e lá ficamos meio dia. Como apostávamos em quem acharia os mais belos cachos, em quem encheria mais depressa seu cesto! Eram idas e voltas das parreiras à mãe, não se colhia um cacho que não lhe fosse mostrado. Ela começou a rir com aquele bom riso franco de sua mocidade, quando, ao chegar depois da filha, com meu cesto, eu lhe disse, como Madeleine: "E os meus, mamãe?". Ela me respondeu: "Filho querido, não se excite demais!". Depois, passando a mão

---

46. *Co*, ou *cos*, *cors*, é contração de *cahors*, variedade de videira originária da região.

em meu pescoço e nos meus cabelos, deu-me um tapinha na face e acrescentou: "Tu estás suando em bicas!". Foi a única vez que ouvi essa carícia da voz, o *tu* dos amantes. Olhei para as lindas sebes cobertas de frutos vermelhos, framboesas e amoras; escutei os gritos das crianças, contemplei o grupo das vindimadeiras, a carroça cheia de tonéis e os homens carregados de cestos!... Ah! gravei tudo em minha memória, tudo, até a amendoeira nova sob a qual ela estava, viçosa, corada, risonha, debaixo da sombrinha aberta. Depois comecei a colher os cachos, a encher meu cesto, a esvaziá-lo no tonel de vindima, com uma aplicação corporal, silenciosa e firme, em marcha lenta e cadenciada que deixou minha alma livre. Provei o inefável prazer de um trabalho exterior que guia a vida regulando o curso da paixão bem próxima, sem esse movimento mecânico de tudo incendiar. Soube o quanto o labor uniforme contém de sabedoria e compreendi as regras monásticas.

Pela primeira vez desde muito tempo, o conde não fez grosserias, nem foi cruel. Seu filho, tão bem disposto, o futuro duque de Lenoncourt-Mortsauf, branco e rosado, lambuzado de uvas, alegrava seu coração. Como era o último dia da vindima, o general prometeu que se dançaria à noite, diante de Clochegourde, em homenagem à volta dos Bourbons; assim, a festa foi completa para todos. No regresso, a condessa pegou meu braço; apoiou-se em mim de modo a fazer meu coração sentir todo o peso do seu, movimento de mãe que queria comunicar sua alegria, e disse-me ao ouvido:

– Você nos traz felicidade!

Decerto, para mim, que sabia de suas noites sem sono, de seus sustos e de sua vida anterior em que era sustentada pela mão de Deus, mas em que tudo era árido e cansativo, essa frase, acentuada por sua voz tão rica, proporcionava prazeres que nenhuma mulher no mundo ainda era capaz de me dar.

– Quebrou-se a uniformidade desventurada de meus dias, a vida torna-se bela, com esperanças – ela me disse depois de uma pausa. – Ah, não me deixe! Jamais traia minhas inocentes superstições! Seja o primogênito que se torna a providência de seus irmãos!

Aqui, Natalie, nada é romanesco: para se descobrir o infinito dos sentimentos profundos, é preciso ter jogado, na juventude, a sonda nesses grandes lagos à beira dos quais vivemos. Se para muitos seres as paixões foram torrentes de lava escoadas entre margens ressequidas, não existem almas em que a paixão contida por dificuldades intransponíveis encheu com uma água pura a cratera do vulcão?

Tivemos mais uma festa parecida. A sra. de Mortsauf queria habituar os filhos às coisas da vida e dar-lhes conhecimento dos penosos labores pelos quais se obtém dinheiro; assim, constituíra para eles rendimentos submetidos aos acasos da agricultura: a Jacques cabia o produto das nogueiras, a Madeleine, o das castanheiras. Alguns dias depois, tivemos a colheita das castanhas e a das nozes. Ir varejar os castanheiros de Madeleine, ouvir caírem as frutas cujos ouriços as faziam pular sobre o veludo opaco e seco dos terrenos ingratos em que nasce a castanheira, ver a gravidade séria com que a menininha examinava os montes, calculando seu valor, que para ela representava os prazeres a que se entregava sem controle, ver as felicitações de Manette, a despenseira, a única que substituía a condessa junto dos filhos, observar os ensinamentos inerentes ao espetáculo dos esforços necessários para colher os menores bens tão freqüentemente postos em perigo pelas variações do clima foi uma cena em que as ingênuas felicidades da infância pareciam encantadoras em meio às tonalidades graves do outono iniciado. Madeleine tinha o seu celeiro, onde eu quis ver seu tesouro marrom ser armazenado, partilhando de sua alegria. Pois bem, ainda hoje estremeço ao me lembrar do barulho que fazia cada cesto de castanhas, rolando sobre a estopa amarela misturada de terra que servia de soalho. O conde comprava um pouco para o consumo da casa; os ceifeiros, os criados, todos ao redor de Clochegourde procuravam compradores para a Pequena, epíteto amigo que na região os camponeses davam de bom grado até mesmo aos forasteiros, mas que parecia pertencer exclusivamente a Madeleine.

Jacques foi menos feliz na colheita de suas nogueiras, pois choveu por alguns dias; mas confortei-o, aconselhando-o a guardar suas nozes para vendê-las um pouco mais tarde. O sr. de Chessel tinha me ensinado que as nogueiras não davam nada no Brehémont, nem na região de Amboise, nem da de Vouvray. O óleo de noz é muito usado na Touraine. Jacques devia conseguir ao menos quarenta soldos de cada nogueira, e tinha duzentos pés: a soma, portanto, era considerável! Queria comprar os arreios para montar a cavalo. Seu desejo provocou uma discussão em que o pai o levou a fazer reflexões sobre a instabilidade dos rendimentos, sobre a necessidade de criar reservas para os anos em que as árvores seriam infecundas, a fim de conseguir uma renda média. Reconheci a alma da condessa em seu silêncio; ela estava feliz ao ver Jacques escutando o pai e o pai reconquistando um pouco da autoridade que lhe faltava, graças a essa sublime mentira que ela havia preparado. Eu não lhe disse, ao pintar essa mulher, que a linguagem terrestre seria impotente para restituir seus traços e seu gênio? Quando cenas desse gênero acontecem, a alma saboreia suas delícias sem analisá-las, mas com que vigor elas se destacam mais tarde contra o fundo tenebroso de uma vida agitada! Lembrando diamantes, elas brilham incrustadas em pensamentos envoltos em ligas de metais, tristezas fundidas na lembrança de felicidades desfeitas! Por que os nomes dos dois domínios recém-comprados, a Cassine e a Rhétorière, dos quais o sr. e a sra. de Mortsauf tanto se ocupavam, me comovem mais que os belos nomes da Terra Santa ou da Grécia? *Quem ama, que o diga!*, exclamou La Fontaine. Esses nomes possuem as virtudes talismânicas das palavras consteladas em uso nas evocações, explicam-me a magia, despertam figuras adormecidas que logo se erguem e falam comigo, põem-me naquele vale feliz, criam um céu e paisagens; mas as evocações não são sempre passadas nas regiões do mundo espiritual? Não se espante, portanto, ao me ver entretendo-a com cenas tão familiares. Os menores detalhes dessa vida simples e quase comum foram como outros tantos laços, fracos de aparência, pelos quais me uni estreitamente à condessa.

Os interesses dos filhos causavam à condessa tantas tristezas como as que lhe dava sua fraca saúde. Logo reconheci a verdade do que ela havia me dito em relação a seu papel secreto nos negócios da casa, nos quais me iniciei lentamente aprendendo sobre a região detalhes que o homem de Estado deve saber. Depois de dez anos de esforços, a sra. de Mortsauf tinha trocado a cultura de suas terras; havia-as *posto em quatro*, expressão de que se servem na região para explicar os resultados do novo método segundo o qual os cultivadores só semeiam trigo a cada quatro anos, a fim de lucrar cada ano com um novo produto da terra. Para vencer a obstinação dos camponeses, fora preciso rescindir contratos, dividir suas propriedades em quatro grandes herdades, e alugá-las *a meias*, método de arrendamento costumeiro na Touraine e nas regiões ao redor. O proprietário dá a habitação, as construções para exploração e as sementes, a colonos de boa vontade com quem divide as despesas da lavoura e seus produtos. Essa divisão é vigiada por um ceifeiro, encarregado de recolher a metade devida ao proprietário, sistema dispendioso e complicado por uma contabilidade que, a todo momento, varia de acordo com a natureza das partilhas. A condessa fizera o sr. de Mortsauf cultivar uma quinta herdade, composta de terras inalienáveis situadas em torno de Clochegourde, tanto para ocupá-la como para demonstrar, pela evidência dos fatos, a seus *rendeiros a meias* a excelência dos novos métodos. Competente ao dirigir as plantações, lentamente, e com sua persistência de mulher, ela mandara reconstruir duas de suas herdades segundo o plano das fazendas do Artois e da Flandre. É fácil adivinhar seu objetivo. Depois da expiração dos contratos a meias, a condessa queria reunir em duas belas fazendas suas quatro herdades, e arrendá-las a pessoas ativas e inteligentes, a fim de simplificar os rendimentos de Clochegourde. Temendo ser a primeira a morrer, tentava deixar para o conde rendimentos fáceis de receber e para os filhos bens que nenhuma imperícia seria capaz de fazer periclitar. Nesse momento, as árvores frutíferas plantadas dez anos antes estavam em plena produção. As cercas que garantiam as propriedades contra qualquer contestação futura estavam construídas. Os choupos, os olmos, tudo tinha crescido bem. Com suas novas aquisições e introduzindo por toda parte o novo sistema de exploração, a terra de Clochegourde, dividida em quatro grandes fazendas, sendo que duas ainda deviam ser organizadas, era capaz de render dezesseis mil francos em escudos, à razão de quatro mil francos por fazenda, sem contar os vinhedos, nem as duzentas jeiras de bosque que se juntavam a elas, nem a fazenda-modelo. Todos os caminhos de suas quatro fazendas podiam desembocar numa grande avenida que, de Clochegourde, iria em linha reta encontrar-se com a estrada de Chinon. Como a distância entre aquela avenida e Tours era de apenas cinco léguas, não deveriam faltar arrendatários, sobretudo no momento em que todo mundo falava das serventias feitas pelo conde, de seus êxitos e do melhoramento das terras. Em cada uma das duas propriedades compradas, ela queria investir uns quinze mil francos para convertê-las em duas grandes fazendas, a fim de melhor arrendá-las, depois de tê-las cultivado durante um ano ou dois, e para lá enviando como administrador um certo Martineau, o melhor, o mais probo de seus meeiros, o qual ia ficar sem emprego; pois os contratos de meação de suas quatro herdades terminavam, e o momento de reuni-las em duas fazendas e arrendá-las em troca de dinheiro tinha chegado. Suas idéias tão simples, mas embaraçadas por trinta e poucos mil francos a gastar, eram naquele momento objeto de longas discussões entre ela e o conde; desavenças terríveis, e nas quais só a sustentava o interesse dos dois filhos. Este pensamento: "Se eu morresse amanhã, o que aconteceria?" dava-lhe palpitações. Só as almas doces e serenas, em quem é impossível a cólera, e que querem fazer reinar ao redor sua profunda paz interior, sabem quanta força é necessária para essas lutas, quantas abundantes ondas de sangue afluem ao coração antes de iniciarem o combate, e que lassidão apodera-se da criatura quando, depois de ter lutado, nada é obtido. No momento em que seus filhos estavam menos enfermiços, menos magros, mais ágeis, pois a época das frutas havia produzido efeitos sobre eles; no momento em que os seguia, de olhos marejados, em suas brincadeiras, sentindo um contentamento que renovava suas forças, revigorando-lhe o coração, a pobre mulher sofria as agressões injuriosas e os ataques lancinantes de uma áspera oposição. O conde, apavorado com essas mudanças, negava suas vantagens e essa possibilidade por uma teimosia invencível. A raciocínios conclusivos ele respondia pela objeção de uma criança que questionaria a influência do sol no verão. A condessa o venceu. A vitória do bom senso contra a loucura acalmou suas chagas, ela esqueceu as feridas. Naquele dia, foi passear em Cassine e na Rhétorière, a fim de decidir as construções. O conde andava sozinho na frente, as crianças estavam distantes de nós dois, que íamos atrás, seguindo lentamente, pois ela me falava nesse tom suave e baixo que fazia com que suas frases lembrassem ondas miúdas, murmuradas pelo mar sobre uma areia fina.

Ela estava certa do sucesso, dizia-me. Ia estabelecer-se uma concorrência de transportes entre Tours e Chinon, iniciativa de um homem ativo, um mensageiro, um primo de Manette, que queria ter uma granja na estrada. Sua família era numerosa: o filho mais velho guiaria as carruagens, o segundo cuidaria das carretas; o pai, instalado ao lado da estrada, em La Rabelaye, uma das granjas a arrendar e situada no centro, poderia cuidar das mudas de cavalos e cultivaria as terras, melhorando-as com o estrume que lhe dariam suas estrebarias. Quanto à segunda fazenda, La Baude, esta que ficava a dois passos de Clochegourde, um de seus quatro colonos, homem probo, inteligente, ativo e que pressentia as vantagens do novo cultivo, já se oferecia para arrendá-la. Quanto à Cassine e à Rhétorière, eram as melhores terras da região; uma vez feitas as construções e com as plantações plenamente valorizadas, bastaria anunciá-las em Tours. Em dois anos, Clochegourde valeria, assim, cerca de 24 mil francos de renda; a Gravelotte, essa fazenda do Maine recuperada pelo sr. de Mortsauf, acabava de ser arrendada por sete mil francos, por nove anos; a pensão de marechal-do-campo era de quatro mil francos; se esses rendimentos ainda não constituíam uma fortuna, proporcionavam um grande conforto; mais tarde, outros incrementos lhe permitiriam talvez ir um dia para Paris para cuidar da educação de Jacques, dali a dois anos, quando a saúde do presumível herdeiro tivesse se firmado.

Com que estremecimento pronunciou a palavra *Paris!* Eu estava no centro desse projeto, ela queria se separar o menos possível do amigo. Diante dessa palavra, inflamei-me, disse-lhe que ela não me conhecia; que, sem lhe contar, eu havia conspirado terminar minha educação trabalhando noite e dia, a fim de ser preceptor de Jacques, pois não suportaria a idéia de saber que haveria em sua casa um moço. Ao ouvir essas palavras, ela ficou séria.

– Não, Félix – disse –, isso não acontecerá, tanto quanto você se tornar padre. Se por uma só palavra você atingiu a mãe até o fundo do coração, a mulher o ama muito sinceramente para deixar que você se torne vítima de seu afeto. Uma desconsideração sem remédio seria fazer um pagamento a essa dedicação e contra isso eu nada poderia fazer. Ah! Não, que eu não lhe seja funesta em nada! Você, visconde de Vandenesse, preceptor? Você!, cuja nobre divisa é: *Não se vende!*. Fosse você um Richelieu, e seria barrado para sempre na vida. Causaria os maiores desgostos à sua família. Meu amigo, você não sabe o que uma mulher como minha mãe sabe pôr de impertinência num olhar protetor, de rebaixamento numa palavra, de desprezo num cumprimento.

– Mas se você me ama, que me importa o mundo?

Fingiu não ter ouvido, e continuou:

– Embora meu pai seja excelente e disposto a me dar o que lhe peço, ele não o perdoaria por se ter se colocado mal no mundo e se recusaria a protegê-lo. Eu não gostaria de vê-lo preceptor nem do delfim! Aceite a sociedade como ela é, não cometa erros na vida. Meu amigo, essa proposta insensata de...

– De amor – disse-lhe em voz baixa.

– Não, de caridade – disse ela, contendo as lágrimas –, esse idéia louca me revela o seu temperamento: seu coração o prejudicará. Exijo desde este momento o direito de ensinar-lhe certas coisas; deixe com meus olhos de mulher o cuidado de, às vezes, enxergar por você? Sim, do fundo de meu Clochegourde, quero assistir, muda e radiante, a seus êxitos. Quanto ao preceptor, pois bem!, fique tranqüilo, encontraremos um bom velho padre, algum antigo sábio jesuíta, e meu pai sacrificará de bom grado uma quantia para a educação do menino que deve usar o nome dele. Jacques é meu orgulho. Ele, no entanto, tem onze anos – disse depois de uma pausa. – Mas acontece com ele o que acontece com você: ao vê-lo, eu havia lhe dado treze anos.

Tínhamos chegado à Cassine, onde Jacques, Madeleine e eu a seguíamos como os filhotes seguem a mãe; mas nós a incomodávamos, deixei-a um instante e fui ao pomar onde o Martineau mais velho, seu guarda, examinava, junto com o Martineau caçula – o meeiro –, se as árvores deviam ou não ser abatidas; discutiam esse ponto como se se tratasse de seus próprios bens. Vi então como a condessa era amada. Expressei meu pensamento a um pobre trabalhador que, com o pé sobre a pá e o cotovelo encostado no cabo, escutava os dois doutores em pomologia.

– Ah, sim, senhor! – respondeu-me. – É uma boa mulher e não é orgulhosa como todas essas bruxas de Azay, que nos veriam morrer como cachorros antes de nos ceder um soldo por uma toesa de fosso! No dia em que essa mulher deixar a região, a Santa Virgem chorará, e nós também. Ela sabe o que lhe é devido; mas conhece nossas dificuldades e tem consideração por elas.

Com que prazer dei todo o meu dinheiro àquele homem!

Alguns dias depois, chegou um pônei para Jacques, que o pai, excelente cavaleiro, queria submeter lentamente às fadigas da equitação. A criança ganhou um bonito traje de montaria, comprado com o produto das nogueiras. Na manhã em que teve a primeira lição, acompanhado pelo pai, e diante dos gritos de Madeleine, espantada, que pulava na grama em torno da qual Jacques corria, foi para a condessa a primeira grande festa de sua maternidade. Jacques usava uma gola bordada pela mãe, uma pequena sobrecasaca de lã azul-celeste apertada por um cinto de verniz, calça branca preguead e um gorro escocês de onde seus cabelos louro-acinzentados saíam em grandes cachos: estava encantador. Assim, todas as pessoas da casa agruparam-se, dividindo essa felicidade doméstica. O jovem herdeiro sorria para a mãe ao passar e se comportava sem medo. Esse primeiro ato de homem realizado por essa criança de quem tão freqüentemente a morte pareceu perto, a esperança de um belo futuro, garantido por esse passeio que o mostrava tão belo, tão bonito, tão viçoso, que deliciosa recompensa! A alegria do pai, que voltava a ser jovem e sorria pela primeira vez em muito tempo, a felicidade estampada nos olhos de todos os domésticos da casa, o grito de um velho treinador de cavalos de Lenoncourt que voltava de Tours, e que, vendo o jeito como a criança segurava as rédeas, disse-lhe: "Bravo, senhor visconde!", foi demais: a sra. de Mortsauf desfez-se em lágrimas. Ela, tão calma em suas dores, achou-se fraca para suportar a alegria de admirar o filho cavalgando naquela areia em que tantas vezes ela chorara de antemão, quando passeava com ele ao sol. Nesse momento, apoiou-se em meu braço, sem remorso, e disse:

– Tenho a impressão de nunca haver sofrido. Não nos deixe hoje.

Finda a lição, Jacques jogou-se nos braços da mãe, que o recebeu e o manteve junto de si com a força conferida pelo excesso das volúpias, e foram beijos, carícias sem fim. Fui fazer com Madeleine dois buquês magníficos para decorar a mesa em homenagem ao cavaleiro. Quando voltamos ao salão, a condessa me disse:

– Dia 15 de outubro será certamente um grande dia! Jacques recebeu sua primeira lição de equitação, e acabo de dar o último ponto na minha tapeçaria.

– Muito bem, Blanche! – disse o conde, rindo. – Quero pagar-lhe por isso.

Ofereceu-lhe o braço e levou-a ao primeiro pátio, onde ela viu uma caleche que seu pai lhe dera, e para a qual o conde tinha comprado dois cavalos na Inglaterra, trazidos junto com os do duque de Lenoncourt. O velho picador tinha preparado tudo, durante a lição, no primeiro pátio. Estreamos a viatura indo ver o traçado da avenida que levaria em linha reta de Clochegourde à estrada de Chinon, e que as recentes aquisições permitiam ser feita, através das novas propriedades. Na volta, a condessa me disse com ar cheio de melancolia:

– Sou muito feliz, para mim a felicidade é como uma doença, me abate, e tenho medo de que se extinga como um sonho.

Eu a amava muito apaixonadamente para não ficar com ciúme, e nada podia lhe dar! Em minha fúria, procurava uma maneira de morrer por ela. Perguntou-me que pensamentos velavam meus olhos, revelei-os, ingenuamente, e ela ficou mais sensibilizada com isso do que com todos os presentes, e jogou bálsamo em meu coração quando, depois de ter me levado para a escadaria, disse-me ao ouvido: "Ame-me como minha tia me amava, não será isso me dar sua vida? E se a tomo assim, não me torno grata a você a todo instante?".

– Já era tempo de acabar minha tapeçaria – ela recomeçou, voltando para o salão, onde beijei sua mão para renovar meus juramentos. – Será que você sabe, Félix, por que me impus esse demorado trabalho? Os homens encontram nas ocupações de sua vida recursos contra as tristezas, o movimento dos negócios os distrai; mas nós, mulheres, não temos na alma nenhum ponto de apoio contra nossas dores. A fim de poder sorrir para meus filhos e meu marido quando estava às voltas com tristes imagens, senti a necessidade de regularizar o sofrimento por um movimento físico. Assim evitava as atonias que se seguem aos grandes dispêndios de força, bem como os acessos da exaltação. A ação de levantar o braço em intervalos regulares acalentava meu pensamento e comunicava à minha alma, onde rugia a tempestade, a paz do fluxo e do refluxo, regulando assim suas emoções. Cada ponto recebia a confidência de meus segredos, entende? Pois bem!, fazendo a tapeçaria de minha última poltrona, eu pensava demais em você! Sim, muito mesmo, meu amigo. O que você põe em seus buquês eu dizia nos meus desenhos.

O jantar foi alegre. Jacques, como todas as crianças de quem nos ocupamos, pulou em meu pescoço ao ver as flores que eu tinha colhido à guisa de coroa. Sua mãe fingiu me fechar a cara por causa dessa infidelidade; e você nem imagina com que graça a querida criança ofereceu-lhe aquele buquê invejado! À tarde, nós três jogamos triquetraque, eu sozinho contra o sr. e a sra. de Mortsauf, e o conde foi encantador. Finalmente, ao cair da noite, levaram-me de volta até o caminho de Frapesle, numa dessas noites tranqüilas em que as harmonias fazem com que os sentimentos ganhem em profundidade o que perdem em vivacidade. Foi um dia único na vida daquela pobre mulher, um ponto brilhante que muitas vezes foi afagar suas lembranças, nas horas difíceis. De fato, as lições de equitação logo se tornaram um motivo de discórdia. A condessa temia, com razão, as duras interpelações do pai ao filho. Jacques já emagrecia, seus belos olhos azuis estavam com olheiras; para não causar desgosto à mãe, ele preferia sofrer em silêncio. Encontrei um remédio para seus males aconselhando-o a dizer ao pai que estava cansado, quando o conde se encolerizasse; mas esses paliativos foram insuficientes: foi preciso substituir o velho picador pelo pai, que não deixou que lhe arrancassem seu aluno sem muito brigar. As gritarias e as discussões voltaram; o conde encontrou pretextos para suas queixas contínuas na pouca gratidão das mulheres; vinte vezes por dia jogou na cara da mulher a caleche, os cavalos e as librés. Finalmente, aconteceu um desses fatos aos quais os temperamentos desse tipo e as doenças dessa espécie gostam de se apegar: a despesa ultrapassou em metade as previsões para a Cassine e a Rhétorière, onde paredes e pisos velhos desabaram. Um operário foi desastradamente anunciar a notícia ao sr. de Mortsauf, em vez de dizê-la à condessa. Foi isso motivo de uma briga que começou suavemente mas que se envenenou por patamares, e em que a hipocondria do conde, acalmada nos últimos dias, reclamou seus atrasados à pobre Henriette.

Nesse dia, eu partira de Frapesle às dez e meia, depois do almoço, para ir fazer um buquê em Clochegourde, com Madeleine. A menina tinha levado até a balaustrada do terraço os dois vasos, e eu estava pelos jardins das redondezas, correndo atrás das flores de outono, tão belas mas tão raras. Ao voltar de minha última corrida, não vi mais meu lugar-tenente de cinto cor-de-rosa e pelerine recortada, e ouvi gritos em Clochegourde.

– O general – disse-me Madeleine em lágrimas, e para ela essa era uma palavra de ódio contra o pai –, o general está ralhando com a mamãe, vá defendê-la.

Voei pelas escadas e cheguei ao salão sem ser visto nem cumprimentado pelo conde nem por sua mulher. Ao ouvir os gritos agudos do louco, fui fechar todas as portas, depois voltei e vi Henriette tão branca quanto seu vestido.

– Nunca se case, Félix – me disse o conde –, a mulher é aconselhada pelo diabo, a mais virtuosa inventaria o mal se ele não existisse, todas são uns animais estúpidos.

Ouvi então suas objeções sem começo nem fim. Prevalecendo-se de suas negativas anteriores, o sr. de Mortsauf repetiu as bobagens dos camponeses que recusavam os métodos novos. Alegou que, se tivesse dirigido Clochegourde, seria duas vezes mais rico do que era. Ao formular essas blasfêmias violentas e injuriosamente, pulava de um móvel para outro, tirava-os do lugar e batia neles; depois, no meio de uma frase, interrompeu-se para falar de sua medula que estava queimando, ou do cérebro que escapava em ondas, como seu dinheiro. A mulher o arrruinava. Das trinta e poucas mil libras de rendas que ele, infeliz, possuía, ela já lhe tinha levado mais de vinte. Os bens do duque e os da duquesa equivaliam a mais de cinqüenta mil francos de renda, reservados a Jacques. A condessa sorria, esplêndida, e olhava para o céu.

– É – ele exclamou –, Blanche, você é meu carrasco, você me assassina, eu lhe peso, você quer se livrar de mim, você é um monstro de hipocrisia. Ela ri! Sabe por que ela ri, Félix?

Mantive-me calado e baixei a cabeça.

– Esta mulher – recomeçou, respondendo à sua pergunta –, ela me priva de toda a felicidade, é tão minha quanto sua, e pretende ser minha mulher! Usa meu nome e não cumpre nenhum dos deveres que as leis divinas e humanas lhe impõem, mente assim aos homens e a Deus. Faz com que eu me exceda nas caminhadas e me cansa para que a deixe só; eu a desagrado, ela me odeia, e emprega toda a sua arte em se manter donzela; enlouquece-me pelas privações que me causa, pois então tudo se concentra em minha pobre cabeça; mata-me em fogo brando, e considera-se uma santa, comunga todos os meses.

Nesse momento, a condessa chorava aos prantos, humilhada pela baixeza desse homem a quem ela dizia, como única resposta:

– Senhor! Senhor! Senhor!

Embora as palavras do conde tivessem me feito corar tanto por ele como por Henriette, elas abalaram violentamente meu coração, pois respondiam aos sentimentos de castidade e delicadeza que são, por assim dizer, o estofo dos primeiros amores.

– Ela é virgem às minhas custas – dizia o conde.

Diante dessa palavra, a condessa exclamou:

– Senhor!

– O que é esse – ele disse –, esse seu imperioso *senhor*? Não sou o dono da casa? Afinal, será preciso lhe ensinar isso?

Avançou para ela apresentando-lhe sua cabeça de lobo branco agora hedionda, pois seus olhos amarelos ficaram com uma expressão que o fez parecer uma fera faminta saindo de um bosque. Henriette escorregou da poltrona para o chão, para receber o golpe, que não chegou; estava estendida sobre o assoalho, desmaiada, alquebrada. O conde ficou como um assassino que sente esguichar no rosto o sangue da vítima, e pareceu completamente bestificado. Peguei a pobre mulher no colo, o conde deixou-me pegá-la como se ele se achasse indigno de carregá-la, mas andou à minha frente e me abriu a porta do quarto contíguo ao salão, quarto sagrado onde eu jamais tinha entrado. Pus a condessa em pé e segurei-a um instante por um braço, passando o outro em volta de sua cintura, enquanto o sr. de Mortsauf tirava a colcha, o edredom, a roupa de cama; depois, nós a levantamos e a deitamos toda vestida. Ao voltar a si, Henriette nos pediu por um gesto que afrouxássemos seu cinto; o sr. de Mortsauf encontrou tesouras e cortou tudo, eu a fiz respirar sais e ela abriu os olhos. O conde foi embora, mais envergonhado que triste. Duas horas se passaram num profundo silêncio. Henriette estava com a mão na minha e a apertava, sem conseguir falar. De vez em quando, levantava os olhos para me dizer por um olhar que queria ficar em calma e sem barulho; depois, houve um momento de trégua em que se levantou sobre o cotovelo e disse-me ao ouvido:

– Pobre-coitado! Se você soubesse...

Recolocou a cabeça sobre o travesseiro. A lembrança de suas tristezas passadas, junto com suas dores atuais, dava-lhe convulsões nervosas que só acalmei pelo magnetismo do amor, um efeito que ainda me era desconhecido mas ao qual recorri por instinto. Mantive-a com uma força ternamente suave, e durante essa última crise ela me deu olhares que me fizeram chorar. Quando esses movimentos nervosos cessaram, arrumei seus cabelos despenteados, que manejei pela primeira e única vez na vida; depois peguei de novo sua mão e contemplei muito tempo aquele quarto simultaneamente marrom e cinza, aquele leito simples com cortinado de chita, aquela mesa coberta à moda antiga, aquele canapé mesquinho estofado. Quanta poesia naquele lugar! Que desprezo do luxo para sua pessoa! Seu luxo era a mais requintada limpeza. Nobre cela de religiosa casada cheia de santa resignação, em que o único enfeite era o crucifixo da cama, acima do qual se via o retrato de sua tia; depois, de cada lado da pia de água benta, os dois filhos em retratos desenhados a lápis por ela, e seus cabelos da época em que eram pequenos. Que retiro para uma mulher cuja aparição na alta sociedade teria feito empalidecer as mais belas! Tal era o quarto onde sempre chorava a filha de uma ilustre família, inundada naquele momento de amargura e recusando-se ao amor que a teria consolado. Desgraça secreta, irreparável! E, na vítima, lágrimas para o algoz, e, no algoz, lágrimas para a vítima. Quando as crianças e a camareira entraram, saí. O conde me esperava, já me admitia como um poder mediador entre si mesmo e sua mulher; pegou minhas mãos, gritando:

– Fique, fique, Félix!

– Infelizmente – eu lhe disse –, o sr. de Chessel tem visitas, não seria conveniente que os convivas quisessem saber os motivos de minha ausência; mas depois do jantar voltarei.

Saiu junto comigo, reconduziu-me à porta de baixo sem me dizer uma palavra; depois, acompanhou-me até Frapesle, sem saber o que fazia. Finalmente, ali eu lhe disse:

– Em nome do céu, senhor conde, deixe-a dirigir a sua casa, se isso pode lhe agradar, e não a atormente.

– Não tenho muito tempo de vida – ele me disse com ar sério –, ela não sofrerá por mim muito tempo, sinto que minha cabeça explode.

E me deixou num acesso de egoísmo involuntário. Depois do jantar, voltei para saber notícias da sra. de Mortsauf e encontrei-a melhor. Se aquelas eram, para ela, as alegrias do casamento, se cenas semelhantes se renovavam com freqüência, como conseguia viver? Que lento assassinato impune! Durante aquela noite, compreendi por quais torturas inauditas o conde enervava sua mulher. Perante qual tribunal levar tais litígios? Essas reflexões me deixavam estarrecido, e não consegui dizer nada a Henriette; mas passei a noite a lhe escrever. Das três ou quatro cartas que fiz, sobrou-me este começo com o qual não me satisfiz; mas se me pareceu nada expressar, ou falar muito de mim, quando eu devia me ocupar dela, esse trecho lhe dirá em que estado se encontrava minha alma.

À SRA. DE MORTSAUF

"Quantas coisas eu não tinha para lhe dizer ao chegar, nas quais penso durante o caminho e esqueço ao vê-la! Sim, desde que a vejo, querida Henriette, já não encontro minhas palavras em harmonia com os reflexos de sua alma que aumentam sua beleza; depois, sinto perto de você uma felicidade tão infinita, que o sentimento atual apaga os sentimentos da vida anterior. Toda vez, nasço para uma vida mais extensa e sou como o viajante que, subindo em um grande rochedo, descobre a cada passo um novo horizonte. A cada nova conversa, não acrescentei a meus imensos tesouros um novo tesouro? Aí está, creio, o segredo das longas, das inesgotáveis afeições. Só consigo, pois, lhe falar de si estando longe de si.

Em sua presença, fico deslumbrado demais para ver, feliz demais para interrogar minha felicidade, repleto demais de você para ser eu mesmo, eloqüente demais para falar com você, ardoroso demais em captar o momento presente para me lembrar do passado. Conheça bem essa constante embriaguez para perdoar-me os erros causados por ela. Perto de você, só consigo sentir. Entretanto, ousarei lhe dizer, minha querida Henriette, que nunca, nas inúmeras alegrias que você tem me dado, senti felicidade semelhante às delícias que ontem encheram minha alma, quando, depois daquela horrível tempestade em que você lutou contra o mal com uma coragem sobre-humana, e despertou só para mim, no meio da penumbra de seu quarto, aonde essa cena infeliz me conduziu. Só eu soube com que fulgores consegue uma mulher brilhar quando chega das portas da morte às portas da vida, e quando a aurora de um renascimento vem matizar sua fronte. Como sua voz estava harmoniosa! Como as palavras, mesmo as suas, me pareciam pequenas quando, no som de sua voz adorada, reapareciam os vagos ressentimentos de uma dor passada, misturados com os divinos consolos com que você enfim me tranqüilizou, oferecendo-me assim seus primeiros pensamentos. Eu a conhecia exibindo o brilho de todos os esplendores humanos, mas ontem entrevi uma nova Henriette que seria minha se Deus assim quisesse. Ontem entrevi uma criatura desligada dos entraves corporais que nos impedem de exibir os fogos da alma. Você estava belíssima no seu abatimento, muito majestosa na sua fraqueza. Ontem encontrei alguma coisa mais bela do que sua beleza, alguma coisa mais doce do que sua voz, luzes mais cintilantes do que é a luz de seus olhos, perfumes para os quais não há palavras; ontem sua alma ficou visível e palpável. Ah! Sofri bastante por não poder abrir-lhe meu coração para que nele você revivesse. Enfim, ontem perdi o terror respeitoso que você me inspira; aquele desfalecimento não nos havia aproximado? Então soube o que era respirar, respirando junto com você, quando a crise lhe permitiu aspirar nosso ar. Quantas preces elevadas ao céu num só momento! Se não morri atravessando os espaços que cruzei para ir pedir a Deus que ainda a deixasse para mim, é porque não se morre de alegria nem de dor. Esse momento deixou-me lembranças enterradas em minha alma e que nunca reaparecerão na superfície sem que meus olhos se umedeçam de lágrimas; cada alegria aumentará o sulco deixado, cada dor o tornará mais profundo. Sim, os temores que ontem agitaram minha alma serão um termo de comparação para todas as minhas dores futuras, assim como as alegrias que você me deu – querido pensamento eterno de minha vida! – dominarão todas as alegrias que a mão de Deus se dignar me conceder. Você me fez compreender o amor divino, esse amor firme que, cheio de sua força e duração, não conhece suspeitas nem ciúmes."

Uma profunda melancolia corroía minha alma, o espetáculo daquela vida interior era aflitivo para um coração jovem e novo diante das emoções sociais; encontrar esse abismo à entrada do mundo, um abismo sem fundo, um mar morto. Esse terrível concerto de infortúnios sugeriu-me pensamentos infinitos, e tive, em meu primeiro passo na vida social, uma medida imensa diante da qual as outras cenas só poderiam ser pequenas. Minha tristeza fez o sr. e a sra. de Chessel imaginarem que meus amores eram infelizes, e tive a ventura de não prejudicar em nada minha grande Henriette por causa de minha paixão.

No dia seguinte, quando entrei no salão, ela estava sozinha; contemplou-me por um instante, estendendo-me a mão, e disse:

– E então, o amigo será sempre excessivamente carinhoso?

Seus olhos ficaram úmidos, levantou-se, e depois me disse num tom de súplica desesperada:

– Não me escreva mais assim!

O sr. de Mortsauf estava amável. A condessa recuperara a coragem e a fisionomia serena, mas sua tez traía os sofrimentos da véspera, que tinham se acalmado mas não se extinguido. À noite, quando passeávamos pelas folhas secas do outono que estalavam sob nossos pés, ela me disse:

– A dor é infinita, a alegria tem limites.

Frase que revelava seus sofrimentos, pela comparação que ela fazia com suas felicidades fugazes.

– Não amaldiçoe a vida – disse-lhe eu –, você ignora o amor, e há volúpias que se irradiam até nos céus.

– Cale-se – respondeu-me –, não quero conhecer nada disso. Na Itália um groenlandês morreria! Estou calma e feliz perto de você, posso lhe dizer todos os meus pensamentos; não destrua minha confiança. Por que você não teria a virtude do padre e o encanto do homem livre?

– Você me faria engolir taças de cicuta – disse-lhe eu, pondo sua mão sobre meu coração, que batia acelerado.

– De novo! – ela exclamou, retirando a mão, como se tivesse ressentido uma dor profunda. – Então você quer me tirar o triste prazer de fazer estancar o sangue de meus ferimentos por uma mão amiga? Não aumente meus sofrimentos, você não os conhece todos! Os mais secretos são os mais difíceis de dissimular. Se você fosse mulher, compreenderia em que melancolia mesclada de desgosto cai uma alma orgulhosa quando se vê como objeto de atenções que nada reparam e com as quais *se* acredita tudo reparar. Por alguns dias serei cortejada, *vão* querer obter perdão do erro que *se* cometeu. Eu poderia então conseguir a aprovação para os desejos mais insensatos. Fico humilhada com esse rebaixamento, com essas carícias que cessam no dia em que *crêem* que esqueci tudo. Atribuir as boas graças de seu senhor somente às suas faltas...

– Aos seus crimes – disse eu com vivacidade.

– Não é uma condição pavorosa de existência? – ela perguntou, dando-me um triste sorriso. – Além disso, não sei usar esse poder passageiro. Neste momento, pareço os cavaleiros que não davam novos golpes nos adversários caídos. Ver no chão aquele que devemos honrar, levantá-lo para receber novos golpes, sofrer com sua queda mais do que ele mesmo sofre, e ver-se desonrada se se aproveita de uma influência passageira, mesmo com um objetivo útil; consumir a própria força, esgotar os tesouros da alma nessas lutas sem nobreza, reinar apenas no momento em que se recebem ferimentos mortais! Mais vale a morte. Se eu não tivesse filhos, me deixaria levar pela corrente desta vida, mas, sem minha coragem secreta, que aconteceria com eles? Devo viver, para eles, por mais dolorosa que seja a vida. Você me fala de amor?... É, meu amigo! Pense então em que inferno eu cairia se desse a essa criatura impiedosa, como o são todas as pessoas fracas, o direito de me desprezar? Eu não suportaria nem uma suspeita! A pureza de meu comportamento é minha força. A virtude, minha querida criança, tem águas santas onde nos retemperamos e de onde saímos renovados no amor de Deus!

– Escute, querida Henriette, só tenho mais uma semana para ficar aqui. Quero que...

– Ah, você vai nos deixar... – disse ela, interrompendo-me.

– Mas não tenho de saber o que meu pai decidirá a meu respeito? Breve fará três meses...

– Não contei os dias – respondeu-me com o abandono da mulher emocionada.

Recolheu-se e disse:

– Caminhemos, vamos a Frapesle.

Chamou o conde, os filhos, pediu seu xale; depois, quando estava tudo pronto, ela, tão lenta, tão calma, demonstrou uma atividade de parisiense, e partimos em grupo para ir a Frapesle fazer uma visita que a condessa não estava devendo. Esforçou-se para conversar com a sra. de Chessel, que felizmente foi muito prolixa em suas respostas. O conde e o sr. de Chessel conversaram sobre seus negócios. Eu temia que o sr. de Mortsauf se gabasse de sua viatura e da atrelagem, mas foi de um bom gosto perfeito; seu vizinho perguntou-lhe sobre os trabalhos que realizava na Cassine e na Rhétorière. Ao ouvir a pergunta, olhei para o conde imaginando que se absteria de um tema de conversa tão fatal em matéria de lembranças, tão cruelmente amargo para ele, mas demonstrou como era urgente melhorar o estado da agricultura no cantão, construir belas fazendas cujas instalações fossem higiênicas e salubres; por fim, atribuiu-se gloriosamente as idéias de sua mulher. Contemplei, enrubescendo, a condessa. Essa falta de delicadeza num homem que em certas ocasiões mostrava tanta, esse esquecimento da cena mortal, essa adoção das idéias contra as quais se insurgira tão violentamente, essa crença em si me petrificavam.

Quando o sr. de Chessel lhe disse:

– Acredita poder reembolsar suas despesas?

– Mais que isso! – ele respondeu, com um gesto afirmativo.

Tais crises só se explicavam pela palavra demência. Henriette, a celeste criatura, estava radiante. O conde não parecia homem sensato, bom administrador, excelente agrônomo? Ela afagava radiante os cabelos de Jacques, feliz por ela, feliz pelo filho! Que comédia horrível, que drama ridículo. Fiquei apavorado. Mais tarde, quando a cortina do palco social levantou-se para mim, quantos Mortsauf não vi, exceto os lampejos de lealdade, exceto a religião daquele! Que força singular e mordaz é essa que eternamente lança ao louco um anjo, ao homem de amor sincero e poético uma mulher má, ao pequeno a alta, ao disforme uma criatura bela e sublime, à nobre Juana o capitão Diard, cuja história você soube em Bordeaux, à sra. de Beauséant[47] um d'Ajuda, à sra. de Aiglemont seu marido, ao marquês d'Espard sua mulher?[48] Por muito tempo procurei o sentido desse enigma, confesso. Remexi em muitos mistérios, descobri a razão de várias leis naturais, o sentido de alguns hieróglifos divinos; deste, nada sei, continuo a estudá-lo como uma figura do quebra-cabeça indiano cuja

---

47. Personagem fictícia de *A comédia humana*, que aparece também em *O pai Goriot* e *Albert Savarus*. (N. do E.)

48. Joana e o capitão Diard (em *As Maramas)*, a sra. de Beauséant e o marquês d'Ajuda-Pint (em *O pai Goriot*), a sra. d'Aiglemont (em *A mulher de trinta anos*) e o marquês d'Espard (em *A interdição*) são personagens de Balzac.

construção simbólica os brâmanes reservaram a si mesmos. Aqui o gênio do mal é, bem visivelmente, o senhor, e não ouso acusar a Deus. Desgraça sem remédio, quem pois se diverte em tecer-te? Henriette e seu Filósofo Desconhecido teriam razão? O misticismo deles conteria o sentido geral da humanidade?

Os últimos dias que passei naquela região foram os do outono desfolhado, dias escurecidos de nuvens que às vezes esconderam o céu da Touraine, sempre tão puro e tão quente no início da estação. Na véspera de minha partida, a sra. de Mortsauf levou-me ao terraço, antes do jantar.

– Meu querido Félix – disse-me depois de uma volta feita em silêncio sob as árvores despojadas –, você vai entrar no mundo e quero acompanhá-lo em pensamento. Os que sofreram muito viveram muito; não creia que as almas solitárias não sabem nada deste mundo, elas o julgam. Se devo viver no meu amigo, não quero ser um incômodo nem para o seu coração nem para a sua consciência. No auge do combate é bem difícil lembrar-se de todas as regras, permita-me lhe dar alguns ensinamentos, de mãe para filho. No dia de sua partida vou lhe entregar, criança querida, uma longa carta em que você encontrará meus pensamentos de mulher sobre o mundo, sobre os homens, sobre a maneira de encarar as dificuldades neste grande remoinho de interesses; prometa-me lê-la só em Paris? A súplica é a expressão de uma dessas fantasias de sentimento que são para nós, mulheres, nosso segredo. Não creio que seja impossível desvendá-lo, mas talvez ficássemos desgostosas se o víssemos desvendado. Deixe-me essas pequenas veredas em que a mulher gosta de passear sozinha.

– Prometo-lhe – disse, beijando suas mãos.

– Ah! – respondeu. – Tenho mais um juramento a lhe pedir, mas comprometa-se de antemão a cumpri-lo.

– Ah, sim! – disse, acreditando que se tratasse de uma questão de fidelidade.

– Não se trata de mim – continuou, sorrindo amarga. – Félix, não jogue nunca, em nenhum salão que seja, não excetuo o de ninguém.

– Jamais jogarei – respondi.

– Bem – disse ela. – Encontrei para você um uso melhor do tempo que você dissiparia no jogo; verá que, ali onde os outros devem perder, mais cedo ou mais tarde, você ganhará sempre.

– Como?

– A carta lhe dirá – respondeu com um ar jovial que tirava de suas recomendações o caráter sério que acompanha aquelas dos avós.

A condessa falou comigo cerca de uma hora e me provou a profundidade de seu afeto revelando-me com que cuidado me estudara naqueles três últimos meses; entrou nos mais íntimos desvãos de meu coração, procurando superpor-lhe o seu. O tom era variado, convincente, as palavras caíam de lábios maternos e mostravam, tanto pela entonação como pela substância, quantos laços já nos ligavam um ao outro.

– Se você soubesse – disse, concluindo – com que ansiedade irei segui-lo no seu caminho, que alegria terei se você for em linha reta, que lágrimas se esbarrar em ângulos! Creia, meu afeto é inigualável, é a um só tempo involuntário e desejado. Ah! Gostaria de vê-lo feliz, poderoso, considerado, você que será para mim como um sonho vivo.

Ela me fez chorar. Era simultaneamente doce e terrível, seu sentimento punha-se a descoberto com extrema audácia, era puro demais para permitir que o jovem sedento de prazer tivesse a menor esperança. Em troca de minha carne depositada em pedaços no seu coração, ela me derramava centelhas incessantes e incorruptíveis desse divino amor que só satisfaz a alma. Ela subia a alturas onde as asas irisadas do amor que me levou a devorar seus ombros não podiam me transportar. Para chegar perto dela, um homem devia ter conquistado as asas brancas do serafim.

– Em todas as coisas – disse-lhe –, eu pensarei: "Que diria minha Henriette?".

– Bem, quero ser a estrela e o santuário – ela disse, em alusão aos sonhos de minha infância e procurando me oferecer a realização deles para enganar meus desejos.

– Você será minha religião e minha luz, será tudo – exclamei.

– Não – ela respondeu –, não posso ser a fonte de seus prazeres.

Suspirou e deu-me o sorriso das tristezas secretas, esse sorriso do escravo por um instante revoltado. Desde esse dia, foi não a minha bem-amada, mas a mais amada. Não ficou em meu coração como uma mulher que deseja um lugar, que ali se grava pela dedicação ou pelo excesso de prazer. Não, teve todo o coração e foi alguma coisa de necessário ao jogo dos músculos. Tornou-se o que era a Beatriz do poeta florentino, a Laura imaculada do poeta veneziano, a mãe dos grandes pensamentos, a causa desconhecida das resoluções que salvam, o amparo do futuro, a luz que brilha na escuridão como o lírio nas folhagens escuras. Sim, ditou essas elevadas determinações que isolam a ação do fogo, que restituem a coisa em perigo. Deu-me essa constância à Coligny[49] para vencer os vencedores, para renascer da derrota, para cansar os mais fortes lutadores.

No dia seguinte, depois de almoçar em Frapesle e me despedir de meus anfitriões tão condescendentes diante do egoísmo de meu amor, fui a Clochegourde. O sr. e a sra. de Mortsauf tinham planejado reconduzir-me a Tours, de onde eu devia partir à noite para Paris. No caminho, a condessa foi afetuosamente muda. Primeiro alegou estar com enxaqueca, depois enrubesceu com essa mentira e paliou-a de

---

49. Almirante Gaspard de Coligny (1519-1578), valoroso general que, nas guerras de religião, foi chefe dos protestantes e uma das primeiras vítimas da matança da Noite de São Bartolomeu.

súbito dizendo que não me via partir sem pesar. O conde convidou-me a ir para a sua casa quando, na ausência dos Chessel, eu tivesse vontade de ver o vale do Indre. Separamo-nos heroicamente, sem lágrimas aparentes; mas, como certas crianças doentias, Jacques teve um ímpeto de sensibilidade que o fez derramar algumas lágrimas, enquanto Madeleine, já mulher, apertava a mão da mãe.

– Meu queridinho! – disse a condessa, beijando Jacques com paixão.

Quando me vi sozinho em Tours, tive, depois do jantar, uma desses raivas inexplicáveis que só sentimos na juventude. Aluguei um cavalo e venci em uma hora e quinze a distância entre Tours e Pont-de-Ruan. Ali, envergonhado de mostrar minha loucura, corri a pé pelo caminho e cheguei como um espião, pé ante pé, sob o terraço. A condessa não estava lá, imaginei que estivesse sofrendo. Eu tinha guardado a chave da pequena porta, entrei; nesse momento, ela descia a escadaria com os dois filhos para respirar, triste e lenta, a doce melancolia impregnada naquela paisagem ao pôr-do-sol.

– Mamãe, olhe Félix – disse Madeleine.

– Sim, eu – disse-lhe ao ouvido. – Fiquei pensando por que estava em Tours, quando ainda era fácil vê-la. Por que não realizar um desejo que daqui a oito dias não poderei mais realizar?

– Ele não vai nos deixar, mamãe – gritou Jacques, pulando várias vezes.

– Cale-se – disse Madeleine –, você vai atrair o general para cá.

– Isso é uma insensatez – ela retrucou –, que loucura!

Essa consonância dita entre lágrimas por sua voz, que pagamento por aquilo que deveríamos chamar de cálculos usurários do amor!

– Eu tinha esquecido de lhe devolver esta chave – disse-lhe sorrindo.

– Então você não voltará mais? – disse ela.

– Será que nos deixamos? – perguntei dando-lhe um olhar que a fez baixar as pálpebras para cobrir sua resposta muda.

Parti depois de alguns momentos passados num desses felizes arrebatamentos das almas que chegaram ali onde termina a exaltação e começa o louco êxtase. Fui embora num passo lento, virando-me sem parar. Quando, no alto da colina, contemplei o vale pela última vez, fiquei impressionado com o contraste que ele me ofereceu, e comparei-o com o que era quando lá cheguei: não vicejava, não flamejava então como flamejavam, como vicejavam meus desejos e minhas esperanças? Iniciado agora nos sombrios e melancólicos mistérios de uma família, partilhando as angústias de uma Níobe[50] cristã, triste como ela, com a alma ensombrecida, eu achava naquele instante que o vale tinha a tonalidade de meus pensamentos. Naquele momento os campos estavam despojados, as folhas dos álamos caíam, e as que ficavam tinham a cor da ferrugem; os pântanos estavam crestados, a copa dos bosques oferecia os tons graves desse castanho *curtido* que outrora os reis adotavam para seus trajes e que escondia a púrpura do poder sob o marrom das tristezas. Sempre em harmonia com meus pensamentos, o vale onde morriam os raios amarelos de um sol tépido apresentava-me ainda uma imagem viva de minha alma. Abandonar a mulher amada é uma situação horrível ou simples, dependendo dos temperamentos. Eu me via, de súbito, como num país estrangeiro cuja língua eu ignorava; não podia me agarrar a nada, vendo coisas a que já não sentia minha alma ligada. Então, revelou-se a extensão de meu amor e minha querida Henriette elevou-se com toda a sua altura nesse deserto onde só vivi pela recordação dela. Foi uma figura tão religiosamente adorada que decidi conser-

---

50. Personagem da mitologia grega. Teve quatorze filhos e zombou de Leto, que só tinha dois. Estes, de vingança, mataram toda a prole de Níobe, símbolo da mãe que, orgulhosa de seus filhos, acaba causando a morte deles.

var-me imaculado em presença de minha divindade secreta, e revesti-me idealmente da veste branca dos levitas, imitando assim Petrarca, que nunca se apresentou diante de Laura de Noves senão inteiramente vestido de branco.

Com que impaciência esperei a primeira noite em que, de volta à casa de meu pai, poderia ler aquela carta que segurava durante a viagem assim como um avarento apalpa um maço de notas que é obrigado a levar consigo. Durante a noite, beijava o papel sobre o qual Henriette manifestara suas vontades, no qual eu devia recuperar os misteriosos eflúvios escapados de sua mão, de onde as inflexões de sua voz se lançariam para meu entendimento absorto. Nunca li suas cartas como li a primeira, na cama e em meio a um silêncio absoluto. Não sei como se pode ler de outra maneira cartas escritas pela pessoa amada; no entanto, há homens indignos de serem amados que misturam a leitura dessas cartas com as preocupações do dia, largam-na e a retomam com uma odiosa tranqüilidade. Eis, Natalie, a voz adorável que de repente ressoou no silêncio da noite, eis a figura sublime que se ergueu para me apontar com o dedo o verdadeiro caminho na encruzilhada onde eu chegara.

"Que felicidade, meu amigo, ter de reunir os elementos esparsos de minha experiência para transmiti-la a você e armá-lo contra os perigos do mundo em que terá de se comportar habilmente! Senti os prazeres permitidos da afeição materna, ocupando-me de você durante algumas noites. Enquanto escrevia isto, frase por frase, transportando-me de antemão para a vida que você levará, às vezes ia à minha janela. De lá, vendo as torres de Frapesle iluminadas pela lua, muitas vezes pensava: 'Ele dorme, e velo por ele!'. Sensações encantadoras que me lembraram as primeiras alegrias de minha vida, quando eu contemplava Jacques adormecido no berço, à espera de que despertasse para lhe dar meu leite. Não é você um menino-homem cuja alma deve ser reconfortada por alguns preceitos dos quais você não pôde se nutrir nesses colégios horrorosos onde sofreu tanto, mas que nós, mulheres, temos o privilégio de ministrar? Esses lugares influem sobre os triunfos, eles os preparam e consolidam. Não será uma maternidade espiritual essa construção do sistema ao qual um homem deve submeter as ações de sua vida, uma maternidade bem compreendida pelo filho? Querido Félix, deixe-me, mesmo que eu cometesse aqui alguns erros, imprimir à nossa amizade o desprendimento que a santificará: entregá-lo ao mundo não é renunciar a você? Mas o amo o suficiente para sacrificar minhas alegrias ao seu belo futuro. Há quase quatro meses você me fez estranhamente refletir nas leis e nos costumes que regem nossa época. As conversas que tive com minha tia, e cujo sentido lhe pertence, a você, que a substitui!, os episódios da vida dela que o sr. de Mortsauf me contou, as palavras de meu pai, para quem a corte foi tão familiar, as maiores como as menores circunstâncias, tudo surgiu em minha memória em benefício de meu filho adotivo que vejo prestes a se lançar no meio dos homens, quase sozinho, prestes a se orientar sem conselho num país onde muitos morrem por suas boas qualidades imprudentemente empregadas, onde alguns vencem por suas más qualidades bem empregadas.

"Antes de tudo, medite sobre a expressão concisa de minha opinião a respeito da sociedade considerada em seu conjunto, pois com você bastam poucas palavras. Ignoro se as sociedades são de origem divina ou inventadas pelo homem, ignoro também em que sentido se movem; o que me parece certo é sua existência; desde que você as aceita, em vez de viver afastado, deve considerar que suas condições constitutivas são boas: entre elas e você, amanhã será assinado como que um contrato. A sociedade de hoje se serve mais do homem do que este se beneficia dela? Eu creio. Mas que o homem nela encontre mais obrigações do que benefícios, ou que compre caro demais as vantagens que dela recolhe, essas são questões que dizem respeito aos legisladores e não ao indivíduo. Portanto, a meu ver você deve obedecer em tudo à lei geral, sem discuti-la, que ela fira ou satisfaça o seu interesse. Por mais simples que possa parecer, esse princípio é difícil em suas aplicações. É como uma seiva que deve se infiltrar nos mais diminutos capilares para vivificar a árvore, conservar seu verdor, desenvolver suas flores e amadurecer tão magnificamente suas frutas a ponto de excitar uma admiração geral. Meu caro, as leis não estão todas escritas em um livro, os costumes também criam leis, as mais importantes são as menos conhecidas; não há professores, nem tratados, nem escola para esse direito que rege suas ações, seus discursos, sua vida exterior, a maneira de se apresentar ao mundo ou de tratar da fortuna. Desrespeitar essas leis secretas é ficar no fundo da situação social em vez de dominá-la. Mesmo que esta carta tenha freqüentes pleonasmos com seus pensamentos, deixe-me, pois, confiar-lhe minha política de mulher.

"Explicar a sociedade pela teoria da felicidade individual adquirida às custas de todos é uma doutrina fatal cujas deduções severas levam o homem a crer que tudo o que ele se atribui secretamente sem que a lei, o mundo ou o indivíduo se apercebam do prejuízo é correto ou honestamente adquirido. De acordo com esse código, o ladrão hábil é absolvido, a mulher que falta a seus deveres sem que se saiba de nada é feliz e sensata; mate um homem sem que a justiça tenha uma só prova, e se você conquistar assim um diadema à Macbeth,[51] terá agido bem; seu interesse torna-se uma lei suprema, a questão consiste em contornar, sem testemunhas nem provas, as dificuldades que os costumes e leis põem entre você e suas satisfações. Para quem assim enxerga a sociedade, o problema representado por uma fortuna a ser feita, meu amigo, resume-se a jogar uma partida cujos lances são um milhão ou a masmorra, uma posição política ou a desonra. Ainda assim, o pano verde não é suficientemente grande para todos os jogadores, e é preciso uma sorte de gênio para tramar um golpe. Não falo de crenças religiosas, nem

---

51. Macbeth, rei da Escócia no século XI, teria, segundo a tragédia de Shakespeare, obtido seu reino assassinando o rei Duncan, seu hóspede, enquanto este dormia.

de sentimentos; trata-se aqui das engrenagens de uma máquina de ouro e ferro, e de seus resultados imediatos, dos quais os homens se ocupam. Querido filho de meu coração, se você partilhar meu horror por essa teoria dos criminosos, a sociedade só se explicará, pois, a você como se explica em qualquer entendimento saudável: pela teoria dos deveres. Sim, todos devem uns aos outros sob mil formas diversas. A meu ver, o duque e o par devem bem mais ao artesão ou ao pobre do que o pobre e o artesão devem ao duque e ao par. As obrigações contraídas crescem na razão dos benefícios que a sociedade apresenta ao homem, segundo esse princípio, verdadeiro no comércio como na política, de que a gravidade dos cuidados está, em toda parte, na proporção da extensão dos lucros. Cada um paga sua dívida a seu modo. Quando nosso pobre homem da Rhétorière vai se deitar cansado de seus trabalhos, você acredita que ele não cumpriu seus deveres? Decerto os cumpriu, melhor que muitas pessoas altamente colocadas. Considerando assim a sociedade em que você desejará um lugar em harmonia com sua inteligência e suas faculdades, você deve, pois, colocar, como princípio gerador, esta máxima: nada se permitir contra a sua consciência nem contra a consciência pública. Embora minha insistência possa lhe parecer supérflua, eu lhe suplico, sim, sua Henriette lhe suplica que pese muito bem o sentido dessas duas palavras. Simples na aparência, elas significam, meu caro, que a retidão, a honra, a lealdade, a polidez são os instrumentos mais seguros e mais rápidos para fazer fortuna. Neste mundo egoísta, uma multidão de pessoas lhe dirá que não se abre caminho pelos sentimentos, que as considerações morais muito respeitadas atrasam a marcha; você verá homens mal-educados, mal instruídos ou incapazes de avaliar o futuro maltratando uma criança, tornando-se culpados por uma descortesia com uma velha senhora, negando-se a se aborrecer um instante com um bom velhinho, com a desculpa de que eles não lhes são úteis para nada; mais tarde você perceberá esses homens picados por espinhos cujas pontas não limaram, e perdendo sua fortuna por uma bobagem, ao passo que o homem acostumado desde cedo com a teoria dos deveres não encontrará obstáculos; talvez chegue menos prontamente, mas sua fortuna será sólida e permanecerá quando a dos outros desmoronar!

"Quando eu lhe disser que a aplicação dessa doutrina exige antes de tudo a ciência das maneiras, você talvez ache que minha jurisprudência cheira um pouco à corte e aos ensinamentos que recebi na casa de Lenoncourt. Ó, meu amigo! Dou a maior importância a essa instrução, tão pequena na aparência. Os hábitos da grande sociedade nos são tão necessários como podem ser os conhecimentos extensos e variados que você possui; muitas vezes aqueles supriram estes. Certos ignorantes, mas dotados de um espírito natural, acostumados a ter idéias sensatas, chegaram a um nível de grandeza que mais dignos que eles não conseguiram atingir. Estudei-o bem, Félix, a fim de saber se sua educação, recebida coletivamente nos colégios, nada havia estragado em você. Só Deus sabe com que alegria reconheci que você podia adquirir o que lhe falta! Em muitas pessoas educadas nessas tradições, as maneiras são puramente exteriores, pois a polidez requintada, os belos modos vêm do coração e de um grande sentimento de dignidade pessoal; eis por que, apesar de sua educação, alguns nobres são mal-educados, ao passo que certas pessoas de extração burguesa têm naturalmente bom gosto e devem apenas tomar algumas lições para adquirir, sem imitação canhestra, excelentes maneiras. Acredite numa pobre mulher que jamais sairá de seu vale: esse tom nobre, essa simplicidade graciosa impressa na palavra, no gesto, na atitude e até na casa constitui como uma poesia física cujo encanto é irresistível. Imagine sua força quando ela tem sua fonte no coração! A polidez, menino querido, consiste em parecer esquecer de si mesmo pelos outros; em muitas pessoas, é um disfarce social que se desmascara assim que o interesse contrariado mostra a ponta da orelha. E então, um grande torna-se ignóbil. Mas, e quero que você, Félix, seja assim, a verdadeira polidez implica um pensamento cristão: é como a flor da caridade e consiste em esquecer-se realmente. Em memória de Henriette, não seja, pois, uma fonte sem água, tenha o espírito e a forma! Não tema ser volta e meia o tolo dessa virtude social, cedo ou tarde você recolherá o fruto de tantas sementes aparentemente jogadas ao vento. Meu pai observou outrora que uma das formas mais ferinas da polidez mal compreendida é o abuso das promessas. Quando lhe pedirem alguma coisa que você não saiba fazer, recuse claramente, não deixando nenhuma falsa esperança; depois conceda prontamente o que quer outorgar: assim adquirirá a amabilidade da recusa e a amabilidade do benefício, dupla lealdade que realça maravilhosamente um caráter. Creio que ficam mais sentidos conosco por uma esperança desfeita do que contentes por um favor prestado. Sobretudo, meu amigo, porque essas pequenas coisas estão de fato entre minhas atribuições, e posso me deter naquilo que creio saber, não seja confiante, nem banal, nem solícito, três perigos! A confiança excessiva diminui o respeito, a banalidade nos vale o desprezo, o zelo nos torna excelentes para sermos explorados. E, primeiro, menino querido, você não terá mais que dois ou três amigos durante sua existência, e sua inteira confiança será a riqueza deles; dá-la a vários não seria traí-los? Se se ligar a alguns homens mais intimamente que a outros, seja, portanto, discreto sobre si mesmo, seja sempre reservado como se tivesse de tê-los um dia como concorrentes, adversários ou inimigos; os acasos da vida assim exigirão. Portanto, mantenha uma atitude que não seja nem fria nem calorosa, saiba encontrar esse meio-termo no qual o homem pode permanecer sem nada comprometer. Sim, creia que o homem galante está tão longe da covarde condescendência de Filinto como da áspera virtude de Alceste.[52] O gênio do poeta cômico brilha na escolha do verdadeiro meio-termo que os espectadores nobres apreciam; decerto, todos se inclinarão mais para os ridículos da virtude do que para o desprezo soberano

---

52. Filinto e Alceste, personagens de *O misantropo*, de Molière, são temperamentos antagônicos: o primeiro, de natureza indulgente com as fraquezas humanas, o segundo, intransigente com os defeitos dos outros.

escondido sob a bonomia do egoísmo, mas saberão se preservar de um e outro. Quanto à banalidade, se faz com que alguns tolos digam que você é um homem encantador, as pessoas habituadas a sondar, a avaliar as capacidades humanas descobrirão seu defeito e você será prontamente desconsiderado, pois a banalidade é o recurso das pessoas fracas. Ora, os fracos são, infelizmente, desprezados por uma sociedade que vê em cada um de seus membros apenas órgãos; aliás, talvez tenha razão, pois a natureza condena à morte os seres imperfeitos. Assim, talvez as comoventes proteções da mulher sejam geradas pelo prazer que ela encontra em lutar contra uma força cega, em fazer triunfar a inteligência do coração contra a brutalidade da matéria. Mas a sociedade, mais madrasta que mãe, adora os filhos que lisonjeiam sua vaidade. Quanto ao zelo, esse primeiro e sublime erro da juventude, que encontra um prazer real em exibir suas forças e começa assim por ser a vítima de si mesma antes de ser de outrem, guarde-o para seus sentimentos partilhados, guarde-o para a mulher e para Deus. Não leve para o bazar do mundo nem para as especulações da política tesouros em troca dos quais lhe restituirão ninharias. Você deve acreditar na voz que a nobreza lhe aconselha, em tudo, quando ela lhe suplica que você não se dê inutilmente; pois, infelizmente, os homens o estimam em razão de sua utilidade, sem levar em conta o seu valor. Para empregar uma imagem que se gravará em seu espírito poético, que o algarismo seja de uma grandeza incomensurável, traçado em ouro ou escrito a lápis, nunca será mais que um algarismo. Como disse um homem desta época: 'Nunca tenha zelo!'. O zelo aflora a trapaça, causa decepções; você jamais encontraria acima de si um calor em harmonia com o seu: os reis, assim como as mulheres, crêem que tudo lhes é devido. Por mais triste que seja esse princípio, é verdade, mas ele não profana a alma. Coloque seus sentimentos puros em locais inacessíveis onde suas flores forem apaixonadamente admiradas, onde o artista sonhará quase amorosamente com a obra-prima. Os deveres, meu amigo, não são sentimentos. Fazer o que se deve não é fazer o que agrada. Um homem pode ir morrer sem entusiasmo por seu país e pode dar com alegria sua vida a uma mulher. Uma das regras mais importantes da ciência das maneiras é um silêncio quase absoluto sobre si mesmo. Um dia desses, encene a comédia de falar de si mesmo a pessoas apenas conhecidas, converse com elas sobre seus sofrimentos, prazeres ou negócios, e verá a indiferença sucedendo ao interesse fingido. Depois, ao chegar o tédio, se a dona da casa não o interromper cortesmente, cada um se afastará com pretextos habilmente apresentados. Mas deseja reunir a seu redor todas as simpatias, passar por um homem amável e espirituoso, de convívio agradável? Converse sobre eles mesmos, procure uma maneira de pô-los em cena, ainda que levantando questões aparentemente inconciliáveis com os indivíduos: os rostos se animarão, as bocas lhe sorrirão, e quando você partir todos o elogiarão. Sua consciência e a voz do coração lhe dirão o limite em que começa a covardia das adulações e onde acaba a amabilidade da conversa. Ainda uma palavra sobre o discurso em público. Meu amigo, a mocidade é sempre propensa a uma rapidez de julgamento que a honra, mas a prejudica; daí vinha o silêncio imposto pela educação de antigamente aos jovens que faziam, junto aos adultos, um estágio durante o qual estudavam a vida. Pois, antigamente, a Nobreza, assim como a Arte, tinha seus aprendizes, seus pajens dedicados aos mestres que os instruíam. Hoje a mocidade possui uma ciência de estufa quente, portanto muito ácida, que a leva a julgar com severidade os atos, pensamentos e escritos; ela corta com o fio de uma lâmina que ainda não foi usada. Não tenha esse defeito. Suas sentenças seriam censuras que feririam muitas pessoas ao redor, e talvez todos perdoem menos uma ofensa secreta do que um erro que você denunciar publicamente. Os jovens não têm indulgência, porque nada conhecem da vida nem de suas dificuldades. O velho crítico é bom e suave, o jovem crítico é implacável; este não sabe nada, aquele sabe tudo. Aliás, há no fundo de todos os atos humanos um labirinto de razões determinantes, das quais Deus se reservou o julgamento definitivo. Não seja severo a não ser para si mesmo. Sua fortuna está diante de si, mas ninguém neste mundo pode fazer a sua sem ajuda; portanto, freqüente a casa de meu pai, lá a entrada lhe é garantida, as relações que lá criará lhe servirão em mil ocasiões. Mas não ceda uma polegada de terreno a minha mãe, que esmaga aquele que se abandona e admira o orgulho daquele que lhe resiste; ela parece o ferro, que, batido, pode se unir ao ferro, mas se quebra no contato com tudo o que não tem sua dureza. Portanto, cultive minha mãe. Se ela lhe quiser bem, há de introduzi-lo nos salões onde você adquirirá essa fatal ciência do mundo, a arte de escutar, falar, responder, se apresentar, sair, a linguagem precisa, esse *algo a mais*, que não é uma superioridade assim como o hábito não constitui o espírito, mas sem o qual o mais belo talento jamais será admitido. Conheço-o o suficiente para ter certeza de não me iludir, vendo-o de antemão como desejo que você seja: simples nas maneiras, suave no tom, orgulhoso sem fatuidade, respeitoso com os velhos, atencioso sem subserviência, discreto sobretudo. Exiba seu espírito, mas não sirva de divertimento para os outros, pois saiba que se sua superioridade ferir um homem medíocre, ele se calará e depois dirá de você: 'Ele é muito divertido!', expressão de desprezo. Que sua superioridade seja sempre leonina. Aliás, não procure agradar aos homens. Em suas relações com eles, recomendo-lhe uma frieza que possa chegar até essa impertinência que eles não conseguem ignorar; todos respeitam aquele que os despreza, e esse desprezo lhe granjeará a simpatia de todas as mulheres, que hão de estimá-lo em razão do pouco caso que você fará dos homens. Jamais tolere perto de si pessoas desacreditadas, mesmo que não mereçam sua reputação, pois o mundo também nos pede contas sobre nossas amizades e nossos ódios; a esse respeito, que seus julgamentos sejam longa e amadurecidamente pesados, mas que sejam irrevogáveis. Quando os homens repelidos por você tiverem justificado a sua repulsa, sua estima será procurada; assim você inspirará esse respeito tácito que engrandece um homem entre os homens. Ei-lo portanto armado da mocidade que agrada, da graça que seduz, da sabedoria que conserva as conquistas. Tudo o que acabo de lhe dizer pode se resumir na velha expressão: *noblesse oblige!*[53]

"Agora aplique esses preceitos à política dos negócios. Você ouvirá diversas pessoas dizendo que a perspicácia é o elemento do êxito, que o meio de atravessar a multidão é dividir os homens para conquistar um lugar. Meu amigo, esses princípios eram bons na Idade Média, quando os príncipes tinham forças rivais para que umas destruíssem as outras, mas hoje tudo é feito às claras, e esse sistema lhe prestaria muito maus serviços. De fato, você encontrará à sua frente, seja um homem leal e autêntico, seja um inimigo traidor, um homem que procederá pela calúnia, pela maledicência, pela trapaça. Pois bem, saiba que você não tem auxiliar mais poderoso do que este, o inimigo desse homem é ele mesmo; você pode combatê-lo servindo-se de armas legais, cedo ou tarde ele será desprezado. Quanto ao primeiro, a sua franqueza atrairá a estima dele, e, conciliados os seus interesses (pois tudo se acomoda), ele lhe servirá. Não tema fazer inimigos: ai de quem não os têm no mundo em que você viverá! Mas tente não dar ocasião para o ridículo nem para a desconsideração. Digo 'tente', pois em Paris um homem nem sempre se pertence, está sujeito a circunstâncias fatais; você não conseguirá evitar a lama da sarjeta nem a telha que cai. A moral tem suas sarjetas de onde as pessoas desonradas tentam salpicar nas pessoas mais nobres a lama em que se afogam. Mas você sempre poderá fazer-se respeitar mostrando-se em todas as esferas implacável em suas últimas determinações. Nesse conflito de ambições, no meio dessas dificuldades entrecruzadas, vá sempre direto ao fato, caminhe resolutamente até a questão, e sempre combata em um só ponto, com todas as suas forças. Você sabe como o sr. de Mortsauf odiava Napoleão, ele o perseguia com sua maldição, vigiava-o como a justiça vigia o criminoso,

---

53. Nobreza obriga: expressão que indica que a nobreza cria, para um nobre, o dever de honrar sua classe.

exigia-lhe todas as noites o duque de Enghien,[54] o único infortúnio, a única morte que o fez derramar lágrimas. Pois bem, ele o admirava como o mais valente dos capitães, muitas vezes me explicou sua tática. Essa estratégia não pode, então, ser aplicada à guerra dos interesses? Ela economizaria o tempo assim como a outra economizava os homens e o espaço; pense nisso, pois freqüentemente uma mulher se engana nessas coisas, que julgamos por instinto e por sentimento. Posso insistir num ponto: toda astúcia, toda trapaça é descoberta e acaba prejudicando, ao passo que toda situação me parece ser menos perigosa quando um homem se coloca no terreno da franqueza. Se pudesse citar meu exemplo, eu lhe diria que em Clochegourde, obrigada pelo caráter do sr. de Mortsauf a prevenir qualquer litígio, a arbitrar imediatamente as contestações que seriam para ele como uma enfermidade em que sucumbiria deliciando-se, sempre concluí tudo eu mesma, indo direto ao nó e dizendo ao adversário: 'Desatamos, ou cortamos!'. Muitas vezes lhe acontecerá ser útil aos outros, prestar-lhes serviços, e você será pouco recompensado por isso. Mas não imite os que se queixam dos homens e se vangloriam de só encontrar ingratos. Não é isso se colocar sobre um pedestal? Além do mais, não é um pouco tolo confessar o conhecimento insuficiente do mundo? Mas fará você o bem como um usurário empresta seu dinheiro? Você não o fará pelo bem em si mesmo? *Noblesse oblige!* Entretanto, não preste tais serviços, que forçariam as pessoas à ingratidão, pois estas se tornariam para você inimigos irreconciliáveis: há o desespero da obrigação, assim como o desespero da ruína, que confere forças incalculáveis. Quanto a você, aceite dos outros o menos que puder. Não seja o vassalo de alma nenhuma, não dependa senão de si mesmo. Só lhe dou conselho, meu amigo,

---

54. O duque de Enghien (1772-1804), último herdeiro dos Condé, participou de conspirações monarquistas, foi seqüestrado por homens de Napoleão, no ducado de Baden, sendo julgado sumariamente e executado no mesmo dia.

sobre as pequenas coisas da vida. No mundo político, tudo muda de aspecto, as regras que regem a sua pessoa curvam-se diante dos grandes interesses. Mas se chegar à esfera onde se movem os grandes homens, será, como Deus, o único juiz de suas resoluções. Então, você não será mais um homem, e sim a lei viva, não será mais um indivíduo, e sim terá encarnado a nação. Mas se julgar, também será julgado. Mais tarde comparecerá perante os séculos, e você conhece bastante bem a história para ter apreciado os sentimentos e atos que geram a verdadeira grandeza.

"Chego à questão grave, ao seu comportamento junto às mulheres. Nos salões aonde for, tenha como princípio não se dar demasiado ao entregar-se às pequenas manobras do galanteio. Um dos homens que, no século passado, tiveram mais êxito, costumava ocupar-se de uma só pessoa na mesma reunião e se ligar às que pareciam desprezadas. Esse homem, meu filho querido, dominou sua época. Ele tinha sabiamente calculado que, num tempo determinado, todo mundo o elogiaria obstinadamente. A maioria dos jovens perde sua mais preciosa fortuna: o tempo necessário para fazer relações que são a metade da vida social; como agradam por si mesmos, pouco têm a fazer para que os outros se prendam a seus interesses. Mas essa primavera é rápida, saiba bem empregá-la. Cultive, pois, as mulheres influentes. As mulheres influentes são as velhas, que lhe ensinarão os parentescos, os segredos de todas as famílias e os atalhos que podem levá-lo rapidamente ao objetivo. Elas se dedicarão a você de coração. A proteção é o derradeiro amor para as que não são devotas; elas lhe servirão maravilhosamente, o exaltarão e o tornarão desejável. Fuja das mulheres jovens! Não creia que há o menor interesse pessoal no que lhe digo! A mulher de cinqüenta anos fará tudo por você, e a mulher de vinte anos, nada, ela quer toda a sua vida, a outra só lhe pedirá um momento, uma atenção. Divirta-se com as mulheres jovens, leve tudo na brincadeira, elas são incapazes de ter um pensamento sério. As mulheres jovens, meu amigo, são egoístas, pequenas, sem amizade verdadeira, só amam a si mesmas, e o sacrificariam a um sucesso. Aliás, todas querem dedicação, e sua situação exigirá que outros tenham dedicação a você, duas pretensões inconciliáveis. Nenhuma delas terá a compreensão de seus interesses, todas pensarão nelas e não em você, todas mais o prejudicarão por sua vaidade do que lhe servirão por seu afeto; devorarão sem escrúpulos o seu tempo, consumirão sua fortuna, o destruirão com a maior desenvoltura do mundo. Se você se queixar, a mais tola delas lhe provará que sua luva vale o mundo todo, que nada é mais glorioso do que servi-la. Todas lhe dirão que concedem a felicidade, e o farão esquecer seus belos destinos: a felicidade delas é variável, a sua grandeza será indubitável. Você não sabe com que arte pérfida dedicam-se a satisfazer as próprias fantasias, a converter um gosto passageiro num amor que começa na terra e deve continuar no céu. No dia em que o deixarem, hão de lhe dizer que a frase *já não amo* justifica o abandono, assim como a frase *eu amo* desculpava seu amor, e que o amor é involuntário. Doutrina absurda, meu caro! Creia, o verdadeiro amor é eterno, infinito, sempre semelhante a si mesmo, é igual e puro, sem demonstrações violentas, vê-se de cabelos brancos, sempre jovem no coração. Nada dessas coisas se encontram entre as mulheres mundanas, todas representam uma comédia: esta o interessará por suas desgraças, parecerá a mais doce e a menos exigente das mulheres; mas quando tiver se tornado necessária, o dominará lentamente e o levará a fazer suas vontades. Você quererá ser diplomata, ir, vir, estudar os homens, os interesses, os países? Não, terá de ficar em Paris ou na terra dela, que o costurará maliciosamente à sua saia; e quanto mais você lhe mostrar dedicação, mais será ingrata. Essa aí tentará interessá-lo por sua submissão, se tornará o seu pajem, o seguirá romanticamente ao fim do mundo, se comprometerá a protegê-lo e será como uma pedra em seu pescoço. Um dia você se afogará e a mulher ficará flutuando. As mulheres menos astutas têm armadilhas infinitas, a mais imbecil triunfa pela pouca desconfiança que suscita, a menos perigosa seria uma mulher galante que o amaria sem saber por quê, que o abandonaria sem motivo e o retomaria por vaidade. Mas todas o prejudicarão no presente ou no futuro. Toda jovem mulher que freqüenta o mundo, que vive de prazeres e vaidosas satisfações é uma mulher semicorrompida que o corromperá. Lá não estará a criatura casta e reservada em cuja alma você reinará para sempre. Ah! Será solitária aquela que o amará: suas mais belas festas serão os seus olhares, ela viverá de suas palavras. Portanto, que essa mulher seja para você o mundo inteiro, pois você será tudo para ela; ame-a muito, não lhe dê desgostos nem rivais, não excite seu ciúme. Ser amado, meu caro, ser compreendido é a maior felicidade, desejo que você a prove, mas não comprometa a flor de sua alma, tenha absoluta certeza do coração onde colocar seus afetos. Essa mulher jamais será ela mesma, não deverá jamais pensar em si mesma, mas em você; não lhe disputará nada, não ouvirá jamais seus próprios interesses e saberá pressentir para você um perigo ali onde você nada verá, ali onde ela esquecerá o seu próprio; enfim, se ela sofrer, sofrerá sem se queixar, não terá vaidade pessoal, mas terá como que um respeito por aquilo que nela você amar. Corresponda a esse amor sobrepujando-o. Se for bastante feliz para encontrar o que faltará para sempre à sua pobre amiga, um amor igualmente inspirado, igualmente sentido, pense, qualquer que seja a perfeição desse amor, que em um vale viverá para você a mãe cujo coração foi tão corroído pelo sentimento com que você o encheu que você jamais conseguirá encontrar o seu fundo. Sim, carrego um afeto cuja extensão você jamais conhecerá: para que ele se mostrasse tal como é, seria preciso que você perdesse sua bela inteligência, e então não saberia até onde poderia ir meu devotamento. Serei eu suspeita ao lhe dizer para evitar as mulheres jovens, todas mais ou menos artificiais, zombeteiras, vaidosas, fúteis, dissipadoras; para ligar-se às mulheres influentes, a essas imponentes velhas ricaças, cheias de bom senso como era minha tia, e que lhe servirão muito, que o defenderão contra as acusações secretas, destruindo-as, que dirão de você aquilo que você mesmo não poderia dizer? Enfim, não sou eu generosa ao lhe ordenar que reserve suas adorações para o anjo de coração puro? Se a expressão '*noblesse oblige*' contém uma grande parte de minhas primeiras recomendações, meus conselhos sobre suas relações com as mulheres estão também nesse ditado de cavalaria: '*servir a todas, amar somente a uma*'.

"Sua instrução é imensa, seu coração conservado pelo sofrimento permaneceu sem mácula; tudo é belo, tudo é bom em você, *exija pois!* Seu futuro está agora nessa única expressão, a expressão dos grandes homens. Não é verdade, meu filho, que você obedecerá à sua Henriette, que você lhe permitirá continuar a lhe dizer o que ela pensa a seu respeito e de suas relações com o mundo? Tenho na alma um olho que vê o futuro para você como para meus filhos, deixe-me, pois, usar essa faculdade em seu proveito, esse dom misterioso que me foi dado pela paz de minha vida e que, longe de enfraquecer, fortalece na solidão e no silêncio. Em troca, peço-lhe que me dê uma grande felicidade: quero vê-lo crescendo entre os homens, sem que um só de seus êxitos me faça franzir a testa, quero que ponha prontamente a sua fortuna na altura de seu nome e possa me dizer que contribuí, mais que pelo desejo, para a sua grandeza. Essa secreta cooperação é o único prazer que posso me permitir. Esperarei. Não lhe digo adeus. Estamos separados, você já não pode ter minha mão sob seus lábios, mas deve ter percebido muito bem o lugar que ocupa no coração de

SUA HENRIETTE."

Quando acabei a leitura, sentia palpitar sob meus dedos um coração materno no momento em que ainda me encontrava gelado pela severa acolhida de minha mãe. Adivinhei por que a condessa me proibira na Touraine a leitura dessa carta, provavelmente temia ver minha cabeça cair a seus pés e senti-los molhados por minhas lágrimas.

Travei finalmente conhecimento com meu irmão Charles, que até então fora como um estranho para mim;

mas ele mostrou, nas mínimas relações, uma arrogância que impunha exagerada distância entre nós para que nos amássemos como irmãos: todos os doces sentimentos repousam na igualdade das almas, e entre nós não houve nenhum ponto de coesão. Ele me ensinava em tom doutoral essas ninharias que o espírito ou o coração adivinham, parecia desconfiar de mim a respeito de tudo. Se eu não tivesse como ponto de apoio o meu amor, ele teria me tornado um desastrado e um imbecil, fingindo acreditar que eu nada sabia. Não obstante, apresentou-me ao mundo em que minha bobice devia ressaltar suas qualidades. Sem as desgraças de minha infância eu poderia ter considerado sua vaidade de protetor como amizade fraterna, mas a solidão moral produz os mesmos efeitos que a solidão terrestre: o silêncio permite apreciar seus mais leves ecos e o hábito de se refugiar em si mesmo desenvolve uma sensibilidade cuja delicadeza revela as menores nuances das afeições que nos tocam. Antes de ter conhecido a sra. de Mortsauf, um olhar duro me feria, a entonação de uma palavra brusca atingia meu coração; eu gemia, mas sem nada saber sobre a vida das carícias, ao passo que, no regresso de Clochegourde, podia estabelecer comparações que aperfeiçoavam minha ciência prematura. A observação que se baseia nos sofrimentos experimentados é incompleta. A felicidade também encerra suas luzes. Deixei-me tanto mais esmagar voluntariamente pela superioridade do direito de progenitura por saber que não estava sendo enganado por Charles.

Eu ia sozinho à casa da duquesa de Lenoncourt, onde não ouvia falar de Henriette, onde ninguém, exceto o bom velho duque, a simplicidade em pessoa, me falou dela. Mas pelo jeito como me recebeu adivinhei as secretas recomendações de sua filha. Quando comecei a perder o tolo espanto que causa a todo estreante a visão da alta sociedade, quando nisso eu entrevia prazeres, compreendendo os recursos que ela oferece aos ambiciosos, e me deliciava em pôr em prática as máximas de Henriette, admirando sua profunda verdade, ocorreram os acontecimentos de 20 de março.[55] Meu irmão acompanhou a corte a Gent; eu, a conselho da condessa, com quem mantinha uma correspondência ativa apenas de meu lado, acompanhei até lá o duque de Lenoncourt. A bondade habitual do duque tornou-se uma sincera proteção quando me viu ligado de coração, cabeça e pés aos Bourbons; apresentou-me pessoalmente à Sua Majestade. Os cortesãos do infortúnio são pouco numerosos, a juventude tem admirações ingênuas, fidelidades sem cálculo. O rei sabia julgar os homens, e aquilo que não havia sido notado nas Tulherias o foi, portanto, em Gent: assim tive a felicidade de agradar a Louis XVIII. Uma carta da sra. de Mortsauf ao pai, levada junto com os despachos por um emissário dos vendeanos, e na qual havia um bilhete para mim, informou-me que Jacques estava doente. O sr. de Mortsauf, no desespero, tanto pela má saúde do filho como por ver uma segunda emigração começar para ele, tinha acrescentado algumas palavras que me fizeram adivinhar a situação da bem-amada. Atormentada por ele, decerto, quando passava todos os seus instantes à cabeceira de Jacques, não tendo descanso de dia nem de noite, superior às implicâncias, mas sem força para dominá-las quando empregava toda a sua alma em cuidar do filho, Henriette devia desejar o amparo de uma amizade que havia tornado sua vida mais leve – quando nada, para se ocupar do sr. de Mortsauf. Já várias vezes eu tinha levado o conde para fora, quando ele ameaçava atormentá-la; inocente astúcia cujo êxito me valera alguns daqueles olhares que expressam um reconhecimento apaixonado ali onde o amor enxerga promessas. Embora eu estivesse impaciente para seguir as pegadas de Charles recentemente enviado ao congresso de Viena, em-

---

55. Em 20 de março de 1815, Napoleão, retornando do exílio na ilha de Elba, faz sua entrada triunfal e inesperada em Paris. O episódio provoca a fuga dos Bourbons que reinavam e têm início os Cem Dias do segundo reinado de Bonaparte, que termina abdicando.

bora eu quisesse, arriscando meus dias, justificar as previsões de Henriette e liberar-me da dependência fraterna, minha ambição, meus desejos de independência, o interesse que tinha em não abandonar o rei, tudo empalideceu diante da figura sofredora da sra. de Mortsauf. Resolvi abandonar a corte de Gent para ir servir à verdadeira soberana. Deus me recompensou. O emissário enviado pelos vendeanos não podia retornar à França, o rei queria um homem que se prestasse a levar para lá suas instruções. O duque de Lenoncourt sabia que o rei não esqueceria aquele que se encarregasse dessa perigosa missão; indicou-me sem me consultar, e aceitei, bem feliz de poder voltar a Clochegourde ao mesmo tempo em que servia a boa causa.

Depois de ter tido, aos 21 anos, uma audiência com o rei, voltei para a França onde, fosse em Paris fosse na Vendéia, tive a felicidade de corresponder às intenções de Sua Majestade. Lá por fim de maio, perseguido pelas autoridades bonapartistas às quais eu fora assinalado, fui obrigado a fugir como um homem que parecia voltar para sua casa no campo, indo a pé de propriedade em propriedade, através da alta Vendéia, do Bocage e do Poitou, trocando de estrada de acordo com as circunstâncias. Cheguei a Saumur, de Saumur fui a Chinon, e de Chinon, numa só noite, alcancei os bosques de Nueil, onde encontrei o conde a cavalo, numa charneca; ele me pegou na garupa e levou-me para casa, sem que víssemos ninguém que pudesse me reconhecer.

– Jacques está melhor – foi sua primeira frase.

Confessei-lhe minha posição de recruta diplomático perseguido como uma fera, e o fidalgo armou-se de seu monarquismo para disputar ao sr. de Chessel o perigo de me receber. Ao avistar Clochegourde, pareceu-me que os oito meses que acabavam de passar eram um sonho. Quando o conde disse à mulher, precedendo-me:

– Adivinhe quem lhe trago?... Félix.

– Será possível? – ela perguntou, de braços caídos e fisionomia estupefata.

Apareci, ficamos os dois imóveis, ela presa à sua poltrona, eu na soleira da porta, contemplando-nos com a avidez fixa de dois amantes que querem recuperar por um só olhar todo o tempo perdido; mas, envergonhada com uma surpresa que deixava seu coração à mostra, ela se levantou, eu me aproximei.

– Rezei muito por você – disse-me depois de me estender a mão para eu beijar.

Pediu-me notícias de seu pai, depois adivinhou meu cansaço e foi cuidar de meus aposentos, enquanto o conde mandava que me dessem comida, pois eu estava morto de fome. Meu quarto foi aquele que ficava acima do dela, e que era de sua tia; fez-me acompanhar pelo conde, depois de ter posto o pé no primeiro degrau da escada, decerto deliberando consigo mesma se me acompanharia; virei-me, ela enrubesceu, desejou-me um bom sono e retirou-se precipitadamente. Quando desci para jantar, soube dos desastres, de Waterloo, da fuga de Napoleão, da marcha dos aliados rumo a Paris e do retorno provável dos Bourbons. Esses acontecimentos eram tudo para o conde, para nós não foram nada. Sabe qual foi a maior notícia, depois de ter afagado as crianças? Não lhe falo de meus sustos ao ver a condessa pálida e emagrecida, pois eu conhecia o estrago que podia causar um gesto de espanto, e só expressei prazer ao vê-la. A grande notícia para nós foi: "Você terá gelo!". No ano passado, várias vezes ela se contrariara por não ter água bastante fresca para mim, que, na falta de outra bebida, gostava de água gelada. Deus sabe à custa de quantas importunações ela tinha mandado construir uma geladeira! Você sabe melhor do que ninguém que bastam ao amor uma palavra, um olhar, uma inflexão de voz, uma atenção aparentemente leve: seu mais belo privilégio é provar-se por si mesmo. Pois bem! Sua palavra, seu olhar, seu prazer me revelaram a extensão de seus sentimentos, como antigamente eu havia lhe manifestado todos os meus por meio de meu comportamento no triquetraque. Mas os testemunhos ingênuos de sua ternura foram abundantes: no sétimo dia depois de minha chegada, ela recuperou o viço; resplandecia de saúde, alegria e juventude, e reencontrei meu querido lírio, embelezado, mais desabrochado, assim como encontrei meus tesouros de coração aumentados. Não é só nos espíritos pequenos, ou nos corações vulgares que a ausência diminui os sentimentos, apaga os traços da alma e reduz as belezas da pessoa amada? Para as imaginações ardentes, para as criaturas em quem o entusiasmo circula no sangue, no colorido de uma nova púrpura, e em quem a paixão assume as formas da constância, a ausência não tem o efeito dos suplícios que consolidavam a fé dos primeiros cristãos e lhes tornavam Deus visível? Não existem num coração repleto de amor desejos incessantes que dão mais valor às formas desejadas, fazendo-as entrever iluminadas pelo fogo dos sonhos? Não experimentamos as impaciências que comunicam a beleza do ideal aos traços adorados, cobrindo-os de pensamentos? O passado, retomado lembrança por lembrança, amplia-se, o futuro povoa-se de esperanças. Entre dois corações em que há superabundância dessas nuvens elétricas, uma primeira entrevista torna-se então como que uma tempestade benfazeja que revigora a terra e a fecunda, conferindo-lhe as súbitas luzes do raio. Quantos suaves prazeres não provei ao ver que em nós esses pensamentos, essas rememorações eram recíprocos? Com que olhar enfeitiçado segui os avanços da felicidade em Henriette! Uma mulher que revive diante dos olhares do amado dá talvez maior prova de sentimento do que aquela que morre consumida por uma dúvida, ou ressecada em seu caule por falta de seiva; não sei qual das duas é mais pungente. O renascimento da sra. de Mortsauf foi natural, como os efeitos do mês de maio nos campos, como os do sol e da chuva nas flores murchas. Como nosso vale de amor, Henriette tivera seu inverno, renascia como o vale na primavera. Antes do jantar, descemos ao nosso querido terraço. Lá, ao mesmo tempo em que acariciava a cabeça de seu pobre filho, agora mais fraco do que eu o tinha visto, e andando ao lado da mãe silenciosa como se incubasse mais uma doença, ela me contou suas noites passadas à cabeceira do doente. Durante esses três meses – dizia-me –, vivera uma vida totalmente interior, habitara como que num palácio escuro temendo entrar em aposentos suntuosos onde brilhavam luzes, onde se davam festas proibidas para ela, e à porta dos quais ela se detinha, com um olho no filho, o outro numa figura indistinta, um ouvido para escutar as dores, outro para ouvir uma voz. Dizia poesias sugeridas pela solidão, como nenhum poeta jamais inventou, mas tudo isso ingenuamente, sem saber que ali houvesse o menor vestígio de amor, nem traço de voluptuoso pensamento, nem poesia orientalmente suave, como uma rosa do Frangistano.[56] Quando o conde foi nos encontrar, continuou no mesmo tom, como mulher orgulhosa de si mesma, capaz de dirigir um olhar de orgulho ao marido e de pôr sem enrubescer um beijo na fronte do filho. Havia rezado muito, havia sustentado Jacques durante noites inteiras sob suas mãos postas, não querendo que ele morresse.

– Eu ia – dizia – até a porta do santuário pedir a Deus por sua vida.

Tivera visões, que me contava; mas no momento em que pronunciou com sua voz de anjo essas palavras maravilhosas:

– Enquanto eu dormia, meu coração velava!

O conde respondeu, interrompendo-a:

– Quer dizer que você esteve quase louca.

Calou-se, atingida por uma dor profunda, como se fosse a primeira ofensa recebida, como se tivesse esquecido que, havia treze anos, jamais aquele homem deixara de lhe atirar uma flecha no coração. Pássaro sublime atingido no vôo por esse grosseiro grão de chumbo, ela caiu num perplexo abatimento.

---

56. Frangistano: em árabe, significa "a terra dos Francos", ou seja, a Europa. Esse nome, porém, parece evocar a Balzac um país oriental.

– Ei! Como, cavalheiro – disse depois de uma pausa –, jamais uma de minhas palavras encontrará graça no tribunal de seu espírito? Jamais você terá indulgência por minha fraqueza, nem compreensão por minhas idéias de mulher?

Ela parou. Esse anjo já se arrependia de seus murmúrios, e avaliava com um olhar o passado e o futuro: poderia ser compreendida? Não iria provocar uma virulenta reprimenda? Suas veias azuis latejaram violentamente nas têmporas, ela não teve lágrimas, mas o verde de seus olhos empalideceu; depois baixou os olhos para o chão para não ver nos meus seu pesar ampliado, seus sentimentos adivinhados, sua alma acariciada em minha alma, e sobretudo a compaixão colérica de um jovem amor prestes, qual um cão fiel, a devorar aquele que fere sua dona, sem discutir a força nem a qualidade do assaltante. Nesses momentos cruéis, era preciso ver o ar de superioridade que o conde assumia; ele acreditava triunfar sobre a mulher, e então a bombardeava de uma chuva de frases que repetiam a mesma idéia e pareciam golpes de machado produzindo o mesmo som.

– Então, ele continua o mesmo? – perguntei quando o conde nos deixou, chamado pelo picador, que veio buscá-lo.

– O mesmo – Jacques me respondeu.

– O mesmo excelente, meu filho – ela disse a Jacques, tentando assim poupar o sr. de Mortsauf do julgamento de seus filhos. – Você vê o presente, você ignora o passado, não poderia criticar seu pai sem cometer uma injustiça; mas mesmo que vocês tivessem a dor de ver seu pai em falta, a honra das famílias exige que enterrem tais segredos no mais profundo silêncio.

– Como vão as reformas na Cassine e na Rhétorière? – perguntei-lhe para tirá-la de seus amargos pensamentos.

– Além de minhas esperanças – disse-me. – As construções terminadas, encontramos dois fazendeiros excelentes que arrendaram, uma por 4.500 francos, impostos pagos, a outra por cinco mil francos; e os contratos foram combinados por quinze anos. Já plantamos três mil pés de árvores nas duas novas fazendas. O parente de Manette está encantado por ter a Rabelaye. Martineau dirige a Baude. Os bens de nossos quatro fazendeiros consistem em pastos e bosques, aos quais não levam, como fazem alguns agregados pouco conscienciosos, os adubos destinados às nossas terras de lavouras. Assim, *nossos* esforços foram coroados do maior sucesso. Clochegourde, sem as reservas que denominamos a herdade do castelo, sem os bosques nem as quintas, rende dezenove mil francos, e as plantações nos prepararam belas anuidades. Batalho para arrendar nossas terras inalienáveis a Martineau, nosso guarda, que agora pode ser substituído pelo filho. Ele oferece três mil francos por elas se o sr. de Mortsauf quiser lhe construir uma fazenda na Commanderie. Poderíamos então desobstruir o entorno de Clochegourde, terminar nossa avenida projetada até o caminho de Chinon e ter apenas nossos vinhedos e nossos bosques para cuidar. Se o rei voltar, *nossa* pensão voltará; *nós* concordaremos, depois de alguns dias de luta contra o bom senso de *nossa* mulher. A fortuna de Jacques será, portanto, indestrutível. Tendo obtido esses últimos resultados, deixarei o sr. de Mortsauf entesourar para Madeleine, que aliás o rei dotará, segundo o costume. Tenho a consciência tranqüila, minha tarefa está cumprida. E você? – ela me perguntou.

Expliquei-lhe minha missão, e a fiz ver como o seu conselho tinha sido frutuoso e sensato. Ela seria dotada de vidência para pressentir assim os acontecimentos?

– Já não lhe escrevi sobre isso? – ela disse. – Entre nós, posso exercer uma faculdade surpreendente, da qual só falei com o sr. de La Berge[57], meu confessor, que a explica por uma intervenção divina. Volta e meia, depois de profundas meditações provocadas pelos temores sobre o estado de meus filhos, meus olhos fechavam-se às coisas da

---

57. Personagem fictícia de *A comédia humana*. (N. do E.)

terra e enxergavam outra região: quando eu avistava Jacques e Madeleine luminosos, eles se mantinham por certo tempo em boa saúde; se os via envolvidos por uma névoa, logo adoeciam. Quanto a você, não só o vejo sempre brilhante, mas ouço uma voz doce que me explica sem palavras, por uma comunicação mental, o que deve fazer. Por que lei só posso usar esse dom maravilhoso para meus filhos e você? – interrogou, caindo num devaneio. – Deus quererá servir-lhes de pai? – perguntou, depois de uma pausa.

– Deixe-me crer – disse-lhe – que só obedeço a você!

Dirigiu-me um desses sorrisos imensamente amáveis que me causavam tamanha embriaguez de coração, que naquele momento eu não teria sentido um golpe mortal.

– Logo que o rei chegar a Paris, vá para lá, deixe Clochegourde – recomeçou. – Assim como é degradante mendigar posições e favores, também é ridículo não estar em condições de aceitá-los. Haverá grandes mudanças. Os homens capazes e fiéis serão necessários ao rei, não lhe falte; você entrará jovem para os negócios públicos e aí se sentirá bem, pois, para os homens de Estado, como para os atores, há coisas do ofício que a inteligência não revela, é preciso aprendê-las. Meu pai aprendeu isso com o duque de Choiseul.[58] Pense em mim – disse depois de uma pausa – e faça-me saborear as delícias da superioridade numa alma inteiramente minha. Você não é meu filho?

– Seu filho? – retruquei amuado.

– Nada mais que meu filho – disse, zombando de mim –, não é isso ocupar um belo lugar em meu coração?

A sineta chamou para o jantar, ela pegou meu braço e se apoiou prazerosamente.

– Você cresceu – disse-me, subindo os degraus.

Quando chegamos à escadaria, sacudiu meu braço como se meus olhares a atingissem muito fortemente; em-

---

58. Etienne François (1719-1785), duque de Choiseul, foi ministro das Relações Exteriores, da Guerra e da Marinha.

bora estivesse de olhos baixos, sabia que eu só olhava para ela. Disse então, com esse ar falsamente inquieto, tão gracioso, tão faceiro:

– Bem, vamos contemplar um pouco nosso querido vale?

Voltou-se, abriu sobre nossas cabeças a sombrinha de seda branca, colando Jacques a si; e o gesto de cabeça pelo qual me mostrou o Indre, o bote, os campos, provava que desde minha estada e nossos passeios havia se entendido com aqueles horizontes esfumaçados, com suas sinuosidades vaporosas. A natureza era o manto sob o qual se abrigavam seus pensamentos. Agora ela sabia o que suspira o rouxinol durante as noites e o que repete o poeta dos brejos salmodiando sua nota queixosa.

Às oito da noite, fui testemunha de uma cena que me comoveu profundamente e que eu jamais conseguira ver pois sempre ficava jogando com o sr. de Mortsauf, enquanto ela passava para a sala de refeições, antes de as crianças se deitarem. A sineta tocou duas vezes e todos os criados da casa vieram.

– Você é nosso hóspede, submete-se à regra do convento? – disse-me, arrastando-me pela mão com esse ar de inocente crítica que distingue as mulheres verdadeiramente piedosas.

O conde nos seguiu. Patrões, filhos, domésticos, todos se ajoelharam, de cabeça nua, colocando-se no lugar habitual. Era a vez de Madeleine recitar as orações: a querida menina pronunciou-as com sua voz infantil cujos tons ingênuos se destacaram claramente no harmonioso silêncio do campo e conferiram às frases a santa candura da inocência, essa graça dos anjos. Foi a prece mais comovente que ouvi. A natureza respondia às palavras da menina com os mil ruídos da noite, acompanhamento de um órgão tocado em surdina. Madeleine estava à direita da condessa e Jacques à esquerda. As graciosas cabeleiras dos dois, entre as quais erguia-se o penteado em tranças da mãe, e que era dominado pelos cabelos inteiramente brancos e o crânio amarelado do sr. de Mortsauf, compunham um quadro cujas cores repetiam no espírito, de certa forma, as idéias despertadas pelas melodias da oração; enfim, para satisfazer as condições da unidade que caracteriza o sublime, aquela assembléia recolhida estava envolta na luz suavizada do poente, cujos tons vermelhos coloriam a sala, fazendo assim com que as almas poéticas ou supersticiosas acreditassem que os fogos do céu visitavam aqueles fiéis servidores de Deus ali ajoelhados sem distinção de classe, na igualdade desejada pela Igreja. Reportando-me aos dias da vida patriarcal, meus pensamentos ampliaram ainda mais aquela cena, já tão grande por sua simplicidade. As crianças deram boa noite ao pai, os criados nos cumprimentaram, a condessa saiu dando a mão a cada filho, e entrei no salão com o conde.

— Nós o faremos conseguir sua salvação por lá e o inferno por aqui – disse-me, mostrando o triquetraque.

A condessa veio juntar-se a nós meia hora depois e aproximou seu bastidor de nossa mesa.

— Isto é para você – disse, desenrolando a tela. — Mas, nos últimos três meses, o trabalho tem andado devagar. Entre este cravo vermelho e esta rosa branca, meu pobre filho sofreu.

— Ora, ora – disse o sr. de Mortsauf –, não falemos disso. Seis a cinco, senhor enviado do rei.

Quando me deitei, recolhi-me para ouvi-la andando para lá e para cá em seu quarto. Se se manteve calma e pura, fui atormentado por idéias loucas inspiradas por toleráveis desejos. "Por que ela não será minha?", interrogava-me. "Talvez esteja, como eu, mergulhada nessa turbilhonante agitação dos sentidos?" À uma hora, desci, consegui andar sem ruído, cheguei diante de sua porta e ali me deitei, com o ouvido colado à fresta, ouvi sua respiração compassada e leve de criança. Quando o frio me pegou, subi de novo, deitei-me na cama e dormi tranqüilamente até de manhã. Não sei a que predestinação, a que natureza se deve atribuir o prazer que encontro em avançar até a beira dos precipícios, sondar o abismo do mal, interrogar sua profundidade, sentir seu frio e retirar-me totalmente perturbado. Aquela hora noturna passada à soleira de sua porta, durante a qual chorei de raiva sem que ela jamais ficasse sabendo que no dia seguinte havia caminhado sobre minhas lágrimas e meus beijos, sobre sua virtude sucessivamente destruída e respeitada, amaldiçoada e adorada; aquela hora, de tolice aos olhos de muitos, é uma manifestação desse sentimento desconhecido que impele os militares – alguns me disseram ter assim arriscado a vida – a se lançarem contra uma bateria para saber se escapariam à metralha e se seriam felizes cavalgando assim no abismo das probabilidades, fumando como Jean Bart[59] sobre um barril de pólvora. No dia seguinte, fui colher flores para fazer dois buquês; o conde os admirou, ele, que nada desse gênero comovia e para quem parecia ter sido dita a expressão de Champcenetz:[60] "Ele constrói masmorras na Espanha".

Passei uns dias em Clochegourde, indo apenas fazer visitas curtas a Frapesle, onde, porém, jantei três vezes. O exército francês ocupou Tours. Embora eu representasse obviamente a vida e a saúde para a sra. de Mortsauf, ela me suplicou que fosse a Châteauroux e voltasse às pressas para Paris, por Issoudun e Orléans. Quis resistir, ela ordenou, dizendo que o gênio familiar havia falado; obedeci. Dessa vez, nossa despedida foi banhada em lágrimas, ela temia por mim os arroubos do mundo onde eu ia viver. Eu não deveria penetrar seriamente no turbilhão de interesses, paixões e prazeres que fazem de Paris um mar tão perigoso para os amores castos como para a pureza das consciências. Prometi escrever-lhe toda noite os fatos e

---

59. Jean Bart (1650-1702), marinheiro e corsário da marinha real de Louis XIV.

60. Famoso por suas expressões mordazes, o marquês Louis de Champcenetz (1760-1794), jornalista ultramonarquista, foi colaborador de Antoine Rivarol no panfleto *Actes des Apôtres*, que combatia a Revolução Francesa. Foi guilhotinado.

pensamentos do dia, mesmo os mais frívolos. Diante dessa promessa, apoiou a cabeça enternecida em meu ombro e disse:

– Não se esqueça de nada, tudo me interessará.

Deu-me cartas para o duque e a duquesa, que fui visitar no segundo dia depois de minha chegada.

– Você teve sorte – disse-me o duque. – Jante aqui, venha comigo esta noite ao castelo, seu futuro está garantido. O rei falou em você esta manhã, dizendo: "Ele é jovem, capaz e fiel!". E o rei lamentava não saber se você estava morto ou vivo, em que lugar o haviam jogado os acontecimentos depois de ter cumprido tão bem sua missão.

À noite, eu era referendário do Conselho de Estado, e ocupava, junto ao rei Louis XVIII, um emprego secreto de duração igual à de seu reinado, lugar de confiança, sem prestígio fulgurante, mas sem perigo de infortúnio, que me pôs no centro do governo e foi a fonte de minha prosperidade. A sra. de Mortsauf tinha acertado, eu lhe devia tudo: poder e riqueza, a felicidade e a sabedoria. Ela me guiava e encorajava, purificava meu coração e dava a meus desejos essa unidade sem a qual as forças da mocidade se gastam inutilmente. Mais tarde, tive um colega. Cada um de nós ficava de serviço durante seis meses. Podíamos nos revezar, um ao outro, conforme a necessidade; tínhamos um quarto no castelo, carruagem e fartas verbas para nossas despesas quando éramos obrigados a viajar. Singular situação! Ser o discípulo secreto de um monarca a cuja política seus inimigos renderam depois uma brilhante justiça, ouvi-lo julgando tudo, no interior e no exterior, não ter qualquer influência manifesta e ser, às vezes, consultado como Laforêt[61] por Molière, sentir as hesitações de uma antiga experiência fortalecidas pela firmeza da mocidade. Nosso futuro estava,

---

61. Criada e confidente de Molière, serviu-lhe de modelo para a sra. Jourdain.

aliás, decidido de modo a satisfazer a ambição. Além de meus vencimentos de referendário, pagos pelo orçamento do Conselho de Estado, o rei me dava mil francos por mês de sua verba pessoal e volta e meia ele mesmo me concedia algumas gratificações. Embora o rei sentisse que um rapaz de 23 anos não resistiria por muito tempo ao trabalho que me impunha, meu colega, hoje Par de França, só foi escolhido em agosto de 1817. Essa escolha era tão difícil, nossas funções exigiam tantas qualidades que o rei levou muito tempo para tomar a decisão. Deu-me a honra de perguntar qual era, dos rapazes entre os quais ele hesitava, aquele com que me entenderia melhor. Entre eles encontrava-se um de meus camaradas do colégio Lepître, e não o indiquei, Sua Majestade perguntou por quê.

– O rei – disse-lhe – escolheu homens igualmente fiéis, mas de capacidades diferentes. Indiquei aquele que creio ser o mais hábil, certo de que sempre me darei bem com ele.

Meu julgamento coincidia com o do rei, que me ficou grato para sempre pelo sacrifício que fiz. Na ocasião, ele me disse:

– Você será o primeiro.

Não deixou que meu colega ignorasse essa circunstância, e este, em troca desse serviço, tornou-se meu amigo. A consideração com que o duque de Lenoncourt me distinguiu deu a medida para aquela com que a sociedade me cercou. As expressões: "O rei tem um profundo interesse por esse rapaz; esse rapaz tem futuro, o rei o estima" teriam feito as vezes dos talentos, mas comunicavam à amável acolhida que se costuma dar aos moços esse algo a mais atribuído ao poder. Fosse na casa do duque de Lenoncourt, fosse na de minha irmã, que nessa época se casou com um primo, o marquês de Listomère, filho da velha parente a cuja casa da ilha Saint-Louis eu ia, travei imperceptivelmente conhecimento com as pessoas mais influentes do Faubourg Saint-Germain.

Henriette pôs-me logo no coração da chamada sociedade do Pequeno Castelo,[62] graças aos cuidados da princesa de Blamont-Chauvry[63], de quem era sobrinha-neta; escreveu-lhe tão calorosamente a meu respeito que a princesa me convidou imediatamente para ir vê-la; cultivei-a, soube agradá-la, e ela se tornou, não minha protetora, mas uma amiga cujos sentimentos tiveram um toque maternal. A velha princesa tomou a peito ligar-me com sua filha, a sra. d'Espard[64], com a duquesa de Langeais[65], a viscondessa de Beauséant e a duquesa de Maufrigneuse[66], mulheres que, uma após outra, empunharam o cetro da moda e foram muito gentis comigo, mais ainda porque eu não tinha pretensões junto a elas e estava sempre pronto a lhes ser agradável. Meu irmão Charles, longe de me renegar, desde então se apoiou em mim, mas esse rápido sucesso inspirou-lhe um ciúme secreto que mais tarde me causou muitos desgostos. Meu pai e minha mãe, surpresos com essa sorte inesperada, sentiram sua vaidade lisonjeada e finalmente me adotaram como filho, mas como o sentimento deles era de certa forma artificial, para não dizer fingido, essa reviravolta teve pouca influência num coração ulcerado; aliás, as afeições enodoadas de egoísmo pouco excitam as simpatias: o coração abomina os cálculos e proveitos de todo tipo.

Eu escrevia fielmente à minha querida Henriette, que me respondia com uma ou duas cartas por mês. Seu espírito

---

62. Balzac explica em *O pai Goriot* que, nessa época, as mulheres mais em voga eram as que freqüentavam a alta sociedade do faubourg Saint-Germain, chamadas "*les dames du Petit-Château*".

63. Personagem fictícia de *A comédia humana*, que aparece também em *César Birotteau* e *A duquesa de Langeais*. (N. do E.)

64. Jeanne-Clémentine-Athénaïs, marquesa d'Espard, personagem fictícia de *A comédia humana*, que aparece também em *Memórias de duas jovens esposas* e *O pai Goriot*, entre outros. (N. do E.)

65. Personagem fictícia de *A comédia humana*, que aparece também em *A duquesa de Langeais* e *O pai Goriot*. (N. do E.)

66. Personagem fictícia de *A comédia humana*, que aparece também em *O gabinete de antigüidades* e *Memórias de duas jovens esposas*. (N. do E.)

pairava assim sobre mim, seus pensamentos atravessavam as distâncias e criavam-me uma atmosfera pura. Nenhuma mulher conseguia me cativar. O rei percebeu minha reserva; nesse assunto, era da escola de Louis XV,[67] e me chamava, rindo, de *senhorita de Vandenesse*, mas a sensatez de meu comportamento muito o agradava. Tenho a convicção de que a paciência com que eu me habituara durante minha infância e sobretudo em Clochegourde muito serviu para me conciliar com as boas graças do rei, que sempre foi excelente para mim. Teve, certamente, a fantasia de ler minhas cartas, pois não se deixou enganar muito tempo por minha vida de senhorita. Um dia, eu escrevia sob o ditado do rei, que, ao ver entrar o duque de Lenoncourt, que estava de serviço, envolveu-nos com um olhar malicioso.

— E então! Esse diabo de Mortsauf ainda quer continuar vivendo? – disse ele com sua bela voz argentina à qual sabia comunicar de bom grado a mordacidade do epigrama.

— Ainda – respondeu o duque.

— A condessa de Mortsauf é um anjo que eu gostaria muito de ver aqui – recomeçou o rei –, mas, se nada conseguir, meu chanceler – disse virando-se para mim – será mais feliz. Você terá seis meses para si, resolvi lhe dar como colega o rapaz de quem falávamos ontem. Divirta-se bastante em Clochegourde, sr. Catão!

E retirou-se do gabinete sorrindo.

Voei como uma andorinha para a Touraine. Pela primeira vez ia me mostrar àquela que eu amava, não só um pouco menos tolo, mas ainda com a aparência de um rapaz elegante cujas maneiras tinham sido formadas pelos salões mais polidos, cuja educação tinha sido completada pelas mulheres mais graciosas, que havia enfim colhido o prêmio de seus sofrimentos e posto em prática a experiência do mais belo anjo que o céu encarregou da guarda de uma criança. Você sabe como eu

---

67. Louis XV (1710-1774) teve um reinado que se caracterizou pelos costumes dissolutos.

estava vestido durante os três meses de minha primeira temporada em Frapesle. Quando voltei a Clochegourde durante minha missão à Vendéia, estava vestido como um caçador. Usava um casaco verde de botões brancos e avermelhados, uma calça listrada, polainas de couro e sapatos. A caminhada, as matas tinham me deixado em tal estado que o conde foi obrigado a me emprestar roupa branca. Dessa vez, dois anos de permanência em Paris, o hábito de estar com o rei, as maneiras da fortuna, meu crescimento concluído, uma fisionomia jovem que recebia um lustro inexplicável da placidez de uma alma magneticamente unida à alma pura que de Clochegourde se irradiava sobre mim, tudo me transformara: tinha segurança sem fatuidade, tinha uma alegria interior por me encontrar, apesar de minha juventude, no ápice dos negócios, tinha a consciência de ser o sustentáculo secreto da mais adorável mulher deste mundo, sua inconfessa esperança. Talvez eu tenha tido um pequeno ímpeto de vaidade quando o chicote dos cocheiros estalou na nova avenida que ia da estrada de Chinon a Clochegourde, e que um portão que eu não conhecia abriu-se no meio de uma cerca circular recém-construída. Eu não tinha avisado à condessa de minha chegada, querendo lhe causar uma surpresa, e cometi um duplo erro: primeiro, ela sentiu o impacto que dá um prazer longamente esperado, mas considerado impossível, depois, provou-me que todas as surpresas calculadas eram de mau gosto.

Quando Henriette viu um rapaz ali onde nunca tinha visto mais do que um menino, baixou os olhos para o chão com um movimento de trágica lentidão, deixou que eu pegasse e beijasse sua mão sem demonstrar o prazer íntimo que eu percebia em seu frêmito de sensitiva, e, quando levantou o rosto para me olhar de novo, achei-a pálida.

– E então! Não esquece os velhos amigos? – disse-me o sr. Mortsauf, que não tinha mudado nem envelhecido.

Os dois filhos pularam em meu pescoço. Avistei na porta a figura grave do padre de Dominis, preceptor de Jacques.

— Não – disse ao conde. – De agora em diante terei seis meses por ano de liberdade que lhes pertencerão sempre. – Mas o que tem? – perguntei à condessa, passando o braço para enlaçar sua cintura e ampará-la, na presença de todos os seus.

— Ah, deixe-me! – ela me disse, sobressaltada. – Não é nada.

Li em sua alma e respondi a seu pensamento secreto dizendo-lhe:

— Então não reconhece mais seu fiel escravo?

Ela pegou meu braço, largou o conde, as crianças, o padre, as pessoas que tinham acorrido e levou-me para longe de todos contornando o gramado, mas ficando à vista deles; depois, quando considerou que sua voz não seria ouvida:

— Félix, meu amigo – disse –, desculpe o medo a quem tem apenas um fio para se guiar por um labirinto subterrâneo, e que treme vê-lo romper-se. Repita-me que para você eu sou, mais que nunca, Henriette, que você não me abandonará, que nada prevalecerá contra mim, que você será sempre um amigo dedicado. Tive de repente uma visão do futuro, e você já não estava com a face brilhante e os olhos postos em mim, como sempre; virava-me as costas.

— Henriette, ídolo cujo culto se sobrepõe ao de Deus, lírio, flor de minha vida, então como já não sabe, você, que é minha consciência, que me encarnei de tal modo em seu coração que minha alma está aqui quando minha pessoa está em Paris? Então é preciso lhe dizer que vim em dezessete horas, que cada giro das rodas trazia um mundo de pensamentos e desejos que irrompeu como uma tempestade assim que a vi?...

— Diga, diga! Tenho confiança em mim, posso ouvi-lo sem crime. Deus não quer que eu morra; ele o envia a mim assim como dispensa seu sopro às suas criações, como derrama a chuva das nuvens sobre uma terra árida. Diga! Diga! Você me ama santamente?

– Santamente.
– Para sempre?
– Para sempre.
– Como a uma Virgem Maria, que deve ficar envolta em seus véus e sob a coroa branca?
– Como a uma Virgem Maria visível.
– Como a uma irmã?
– Como a uma irmã muito amada.
– Como à mãe?
– Como à mãe secretamente desejada.
– Cavalheirescamente, sem esperança?
– Cavalheirescamente, mas com esperança.
– Enfim, como se você ainda tivesse só vinte anos e ainda vestisse aquele feio trajezinho azul do baile?
– Ah, melhor! Amo-a assim, e amo-a ainda como... – Ela me olhou com uma profunda apreensão... – como a amava sua tia.
– Estou feliz, você dissipou meus terrores – disse, voltando para junto da família espantada com nossa conversa secreta. – Mas, aqui, comporte-se como criança! Pois você ainda é uma criança. Se a sua política é de ser homem com o rei, saiba, senhor, que aqui a política consiste em conservar-se criança. Como criança, será amado! Sempre resistirei à força do homem, mas o que recusaria à criança? Nada, ela nada pode querer que eu não possa lhe conceder. – Terminamos os segredos – disse ela olhando para o conde com um ar malicioso em que reaparecia a moça com seu temperamento normal. – Deixo-os, vou me vestir.

Nunca, naqueles três anos, eu ouvira sua voz tão plenamente feliz. Pela primeira vez conheci aqueles lindos gritos de andorinha, aquelas notas infantis das quais lhe falei. Eu trazia um equipamento de caça para Jacques, para Madeleine, um estojo de costura do qual sua mãe sempre se serviu; enfim, reparei a mesquinharia à que outrora a parcimônia de minha mãe havia me condenado. A alegria expressada pelas duas crianças, encantadas de mostrarem uma à outra seus presentes, pareceu importunar o conde, sempre zangado quando ninguém se ocupava dele. Fiz um sinal de cumplicidade a Madeleine e segui o conde, que queria conversar comigo sobre si mesmo. Levou-me para o terraço, mas parávamos na escadaria a cada fato grave que ele me contava.

– Meu pobre Félix – disse-me –, você os vê felizes e saudáveis; eu sou uma sombra no quadro: assumi os males deles e bendigo a Deus por tê-los me dado. Antigamente, ignorava o que eu tinha, mas hoje sei: estou com o piloro atacado, não consigo digerir mais nada.

– Por qual acaso tornou-se sábio como um professor da Escola de Medicina? – perguntei-lhe sorrindo. – Seu médico é tão indiscreto para lhe contar isso...

– Deus me livre de consultar os médicos! – exclamou, manifestando a repulsa que a maioria dos doentes imaginários sentem pela medicina.

Aturei então uma conversa louca, durante a qual ele me fez as mais ridículas confidências, queixando-se de sua mulher, de seus empregados, de seus filhos e da vida, tendo um prazer evidente em repetir suas frases de todo dia a um amigo que, não as conhecendo, podia se espantar com elas, e que a boa educação obrigava a escutar com interesse. Deve ter ficado contente comigo, pois eu prestava uma profunda atenção nele, tentando penetrar nesse temperamento inconcebível e adivinhar os novos tormentos que infligia à mulher e que ela me calava. Henriette pôs fim a esse monólogo, aparecendo na escadaria, o conde a avistou, balançou a cabeça e me disse:

– Você, Félix, me escuta, mas aqui ninguém tem pena de mim!

Foi embora como tivesse consciência do incômodo que causaria à minha conversa com Henriette, ou, por uma atenção cavalheiresca com ela, como se soubesse que lhe daria prazer deixando-nos a sós. Seu temperamento oferecia inflexões verdadeiramente inexplicáveis, pois ele era ciumento como são todas as pessoas fracas, mas também sua confiança na pureza da esposa não tinha limites. Talvez até fossem os sofrimentos de seu amor-próprio ferido pela superioridade dessa elevada virtude que gerassem sua oposição constante aos desejos da condessa, que ele desafiava assim como as crianças desafiam seus mestres e mães. Jacques tomava sua lição, Madeleine estava no banho: assim, durante cerca de uma hora pude passear sozinho com a condessa no terraço.

– E então, querido anjo! – eu lhe disse –, a corrente tornou-se mais pesada, as areias se abrasaram, os espinhos se multiplicam?

– Cale-se – disse, adivinhando os pensamentos que minha conversa com o conde tinham me sugerido –, você está aqui, tudo está esquecido! Não sofro mais, nem sequer sofri!

Deu uns passos ligeiros, como para arejar o vestido branco, para entregar à brisa leve suas faixas de tule cor de neve, suas mangas bufantes, suas fitas novas, sua pelerine e os cachos fluidos do penteado à Sévigné; e pela primeira vez eu a vi donzela, alegre com sua alegria natural, disposta a brincar como uma criança. Conheci então as lágrimas da felicidade e a alegria que o homem sente em proporcionar o prazer.

– Bela flor humana que meu pensamento afaga e minha alma beija! Ó, meu lírio! – disse-lhe –, sempre intacto e reto em sua haste, sempre branco, altivo, perfumado, solitário!

– Chega, cavalheiro – ela disse sorrindo. – Fale-me de você, conte-me tudo.

Tivemos então sob aquela abóbada móvel de folhagens trêmulas uma longa conversa cheia de parênteses intermináveis, interrompida e reiniciada, em que a coloquei a par de minha vida, de meus afazeres; descrevi meu apartamento em Paris, pois ela quis saber tudo, e, felicidade então não apreciada, eu não tinha nada a lhe esconder. Ao conhecer assim minha alma e todos os detalhes daquela vida preenchida por estafantes trabalhos, ao saber o alcance daquelas funções em que, sem uma severa probidade, era tão fácil se enganar, enriquecer, mas que eu exercia com tanto rigor quanto o rei – disse-lhe que o rei me chamava de *senhorita de Vandenesse* –, pegou minha mão e a beijou, deixando cair uma lágrima de alegria. Essa súbita transposição de papéis, esse elogio tão magnífico, esse pensamento tão rapidamente expresso, e mais rapidamente compreendido: "Eis o senhor que eu gostaria de ter, eis meu sonho!", tudo o que havia de confissão nesse ato, em que a humilhação era grandeza, em que o amor se traía numa região proibida aos sentidos, essa tempestade de coisas celestes caiu sobre meu coração e me esmagou. Senti-me pequeno, tive vontade de morrer a seus pés.

– Ah! – disse –, você sempre nos ultrapassará, em tudo. Como pode duvidar de mim? Pois há pouco duvidou de mim, Henriette.

– Não quanto ao presente – respondeu olhando-me com uma doçura inefável, que, só para mim, velava a luz de seus olhos –, mas vendo-o tão bonito, pensei: "Nossos projetos sobre Madeleine serão atrapalhados por alguma mulher que adivinhará os tesouros escondidos em seu coração, que o adorará, que nos roubará nosso Félix e destruirá tudo aqui".

– Sempre Madeleine! – disse, expressando uma surpresa que pouco a afligiu. – É a Madeleine que sou fiel?

Caímos num silêncio que o sr. de Mortsauf veio, infelizmente, interromper. Com o coração transbordante, tive de manter uma conversa sobrecarregada de dificuldades, em que minhas respostas sinceras sobre a política então seguida pelo rei contrariavam as idéias do conde, que me forçou a explicar as intenções de Sua Majestade. Embora eu perguntasse sobre seus cavalos, sobre a situação de seus negócios agrícolas, se estava contente com suas cinco fazendas, se cortava as árvores de uma velha avenida, ele voltava sempre à política com uma teimosia de solteirona e uma persistência de criança, pois espíritos desse gênero gostam de esbarrar contra os lugares onde brilha a luz, sempre voltam a eles, zumbindo, sem em nada penetrar, e cansam a alma assim como as moscas-varejeiras cansam o ouvido zunindo ao longo das vidraças. Henriette se calava. Para liquidar com essa conversa que o calor da mocidade podia inflamar, respondi por monossílabos aprobativos, evitando assim discussões inúteis; mas o sr. de Mortsauf era bastante inteligente para não sentir tudo o que minha polidez continha de injurioso. No momento em que, aborrecido por ter sempre razão, ele se enfureceu, seu cenho e as rugas de sua fronte se mexeram, seus olhos amarelos cintilaram, seu nariz avermelhado coloriu-se ainda mais, como no dia em que, pela primeira vez, fui testemunha de um de seus acessos de demência. Henriette lançou-me olhares suplicantes, fazendo-me entender que não podia demonstrar em meu favor a autoridade que usava para justificar ou defender os filhos. Respondi então ao conde, levando-o a sério e manejando com excessiva habilidade seu espírito sombrio.

– Pobre querido, pobre querido! – ela dizia, murmurando várias vezes essas duas palavras que chegavam a meus ouvidos como uma brisa.

Depois, quando imaginou poder intervir com êxito, ela nos disse, detendo-se:

– Sabem, cavalheiros, que vocês estão terrivelmente maçantes?

Levado, por essa pergunta, à cavalheiresca obediência devida às mulheres, o conde parou de falar de política; de nosso lado, nós o aborrecemos dizendo tolices, e ele nos deixou livres para passearmos, alegando que ficava com a cabeça rodando ao percorrer continuamente o mesmo espaço.

Minhas tristes conjecturas eram verdadeiras. As doces paisagens, o clima tépido, o lindo céu, a inebriante poesia daquele vale que, por quinze anos, acalmara as lancinantes fantasias do doente, hoje se mostravam impotentes. Na fase da vida em que nos outros homens as asperezas se diluem e as arestas se atenuam, o temperamento do velho fidalgo havia se tornado mais agressivo ainda que no passado. De uns meses para cá, ele contradizia por contradizer, sem razão, sem justificar suas opiniões, perguntava o motivo de qualquer coisa, inquietava-se com um atraso ou um recado a ser transmitido, metia-se a torto e a direito nos assuntos domésticos e exigia contas dos mínimos detalhes do lar, de modo a cansar sua mulher ou os empregados, privando-os do livre-arbítrio. Antigamente, jamais se irritava sem um motivo especioso, agora sua irritação era constante. Talvez os cuidados com sua fortuna, as especulações da agricultura, uma vida movimentada tivessem até então disfarçado seu humor atrabiliário, dando um alimento a suas inquietações, empregando a atividade de seu espírito, e talvez agora a falta de ocupações deixasse a doença entregue a si mesma: como não se desafogava externamente, ela se traduzia por idéias fixas, o *eu* moral se apoderara do *eu* físico. Ele se tornara seu próprio médico, compulsava livros de medicina, acreditava ter as doenças cujas descrições lia e tomava então para sua saúde precauções inacreditáveis, inconstantes, impossíveis de prever, portanto impossíveis de satisfazer. Ora não queria barulho, e quando a condessa estabelecia em torno dele um silêncio absoluto, de repente queixava-se de estar como num túmulo, dizia que havia um meio-termo entre não fazer barulho e o nada da Trapa[68]. Ora afetava uma perfeita indiferença pelas coisas terrestres, e a casa inteira respirava, os filhos brincavam, os trabalhos domésticos eram feitos sem nenhuma crítica, ora, de repente, em meio ao barulho, exclamava, lamentavelmente: "Querem me matar!". "Minha querida, se se tratasse de seus filhos, você saberia muito bem adivinhar o que os incomoda", dizia à mulher, agravando a injustiça dessas palavras pelo tom azedo e frio que as acompanhava. Trocava de roupa a toda hora, estudando as mais leves variações do clima, e não fazia nada sem consultar o barômetro. Apesar das atenções maternais da mulher, não julgava nenhuma comida a seu gosto, pois pretendia ter um estômago

---

68. Referência ao princípio fundamental da Ordem Trapista, que prevê uma vida de grande austeridade e silêncio. (N. do E.)

estragado cujas dolorosas digestões causavam-lhe insônias contínuas; não obstante, comia, bebia, digeria, dormia com uma perfeição que o mais sábio médico teria admirado. Seus desejos volúveis cansavam os empregados da casa, que, rotineiros como são todos os domésticos, eram incapazes de se conformar com as exigências de sistemas incessantemente contrários. O conde ordenava que deixassem as janelas abertas com o pretexto de que agora o ar puro era necessário à sua saúde; alguns dias depois, o ar puro, ou úmido demais ou quente demais, tornava-se intolerável; então, resmungava, iniciava uma discussão e, para ter razão, volta e meia negava a recomendação anterior. Essa falha de memória ou essa má-fé lhe davam ganho de causa em todas as discussões em que a mulher tentava contradizê-lo com suas próprias palavras. A moradia em Clochegourde tinha se tornado tão insuportável que o padre de Dominis, homem profundamente instruído, tomara o partido de procurar a solução de certos problemas e entrincheirava-se numa distração fingida. A condessa não tinha mais esperança, como no passado, de conseguir limitar ao círculo da família os acessos dessas cóleras alucinadas; os empregados da casa já tinham sido testemunhas de cenas em que a exasperação sem motivo daquele velho precoce ultrapassou os limites; eram tão devotados à condessa que, fora, nada transpirava, mas ela temia diariamente uma explosão em público daquele delírio que o respeito humano não mais detinha. Soube mais tarde de horríveis detalhes do comportamento do conde com sua mulher; em vez de consolá-la, atormentava-a com previsões sinistras e a responsabilizava pelas desgraças futuras, porque ela recusava as medicações insensatas a que ele queria submeter os filhos. A condessa passeava com Jacques e Madeleine, e o conde lhe previa uma tempestade, apesar da pureza do céu; se por acaso os fatos justificassem seu prognóstico, a satisfação de seu amor-próprio tornava-o insensível aos males dos filhos; um deles estava indisposto, o conde empregava toda a sua inteligência em procurar a causa desse sofrimento no sistema de cuidados adotado pela mulher e que ele censurava nos menores detalhes, concluindo sempre com essas palavras assassinas: "Se seus filhos adoecerem de novo, será porque você quis". Agia assim nas menores minúcias da administração doméstica, em que ele sempre enxergava apenas o pior lado das coisas, fazendo-se a todo momento de *advogado do diabo*, segundo uma expressão de seu velho cocheiro. A condessa tinha indicado para Jacques e Madeleine um horário de refeições diferente do dele, e assim os subtraíra da terrível ação da doença do conde, atraindo sobre ela todas as tempestades. Madeleine e Jacques raramente viam o pai. Por uma dessas alucinações peculiares aos egoístas, o conde não tinha a mais leve consciência do mal que provocava. Na conversa confidencial que tivemos, queixara-se sobretudo de ser bom demais para todos os seus. Assim, manejava o açoite, abatia, quebrava tudo ao redor como um macaco teria feito; em seguida, depois de haver ferido a vítima, negava ter tocado nela. Compreendi então de onde vinham as linhas como que traçadas a fio de navalha na testa da condessa, e que eu tinha reparado ao revê-la. Há nas almas nobres um pudor que as impede de expressar seus sofrimentos, elas ocultam orgulhosamente sua extensão àqueles a quem amam por um sentimento de voluptuosa caridade. Assim, apesar de minha insistência, não arranquei de imediato essa confidência de Henriette. Ela temia entristecer-me, fazia-me confissões interrompidas por súbitos rubores, mas logo adivinhei a agravação que a falta de ocupação do conde causara aos sofrimentos domésticos de Clochegourde.

– Henriette – disse-lhe alguns dias depois, provando-lhe que tinha avaliado a profundidade de suas novas desgraças –, não terá sido um erro você ter organizado tão bem suas terras que o conde já não tem com que se ocupar?

– Meu caro – disse-me sorrindo –, minha situação é bastante crítica para merecer toda a minha atenção, creia que estudei muito bem os recursos, e todos se esgotaram. Na verdade, os tormentos sempre foram crescentes. Como o sr. de

Mortsauf e eu estamos sempre um em presença do outro, não posso atenuá-los, dividindo-os em vários pontos, tudo seria igualmente doloroso para mim. Pensei em distrair o sr. de Mortsauf, aconselhando-o a instalar uma criação de bichos-da-seda em Clochegourde, onde já existem algumas amoreiras, vestígios da antiga indústria da Touraine, mas logo reconheci que ele seria igualmente déspota em casa, e que eu teria, além disso, milhares de aborrecimentos com esse empreendimento. Aprenda, senhor observador – ela me disse –, que na mocidade as más qualidades do homem são detidas pelo mundo, sustadas em sua expansão pelo jogo das paixões, abafadas pelo respeito humano; mais tarde, na solidão, num homem idoso, os pequenos defeitos mostram-se mais terríveis ainda na medida em que foram reprimidos longamente. As fraquezas humanas são essencialmente covardes, não comportam paz nem trégua; o que você lhes concedeu ontem elas exigem hoje, amanhã e sempre; apóiam-se nas concessões e as ampliam. A força é clemente, rende-se à evidência, é justa e pacífica, ao passo que as paixões geradas pela fraqueza são implacáveis; são felizes quando podem agir à maneira das crianças, que preferem as frutas roubadas em segredo àquelas que podem comer à mesa. Assim, o sr. de Mortsauf sente uma verdadeira alegria em me surpreender, e ele, que não enganaria ninguém, engana-me deliciado, contanto que a astúcia nasça de seu foro íntimo.

Cerca de um mês depois de minha chegada, certa manhã, ao sair do almoço, a condessa me pegou pelo braço, escapuliu por uma porta de clarabóia que dava para o pomar e conduziu-me decidida para os vinhedos.

– Ah, ele vai me matar! – disse-me. – Quero viver, porém, pelo menos para meus filhos! Como, nem um dia de trégua! Sempre a andar pelas sarças, por pouco não caindo a qualquer momento e a qualquer momento reunindo forças para conservar o equilíbrio. Nenhuma criatura conseguiria agüentar tais dispêndios de energia. Se eu conhecesse bem o terreno em que devem se concentrar meus esforços, se minha resistência pudesse ser determinada, a alma se dobraria, mas não, cada dia o ataque muda de caráter e me flagra sem defesa; minha dor não é uma, mas múltipla. Félix, Félix, você não conseguiria imaginar que forma odiosa assumiu sua tirania, e que selvagens exigências lhe sugeriram seus livros de medicina. Ah, meu amigo... – disse apoiando a cabeça em meus ombros, sem terminar a confidência. – Que prever, que fazer? – continuou, debatendo-se contra os pensamentos que não tinha expressado. – Como resistir? Ele me matará. Não, eu mesma me matarei, e isso, entretanto, é um crime! Fugir? E meus filhos? Separar-me? Mas como, depois de quinze anos de casamento, dizer a meu pai que não posso continuar com o sr. de Mortsauf, se, quando meu pai ou minha mãe vierem, ele se mostrará cordato, sensato, cortês, espirituoso? Aliás, as mulheres casadas têm pais, têm mães? Elas pertencem, de corpo e bens, aos maridos. Eu vivia tranqüila, senão feliz, tirava algumas forças de minha casta solidão, confesso; mas se for privada dessa felicidade negativa, também enlouquecerei. Minha resistência apóia-se em fortes razões que não me são pessoais. Não é um crime dar à luz pobres criaturas condenadas de antemão a sofrimentos eternos? No entanto, meu comportamento levanta questões tão graves que não posso decidi-las sozinha: sou juiz e parte interessada. Amanhã irei a Tours consultar o padre Birotteau[69], meu novo diretor, pois meu querido e virtuoso padre de la Berge morreu – disse. – Embora ele fosse severo, sua força apostólica sempre me faltará. Seu sucessor é um anjo de doçura que se enternece em vez de repreender; não obstante, que coragem não se retemperaria no seio da religião? Que razão não se afirmaria diante da voz do Espírito Santo? Meu Deus! – continuou, secando as lágrimas e levantando os olhos para o céu –, de que me castigais? Mas é preciso acreditar – disse apoiando os dedos em meu braço –, sim, acreditemos, Félix, devemos passar por um crisol vermelho antes de

---

69. Personagem de *A comédia humana*, que aparece também nos romances *César Birotteau* e *O cura de Tours*, nascido por volta de 1766 e tendo sessenta anos em 1826. (N. do E.)

chegarmos, santos e perfeitos, às esferas superiores. Devo me calar? Vós me proibis, meu Deus, de gritar no peito de um amigo? Será que o amei demais?

Apertou-me contra o coração como se temesse me perder:

– Quem me esclarecerá essas dúvidas? Minha consciência nada me reprova. As estrelas irradiam seu brilho do alto sobre os homens; por que a alma, essa estrela humana, não envolveria com seus clarões um amigo, quando só nos permitimos dirigir a ele pensamentos puros?

Eu ouvia em silêncio esse horrível clamor, segurando a mão úmida daquela mulher na minha, mais úmida ainda; apertava-a com uma força à qual Henriette respondia por uma força igual.

– Vocês estão por aí? – gritou o conde, que vinha em nossa direção, com a cabeça descoberta.

Desde meu retorno ele queria obstinadamente intrometer-se em nossas conversas, fosse porque esperasse divertir-se com elas, fosse porque pensasse que a condessa me contava suas dores e se queixava comigo, fosse, ainda, porque tinha inveja de um prazer que não partilhava.

– Como ele me segue! – ela disse no tom do desespero. – Vamos ver os vinhedos, assim o evitaremos. Abaixemo-nos ao longo das sebes para que não nos veja.

Fizemos como que uma muralha com uma sebe densa, chegamos aos vinhedos correndo, e logo nos encontramos longe do conde, numa alameda de amendoeiras.

– Querida Henriette – disse-lhe apertando seu braço contra meu coração, e parando para contemplá-la em sua dor –, outrora você me guiou sabiamente pelos caminhos perigosos da alta sociedade; permita-me dar-lhe algumas instruções para ajudá-la a terminar o duelo sem testemunhas em que você sucumbiria infalivelmente, pois vocês não combatem com armas iguais. Não lute mais muito tempo contra um louco...

– Psiu! – ela disse, reprimindo lágrimas que rolaram de seus olhos.

– Escute-me, querida! Depois de uma hora dessas conversas que sou obrigado a suportar por amor a você, muitas vezes meu pensamento fica pervertido, minha cabeça fica pesada; o conde me faz duvidar de minha inteligência, as mesmas idéias repetidas gravam-se, contra a minha vontade, em meu cérebro. As monomanias bem caracterizadas não são contagiosas, mas quando a loucura reside na maneira de encarar as coisas e se esconde sob discussões constantes, pode causar estragos naqueles que vivem perto dela. Sua paciência é sublime, mas não a leva ao embrutecimento? Assim, para você, para seus filhos, mude de sistema com o conde. Sua adorável condescendência desenvolveu o egoísmo dele, você o tratou como a mãe trata uma criança que ela paparica, mas hoje, se quer viver... e – disse eu, olhando para ela – você quer!, empregue o domínio que tem sobre ele. Sabe que ele a ama e teme, faça-se temer mais ainda, oponha às vontades dele uma vontade retilínea. Estenda seu poder como ele soube estender as concessões que você lhe fez, e encerre a doença dele numa esfera moral, assim como os loucos são encerrados numa cela.

– Querido menino – disse sorrindo com amargura –, só uma mulher sem coração pode representar esse papel. Sou mãe, seria um mau carrasco. Sim, sei sofrer, mas fazer os outros sofrerem! Nunca – disse –, nem mesmo para obter um resultado honroso ou grande. Aliás, não teria de fazer meu coração mentir, disfarçar minha voz, armar minha fronte, corromper meu gesto?... Não me peça tais mentiras. Posso me colocar entre o sr. de Mortsauf e seus filhos, receberei seus golpes para que não atinjam ninguém aqui, eis tudo o que posso para conciliar tantos interesses contrários.

– Deixe-me adorá-la! Santa, três vezes santa! – eu disse, pondo um joelho no chão, beijando seu vestido e nele enxugando as lágrimas que me vieram aos olhos. – Mas, e se ele a matar? – disse-lhe.

Empalideceu, e respondeu levantando os olhos para o céu:

– Será feita a vontade de Deus!

– Sabe o que o rei dizia a seu pai a propósito de vocês? "Esse diabo de Mortsauf continua vivo!"

– O que é uma brincadeira na boca do rei – ela respondeu –, aqui é um crime.

Apesar de nossas precauções, o conde tinha nos seguido; alcançou-nos todo suado, sob uma nogueira onde a condessa parara para me dizer essa frase grave. Ao vê-lo, comecei a falar de vindima. Teve ele suspeitas injustificadas? Não sei, mas ficou nos examinando sem dizer uma palavra, sem prestar atenção ao ar fresco que as nogueiras destilam. Depois de um momento gasto em palavras insignificantes entrecortadas por pausas muito significativas, o conde disse estar com dor de estômago e de cabeça, queixou-se suavemente, sem implorar nossa piedade, sem nos pintar suas dores com imagens exageradas. Não prestamos nenhuma atenção. Ao voltar, sentiu-se ainda pior, falou em meter-se na cama, e meteu-se sem cerimônia, com uma naturalidade que não lhe era corrente. Aproveitamos o armistício que nos dava seu humor hipocondríaco e descemos para nosso querido terraço, acompanhados por Madeleine.

– Vamos passear no rio – disse a condessa depois de umas voltas –, iremos assistir à pesca que o guarda está fazendo hoje para nós.

Saímos pela portinhola, alcançamos o bote, pulamos para dentro e eis-nos subindo o Indre lentamente. Como três crianças divertindo-se com ninharias, olhávamos para as plantas das margens, as libélulas azuis ou verdes, e a condessa espantava-se de poder saborear prazeres tão tranqüilos no meio de suas pungentes tristezas; mas a calma da natureza, que caminha indiferente às nossas lutas, não exerce sobre nós um encanto consolador? A agitação de um amor cheio de desejos contidos harmoniza-se com a da água, as flores que a mão do homem não perverteu exprimem os sonhos mais secretos, o voluptuoso balanço de um barco imita vagamente os pensamentos que flutuam na alma. Sentimos a entorpecente influência dessa dupla poesia. As palavras, elevadas ao diapasão da natureza, exibiram uma graça misteriosa, e os olhares ficaram com uma luz mais deslumbrante ao participar da luz tão fartamente derramada pelo sol sobre o prado resplandecente. O rio foi como uma trilha pela qual voássemos. Enfim, como não tinha a distraí-lo o movimento exigido pela marcha a pé, nosso espírito apoderou-se da criação. A alegria tumultuada de uma menina em liberdade, tão graciosa em seus gestos, tão irritante em suas palavras, não era também a expressão viva de duas almas livres que se compraziam em formar idealmente essa maravilhosa criatura sonhada por Platão, conhecida de todos aqueles cuja juventude foi repleta de um amor feliz? Para pintar-lhe aquele momento, não em seus detalhes indescritíveis mas no conjunto, vou lhe dizer que nós nos amávamos em todos os seres, em todas as coisas que nos cercavam, sentíamos fora de nós a felicidade que cada um desejava; ela nos penetrava tão vivamente que a condessa tirou suas luvas e deixou cair as belas mãos na água como para refrescar um ardor secreto. Seus olhos falavam, mas sua boca, que se entreabria como uma rosa ao vento, teria se fechado a um desejo. Você conhece a melodia dos sons graves perfeitamente unidos aos sons elevados, ela sempre me lembrou a melodia de nossas duas almas naquele momento, que nunca mais se repetiu.

– Onde você manda pescar – perguntei-lhe –, se só pode pescar nos rios que lhe pertencem?

– Perto da ponte de Ruan – ela me disse. – Ah!, agora o rio é nosso desde a ponte de Ruan até Clochegourde. O sr. de Mortsauf acaba de comprar quarenta jeiras de campo com as economias desses dois anos e os atrasados de sua pensão. Isso o surpreende?

– Eu, eu gostaria que todo o vale fosse seu! – exclamei.

Respondeu-me com um sorriso. Chegamos à ponte de Ruan, a um lugar onde o Indre é largo, e onde se pescava.

– E então, Martineau? – ela disse.

– Ah, senhora condessa, estamos com azar. Há três horas que estamos aqui, vindos do moinho para cá, e não pegamos nada.

Atracamos, a fim de assistir às últimas redadas, e nós três nos colocamos à sombra de um *bouillard*, espécie de álamo cuja casca é branca, que se encontra à beira do Danúbio, do Loire, provavelmente de todos os grandes rios, e que na primavera solta um algodão branco sedoso, o invólucro de sua flor. A condessa reencontrara a augusta serenidade; quase se arrependia de ter me revelado suas dores e de ter gritado como Jó em vez de chorar como a Madalena, uma Madalena sem amores, nem festas nem dissipações, mas não sem perfumes nem belezas. A rede então recolhida a seus pés veio cheia de peixes: vermelhos, barbozinhos, lúcios, percas e uma enorme carpa saltitando sobre a relva.

– Parece de propósito – disse o guarda.

Os operários arregalavam os olhos, admirando aquela mulher que parecia uma fada cuja varinha teria tocado nas redes. Nesse momento apareceu o picador, galopando pelo prado, o que lhe causou terríveis estremecimentos. Jacques não estava conosco, e o primeiro pensamento das mães é, como disse Virgílio tão poeticamente, apertar os filhos contra o seio ao menor acontecimento.

– Jacques! – ela gritou. – Onde está Jacques? O que aconteceu com meu filho?

Ela não me amava! Se me amasse, teria tido por meus sofrimentos essa expressão de leoa em desespero.

– Senhora condessa, o senhor conde está muito mal.

Ela respirou, correu comigo, seguida por Madeleine.

– Volte devagar – disse-me –, que esta querida menina não fique com calor. Você viu, a corrida do sr. de Mortsauf neste tempo tão quente o deixou suando, e sua parada sob a nogueira pode ter sido a causa de uma desgraça.

Essa frase dita em meio à sua perturbação denunciava a pureza de sua alma. A morte do conde, uma desgraça!

Chegou rapidamente a Clochegourde, passou pela fresta de um muro e atravessou as parreiras. De fato, voltei lentamente. A expressão de Henriette me havia iluminado, mas como ilumina o raio, que arruína as colheitas armazenadas. Durante aquele passeio pelo rio, eu me julgara o preferido, e senti amargamente que ela estava de boa-fé em suas palavras. O amante que não é tudo não é nada. Eu era, pois, o único a amar com os desejos de um amor que sabe tudo o que quer, que se alimenta de antemão com as carícias esperadas, e contenta-se com as volúpias da alma porque nelas mistura aquelas que o futuro lhe reserva. Se Henriette amava, não conhecia nada dos prazeres do amor nem de suas tempestades. Vivia do próprio sentimento, como uma santa com Deus. Eu era o objeto ao qual tinham se ligado seus pensamentos, suas sensações desconhecidas, assim como um enxame se prende a um galho de árvore florida, mas eu não era o princípio, era um acidente de sua vida, não era toda a sua vida. Rei destronado, eu seguia me perguntando quem podia me devolver meu reino. Em meu louco ciúme, criticava-me por não ter nada ousado, por não ter estreitado, pelas correntes do direito positivo criado pela possessão, os laços de uma ternura que me parecia então mais sutil que verdadeira.

A indisposição do conde, determinada talvez pelo frio da nogueira, agravou-se em poucas horas. Fui a Tours solicitar um médico famoso, o dr. Origet[70], que só consegui levar à tardinha, mas ele ficou durante toda a noite e o dia seguinte em Clochegourde. Embora tivesse mandado o picador buscar uma grande quantidade de sanguessugas, considerou que uma sangria era urgente e não tinha lanceta com ele. Logo corri a Azay, com um tempo horroroso, acordei o cirurgião, o dr. Deslandes[71], e obriguei-o a vir com uma celeridade de pássaro.

---

70. Jean Origet (1749-1828), personagem real e médico na cidade natal de Balzac, Tours. (N. do E.)
71. Personagem fictícia de *A comédia humana*. (N. do E.)

Dez minutos depois, o conde teria sucumbido; a sangria o salvou. Apesar desse primeiro êxito, o médico prognosticava a febre inflamatória mais perniciosa, uma dessas doenças que se produzem nas pessoas que se mantiveram sadias durante vinte anos. A condessa, aterrorizada, acreditava ser a causa dessa crise fatal. Sem força para agradecer meus cuidados, contentava-se em me lançar uns sorrisos cuja expressão equivalia ao beijo que dera em minha mão; eu gostaria de ter lido naquilo os remorsos de um amor ilícito, mas era o ato de contrição de um arrependimento que dava pena de ver numa alma tão pura, era a expansão de uma ternura admirativa por aquele que ela olhava como um nobre, acusando-se, ela própria, de um crime imaginário. Decerto, amava como Laura de Noves amava Petrarca, e não como Francesca da Rimini amava Paolo[72]: pavorosa descoberta para quem sonhava com a união dessas duas espécies de amor! A condessa jazia, com o corpo afundado, os braços balançando, numa poltrona suja daquele quarto que parecia o chiqueiro de um javali. No dia seguinte à tarde, antes de partir o médico disse à condessa, que havia passado a noite ali, que pegasse uma enfermeira. A doença ia ser longa.

– Uma enfermeira – ela respondeu –, não, não. Cuidaremos dele – exclamou olhando para mim –, temos o dever de salvá-lo!

Diante desse grito, o médico nos deu uma olhadela observadora, cheia de espanto. A expressão da frase era de natureza a fazê-lo suspeitar de algum crime malogrado. Prometeu voltar duas vezes por semana, indicou ao dr. Deslandes a conduta a seguir e apontou os sintomas ameaçadores que podiam exigir que fôssemos buscá-lo em Tours. A fim de proporcionar à condessa uma noite de sono dia sim dia não, pedi-lhe que me deixasse velar pelo conde alternadamente com ela. Assim consegui, não sem dificuldade, que ela fosse

---

72. Alusão ao Canto V do *Inferno*, de Dante, em que Francesca da Rimini torna-se amante do cunhado Paolo.

se deitar, na terceira noite. Quando na casa tudo descansou, num momento em que o conde adormeceu, ouvi um doloroso gemido de Henriette. Minha inquietação foi tão profunda que fui encontrá-la; estava ajoelhada no genuflexório, banhada em lágrimas, e se acusava: "Meu Deus, se esse é o preço de um murmúrio, não me queixarei nunca", gritava.

– Você o largou! – disse ao me ver.

– Eu a ouvia chorar e gemer, tive medo por você.

– Ah, eu! – disse –, eu estou bem!

Quis se certificar de que o sr. de Mortsauf dormira; descemos, os dois, e, sob a claridade de uma lamparina, nós dois o olhamos: o conde estava mais enfraquecido pela perda do sangue tirado abundantemente do que propriamente adormecido, suas mãos agitadas procuravam puxar a coberta para si.

– Dizem que são gestos de moribundos – ela comentou. – Ah! Se ele morresse dessa doença que causamos, eu jamais me casaria, juro – acrescentou estendendo a mão sobre a cabeça do conde, com um gesto solene.

– Fiz tudo para salvá-lo – eu lhe disse.

– Ah, você é bom – disse. – Mas eu sou a grande culpada.

Debruçou-se sobre aquela fronte decomposta, enxugou-lhe o suor com seus cabelos e a beijou santamente; mas foi com uma alegria secreta que vi que ela se desincumbia dessa carícia como de uma expiação.

– Blanche, água – disse o conde com voz apagada.

– Está vendo, ele só conhece a mim – disse-me trazendo-lhe um copo.

E por seu acento, por suas maneiras afetuosas, ela procurava insultar os sentimentos que nos ligavam, imolando-os ao doente.

– Henriette – eu lhe disse –, vá descansar um pouco, imploro.

– Chega de Henriette – ela disse, interrompendo-me com uma precipitação imperiosa.

— Deite-se a fim de não adoecer. Seus filhos e *até ele* lhe ordenam que você se cuide, há casos em que o egoísmo torna-se uma sublime virtude.

— Sim — ela disse.

Saiu, recomendando-me seu marido por gestos que teriam denunciado um próximo delírio se não tivessem a graça da infância misturada com a força súplice do arrependimento. Essa cena, terrível se comparada ao estado habitual dessa alma pura, apavorou-me; temi a exaltação de sua consciência. Quando o médico voltou, revelei-lhe os escrúpulos de arminho apavorado que afligiam minha imaculada Henriette. Embora discreta, essa confidência dissipou as suspeitas do dr. Origet, que acalmou as agitações da bela alma dizendo que de qualquer maneira o conde deveria sofrer aquela crise, e que sua parada sob a nogueira tinha sido mais útil que prejudicial, desencadeando a doença.

Durante 52 dias o conde ficou entre a vida e a morte; velamos por ele, Henriette e eu, durante 26 noites cada um de nós. Decerto, o sr. de Mortsauf deveu sua salvação aos nossos cuidados, à escrupulosa exatidão com que executávamos as ordens do dr. Origet. Semelhante aos médicos filósofos cujas observações sagazes autorizam a duvidar das belas ações quando elas são apenas o secreto cumprimento de um dever, esse homem, assistindo ao combate de heroísmo que se travava entre mim e a condessa não podia evitar de nos espiar com olhares inquisidores, de tal forma receava se enganar em sua admiração.

— Numa doença dessas — disse-me durante sua terceira visita —, a morte encontra um solícito auxiliar no estado moral, quando está tão gravemente alterado como o do conde. O médico, a enfermeira, as pessoas que cercam o doente têm sua vida entre as mãos; pois, então, uma só palavra, um temor vivo expresso por um gesto têm a força do veneno.

Ao me falar assim, Origet estudava meu rosto e minha atitude, mas viu em meus olhos a clara expressão de uma alma cândida. De fato, durante essa cruel doença, não se formou em meu espírito a mais leve dessas más idéias que às vezes percorrem as consciências mais inocentes. Para quem contempla a natureza em sua verdadeira dimensão, tudo tende à unidade por assimilação. O mundo moral deve ser regido por um princípio análogo. Numa esfera pura, tudo é puro. Perto de Henriette, respirava-se um perfume do céu, parecia que um desejo represensível deveria me afastar dela para sempre. Assim, ela era não só a felicidade, mas também a virtude. Encontrando-nos sempre igualmente atentos e cuidadosos, o médico tinha um toque de piedoso e enternecido nas palavras e maneiras; parecia dizer: "Eis os verdadeiros doentes, escondem sua ferida e a esquecem!". Por um contraste que, segundo esse excelente homem, era bastante freqüente entre os homens assim destruídos, o sr. de Mortsauf foi paciente, muito obediente, nunca se queixou e mostrou a mais maravilhosa docilidade – ele, que saudável não fazia a coisa mais simples sem milhares de observações. O segredo dessa submissão à medicina, outrora tão negada, era um medo secreto da morte, outro contraste num homem de uma bravura inegável! Esse medo poderia muito bem explicar diversas esquisitices do novo temperamento que suas desgraças lhe tinham conferido. Devo confessar-lhe, Natalie, e você acreditaria? Esses cinqüenta dias e o mês que os seguiu foram os mais belos momentos de minha vida. Não está o amor nos espaços infinitos da alma, assim como está num belo vale o grande rio para onde convergem as chuvas, os riachos e as torrentes, onde caem as árvores e as flores, os cascalhos da beira e os blocos de pedra dos mais altos rochedos? Ele se avoluma tanto pelas tempestades como pelo lento tributo das fontes claras. Sim, quando se ama tudo acontece ao amor. Passados os primeiros grandes perigos, a condessa e eu nos habituamos com a doença. Apesar da desordem incessante introduzida pelos cuidados exigidos pelo conde, seu quarto, que achávamos tão mal cuidado, tornou-se limpo e bonito. Logo ali nos sentimos como duas criaturas que foram parar numa ilha deserta, pois as desgraças não só isolam, como fazem calar as mesquinhas convenções da sociedade. Depois, o interesse do doente obrigou-nos a ter pontos de contato que nenhum outro fato teria autorizado. Quantas vezes nossas mãos, tão tímidas antes, não se encontraram ao prestar algum serviço ao conde! Não tinha eu de segurar, ajudar Henriette? Muitas vezes levada por uma necessidade comparável à do soldado de sentinela, ela esquecia de comer; então eu lhe servia, às vezes sobre os joelhos, uma refeição comida às pressas e que exigia mil pequenos cuidados. Foi uma cena de infância ao lado de um túmulo entreaberto. Ela me solicitava vivamente as providências capazes de evitar algum sofrimento ao conde, e me atribuía milhares de pequenas tarefas. Durante a primeira fase, em que a intensidade do perigo sufocava, como durante uma batalha, as distinções sutis que caracterizam os fatos da vida corrente, despojou-se necessariamente desse decoro que toda mulher, mesmo a mais natural, guarda em suas palavras, em seus olhares, em sua atitude quando está em sociedade ou em presença da família, e que não tem mais sentido quando ela está em trajes caseiros. Não vinha ela me substituir aos primeiros cantos do pássaro, com suas roupas matinais que me permitiram às vezes rever os deslumbrantes tesouros que, em minhas loucas esperanças, eu considerava meus? Embora se mantivesse imponente e altiva, podia ela assim não me ser familiar? Aliás, durante os primeiros dias o perigo retirou tão bem qualquer significado apaixonado às intimidades de nossa íntima união que ela não viu nisso nada de mau. Depois, quando veio a reflexão, pensou talvez que seria um insulto, para ela como para mim, modificar suas maneiras. Encontramo-nos insensivelmente familiarizados, meio casados. Mostrou-se bem nobremente confiante, segura de mim como de si mesma. Portanto, entrei mais em seu coração. A condessa voltou a ser minha Henriette, Henriette obrigada a amar mais aquele que se esforçava em ser sua segunda alma. Logo não esperei mais sua mão sempre irresistivelmente abandonada ao menor olhar solicitador; eu podia, sem que ela se esquivasse ao me ver, seguir inebriado as linhas de suas belas formas durante as longas horas em que escutávamos o sono do doente. As insignificantes volúpias que nos concedíamos, aqueles olhares enternecidos, aquelas palavras proferidas em voz baixa para não acordar o conde, os temores, as esperanças ditas e reditas, enfim, mil fatos dessa fusão completa de dois corações muito tempo separados, destacavam-se vivamente contra as sombras dolorosas da cena atual. Conhecemos nossas almas a fundo naquela provação a que sucumbem muitas vezes as afeições mais vivas que não resistem ao convívio de todas as horas, que se destacam sentindo essa coesão constante em que achamos a vida pesada ou leve de carregar. Você sabe que estrago provoca a doença do chefe da casa, que interrupção nos negócios, não se tem tempo para nada; a vida enredada nele atrapalha os movimentos de seu lar e de sua família. Embora tudo recaísse sobre a sra. de Mortsauf, fora de casa o conde ainda era útil, ia falar com os arrendatários, visitava os homens de negócios, recebia o dinheiro; se ela era a alma, ele era o corpo. Virei seu intendente para que ela pudesse cuidar do conde sem que nada periclitasse externamente. Tudo aceitou, sem cerimônia, sem um agradecimento. Foram uma doce comunhão a mais esses cuidados domésticos partilhados, essas ordens transmitidas em seu nome. Volta e meia eu me entretinha com ela à noite, em seu quarto, sobre seus interesses e os de seus filhos. Essas conversas deram uma aparência a mais a nosso efêmero casamento. Com que alegria Henriette se prestava a deixar-me representar o papel do marido, a me fazer ocupar o lugar dele à mesa, a me enviar para falar com o guarda; e tudo isso numa completa inocência, mas não sem esse prazer íntimo que sente a mais virtuosa mulher do mundo em encontrar um subterfúgio onde se reúnam a estrita observância das leis e o contentamento de seus desejos inconfessos. Anulado pela doença, o conde já não pesava sobre a mulher, nem sobre a casa, e então a condessa foi ela mesma, teve o direito de se ocupar de mim, de me tornar o objeto de uma profusão de cuidados. Que alegria quando nela descobri o pensamento vagamente concebido talvez, mas deliciosamente manifesto, de me revelar todo o valor de sua pessoa e de suas qualidades, de me fazer perceber a mudança que se operava nela se fosse compreendida! Essa flor, incessantemente fechada na fria atmosfera do lar, desabrochou diante de meus olhares, e só para mim, teve tanta alegria em se mostrar como eu tive em senti-la, ao observá-la com o olhar curioso do amor. Provava-me por todas as insignificâncias da vida como eu estava presente em seu pensamento. No dia em que, depois de passar a noite à cabeceira do doente, eu dormia até tarde, Henriette se levantava de manhã antes de todos, fazia reinar ao meu redor o mais absoluto silêncio; sem serem avisados, Jacques e Madeleine brincavam longe: ela empregava mil subterfúgios para conquistar o direito de arrumar, ela mesma, a mesa para mim; por fim, servia-me com que palpitação de alegria nos gestos, com que felina fineza de andorinha, com que rubor nas faces, tremores na voz, com que penetração de lince! Essas expansões de alma podem ser pintadas? Volta e meia estava abatida pelo cansaço, mas se por acaso nesses momentos de lassidão tratava-se de mim, para mim como para seus filhos encontrava novas forças, lançava-se ágil, viva e alegre. Como gostava de soltar os raios de sua ternura no ar! Ah, Natalie! Sim, certas mulheres partilham neste mundo os privilégios dos Espíritos Angélicos, e espalham como eles essa luz que Saint-Martin, o Filósofo Desconhecido, dizia ser inteligente, melodiosa e perfumada. Certa de minha discrição, Henriette gostou de levantar para mim a pesada cortina que nos ocultava o futuro, deixando-me ver duas mulheres: a mulher acorrentada que me seduzira apesar de suas asperezas, e a mulher livre cuja doçura devia eternizar meu amor. Que diferença! A sra. de Mortsauf era o bengali transportado para a fria Europa, tristemente pousado em seu galho, mudo e moribundo na gaiola guardada por um naturalista; Henriette era o pássaro cantando seus poemas orientais no bosque à beira do Ganges, e, como uma pedraria viva, voando de galho em galho entre as rosas de um imenso jardim sempre florido. Sua beleza ficou mais bela, seu espírito se reanimou. Essa contínua alegria louca era um segredo entre nossos dois espíritos, pois o olho do padre de Dominis, esse representante do mundo, era mais temido por Henriette que o do sr. de Mortsauf; mas, assim como eu, tinha grande prazer em dar a seu pensamento engenhosos rodeios, escondia seu contentamento sob o gracejo e, além do mais, cobria as demonstrações de ternura com a brilhante bandeira da gratidão.

– Submetemos sua amizade a rudes provas, Félix! Bem poderíamos permitir a ele as liberdades que permitimos a Jacques, não é, sr. padre? – ela dizia à mesa.

O padre severo respondia com o amável sorriso do homem piedoso que lê nos corações e julga-os puros; aliás, expressava pela condessa o respeito mesclado à adoração que os anjos inspiram. Duas vezes, nesses cinqüenta dias, a condessa avançou talvez além dos limites em que se cernia nosso afeto, mas, ainda assim, esses dois episódios foram envoltos num véu que só se levantou no dia das confissões supremas. Certa manhã, nos primeiros dias da doença do conde, quando ela se arrependeu de ter me tratado tão severamente retirando-me os inocentes privilégios conferidos à minha casta ternura, eu a estava esperando, pois ela devia me substituir. Cansadíssimo, tinha dormido com a cabeça encostada na parede. Acordei de repente, sentindo minha testa tocada por algo fresco que me deu uma sensação comparável à de uma rosa que ali tivessem apoiado. Vi a condessa a três passos de mim, dizendo-me: "Cheguei!". Fui embora, mas ao lhe dar bom dia peguei sua mão e a senti úmida e trêmula.

– Está doente? – perguntei.

– Por que me faz essa pergunta? – disse-me.
Olhei para ela, corando, confuso:
– Sonhei – disse.
Numa noite, durante as últimas visitas do dr. Origet, que tinha anunciado positivamente a convalescença do conde, encontrei-me com Jacques e Madeleine na escadaria onde nós três estávamos deitados nos degraus, concentrados na atenção exigida por uma partida de *onchet*, espalhando os canudos de palha e os ganchos armados de alfinetes para puxá-los. O sr. de Morsauf dormia. À espera de que seu cavalo fosse atrelado, o médico conversava em voz baixa no salão com a condessa. O dr. Origet foi embora sem que eu notasse sua partida. Depois de tê-lo acompanhado, Henriette apoiou-se na janela de onde nos contemplou talvez por algum tempo, sem que percebêssemos. Era uma dessas tardes quentes em que o céu azul fica com as tonalidades do cobre, em que o campo envia os ecos de mil ruídos confusos. Um derradeiro raio de sol morria sobre os telhados, as flores dos jardins embalsamavam os ares, os sininhos dos animais trazidos para os estábulos tilintavam ao longe. Nós nos adaptávamos ao silêncio dessa hora tépida abafando nossos gritos, temendo acordar o conde. De repente, apesar do barulho ondulos de um vestido, ouvi a contração gutural de um suspiro violentamente reprimido; lancei-me para o salão, vi a condessa sentada no vão da janela, com um lenço sobre o rosto. Reconheceu meu passo e me fez um gesto imperioso, mandando que a deixasse sozinha. Aproximei-me, com o coração penetrado de temor, quis puxar à força seu lenço, e ela estava com o rosto banhado em lágrimas; fugiu para o quarto, de onde só saiu para a oração. Pela primeira vez naqueles cinqüenta dias levei-a para o terraço e pedi-lhe explicações de sua emoção, mas ela demonstrou a alegria mais alucinante e a justificou pela boa notícia que Origet havia lhe dado.

– Henriette, Henriette – eu lhe disse –, você já sabia disso no momento em que a vi chorando. Entre nós dois uma mentira seria uma monstruosidade. Por que me impediu que eu secasse essas lágrimas? Então pertenciam a mim?

– Pensei – ela me disse – que para mim essa doença foi como uma bala na dor. Agora que não tremo mais pelo sr. de Mortsauf, devo tremer por mim.

Tinha razão. A saúde do conde anunciou-se pelo retorno de seu humor extravagante: começava a dizer que nem sua mulher, nem eu, nem o médico sabiam cuidar dele, todos nós ignorávamos sua doença e seu temperamento, e seus sofrimentos e os remédios adequados. Origet, enfatuado de não sei que doutrina, via uma alteração nos humores, quando só devia se ocupar do piloro. Um dia, olhou para nós maliciosamente como um homem que tivesse nos espiado ou então adivinhado, e disse sorrindo para a mulher:

– Pois bem, minha querida, se eu tivesse morrido você teria sentido muito, sem dúvida, mas, confesse, teria se resignado...

– Eu teria posto o luto da corte, rosa e preto – ela respondeu rindo, a fim de calar o marido.

Mas houve, sobretudo a respeito da comida, que o médico prescrevera sensatamente, opondo-se a que se satisfizesse a fome do convalescente, cenas de violência e gritarias que não podiam ser comparadas a nada do passado, pois o temperamento do conde mostrou-se ainda mais horrível na medida em que ficara, por assim dizer, adormecido. Amparada pelas receitas do médico e pela obediência de seus empregados, estimulada por mim, que viu nessa luta um meio de ensiná-la a exercer sua dominação sobre o marido, a condessa encorajou-se a resistir, soube contrapor uma fisionomia calma à demência e aos gritos; considerando-o o que ele era, uma criança, acostumou-se a ouvir seus epítetos injuriosos. Tive a felicidade de vê-la enfim assumir o governo desse espírito doentio. O conde gritava, mas obedecia, e obedecia sobretudo depois de ter gritado muito. Apesar da evidência dos resultados, Henriette chorava às vezes diante do aspecto daquele velho descarnado, fraco, com a fronte mais amarela que a folha prestes a cair, de olhos pálidos, mãos trêmulas; ela se recriminava suas durezas, nem sempre resistia à alegria que via nos olhos do conde quando, servindo-lhe suas refeições, ia além das proibições do médico. Aliás, mostrou-se ainda mais doce e amável com ele do que tinha sido comigo, mas houve diferenças que encheram meu coração de uma alegria ilimitada. Ela não era incansável, sabia chamar os empregados para servir o conde quando seus caprichos se sucediam um pouco rápidos demais e que ele se queixava de não ser compreendido.

A condessa quis ir render graças a Deus pelo restabelecimento do sr. de Mortsauf, mandou rezar uma missa e pediu meu braço para ir à igreja; levei-a, mas enquanto durou a missa fui ver o sr. e a sra. de Chessel. Na volta, quis me repreender.

– Henriette – eu lhe disse –, sou incapaz de falsidade. Posso me jogar na água para salvar meu inimigo que se afoga, dar-lhe meu manto para aquecê-lo. Em suma, eu o perdoaria, mas sem esquecer a ofensa.

Ela manteve o silêncio e apertou meu braço sobre seu coração.

– Você é um anjo, deve ter sido sincera nas suas ações de graças – continuei. – A mãe do príncipe da Paz[73] foi salva pelas mãos de um populacho furioso que queria matá-la, e quando a rainha lhe perguntou: "Que fazias?", ela respondeu: "Rezava por eles!". A mulher é assim. Eu sou um homem e necessariamente imperfeito.

– Não se calunie – ela disse sacudindo meu braço com violência –, talvez você valha mais que eu.

– Sim – retruquei –, pois daria a eternidade por um só dia de felicidade, e você!...

---

73. Apodo de Manuel Godoy (1767-1851), ministro impopular de Carlos IV, da Espanha, e amante da rainha Maria Luisa. Em 1835, pobre, foi morar em Paris, onde conseguiu uma pensão do rei Louis Filipe. A frase alude à insurreição de Aranjuez, em 1808.

– E eu? – ela disse me olhando com altivez.

Calei-me e baixei os olhos para evitar o raio de seu olhar.

– Eu! – recomeçou. – De que *eu* você fala? Sinto muitos *eus* em mim! Essas duas crianças – acrescentou, mostrando Madeleine e Jacques – são *eus*. Félix – disse num tom dilacerante –, então você me acha egoísta? Acha que eu deveria sacrificar toda uma eternidade para recompensar aquele que sacrifica a vida por mim? Esse pensamento é horrível, ofende para sempre os sentimentos religiosos. Uma mulher que tivesse caído assim poderia se reerguer? Sua felicidade pode absolvê-la? Breve você me fará decidir essas questões!... Sim, confio-lhe enfim um segredo de minha consciência: essa idéia muitas vezes atravessou meu coração, muitas vezes a expiei por duras penitências, ela causou lágrimas das quais anteontem você me pediu explicações...

– Não dê muita importância a certas coisas a que as mulheres vulgares dão muito valor e que você não deveria...

– Ah! – disse ela, interrompendo-me. – Você lhes dá menos valor?

Essa lógica sustou qualquer raciocínio.

– Muito bem – ela recomeçou –, saiba! Sim, eu teria a covardia de abandonar esse pobre velho de quem sou a vida! Mas, meu amigo, essas duas pequenas criaturas tão fracas que estão na nossa frente, Madeleine e Jacques, elas não ficariam com o pai? Pois bem! Você acredita, pergunto-lhe, acredita que viveriam três meses sob a dominação insensata desse homem? Se, faltando aos meus deveres, só se tratasse de mim... – Deixou escapar um maravilhoso sorriso. – Mas não seria matar meus dois filhos? A morte deles seria certa. Meu Deus! – exclamou –, por que falamos dessas coisas? Case-se e deixe-me morrer!

Disse essas palavras num tom tão amargo, tão profundo, que sufocou a revolta de minha paixão.

– Você desabafou, lá em cima, sob aquela nogueira, eu acabo de desabafar sob estes amieiros, só isso. Daqui para frente, me calarei.

– Suas generosidades me matam – disse ela, erguendo os olhos.

Tínhamos chegado ao terraço, onde encontramos o conde sentado numa poltrona, ao sol. O aspecto daquela figura esquálida, apenas animada por um sorriso fraco, apagou as chamas saídas das cinzas. Apoiei-me na balaustrada, contemplando o quadro oferecido por aquele moribundo, entre seus dois filhos sempre franzinos, e a mulher que empalidecera com as vigílias, que emagrecera com os trabalhos excessivos, os alarmes e talvez as alegrias daqueles dois meses terríveis, mas que as emoções daquela cena tinham ruborizado excessivamente. Diante do aspecto daquela família sofredora, envolta nas folhagens trêmulas pelas quais passava a luz cinza de um céu nublado de outono, senti em mim mesmo desatarem-se os laços que prendem o corpo ao espírito. Pela primeira vez, senti esse *spleen*[74] moral que conhecem, dizem, os lutadores mais robustos no fragor de seus combates, espécie de loucura fria que transforma em covarde o homem mais valente, em devoto um incrédulo, que nos torna indiferentes a qualquer coisa, mesmo aos sentimentos mais vitais, à honra e ao amor; pois a dúvida retira de nós o conhecimento de nós mesmos e desinteressa-nos da vida. Pobres criaturas nervosas, abandonadas indefesas, pela riqueza de vossa organização, a não sei qual gênio fatal, onde estão vossos pares e vossos juízes? Imaginei como o jovem audacioso, que já avançava a mão para o bastão dos marechais da França, hábil negociador tanto quanto intrépido capitão, teria conseguido tornar-se o inocente assassino que eu via! Meus desejos, hoje coroados de rosas, podiam ter esse fim? Apavorado pela causa tanto quanto pelo efeito, perguntando, tal como o ímpio, onde, ali, estava a Providência, não consegui prender duas lágrimas que rolaram por minhas faces.

– O que você tem, meu bom Félix? – perguntou Madeleine com sua voz infantil.

---

74. Enfado, tédio, melancolia. (N. do E.)

Depois Henriette acabou de dissipar esses negros vapores e essas trevas por um olhar de solicitude que brilhou em minha alma como o sol. Nesse momento, o velho picador me trouxe de Tours uma carta cuja visão arrancou-me um não sei qual grito de surpresa e que fez a sra. de Mortsauf estremecer. Eu via o sinete do gabinete, o rei me chamava. Entreguei-lhe a carta, que ela leu com o olhar.

– Ele vai partir! – disse o conde.

– Que será de mim? – ela me disse, percebendo pela primeira vez seu deserto sem sol.

Ficamos num assombro mental que oprimiu igualmente a nós dois, pois nunca tínhamos sentido tão bem que éramos, todos, necessários uns aos outros. A condessa assumiu um tom de voz novo, ao me falar de todas as coisas, mesmo indiferentes, como se o instrumento tivesse perdido várias cordas, e que as outras tivessem se afrouxado. Teve gestos de apatia e olhares sem brilho. Pedi-lhe que me confiasse seus pensamentos.

– E eu os tenho? – ela me disse.

Levou-me para seu quarto, fez-me sentar no sofá, remexeu a gaveta de seu toucador, ajoelhou-se diante de mim e me disse:

– Eis os cabelos que me caíram este ano, pegue-os, são seus, um dia você saberá como e por quê.

Inclinei-me lentamente para sua testa, ela não se abaixou para evitar meus lábios, apoiei-os virtuosamente, sem inebriamento culpado, sem volúpia sensível, mas com uma ternura solene. Ela queria tudo sacrificar? Iria, como eu tinha ido, somente até a beira do precipício? Se o amor a houvesse levado a se abandonar, não teria tido essa calma profunda, esse olhar religioso, e não teria me dito com sua voz pura: "Não está mais aborrecido comigo?".

Parti no início da noite, ela quis me acompanhar pela estrada de Frapesle, e paramos na nogueira; mostrei-lhe a árvore, dizendo como dali, quatro anos antes, eu a tinha avistado:

– O vale era muito bonito! – exclamei.
– E agora? – retrucou com vivacidade.
– Você está sob a nogueira – respondi – e o vale é nosso!

Baixou a cabeça e nossa despedida foi ali. Subiu na sua carruagem, com Madeleine, e eu na minha, sozinho. De volta a Paris, felizmente fui absorvido pelos trabalhos urgentes que me distraíram tremendamente e me forçaram a esquivar-me do mundo, que me esqueceu. Correspondi-me com a sra. de Mortsauf, a quem enviava meu diário todas as semanas, e que me respondia duas vezes por mês. Vida obscura e plena, semelhante àqueles lugares cerrados, floridos e ignorados, que outrora eu ainda admirara no fundo dos bosques, compondo novos poemas de flores durante as duas últimas semanas.

Ó, vós que amais! Imponde-vos essas belas obrigações, carregai-vos de regras a cumprir assim como as que a Igreja deu todos os dias aos cristãos. São grandes idéias essas observâncias rigorosas criadas pela religião romana, elas traçam cada vez mais fundo na alma os sulcos do dever, pela repetição dos atos que conservam a esperança e o temor. Os sentimentos correm sempre vivos nesses riachos escavados que retêm as águas, purificam-nas, refrescam incessantemente o coração e fertilizam a vida pelos abundantes tesouros de uma fé oculta, fonte divina em que se multiplica o único pensamento de um único amor.

Minha paixão, que reproduzia a Idade Média e lembrava a cavalaria, foi conhecida, não sei como; talvez o rei e o duque de Lenoncourt tenham conversado sobre ela. Dessa esfera superior, a história a um só tempo romanesca e simples de um rapaz que adorava piedosamente uma mulher bela sem vida na sociedade, grande na solidão, fiel sem o apoio do dever, espalhou-se talvez ao coração do Faubourg Saint-Germain? Nos salões, eu me via como o objeto de uma atenção constrangedora, pois a modéstia da vida tem vantagens que, uma vez experimentadas, tornam insuportável o brilho de uma encenação constante. Assim como os olhos acostumados a só ver cores suaves são feridos pela luz forte, assim há certos espíritos aos quais desagradam os violentos contrastes. Nessa época, eu era assim; isso, hoje, pode surpreendê-la, mas tenha paciência, as esquisitices do Vandenesse atual vão se explicar. Eu achava, pois, as mulheres bondosas e o mundo perfeito para mim. Depois do casamento do duque de Berry, a corte recuperou o fausto, as festas francesas eram retomadas. A ocupação estrangeira terminara, a prosperidade ressurgia, os prazeres eram possíveis. Personagens ilustres por seu nível ou consideráveis por sua fortuna surgiram em profusão, de todos os pontos da Europa, na capital da inteligência, onde se encontram as vantagens dos outros países e seus vícios ampliados, aguçados pelo espírito francês. Cinco meses depois de ter eu deixado Clochegourde no meio do inverno, meu bom anjo escreveu-me uma carta desesperada, contando-me uma grave doença da qual o filho tinha escapado, mas que levava a temer pelo futuro; o médico havia falado de precauções a tomar com respeito aos pulmões, palavra terrível que, pronunciada pela ciência, tinge de negro todas as horas de qualquer mãe. Henriette mal respirava, Jacques mal entrava na convalescença, e sua irmã inspirou inquietações. Madeleine, essa linda planta que respondia tão bem aos cuidados maternos, sofreu uma crise prevista, mas temível para uma constituição tão frágil. Já abatida pelos cansaços que lhe causara a longa doença de Jacques, a condessa estava sem coragem de suportar esse novo golpe, e o espetáculo que lhe apresentavam essas duas criaturas queridas tornava-a insensível aos tormentos redobrados do temperamento do marido. Assim, tempestades cada vez mais perturbadas e carregadas de pedras desenraizavam, por suas ondas furiosas, as esperanças plantadas mais profundamente em seu coração. Aliás, ela se abandonara à tirania do conde que, valendo-se da trégua, reconquistara o terreno perdido.

"Quando toda minha força envolvia meus filhos – escreveu-me –, podia eu empregá-la contra o sr. de Mortsauf e me defender de suas agressões ao mesmo tempo em que me defendia da morte? Marchando hoje, só e enfraquecida, entre as duas jovens melancolias que me acompanham, sou atingida por um invencível desgosto pela vida. Que golpe posso sentir, a que afeição posso responder, quando vejo no terraço Jacques imóvel, cuja vida já não me é demonstrada senão por seus dois belos olhos crescidos pela magreza, cavos como os de um velho, e – fatal prognóstico! – cuja inteligência avançada contrasta com a debilidade corporal? Quando vejo a meu lado essa linda Madeleine, tão viva, tão carinhosa, tão rosada, e agora branca como uma morta, seus cabelos e olhos me parecem ter empalidecido, ela me dirige olhares lânguidos como se quisesse dar-me adeus; nenhuma comida a tenta, ou, caso deseje algum alimento, assusta-me a estranheza de seus gostos; a cândida criatura, embora criada em meu coração, enrubesce quando os confia a mim. Apesar de meus esforços, não consigo divertir meus filhos, cada um deles me sorri, mas esse sorriso lhes é arrancado por minhas faceirices, e não são risos propriamente deles; choram por não poder responder a meus carinhos. O sofrimento tudo afrouxou em suas almas, até mesmo os laços que nos ligam. Assim, você compreenderá como Clochegourde está triste; o sr. de Mortsauf reina sem obstáculos. Ó, meu amigo, você, minha glória! – escrevia-me mais adiante –, deve amar-me muito para amar-me ainda, para amar-me inerte, ingrata, e petrificada pela dor."

Nesse momento, em que nunca me senti mais profundamente atingido em minhas entranhas, e em que vivia apenas nessa alma, sobre a qual tentava soprar a brisa luminosa das manhãs e a esperança das noites de púrpura, encontrei nos salões do Elysée-Bourbon[75] uma dessas ilustres *ladies* que são meio soberanas. Imensas riquezas, o nascimento numa família que desde a conquista era pura em matéria de uniões conjugais com pessoas inferiores, um casamento com um dos velhos mais distintos do pariato inglês, todas essas vantagens não passavam de acessórios que realçavam a beleza dessa pessoa, suas graças, suas maneiras, seu espírito, um brilho que deslumbrava antes de fascinar. Foi o ídolo da época e reinou sobre a sociedade parisiense, tanto mais que teve as qualidades necessárias a seus êxitos, a mão de ferro sob uma luva de veludo, de que falava Bernadotte.[76] Você conhece a personalidade singular dos ingleses, esse orgulhoso e intransponível canal da Mancha, esse frio canal São Jorge que colocam entre eles e as pessoas que não lhes são apresentadas. A humanidade parece ser um formigueiro sobre o qual eles marcham; não conhecem, de sua espécie, senão as pessoas admitidas por eles, e dos outros, não entendem nem sequer a linguagem. É verdade que há lábios que se mexem e olhos que vêem, mas nem o som nem o olhar os atingem, pois para eles essas pessoas são como se não existissem. Os ingleses oferecem assim como que uma imagem de sua ilha onde a lei tudo rege, onde tudo é uniforme, em cada esfera, onde o exercício das virtudes parece ser o jogo necessário das engrenagens que funcionam com horário fixo. As fortificações de aço polido que cercam uma mulher inglesa, engaiolada nos fios de ouro de seu lar, mas onde sua manjedoura e seu bebedouro, seus poleiros e sua comida são maravilhas, emprestam-lhe atrativos irresistíveis. Nunca um povo preparou melhor a hipocrisia da mulher casada, pondo-

---

75. O palácio do Elysée-Bourbon, atual residência do presidente da República, foi na Restauração a residência do duque e da duquesa de Berry, que davam ali festas luxuosas.

76. Atribui-se a Jean-Baptiste Bernadotte (1763-1844), marechal de Napoleão e, mais tarde, rei da Suécia, com o nome de Carlos XIV, a frase: "É preciso governar os franceses com mão de ferro coberta por uma luva de veludo".

a a todo instante entre a morte e a vida social; para ela, nenhum intervalo entre a vergonha e a honra: ou a falta é completa, ou não é, é tudo ou nada, o *to be or not to be* de Hamlet. Essa alternativa, junto com o desprezo constante ao qual os costumes a habituam, faz da mulher inglesa uma criatura à parte no mundo. É uma pobre criatura, virtuosa à força e pronta a se depravar, condenada a contínuas mentiras enfurnadas em seu coração, mas deliciosa pela forma, porque esse povo tudo colocou na forma. Daí as belezas particulares das mulheres desse país: essa exaltação de uma ternura em que para elas se resume necessariamente a vida, o exagero dos cuidados consigo mesmas, a delicadeza de seu amor tão graciosamente pintado na famosa cena de *Romeu e Julieta* em que o gênio de Shakespeare expressou com um só traço a mulher inglesa. A você, que inveja tantas coisas nelas, o que lhe direi que você não saiba dessas brancas sereias, impenetráveis na aparência e que tão depressa se deixam conhecer, que crêem que o amor basta ao amor, e que levam o *spleen* às alegrias, sem jamais variá-las, cuja alma só tem uma nota, cuja voz só tem uma sílaba, oceano de amor onde quem não nadou ignorará para sempre alguma coisa da poesia dos sentidos, assim como quem não viu o mar terá menos cordas em sua lira. Você conhece o porquê dessas palavras. Minha aventura com a marquesa Dudley[77] teve uma celebridade fatal. Numa idade em que os sentidos têm tanto domínio sobre nossas determinações, num rapaz em quem os ardores tinham sido tão violentamente reprimidos, a imagem da santa que sofria seu lento martírio em Clochegourde irradiou tão fortemente que consegui resistir às seduções. Essa fidelidade foi a faísca que me valeu a atenção de *Lady* Arabelle. Minha resistência aguçou sua paixão. O que ela

---

77. *Lady* Arabelle Dudley, personagem fictícia de *A comédia humana*, que aparece também nos romances *Uma filha de Eva*, *Úrsula Mirouët* e *Outro estudo de mulher*, entre outros, nascida por volta de 1788 e que tem mais de trinta anos em 1818. (N. do E.)

desejava, como muitas inglesas desejam, era o brilho, o extraordinário. Ela queria pimenta, pimenta ardida para o alimento do coração, assim como os ingleses querem condimentos picantes para despertar seu paladar. A atonia posta na existência dessas mulheres por uma perfeição constante nas coisas, uma regularidade metódica nos hábitos, leva-as à adoração do romanesco e do difícil. Eu não soube julgar esse caráter. Quanto mais me fechava num frio desprezo, mais *Lady* Dudley se apaixonava. Essa luta, em que ela empenhava sua glória, excitou a curiosidade de alguns salões, foi uma primeira felicidade para ela, que transformou o triunfo em obrigação. Ah! Se eu tivesse sido salvo, se algum amigo tivesse me repetido a frase atroz que lhe escapou sobre a sra. de Mortsauf e sobre mim:

– Estou aborrecida com esses suspiros de rolinha! – ela disse.

Sem querer aqui justificar meu crime, eu a farei observar, Natalie, que um homem tem menos recursos para resistir a uma mulher do que vocês têm para escapar a nossas perseguições. Nossos costumes proíbem a nosso sexo as brutalidades da repressão que, entre vocês, são iscas para um apaixonado, e que, aliás, as conveniências lhes impõem; para nós, ao contrário, alguma jurisprudência de fatuidade masculina ridiculariza nossa reserva; nós lhes deixamos o monopólio da modéstia para que vocês tenham o privilégio dos favores. Mas inverta os papéis, e o homem sucumbirá sob o ridículo. Embora protegido por minha paixão, eu não estava na idade em que se fica insensível às triplas seduções do orgulho, da dedicação e da beleza. Quando *Lady* Arabelle apresentava a meus pés, no meio de um baile do qual era a rainha, as homenagens que ali recolhia, e que espiava meu olhar para saber se sua toalete era de meu gosto, e que estremecia de volúpia quando me agradava, eu ficava comovido com sua comoção. Aliás, mantinha-se num terreno em que eu não podia evitá-la, pois me era difícil recusar certos convites vindos do círculo diplomático; sua qualidade lhe abria todos os salões, e, com essa habilidade que as mulheres exibem para obter o que lhes agrada, conseguia que a dona da casa a colocasse a meu lado à mesa; depois, falava ao meu ouvido: "Se eu fosse amada como é a sra. de Mortsauf, eu lhe sacrificaria tudo". Submetia-me, rindo, as condições mais humildes, prometia-me uma discrição a toda prova, ou me pedia que, pelo menos, tolerasse que ela me amasse. Um dia, disse-me estas palavras que satisfaziam todas as capitulações de uma consciência timorata e os desejos desenfreados do rapaz: "Sua amiga, sempre, e sua amante, quando você quiser!". Enfim, meditou e pôs a serviço de minha perdição a própria lealdade de meu caráter. Conquistou meu criado e, depois de uma noite em que se mostrara tão bela que estava certa de ter excitado meus desejos, encontrei-a em meus aposentos. Esse escândalo repercutiu na Inglaterra, e sua aristocracia consternou-se como o céu o faria diante da queda de seu mais belo anjo. *Lady* Dudley saiu de sua nuvem do empíreo britânico, reduziu-se à sua fortuna e quis eclipsar, por seus sacrifícios, *aquela* cuja virtude causou esse famoso desastre. *Lady* Arabelle deliciou-se, como o demônio no alto do templo, a mostrar-me as mais ricas regiões de seu ardente reinado.

Leia-me, conjuro-lhe, com indulgência! Trata-se aqui de um dos problemas mais interessantes da vida humana, de uma crise a que foi submetida a maioria dos homens, e que eu gostaria de explicar, quando não fosse para acender um farol sobre esse escolhos. Essa bela *lady*, tão esbelta, tão delicada, essa mulher branca como o leite, tão frágil, tão friável, tão doce, de fronte tão carinhosa, coroada por cabelos fulvos tão finos, essa criatura cujo brilho parece fosforescente e passageiro, é uma organização de ferro. Por mais fogoso que seja, nenhum cavalo resiste a seu punho nervoso, a essa mão aparentemente mole e que nada cansa. Tem o pé da corça, um pezinho seco e musculoso, envolto numa graça indescritível. É de uma força a nada temer numa luta, nenhum homem consegue segui-la a cavalo, ela ganharia o prêmio de uma *steeple chase*[78] com centauros, atira nos damos e nos cervos sem parar seu cavalo. Seu corpo ignora o suor, aspira o fogo na atmosfera e vive na água, sob pena de não viver. Assim, sua paixão é toda africana, seu desejo vai como o turbilhão do deserto, o deserto cuja ardente imensidão está pintada em seus olhos, o deserto cheio de azul e amor, com seu céu inalterável, com suas frescas noites estreladas. Que oposições com Clochegourde! O oriente e o ocidente, uma atraindo para si os menores terrenos úmidos para se nutrir, a outra exsudando a alma, envolvendo seus fiéis com uma atmosfera luminosa; esta, viva e esbelta, aquela, vagarosa e corpulenta. Por fim, algum dia você já refletiu sobre o sentido geral dos costumes ingleses? Não seria a divinização da matéria, um epicurismo definido, meditado, sabiamente aplicado? O que quer que faça ou diga, a Inglaterra é materialista, talvez sem saber. Tem pretensões religiosas e morais, das quais a espiritualidade divina, a alma católica está ausente, e cuja graça fecundante não será substituída por nenhuma hipocrisia, por mais bem manejada que seja. Possui no mais alto grau essa ciência da existência que melhora os menores terrenos da materialidade, que faz com que a sua pantufa seja a pantufa mais requintada do mundo, que dá à sua roupa de baixo um sabor indizível, que forra de cedro e perfuma as cômodas, que serve na hora certa um chá suave, sabiamente preparado, que elimina a poeira, coloca tapetes desde o primeiro degrau até os últimos recantos da casa, escova as paredes das adegas, lustra a aldrava da porta, amacia as molas da carruagem, faz da matéria uma polpa nutritiva e algodoada, brilhante e limpa, no seio da qual a alma expira em meio à alegria, que produz a pavorosa monotonia do bem-estar, proporciona uma vida sem oposições, desprovida de espontaneidade, e que, para dizer tudo, nos mecaniza. Assim, conheci subitamente, no seio desse luxo inglês, uma mulher

---

78. Corrida de obstáculos.

talvez única em seu sexo, que me envolveu nas redes desse amor que renascia de sua agonia e a cujas prodigalidades eu levava uma continência severa, desse amor que tem belezas esmagadoras, uma eletricidade própria, que costuma nos introduzir nos céus pelas portas de marfim de sua sonolência, ou que para lá nos leva na garupa, sobre seu dorso alado. Amor horrivelmente ingrato, que ri dos cadáveres de quem mata, amor sem memória, um cruel amor que lembra a política inglesa, e no qual caem quase todos os homens. Você, agora, já compreende o problema. O homem é composto de matéria e espírito, nele a animalidade termina, nele o anjo começa. Donde essa luta que todos nós sentimos entre um destino futuro que pressentimos e as lembranças de nossos instintos anteriores dos quais não estamos totalmente desligados; um amor carnal e um amor divino. Um homem junta-os num só, outro se abstém de ambos, este revolve o sexo inteiro para nele buscar a satisfação de seus apetites anteriores, aquele o idealiza numa só mulher na qual se resume o universo, uns pairam indecisos entre as volúpias da matéria e as do espírito, outros espiritualizam a carne pedindo-lhe o que ela não conseguiria dar. Se, pensando nesses traços gerais do amor, você levar em conta repulsas e afinidades que resultam da diversidade das organizações, e que rompem os pactos firmados entre os que não enfrentaram provas; se a isso você acrescentar os erros causados pelas esperanças das pessoas que vivem mais especialmente do espírito, do coração ou da ação, que pensam, sentem ou agem, e cujas vocações são contrariadas, desconhecidas numa associação em que se encontram duas criaturas igualmente duplas, você terá uma grande indulgência pelas desgraças com que a sociedade se mostra impiedosa. Pois bem! *Lady* Arabelle contenta os instintos, os órgãos, os apetites, os vícios e as virtudes da matéria sutil de que somos feitos. Era a amante do corpo. A sra. de Mortsauf era a esposa da alma. O amor que satisfazia a amante tem limites, a matéria é finita, suas propriedades têm forças calculadas, é submetida a inevitáveis saturações; volta e meia eu sentia um vazio em Paris, perto de *Lady* Dudley. O infinito é o terreno do coração, o amor em Clochegourde era sem limites. Eu amava apaixonadamente *Lady* Arabelle e, decerto, se nela o animal era sublime, ela também tinha superioridade na inteligência; sua conversa espirituosa abarcava tudo. Mas eu adorava Henriette. À noite, chorava de felicidade, de manhã, chorava de remorso. Há certas mulheres suficientemente sábias para esconder seu ciúme sob a mais angelical bondade; são as que, parecidas com *Lady* Dudley, já passaram dos trinta anos. Essas mulheres sabem então sentir e calcular, espremer todo o suco do presente e pensar no futuro, podem abafar gemidos freqüentemente legítimos com a energia do caçador que não percebe uma ferida ao prosseguir seu impetuoso halali[79].

Sem falar da sra. de Mortsauf, Arabelle tentava matá-la em minha alma, onde sempre a encontrava, e sua paixão se reavivava ao sopro desse amor invencível. A fim de triunfar por comparações que lhe fossem favoráveis, não se mostrou desconfiada, nem intrigante, nem curiosa, como é a maioria das mulheres jovens; mas, parecida com a leoa que agarrou nos dentes e levou para a cova uma presa a ser devorada, ela vigiava para que nada turvasse sua felicidade e me guardava como a uma conquista insubmissa. Eu escrevia para Henriette diante de seus olhos, mas ela jamais leu uma só linha, jamais procurou por nenhum meio saber o endereço escrito em minhas cartas. Eu tinha minha liberdade. Ela parecia pensar: "Se perdê-lo, acusarei só a mim". E apoiava-se orgulhosamente num amor tão devotado que se eu lhe pedisse teria me dado a vida sem hesitar. Por fim, fez-me crer que, se eu a deixasse, logo se mataria. A esse respeito, era preciso ouvi-la celebrar o costume das viúvas indianas que se queimam na fogueira dos maridos. "Embora

---

[79]. Numa caçada, grito ou toque de trompa que anuncia a rendição iminente do animal perseguido.

na Índia esse costume seja uma distinção reservada à classe nobre, e que, desse ponto de vista, seja pouco compreendido pelos europeus incapazes de adivinhar a desdenhosa grandeza desse privilégio, confesse – ela me dizia – que, nos nossos insípidos costumes modernos, a aristocracia não pode mais se reerguer senão pelo caráter extraordinário dos sentimentos! Como posso ensinar aos burgueses que o sangue de minhas veias não se parece com o deles, senão morrendo diferentemente de como eles morrem? Mulheres sem berço podem ter os diamantes, os tecidos, os cavalos, até mesmo os brasões que deveriam ser reservados a nós, pois é possível comprar um nome! Mas amar, de cabeça erguida, a contrapelo da lei, morrer pelo ídolo que escolhemos, talhando uma mortalha nos panos de seu leito, submeter o mundo e o céu a um homem subtraindo assim ao Todo-poderoso o direito de criar um deus, não traí-lo por nada, nem mesmo pela virtude, já que recusar-se a ele em nome do dever seria entregar-se a alguma coisa que não *ele*... quer seja um homem, quer seja uma idéia, é sempre traição! Eis as grandezas a que não alcançam as mulheres vulgares; elas só conhecem dois caminhos em comum, ou o grande caminho da virtude ou a trilha lodosa da cortesã!" Como você vê, ela agia por orgulho, lisonjeava todas as vaidades, endeusando-as, colocava-me tão alto que não podia viver senão a meus joelhos; assim, todas as seduções de seu espírito eram expressadas por essa atitude de escrava e por sua total submissão. Sabia ficar um dia inteiro estendida a meus pés, calada, ocupada em me olhar, espreitando a hora do prazer como uma concubina do serralho e antecipando-a por hábeis trejeitos, enquanto parecia esperá-la. Com que palavras pintar os seis primeiros meses durante os quais estive às voltas com as irritantes alegrias de um amor fértil em prazeres, variando-os com o saber dado pela experiência, mas escondendo sua sabedoria sob os arrebatamentos da paixão? Esses prazeres, revelação súbita da poesia dos sentidos, constituem o laço vigoroso pelo qual os jovens se ligam às mulheres mais velhas; mas esse laço é o anel do forçado, deixa na alma uma marca inextinguível, confere-lhe uma repulsa antecipada pelos amores viçosos, cândidos, ricos em flores apenas, e que não sabem servir álcool em taças de ouro curiosamente lavradas, enriquecidas de pedras nas quais brilham clarões inesgotáveis. Ao saborear as volúpias com que eu sonhava sem conhecê-las, que eu havia expressado em meus *selam*,[80] e que a união das almas torna mil vezes mais ardentes, não me faltaram paradoxos para justificar a mim mesmo a condescendência com que me abeberava naquela linda taça. Volta e meia, quando, perdida no infinito da lassidão, minha alma desligada do corpo esvoaçava longe da terra, eu pensava que esses prazeres eram um meio de anular a matéria e de recolocar o espírito em seu vôo sublime. Várias vezes *Lady* Dudley, como muitas mulheres, aproveitava a exaltação a que conduz o excesso de felicidade para prender-me por juramentos, e, sob o golpe de um desejo, arrancava de mim blasfêmias contra o anjo de Clochegourde. Uma vez traidor, tornei-me impostor. Continuei a escrever à sra. de Mortsauf como se eu fosse sempre a mesma criança com o feio trajezinho azul que ela tanto amava, mas, confesso, seu dom de vidência me apavorava quando eu pensava nos desastres que uma indiscrição podia causar no lindo castelo de minhas esperanças. Várias vezes, em meio a minhas alegrias, uma dor súbita me gelava, eu ouvia o nome de Henriette pronunciado por uma voz do alto assim como o: *Caim, onde está Abel?* das Escrituras. Minhas cartas ficaram sem resposta. Fui assaltado por uma horrível inquietação, quis partir para Clochegourde. Arabelle não se opôs, mas falou naturalmente em me acompanhar à Touraine. Seu capricho aguçado pela dificuldade, seus pressentimentos justificados por uma felicidade inesperada, tudo gerara nela um amor real que dese-

---

80. Selam: buquês cujo arranjo das flores é uma linguagem secreta usada pelos apaixonados.

java que fosse único. Seu gênio de mulher a fez perceber nessa viagem um meio de me desligar completamente da sra. de Mortsauf, enquanto que, ofuscado pelo medo, levado pela ingenuidade da paixão verdadeira, não enxerguei a cilada onde ia cair. *Lady* Dudley propôs as concessões mais humildes e previu todas as objeções. Conseguiu ficar perto de Tours, no campo, incógnita, disfarçada, sem sair de dia, e escolher para nossos encontros as horas da noite em que ninguém podia nos encontrar. Parti de Tours a cavalo para Clochegourde. Eu tinha minhas razões para ir assim, pois para minhas excursões noturnas precisava de um cavalo, e o meu era um cavalo árabe que *Lady* Esther Stanhope enviara à marquesa, e que ela havia trocado comigo por aquele famoso quadro de Rembrandt que tem em seu salão, em Londres, e que eu obtivera de modo tão singular. Peguei o caminho que havia percorrido a pé seis anos antes e parei sob a nogueira. Da lá vi a sra. de Mortsauf de vestido branco, na beira do terraço. Logo me lancei em sua direção com a rapidez do raio, e em poucos minutos cheguei ao pé do muro, depois de transpor a distância em linha reta, como se se tratasse de uma corrida de velocidade. Ela ouviu os pulos prodigiosos da andorinha do deserto e, quando parei de supetão no canto do terraço, disse-me:

– Ah! Você está aí!

Essas quatro palavras me fulminaram. Ela conhecia minha aventura. Quem teria lhe contado? Sua mãe, de quem mais tarde me mostrou uma carta odiosa! A fraqueza indiferente dessa voz, outrora tão cheia de vida, a palidez opaca do som revelavam uma dor amadurecida, exalavam um perfume de flores cortadas para sempre da haste. O furacão da infidelidade, semelhante a essas enchentes do Loire que cobrem de areia um terreno, para sempre, passara por sua alma, criando um deserto ali onde verdejavam opulentas pradarias. Fiz entrar meu cavalo pela portinhola; a uma ordem minha, ele ficou na relva, e a condessa, que avançara a passos lentos, exclamou:

— Belo animal!

Mantinha-se de braços cruzados para que eu não pegasse sua mão, adivinhei a intenção.

— Vou avisar o sr. de Mortsauf — disse, deixando-me.

Fiquei de pé, confuso, deixando-a andar, contemplando-a, sempre nobre, lenta, altiva, mais branca do que eu sempre a tinha visto, mas guardando na fronte a marca amarela da mais amarga melancolia, e inclinando a cabeça como um lírio vergado sob a chuva.

— Henriette! — gritei com a fúria do homem que se sente morrer.

Não se virou, não parou, não se dignou dizer que havia me privado de seu nome, que não respondia mais a ele, e continuava a andar. Conseguirei, nesse espantoso vale onde devem caber milhões de criaturas transformadas em pó e cuja alma anima agora a superfície do globo, conseguirei me ver pequeno no seio dessa multidão comprimida sob as imensidões luminosas que o iluminarão com sua glória? Mas, então, estarei menos oprimido do que estava diante daquela forma branca, subindo como sobe pelas ruas de uma cidade uma implacável inundação, subindo com um passo igual para seu castelo de Clochegourde, glória e suplício dessa Dido cristã![81] Amaldiçoei Arabelle com uma única imprecação que a teria matado se ela tivesse ouvido, ela, que tudo deixara por mim, como tudo se deixa por Deus! Fiquei perdido num mundo de pensamentos, percebendo de todos os lados o infinito da dor. Então os vi, todos, descendo. Jacques corria com a impetuosidade ingênua da idade. Gazela de olhos moribundos, Madeleine acompanhava a mãe. Apertei Jacques contra o coração, derramando sobre ele as efusões da alma e as lágrimas que sua mãe rejeitava. O sr. de Mortsauf veio até mim e estendeu-me os braços e me beijou nas faces dizendo-me:

---

81. Dido: personagem lendária, rainha de Cartago, onde acolheu Enéias fugitivo. Apaixonou-se por ele e, depois de sua fuga, suicidou-se.

– Félix, soube que lhe devo a vida!

A sra. de Mortsauf nos deu as costas durante essa cena, com a desculpa de mostrar o cavalo a Madeleine, estupefata.

– Arre! Só mesmo as mulheres! – gritou o conde, furioso – Elas examinam o seu cavalo.

Madeleine se virou, veio para mim, que beijei sua mão olhando para a condessa, enrubescida.

– Madeleine está bem melhor – eu disse.

– Pobre filhinha! – respondeu a condessa, beijando sua testa.

– Sim, por ora todos estão bem – respondeu o conde. – Só eu, meu caro Félix, estou em ruínas como uma velha torre que desabará.

– Parece que o general continua a ter seus *blue devils*[82] – disse eu, olhando para a sra. de Mortsauf. – Não é essa a expressão inglesa?

Subimos para os vinhedos, passeando juntos, e todos sentindo que algo de grave acontecera. Ela não tinha a menor vontade de ficar a sós comigo. No entanto, eu era seu hóspede.

– Ia me esquecendo, e o seu cavalo? – perguntou o conde quando saímos.

– Você vai ver – recomeçou a condessa – que fiz mal ao pensar nisso e fiz mal em não mais pensar.

– Mas claro – ele disse –, tudo deve ser feito no momento certo.

– Vou até lá – disse eu, considerando insuportável essa fria acolhida. – Só eu é que posso fazê-lo sair e alojá-lo como convém. Meu *groom*[83] vem pela carruagem de Chinon, cuidará dele.

– O *groom* também veio da Inglaterra? – ela perguntou.

---

82. *Blue devils*: "diabos azuis", expressão inglesa em voga na época, empregada no *Stello*, de Alfred de Vigny, cujo herói é atacado por essa psicose melancólica.

83. Empregado que cuida dos cavalos; cavalariço. Em inglês no original. (N. do E.)

– Só lá é que existe isso – respondeu o conde, que ficou alegre ao ver a mulher triste.

A frieza de sua mulher foi uma ocasião para contradizê-la, e ele me oprimiu com sua amizade. Conheci o peso do apego de um marido. Não creia que as atenções deles assassinam as almas nobres no momento em que suas mulheres prodigalizam a outra pessoa com um afeto que lhes parece ser roubado. Não! Eles são odiosos e insuportáveis no dia em que esse amor desaparece. O bom entendimento, condição essencial às ligações desse gênero, aparece então como sendo um meio; e aí ele pesa, é horrível, como todo meio já não justificado por um fim.

– Meu querido Félix – disse-me o conde pegando minhas mãos e apertando-as afetuosamente –, perdoe a sra. de Mortsauf, as mulheres necessitam ser caprichosas, a fraqueza delas as desculpa, não conseguiriam ter a uniformidade de humor que nos dá a força do caráter. Ela o ama muito, eu sei, mas...

Enquanto o conde falava, a sra. de Mortsauf afastou-se de nós insensivelmente, de modo a deixar-nos a sós.

– Félix – ele então me disse em voz baixa, contemplando sua mulher que subia para o castelo acompanhada pelos dois filhos –, ignoro o que se passa na alma da sra. de Mortsauf, mas há seis semanas seu temperamento mudou completamente. Ela, tão doce, tão dedicada até agora, torna-se de uma rispidez inacreditável!

Manette me disse mais tarde que a condessa tinha caído num abatimento que a deixava insensível às amolações do conde. Já sem encontrar terra mole onde cravar suas flechas, aquele homem tornara-se inquieto como a criança que não vê mais se mexer o pobre inseto que ela atormenta. Naquele momento ele precisava de um confidente assim como o executor precisa de um auxiliar.

– Tente – disse depois de uma pausa – interrogar a sra. de Mortsauf. Uma mulher sempre tem segredos para o marido, mas talvez lhe confie o motivo de suas tristezas. Mesmo que isso me custasse a metade dos dias que me restam e a metade de minha fortuna, eu sacrificaria tudo para torná-la feliz. Ela é tão necessária à minha vida! Se em minha velhice eu não sentisse sempre esse anjo ao meu lado, seria o mais infeliz dos homens! Gostaria de morrer tranqüilo. Assim, diga a ela que não terá de me suportar muito tempo. Eu, Félix, meu pobre amigo, estou alquebrado, sei disso. Escondo de todos a verdade fatal, por que afligi-los de antemão? Sempre o piloro, meu amigo! Terminei entendendo as causas da doença, a sensibilidade me matou. De fato, todas as nossas afecções atacam o centro gástrico...

– De modo – eu lhe disse sorrindo – que as pessoas de bom coração morrem pelo estômago?

– Não ria, Félix, nada é mais verdadeiro. Os dissabores muito profundos exacerbam a atividade do grande simpático. Essa exaltação da sensibilidade entretém numa constante irritação a mucosa do estômago. Se esse estado persiste, leva os distúrbios de início insensíveis para as funções digestivas: as secreções se alteram, o apetite se deteriora e a digestão torna-se caprichosa. Logo as dores pungentes aparecem, agravam-se e tornam-se cada dia mais freqüentes; depois, a desorganização chega ao auge como se algum veneno lento se misturasse ao bolo alimentar, a mucosa se espessa, a válvula do piloro endurece e ali se forma um cirro do qual se acaba morrendo. Pois bem, estou nesse ponto, meu caro! O endurecimento avança sem que nada consiga detê-lo. Veja minha tez amarelo-palha, meus olhos secos e brilhantes, minha magreza exagerada! Eu me resseco. Que se há de fazer, trouxe do exílio o germe dessa doença: sofri tanto, naquela época! Meu casamento, que podia reparar os males do exílio, longe de acalmar minha alma ulcerada reavivou a chaga. O que encontrei aqui? Sustos eternos causados por meus filhos, tristezas domésticas, uma fortuna a ser refeita, economias que geravam milhares de privações que eu impunha à minha mulher e com as quais era o primeiro a sofrer. Enfim, só a você posso confiar esse segredo, mas eis minha mais dura aflição. Embora seja um anjo, Blanche não me compreende, não sabe nada de minhas dores, contesta-as, eu a perdôo! Veja, é horrível dizer isso, meu amigo, mas uma mulher menos virtuosa teria me tornado mais feliz, prestando-se à consolação que Blanche não imagina, pois ela é boba como uma criança! Acrescente que meus empregados me atormentam, são uns broncos que entendem grego quando falo francês. Quando nossa fortuna foi reconstruída, mais ou menos, quando tive menos aborrecimentos, o mal estava feito, eu atingia a fase dos apetites depravados; depois veio minha grande doença, tão mal compreendida por Origet. Em suma, agora já não tenho seis meses de vida...

Aterrorizado, eu escutava o conde. Quando revi a condessa, o brilho de seus olhos secos e a tez amarelo-palha de sua fronte tinham me impressionado, e levei o conde para casa, parecendo escutar suas queixas misturadas a dissertações médicas; mas eu só pensava em Henriette e queria observá-la. Encontrei a condessa no salão, onde assistia a uma aula de matemática dada a Jacques pelo padre de Dominis e mostrava a Madeleine um ponto de tapeçaria. Antigamente ela saberia muito bem, no dia de minha chegada, adiar suas ocupações para ser toda minha, mas meu amor era tão profundamente verdadeiro que recalquei no coração a tristeza que me causou esse contraste entre o presente e o passado, pois via o fatal amarelo-palha que, naquele rosto celeste, parecia o reflexo dos clarões divinos que os pintores italianos imprimiram à figura das santas. Senti então dentro de mim o vento gélido da morte. Depois, quando caiu sobre mim o fogo de seus olhos desprovidos da água límpida onde outrora nadava seu olhar, estremeci; percebi então algumas mudanças decorrentes da tristeza e que ao ar livre eu não havia observado: as linhas tão pequenas que, na minha última visita, estavam apenas ligeiramente marcadas em sua fronte, se haviam aprofundado, suas têmporas azuladas pareciam ardentes e côncavas, seus olhos tinham se afundado sob as órbitas enternecidas e estavam rodeados de sombra. Ela estava mortificada como o fruto no qual começam a aparecer as manchas, e que um verme interior faz amarelar prematuramente. Eu, cuja única ambição era derramar felicidade aos borbotões em sua alma, não teria jogado a amargura na fonte onde sua vida se refrescava, onde sua coragem se retemperava? Fui me sentar ao lado dela e disse-lhe com uma voz que chorava o arrependimento:

– Está contente com a sua saúde?
– Estou – respondeu, mergulhando seus olhos nos meus.
– Minha saúde, ei-la aqui – retrucou, mostrando-me Jacques e Madeleine.

Tendo saído vitoriosa da luta contra a natureza, Madeleine era, aos quinze anos, uma mulher; tinha crescido, suas cores de rosa de Bengala renasciam em suas faces de bistre, perdera a despreocupação da criança que olha para tudo de frente, e começava a baixar os olhos. Seus gestos tornavam-se raros e graves como os da mãe, sua silhueta era esbelta, e as graças de seu busto já floresciam, a faceirice já alisava seus magníficos cabelos pretos, separados em dois bandos sobre a fronte de espanhola. Ela parecia as lindas estatuetas da Idade Média, de contorno tão fino, de forma tão miúda que o olhar, ao afagá-las, teme vê-las se quebrarem, mas a saúde, esse fruto eclodido após tantos esforços, depositara em suas faces o aveludado do pêssego, e ao longo de seu pescoço a penugem sedosa em que, como na mãe, a luz ia se mover. Ela teria que viver! Deus o escrevera, querido botão da mais bela das flores humanas!, sobre os longos cílios de tuas pálpebras, sobre a curva de teus ombros que prometiam desenvolver-se ricamente como as de tua mãe! Essa jovem morena, com o porte de um álamo, contrastava com Jacques, frágil rapaz de dezessete anos, cuja cabeça tinha crescido, cuja fronte inquietava pela rápida extensão, cujos olhos febris, cansados, estavam em harmonia com uma voz profundamente sonora. A voz transmitia um volume alto demais, assim como o olhar deixava escapar pensamentos demais. Eram a inteligência, a alma, o coração de Henriette devorando com sua chama rápida um corpo sem consistência, pois Jacques tinha aquela cor de leite reavivada pelas tonalidades ardentes que distinguem as jovens inglesas marcadas pelo flagelo para morrerem em dado momento: saúde enganosa! Ao obedecer ao sinal com que Henriette, depois de ter me mostrado Madeleine, apontava Jacques, que traçava figuras de geometria e cálculos algébricos num quadro diante do padre de Dominis, estremeci com o aspecto dessa morte escondida sob as flores e respeitei a ilusão da pobre mãe.

— Quando os vejo assim, a alegria faz calar minhas dores, assim como elas se calam e desaparecem quando os vejo doentes. Meu amigo – disse com os olhos brilhando de prazer materno –, se outras afeições nos traicionam, os sentimentos recompensados aqui, os deveres realizados e coroados de êxito compensam a derrota sofrida em outra parte. Jacques será, como você, um homem de alta instrução, cheio de virtuoso saber, será, como você, a honra de seu país, que ele talvez governará, ajudado por você, que ocupará uma posição tão alta; mas farei com que seja fiel às suas primeiras afeições. Madeleine, a querida criatura, já tem o coração sublime, é pura como a neve do mais alto cume dos Alpes, terá a dedicação da mulher e sua graciosa inteligência, é altiva, será digna dos Lenoncourt! A mãe, outrora tão atormentada, agora está muito feliz, feliz com uma ventura infinita, sem misturas; sim, minha vida é plena, minha vida é rica. Está vendo, Deus faz eclodir minhas alegrias no seio das afeições permitidas e mistura amargura àquelas para as quais me arrastava uma inclinação perigosa...

— Bem – exclamou o padre, alegremente. – O senhor visconde sabe tanto quanto eu...

Ao concluir sua demonstração, Jacques tossiu levemente.

– Por hoje chega, meu caro padre – disse a condessa, comovida –, e, sobretudo, nada de aula de química. – Vá montar a cavalo, Jacques –, continuou, deixando-se beijar pelo filho com a volúpia carinhosa mas digna das mães, e os olhos virados para mim como para insultar minhas lembranças. – Vá, querido, e seja prudente.

– Mas – eu lhe disse enquanto ela seguia Jacques com um longo olhar – você não me respondeu. Sente algumas dores?

– Sim, às vezes, no estômago. Se estivesse em Paris, teria as honras de uma gastrite, a doença da moda.

– Minha mãe costuma sofrer, e muito – disse-me Madeleine.

– Ah! – ela retrucou. – Minha saúde lhe interessa?...

Madeleine, espantada com a profunda ironia contida nessas palavras, olhou para nós, alternadamente; meus olhos contavam as flores cor-de-rosa que havia na almofada do móvel cinza e verde que enfeitava o salão.

– Essa situação é intolerável – eu lhe disse ao ouvido.

– Fui eu que a criei? – ela me perguntou. – Filho querido – acrescentou em voz alta, fingindo essa cruel jovialidade com que as mulheres embelezam suas vinganças –, você ignora a história moderna? A França e a Inglaterra não têm sido sempre inimigas? Madeleine sabe disso, sabe que um mar imenso as separa, mar frio, mar proceloso.

Os vasos da lareira tinham sido substituídos por candelabros, provavelmente para me retirarem o prazer de enchê-los de flores; mais tarde, encontrei-os no quarto dela. Quando meu criado chegou, saí para lhe dar ordens; ele me trouxera alguns objetos, que quis colocar em meu quarto.

– Félix – disse-me a condessa –, não se engane! O antigo quarto de minha tia é, agora, o de Madeleine, o seu fica acima do quarto do conde.

Embora culpado, eu tinha um coração, e todas essas palavras eram punhaladas friamente dadas nos lugares mais sensíveis que ela parecia escolher para atingir. Os sofrimentos morais não são absolutos, estão relacionados com a delicadeza das almas, e a condessa tinha percorrido duramente essa escala das dores, mas, exatamente por essa razão, a melhor mulher será sempre tanto mais cruel quanto mais bondosa tiver sido. Olhei para ela, que baixou a cabeça. Fui para meu novo quarto, que era bonito, branco e verde. Ali, debulhei-me em lágrimas. Henriette me ouviu, foi até lá levando um buquê de flores.

— Henriette — eu lhe disse —, você está decidida a não perdoar a mais desculpável das faltas?

— Nunca mais me chame de Henriette — retrucou —, essa pobre mulher não existe mais, mas você encontrará sempre a sra. de Mortsauf, uma amiga dedicada que o escutará, o amará. Félix, mais tarde conversaremos. Se você ainda tem ternura por mim, deixe que eu me acostume em vê-lo, e quando as palavras dilacerarem menos o meu coração, na hora em que eu tiver reconquistado um pouco de coragem, pois bem, então, só então... Veja este vale — disse, mostrando-me o Indre —, ele me faz mal, mas continuo a amá-lo.

— Ah! Que morram a Inglaterra e todas as suas mulheres! Entrego minha demissão ao rei, morro aqui, perdoado.

— Não. Ame-a, a essa mulher! Henriette não existe mais, isto não é uma brincadeira, você verá.

Retirou-se, revelando pela inflexão dessa última frase a extensão de suas chagas. Saí decidido, retive-a e disse-lhe:

— Então você já não me ama?

— Você me fez mais mal do que todos os outros juntos! Hoje sofro menos, pois o amo menos. Mas só na Inglaterra se diz *nem nunca, nem sempre*; aqui dizemos *sempre*! Seja sensato, não aumente a minha dor, e, se você sofre, lembre-se de que estou viva!

Retirou sua mão, que eu segurava entre as minhas, fria, sem movimento, mas úmida, e escapuliu como uma flecha, atravessando o corredor onde essa cena verdadeiramente trágica tinha acontecido. Durante o jantar, o conde me reservou um suplício em que eu não tinha pensado.

– Então a marquesa Dudley não está em Paris? – perguntou-me.

Enrubesci exageradamente ao lhe responder:

– Não.

– Ela não está em Tours – disse o conde, continuando.

– Ela não é divorciada, pode ir à Inglaterra. Seu marido ficaria muito feliz se quisesse voltar para ele – disse eu com vivacidade.

– Ela tem filhos? – perguntou a sra. de Morsauf com voz alterada.

– Dois filhos – respondi.

– Onde estão?

– Na Inglaterra, com o pai.

– Vejamos, Félix, seja sincero. Ela é tão bela quanto se diz?

– Fazer-lhe uma pergunta dessas! A mulher que se ama não é sempre a mais bela das mulheres? – exclamou a condessa.

– Sim, sempre – eu disse com orgulho, lançando-lhe um olhar que ela não sustentou.

– Você é feliz – recomeçou o conde –, sim, você é um feliz malandrinho. Ah! Na minha juventude, eu teria enlouquecido com uma conquista dessas...

– Basta – disse a sra. de Mortsauf, apontando com um olhar Madeleine a seu pai.

– Não sou uma criança – disse o conde, que gostava de parecer novamente jovem.

Ao sair da mesa, a condessa me levou ao terraço, e quando lá chegamos exclamou:

– Como! Há mulheres que sacrificam seus filhos a um homem? A fortuna, o mundo, eu concebo, a eternidade, sim, talvez! Mas os filhos! Privar-se dos filhos!

– Sim, e essas mulheres gostariam de ter de sacrificar ainda mais, elas dão tudo...

Para a condessa, o mundo virou pelo avesso, suas idéias se confundiram. Impressionada com essa grandiosidade, suspeitando que a felicidade deveria justificar essa imolação, ouvindo em si mesma os gritos de sua carne revoltada, ficou atônita diante de sua vida frustrada. Sim, teve um terrível momento de dúvida, mas reergueu-se, grande e santa, de cabeça levantada.

– Então, ame-a muito, Félix, ame essa mulher – disse com lágrimas nos olhos –, ela será minha irmã feliz. Perdôo-lhe os males que ela me fez, se lhe der o que você não deveria jamais encontrar aqui, o que você já não pode conseguir de mim. Você tinha razão, eu nunca lhe disse que o amava, e nunca o amei como se ama neste mundo. Mas se ela não sabe ser mãe, como pode amar?

– Santa querida – recomecei –, eu precisaria estar menos emocionado do que estou para lhe explicar por que você paira vitoriosamente acima dela, que é uma mulher da terra, uma filha das raças decadentes, ao passo que você é a filha dos céus, o anjo adorado, você tem todo o meu coração e ela só tem minha carne; ela sabe disso, está desesperada, e trocaria de posição com você, mesmo se o mais cruel martírio lhe fosse imposto como preço por essa mudança. Mas tudo é irremediável. Para você, a alma, para você, os pensamentos, o amor puro, para você, a juventude e a velhice, para ela, os desejos e os prazeres da paixão fugitiva; para você, minha lembrança em toda a sua extensão, para ela o esquecimento mais profundo.

– Diga, diga, diga-me isso, ó, meu amigo! – Ela foi se sentar num banco e desfez-se em lágrimas. – Então, a virtude, Félix, a santidade da vida, o amor materno não são erros! Ah, jogue esse bálsamo sobre minhas chagas! Repita uma palavra que me transporta aos céus aonde eu queria subir num mesmo vôo junto com você! Abençoe-me com um olhar, com uma palavra sagrada, e lhe perdoarei os males que há dois meses sofro.

– Henriette, há mistérios de nossa vida que você ignora. Encontrei-a numa idade em que o sentimento pode abafar os desejos inspirados por nossa natureza, mas várias cenas cuja lembrança me aqueceria na hora em que chegar a morte devem ter lhe mostrado que essa idade terminou, e seu constante triunfo foi prolongar essas delícias mudas. Um amor sem posse sustenta-se pela própria exasperação dos desejos; depois vem um momento em que em nós tudo é sofrimento, em que em nada nos assemelhamos às mulheres. Possuímos uma força de que não podemos abdicar, sob pena de deixarmos de ser homens. Privado do alimento que deve alimentá-lo, o coração devora-se a si mesmo e sente uma exaustão que não é a morte, mas que a precede. A natureza não pode, portanto, ser enganada muito tempo; ao menor acidente, desperta com uma energia que se assemelha à loucura. Não, não amei, mas senti sede no meio do deserto.

– Do deserto! – ela disse com amargura, mostrando o vale. – E – acrescentou – como raciocina, e quantas distinções sutis! Os fiéis não têm tanto espírito.

– Henriette – disse-lhe –, não discutamos por causa de algumas expressões temerárias. Não, minha alma não vacilou, mas não fui senhor de meus sentidos. Essa mulher não ignora que você é a única amada. Ela representa um papel secundário em minha vida, sabe disso, resigna-se a isso; tenho o direito de deixá-la, como se deixa uma cortesã...

– E então...

– Ela me disse que se mataria – respondi, acreditando que essa resolução surpreenderia Henriette.

Mas, ao me ouvir, deixou escapar um desses desdenhosos sorrisos mais expressivos ainda do que os pensamentos que traduzem.

– Minha querida consciência – recomecei –, se você levasse em conta minhas resistências e as seduções que conspiravam para minha perda, compreenderia essa fatal...

– Ah, sim, fatal! – ela disse. – Acreditei demais em você! Acreditei que não lhe faltaria a virtude praticada pelo padre... e que o sr. de Morsauf possuía – acrescentou, dando à voz a mordacidade do epigrama. – Está tudo acabado – recomeçou depois de uma pausa –, devo-lhe muito, meu amigo, você apagou em mim as chamas da vida corporal. O mais difícil do caminho está feito, a idade se aproxima, eis-me adoentada, em breve doente; não poderia ser para você a fada brilhante que lhe derrama uma chuva de favores. Seja fiel a *Lady* Arabelle. Madeleine, que eu estava criando tão bem para você, de quem ela será? Pobre Madeleine, pobre Madeleine! – repetiu como um doloroso refrão. – Se você a tivesse ouvido me dizendo: "Mamãe, você não é amável com Félix!". A querida criatura!

Ela olhou para mim sob os mornos raios do sol poente que deslizavam pela folhagem, e, tomada por uma compaixão por nossos destroços, voltou a mergulhar em nosso passado tão puro, deixando-se levar pelas contemplações, que foram mútuas. Retomávamos nossas lembranças, nossos olhos iam do vale aos vinhedos, das janelas de Clochegourde a Frapesle, povoando esse devaneio com nossos buquês perfumados, com os romances de nossos desejos. Foi sua última volúpia, saboreada com a candura da alma cristã. Essa cena, tão grandiosa para nós, jogou-nos numa idêntica melancolia. Ela acreditou em minhas palavras, e viu-se onde eu a colocava, nos céus.

– Meu amigo – disse-me –, obedeço a Deus, pois seu dedo está em tudo isso.

Só mais tarde conheci a profundidade dessas palavras. Subíamos lentamente pelos terraços. Ela pegou meu braço, apoiou-se nele, resignada, sangrando, mas tendo posto uma atadura sobre os ferimentos.

– A vida humana é assim – disse-me. – Que fez o sr. de Mortsauf para merecer sua sorte? Isso nos demonstra a existência de um mundo melhor. Ai dos que se queixam de ter trilhado o bom caminho!

Então, pôs-se a avaliar tão bem a vida, a considerá-la tão profundamente sob suas diversas faces, que esses cálculos frios me revelaram o desgosto que a assaltara por todas as coisas deste mundo. Ao chegarmos à escadaria, largou meu braço e disse esta última frase:

– Se Deus nos deu o sentimento e o gosto pela felicidade, não deve ele encarregar-se das almas inocentes que neste mundo só encontraram aflições? Ou é assim, ou Deus não existe, ou nossa vida seria uma amarga brincadeira.

Depois dessas últimas palavras, entrou abruptamente, encontrei-a no sofá, deitada como se tivesse sido fulminada pela voz que derrubou são Paulo.

– O que tem? – perguntei.

– Já não sei o que é a virtude – ela me disse – e não tenho consciência da minha!

Ficamos ambos petrificados, escutando o som dessa palavra como o de uma pedra jogada num abismo.

– Se em minha vida me enganei, *ela* tem razão, *ela*! – continuou a sra. de Mortsauf.

Assim, seu último combate seguiu a última volúpia. Quando o conde chegou, ela, que jamais se queixava, se queixou; conjurei-a a me esclarecer seus sofrimentos, mas negou-se a explicá-los, foi se deitar, deixando-me às voltas com remorsos que nasciam uns dos outros. Madeleine acompanhou a mãe, e no dia seguinte soube por ela que a condessa tivera vômitos causados, como disse, pelas violentas emoções daquele dia. Assim, eu, que desejava dar minha vida por ela, eu a estava matando.

– Caro conde – disse ao sr. de Mortsauf, que me forçou a jogar triquetraque –, creio que a condessa está seriamente doente, ainda é tempo de salvá-la; chame Origet e suplique a ela que siga suas prescrições...

– Origet, que me matou? – ele retrucou, interrompendo-me. – Não, não, consultarei Carbonneau.

Durante essa semana, e sobretudo nos primeiros dias, tudo me foi sofrimento, começo de paralisia no coração, ferimento na vaidade, ferimento na alma. É preciso ter sido o centro de tudo, dos olhares e suspiros, ter sido o princípio da vida, o foco do qual todos tiravam sua luz para conhecer o horror do vazio. As mesmas coisas lá estavam, mas o espírito que as vivificava tinha se apagado como uma chama soprada. Compreendi a terrível necessidade dos amantes de não mais se reverem quando o amor se foi. Não ser mais nada, ali onde reinamos! Encontrar a silente frieza da morte ali onde cintilavam os alegres raios da vida! As comparações aniquilam. Logo cheguei a lamentar a dolorosa ignorância de toda a felicidade que havia ensombrecido minha juventude. Assim, meu desespero tornou-se tão profundo que a condessa ficou, creio eu, enternecida. Um dia, depois do jantar, enquanto nós todos passeávamos à beira d'água, fiz um derradeiro esforço para obter meu perdão. Pedi a Jacques que levasse a irmã à frente, deixei o conde ir sozinho, e, conduzindo a sra. de Mortsauf até o bote:

– Henriette – disse-lhe –, uma palavra, por favor, ou me jogo no Indre! Errei, sim, é verdade, mas não imitei o cão em sua sublime afeição? Volto, como ele, cheio de vergonha, como ele; se ele erra, é castigado, mas ele adora a mão que lhe bate; castigue-me, mas me devolva seu coração...

– Pobre menino! – disse ela –, você não continua a ser meu filho?

Pegou meu braço e foi ter, em silêncio, com Jacques e Madeleine, com quem voltou para Clochegourde pelos vinhedos, deixando-me com o conde, que começou a falar de política a respeito de seus vizinhos.

– Vamos entrar – eu lhe disse –, a cabeça descoberta e o sereno poderiam provocar algum acidente.

– Você está com pena de mim, meu caro Félix! – ele me respondeu, equivocando-se sobre minhas intenções. – Minha mulher jamais quis me consolar, talvez por princípio.

Nunca ela me teria deixado sozinho com o marido, agora eu precisava de pretextos para ir me juntar a ela. Estava com os filhos, ocupada em explicar a Jacques as regras do triquetraque.

– Aí estão – disse o conde, sempre enciumado do afeto que ela demonstrava pelos dois filhos –, aí estão esses por quem sempre sou abandonado. Os maridos, meu caro Félix, sempre levam a pior, mesmo a mulher mais virtuosa encontra um jeito de satisfazer sua necessidade de furtar a afeição conjugal.

Ela continuou a acariciá-los, sem responder.

– Jacques – ele disse –, venha aqui!

Jacques opôs algumas dificuldades.

– Seu pai o chama, vá, meu filho – disse a mãe, empurrando-o.

– Eles me amam por dever – recomeçou aquele velho que às vezes enxergava sua situação.

– Meu marido – ela respondeu passando várias vezes a mão nos cabelos de Madeleine, que estava penteada com um diadema –, não seja injusto com as pobres mulheres, para elas nem sempre é fácil levar a vida, e talvez as crianças sejam as virtudes das mães!

– Minha querida – respondeu o conde, que pensou em estar sendo lógico –, o que você diz significa que, sem seus filhos, as mulheres não teriam virtude e abandonariam os maridos.

A condessa levantou-se abruptamente e levou Madeleine para a escadaria.

– É isso o casamento, meu caro – disse o conde. – Você pretende, retirando-se assim, dizer que estou perdendo o juízo? – ele gritou pegando o filho pela mão e indo até a escadaria, para junto da mulher, a quem lançou olhares furiosos.

– Ao contrário, você me apavorou. Sua reflexão me faz um mal terrível – ela disse com voz profunda, lançando-me um olhar de criminosa. – Se a virtude não consiste em se sacrificar pelos filhos e pelo marido, então o que é a virtude?

– Sa-cri-fi-car-se! – o conde retrucou, fazendo de cada sílaba um golpe de barra de ferro no coração de sua pobre vítima. – Então, o que você sacrifica a seus filhos? Então, o que você sacrifica a mim? Quem? Quê? Responda! Vai responder? Mas o que se passa aqui? O que você quer dizer?

— Meu caro — ela respondeu —, então você ficaria satisfeito em ser amado pelo amor de Deus, ou em saber que sua mulher é virtuosa pela virtude em si mesma?

— A condessa tem razão — disse eu, tomando a palavra com uma voz emocionada que vibrou naqueles dois corações onde joguei minhas esperanças para sempre perdidas e que acalmei pela expressão da mais alta de todas as dores cujo grito surdo extinguiu aquela discussão, como, quando o leão ruge, tudo se cala. — Sim, o mais belo privilégio que nos foi conferido pela razão é poder atribuir nossas virtudes às criaturas cuja felicidade é obra nossa, e as quais tornamos felizes não por cálculo, nem por dever, mas por um afeto inesgotável e voluntário.

Uma lágrima brilhou nos olhos de Henriette.

— E, caro conde, se por acaso uma mulher fosse involuntariamente submetida a algum sentimento alheio aos que a sociedade lhe impõe, confesse que quanto mais esse sentimento fosse irresistível, mais ela seria virtuosa ao sufocá-lo, ao *se sacrificar* pelos filhos, pelo marido. Aliás, essa teoria não é aplicável a mim, que infelizmente ofereço um exemplo do contrário, nem a você, a quem jamais se aplicará.

A mão úmida e escaldante encostou-se à minha e se apoiou sobre ela, silente.

— Você é uma bela alma, Félix — disse o conde, que passou, não sem elegância, a mão na cintura da mulher e puxou-a suavemente para si, dizendo-lhe: — Desculpe, minha cara, a um pobre doente que provavelmente gostaria de ser mais amado do que merece.

— Há corações que são só generosidade — ela respondeu, apoiando a cabeça no ombro do conde, que julgou que a frase era para ele.

Esse engano causou um estremecimento na condessa; seu pente caiu, seus cabelos se soltaram, ela empalideceu. O marido, que a segurava, soltou uma espécie de rugido ao senti-la desmaiar, agarrou-a como teria feito com a filha e levou-a para o sofá do salão, onde ficamos ao lado dela. Henriette manteve minha mão na sua, como para me dizer que só nós sabíamos o segredo daquela cena aparentemente tão simples, e tão terrível pelos esgarçamentos de sua alma.

– Estou errada – ela me disse baixinho num momento em que o conde nos deixou a sós para ir pedir um copo com água-de-flor-de-laranjeira –, estou mil vezes errada com você, querendo que você se desespere, quando deveria tê-lo recebido agradecida. Querido, você é de uma bondade adorável que só posso apreciar. Sim, eu sei, há bondades inspiradas pela paixão. Os homens têm várias maneiras de ser bons; são bons por desdém, por ímpeto, por cálculo, por indolência de caráter, mas você, meu amigo, acaba de ser de uma bondade absoluta.

– Se é assim – disse-lhe –, saiba que tudo o que posso ter de grande em mim vem de você. Esqueceu que sou obra sua?

– Essa frase basta para a felicidade de uma mulher – ela respondeu no momento em que o conde voltou. – Estou melhor – disse levantando-se –, preciso de ar.

Descemos, todos nós, para o terraço perfumado pelas acácias ainda em flor. Ela pegara meu braço direito e o apertava contra o coração, exprimindo assim dolorosos pensamentos; mas eram, segundo sua expressão, dessas dores que ela amava. Queria provavelmente ficar sozinha comigo, mas sua imaginação inábil para as astúcias de mulher não lhe sugeria nenhuma maneira de despachar os filhos e o marido. Assim, conversávamos sobre coisas indiferentes, enquanto ela quebrava a cabeça procurando conseguir um momento em que pudesse enfim descarregar o coração no meu.

– Há muito tempo que não passeio de carro – disse afinal, vendo a beleza da tarde. – Mande providenciar, por favor, para que eu possa ir dar uma volta.

Ela sabia que antes da oração qualquer explicação seria impossível, e temia que o conde quisesse jogar um triquetraque. Poderia muito bem encontrar-se comigo naquele terraço perfumado e morno, quando o marido tivesse se deitado, mas talvez temesse ficar sob aquelas folhagens pelas quais se filtravam clarões voluptuosos, passear ao longo da balaustrada de onde nossos olhos abarcavam o curso do Indre na pradaria. Assim como uma catedral de abóbadas sombrias e silenciosas aconselha a prece, assim as folhagens iluminadas pela lua, perfumadas por odores penetrantes, e animadas pelos ruídos surdos da primavera sacodem as fibras e enfraquecem a vontade. O campo, que acalma as paixões dos velhos, excita a dos jovens corações; sabíamos disso! Duas badaladas da sineta anunciaram a hora da prece, e a condessa estremeceu.

– O que você tem, minha querida Henriette?

– Henriette não existe mais – respondeu. – Não a faça renascer, ela era exigente, caprichosa; agora você tem uma amiga sossegada cuja virtude acaba de ser reforçada pelas palavras que o Céu lhe ditou. Falaremos sobre tudo isso mais tarde. Sejamos pontuais à oração. Hoje é minha vez de rezá-la.

Quando a condessa pronunciou as palavras com que pedia a Deus seu socorro contra as adversidades da vida, deu à voz uma entonação com que não fui o único a me impressionar; parecia ter usado seu dom de vidência para entrever a terrível emoção a que devia submetê-la uma inabilidade causada por meu esquecimento de minhas convenções com Arabelle.

– Temos tempo de jogar três partidas até que os cavalos sejam atrelados – disse o conde, arrastando-me para o salão. – Você irá passear com minha mulher, eu irei me deitar.

Como todas as nossas partidas, essa foi tormentosa. De seu quarto ou do de Madeleine, a condessa conseguiu ouvir a voz do marido.

– Você abusa estranhamente da hospitalidade – ela disse ao conde quando voltou para o salão.

Olhei para ela com uma expressão atônita, eu não me habituava com suas asperezas; antigamente, decerto ela teria evitado subtrair-me à tirania do conde, antigamente ela gostava de me ver partilhando seus sofrimentos e suportando-os com paciência, por amor a ela.

– Eu daria minha vida – disse-lhe ao ouvido – para escutá-la murmurando de novo: *Pobre querido! Pobre querido!*

Ela baixou os olhos, lembrando-se da hora a que eu fazia alusão; seu olhar fluiu para mim, mas cabisbaixo, e expressou a alegria da mulher que vê os mais fugazes acentos de seu coração preferidos às profundas delícias de um outro amor. Então, como todas as vezes que sofri semelhante injúria, perdoei-lhe, sentindo-me compreendido. O conde estava perdendo, alegou cansaço a fim de poder abandonar a partida, e fomos passear em torno do gramado, esperando o carro; assim que ele nos deixou, o prazer brilhou tão profundamente em meu rosto que a condessa me interrogou com um olhar curioso e surpreso.

– Henriette existe – eu lhe disse –, continuo a ser amado, você me fere com a intenção evidente de partir meu coração, ainda posso ser feliz!

– Não restava mais que um farrapo de mulher – ela disse apavorada – e neste momento você acaba de destruí-lo. Bendito seja Deus! Ele, que me dá coragem para sofrer meu martírio merecido. Sim, ainda o amo demais, estava prestes a sucumbir, a inglesa, porém, me mostra um abismo.

Nesse momento, subimos no carro, o cocheiro pediu ordens.

– Vá pela estrada de Chinon, pela avenida, e nos traga de volta pelas charnecas de Charlemagne e pelo caminho de Saché.

– Que dia é hoje? – disse eu com exagerada vivacidade.

– Sábado.

– Não vá por lá, no sábado à noite a estrada está cheia de vendedores de galinhas que vão a Tours, e encontraríamos suas carroças.

– Faça o que digo – ela retrucou, olhando para o cocheiro.

Conhecíamos demais, um e outro, os tons de nossas vozes, por mais sutis que fossem, para que fôssemos capazes de disfarçar a menor de nossas emoções. Henriette compreendera tudo.

– Você não pensou nos vendedores de galinhas ao escolher esta tarde – ela disse com um leve toque de ironia. – *Lady* Dudley está em Tours. Não minta, ela o espera perto daqui. *Que dia é hoje? Os vendedores de galinhas! As carroças!* – ela retrucou. – Já fez observações parecidas quando saíamos antigamente?

– Elas provam que em Clochegourde eu esqueço tudo – respondi simplesmente.

– Ela o espera? – recomeçou.

– Sim.

– A que horas?

– Entre onze e meia-noite.

– Onde?

– Nas charnecas.

– Não me engane, não será debaixo da nogueira?

– Nas charnecas.

– Iremos – ela disse –, vou vê-la.

Ao ouvir essas palavras olhei para minha vida como que definitivamente parada. Num instante resolvi terminar, por uma completa união com *Lady* Dudley, a luta dolorosa que ameaçava esgotar minha sensibilidade, arrebatar por tantos choques repetidos essas voluptuosas delicadezas que se assemelham à flor dos frutos. Meu silêncio furioso feriu a condessa, cuja grandeza eu não conhecia inteiramente.

– Não se irrite comigo – disse-me com sua voz dourada –, isto, meu caro, é minha punição. Você jamais será amado como é aqui – recomeçou, encostando a mão sobre meu coração. – Não lhe confessei isso? A marquesa Dudley me salvou. Para ela, as infâmias, não as invejo. Para mim, o glorioso amor dos anjos! Percorri campos imensos desde a sua chegada. Avaliei a vida. Eleve a alma, você a está dilacerando, quanto mais alto chegar, menos simpatias encontrará; em vez de sofrer no vale, você sofre nos ares assim como a águia que paira levando no coração uma flecha arremessada por algum pastor rude. Hoje compreendo que o céu e a terra são incompatíveis. Sim, para quem quer viver na zona celeste, só Deus é possível. Nossa alma deve então se soltar de todas as coisas terrestres. É preciso amar aos amigos como amamos às crianças, por elas e não por si. O *eu* causa as desgraças e as tristezas. Meu coração irá mais alto que a águia, ali existe um amor que não me enganará. Quanto a viver a vida terrestre, ela nos avilta demais, fazendo com que o egoísmo dos sentidos domine a espiritualidade do anjo que existe em nós. Os regozijos que a paixão nos dá são horrivelmente tormentosos, pagos por enervantes inquietações que quebram as engrenagens da alma. Fui até a beira do mar onde se agitam essas tempestades, e as vi de perto demais; muitas vezes elas me envolveram em suas nuvens, nem sempre as ondas se quebraram a meus pés, senti seu rude abraço que enregela o coração; devo me retirar para os lugares elevados, pois pereceria à beira desse mar imenso. Vejo em você, como em todos os que me afligiram, os guardas de minha virtude. Minha vida foi entremeada de angústias felizmente proporcionais a minhas forças, e assim se manteve pura das paixões más, sem repouso que lhe ofereça seduções e sempre pronta para Deus. Nossa ligação *foi* a tentativa insensata, o esforço de duas crianças cândidas tentando satisfazer o coração, os homens e Deus... Loucura, Félix! Ah! – disse depois de uma pausa –, como essa mulher o chama?

– Amédée – respondi –, Félix é um ser à parte, que jamais pertencerá senão a você.

– Henriette tem pena de morrer – ela disse, deixando escapar um sorriso piedoso. – Mas morrerá no primeiro esforço da cristã humilde, da mãe orgulhosa, da mulher de virtudes ontem titubeantes e hoje firmes. Que lhe direi?

Pois bem! Sim, minha vida é coerente consigo mesma tanto nas maiores como nas menores circunstâncias. O coração em que eu devia fixar as primeiras raízes da ternura, o coração de minha mãe fechou-se para mim, apesar de minha persistência em procurar nela um desvão onde pudesse me esgueirar. Eu era uma menina, vinha depois de três meninos mortos, e tentei em vão ocupar o lugar deles no afeto de meus pais; não curei a chaga feita ao orgulho da família. Quando, depois dessa infância sombria, conheci minha tia adorável, a morte a levou prontamente. O sr. de Mortsauf, a quem me devotei, feriu-me constantemente, sem trégua, sem saber, pobre homem! Seu amor tem o egoísmo ingênuo daquele que nossos filhos têm por nós. Não conhece os males que me causa, e é sempre perdoado! Meus filhos, esses queridos filhos que estão ligados à minha carne por todas as suas dores, à minha alma por todas as suas qualidades, à minha natureza por suas alegrias inocentes, essas crianças não me foram dadas para mostrar o quanto existe de força e de paciência no seio das mães? Ah, sim, meus filhos são minhas virtudes! Você sabe como tenho sido flagelada por eles, neles, apesar deles. Tornar-se mãe, para mim, foi comprar o direito de sempre sofrer. Quando Agar clamou no deserto, um anjo fez brotar para aquela escrava muito amada uma fonte pura, mas para mim, quando a fonte límpida para a qual (lembra?) você queria me guiar veio correr em torno de Clochegourde, só me despejou águas amargas. Sim, você me infligiu sofrimentos inauditos. Provavelmente Deus perdoará a quem só conheceu a afeição por meio da dor. Mas se as penas mais vivas que sofri me foram impostas por você, talvez eu as tenha merecido. Deus não é injusto. Ah, sim! Félix, um beijo furtivamente dado numa fronte talvez comporte crimes! Talvez eu deva rudemente expiar os passos dados diante dos filhos e do marido, quando passeava à tarde a fim de estar sozinha com lembranças e pensamentos que não lhes pertenciam, pois, andando assim, a alma estava unida a outra! Quando o ser interior se contrai e encolhe para ocupar apenas o lugar que se oferece aos abraços, talvez se cometa o pior dos crimes! Quando uma mulher se abaixa a fim de receber em seus cabelos o beijo do marido para ter uma fronte neutra, há crime! Há crime em forjar um futuro apoiando-se na morte, crime em imaginar no futuro uma maternidade sem sustos, belos filhos brincando à noite com um pai adorado por toda a família, e diante dos olhos enternecidos da mãe feliz. Sim, pequei, pequei gravemente! Encontrei prazer nas penitências infligidas pela Igreja, e que não resgatavam o suficiente essas faltas com que o padre foi provavelmente muito indulgente. Deus sem dúvida colocou a punição no centro de todos esses erros, encarregando de sua vingança aquele por quem eles foram cometidos. Dar meus cabelos não era então me prometer? Por que então eu gostava de pôr um vestido branco? É que assim eu me achava mais fiel à imagem de seu lírio. Não foi de vestido branco que você me avistou aqui, pela primeira vez? Ai de mim! Amei menos a meus filhos, pois toda afeição viva tem de ser tomada das afeições devidas. Está vendo, Félix? Todo sofrimento tem seu significado. Bata, bata mais forte do que bateram o sr. de Mortsauf e meus filhos. Essa mulher é um instrumento da cólera de Deus, vou abordá-la sem ódio, vou lhe sorrir, sob pena de não ser cristã, esposa e mãe, devo amá-la. Se, como você diz, pude contribuir em preservar o seu coração do contato que o teria maculado, essa inglesa não seria capaz de me odiar. A mulher deve amar a mãe daquele a quem ama, e sou sua mãe. O que quis no seu coração? O lugar deixado vago pela sra. de Vandenesse. Ah, sim, você sempre se queixou de minha frieza! Sim, não sou, na verdade, mais que sua mãe. Perdoe-me portanto as durezas involuntárias que lhe disse na sua chegada, pois a mãe deve se alegrar em saber que o filho é tão amado.

Reclinou a cabeça sobre meu peito, repetindo:
– Desculpe! Desculpe!

Ouvi, então, inflexões desconhecidas. Não era sua voz de moça e suas notas alegres, nem sua voz de mulher e suas terminações despóticas, nem os suspiros da mãe dolorida; era uma voz dilacerante, nova por suas dores novas.

– Quanto a você, Félix – recomeçou, animando-se –, você é o amigo incapaz de fazer mal. Ah! Você nada perdeu em meu coração, não se censure nada, não tenha o mais leve remorso. Não era o cúmulo do egoísmo pedir-lhe para sacrificar a um futuro impossível os prazeres mais imensos, já que para prová-los uma mulher abandona os filhos, abdica de sua posição e renuncia à eternidade? Quantas vezes não o achei superior a mim! Você era grande e nobre, eu, eu era pequena e criminosa! Bem, eis que tudo está dito, não posso ser para você mais que um clarão elevado, cintilante e frio, mas inalterável. Apenas, Félix, faça com que eu não seja a única a amar o irmão que escolhi para mim. Queira-me bem! O amor de uma irmã não tem um amanhã mau nem momentos difíceis. Você não precisará mentir para essa alma indulgente que viverá de sua bela vida, que jamais deixará de se afligir com suas dores, que se alegrará com suas alegrias, que amará as mulheres que o fizerem feliz e se indignará das traições. Não tive irmão para amar dessa maneira. Seja grande o bastante para se despojar de todo amor-próprio, para transformar nossa ligação, até aqui tão duvidosa e cheia de tempestades, nessa doce e santa afeição. Ainda posso viver assim. Serei a primeira a começar, apertando a mão de *Lady* Dudley.

Ela não chorava ao pronunciar essas palavras cheias de uma sabedoria amarga, e pelas quais, arrancando o último véu que me escondia sua alma e suas dores, mostrava-me por quantos laços se ligara a mim, quantas fortes correntes eu tinha rompido! Estávamos em tal delírio que nem mais percebíamos a chuva que caía torrencialmente.

– A senhora condessa não quer entrar um instantinho aqui? – disse o cocheiro apontando para o principal albergue de Ballan.

Ela fez um sinal de aprovação e ficamos cerca de meia hora sob o arco da entrada, para grande espanto dos criados da hospedaria, que se perguntavam por que a sra. de Mortsauf estava às onze horas naqueles caminhos. Iria a Tours? Voltaria de lá? Quando parou o temporal, e a chuva se transformou no que em Tours se chama uma *brouée*,[84] que não impedia a lua de iluminar as camadas mais altas do nevoeiro rapidamente levado pelo vento, o cocheiro saiu e deu meia-volta, para minha grande alegria.

– Siga minha ordem – a condessa lhe gritou suavemente.

Pegamos então a estrada das charnecas de Charlemagne, onde a chuva recomeçou. A meio caminho das charnecas, ouvi os latidos do cão predileto de Arabelle; um cavalo surgiu de repente de trás de uma cepa de carvalho, transpôs de um salto a estrada, pulou sobre a vala escavada pelos proprietários para demarcar seus terrenos respectivos nessas terras baldias que se pensava serem aproveitáveis para o plantio, e *Lady* Dudley foi postar-se na charneca para ver a caleche passar.

– Que prazer esperar assim seu amante, quando se pode fazê-lo sem crime! – disse Henriette.

Os latidos do cão tinham indicado a *Lady* Dudley que eu estava no carro, provavelmente ela pensou que eu vinha assim buscá-la por causa do mau tempo; quando chegamos ao lugar onde estava a marquesa, ela saltou para a beira da estrada com essa destreza de cavaleiro que lhe é particular, e com a qual Henriette se maravilhou como se fosse um prodígio. Por meiguice, Arabelle só dizia a última sílaba de meu nome, pronunciada à inglesa, espécie de apelo que em seus lábios tinha um encanto digno de uma fada. Sabia que só devia ser ouvida por mim ao gritar: *My Dee!*

– É ele, sim, senhora – respondeu a condessa, contemplando sob um claro raio de lua a fantástica criatura cujo

---

84. Garoa, neblina.

rosto impaciente estava estranhamente acompanhado por longos cachos soltos.

Você sabe com que rapidez duas mulheres se examinam. A inglesa reconheceu sua rival e foi gloriosamente inglesa, envolveu-nos com um olhar cheio de desprezo inglês e desapareceu entre os arbustos com a rapidez de uma flecha.

– Depressa para Clochegourde! – exclamou a condessa, para quem essa olhadela áspera foi como uma machadada no coração.

O cocheiro deu a volta para pegar o caminho de Chinon, que era melhor que o de Saché. Quando a caleche começou novamente a contornar as charnecas, ouvimos o galope furioso do cavalo de Arabelle e os passos de seu cão. Os três tangenciavam os bosques do outro lado da charneca.

– Ela vai embora, você vai perdê-la para sempre – disse-me Henriette.

– Pois bem! – respondi – Que vá! Não deixará saudade.

– Ah, pobres mulheres! – exclamou a condessa, expressando um horror condoído. – Mas aonde ela vai?

– À Grenadière, uma casinha perto de Saint-Cyr – disse.

– Vai sozinha – retrucou Henriette num tom que me provou que as mulheres imaginam-se solidárias no amor e nunca se abandonam.

No momento em que entrávamos na avenida de Clochegourde, o cão de Arabelle latiu alegremente, correndo na frente da caleche.

– Ela nos ultrapassou! – exclamou a condessa. Depois de uma pausa, continuou: – Nunca vi mulher mais bonita. Que mãos e que silhueta! Sua tez ofusca o lírio e seus olhos têm o brilho do diamante! Mas monta bem demais a cavalo, deve gostar de exibir sua força, creio que é ativa e violenta; além disso, parece-me que se põe um pouco ousadamente acima das convenções: a mulher que não reconhece as leis está bem perto de só escutar seus caprichos. Os que gostam tanto de brilhar, de se mover, não receberam o dom da constância. Segundo minhas idéias, o amor requer mais tranqüilidade: imaginei-o como um lago imenso em que a sonda não encontra o fundo, em que as tempestades podem ser violentas, mas raras e contidas dentro de limites intransponíveis onde duas criaturas vivem numa ilha florida, longe do mundo cujo luxo e brilho as ofenderia. Talvez esteja errada, mas o amor deve assumir o cunho dos temperamentos. Se os princípios da natureza se dobram às formas desejadas pelos climas, por que não seria assim com os sentimentos dos indivíduos? Sem dúvida os sentimentos, que em conjunto obedecem à lei geral, não contrastam apenas na expressão. Cada alma tem seu modo. A marquesa é a mulher forte que transpõe as distâncias e age com a força do homem, que libertaria o amante do cativeiro, mataria carcereiro, sentinelas e carrascos, ao passo que certas criaturas só sabem amar com toda a sua alma; no perigo, ajoelham-se, rezam e morrem. Qual dessas duas mulheres é a que mais lhe agrada, eis toda a questão. Sim, claro, a marquesa o ama, fez por você tantos sacrifícios! Talvez seja ela que o amará sempre, quando você não mais amá-la!

— Permita-me, querido anjo, repetir o que um dia você me disse: como sabe essas coisas?

— Cada dor carrega seu ensinamento, e sofri em tantas ocasiões que meu saber é vasto.

Meu criado tinha ouvido as ordens, pensou que voltaríamos pelo lado dos terraços, e mantinha meu cavalo pronto na avenida; o cão de Arabelle pressentira o cavalo, e sua dona, levada por uma curiosidade bem legítima, o seguira pelos bosques onde com certeza ela estava escondida.

— Vá fazer as pazes — disse-me Henriette sorrindo e sem trair melancolia. — Diga-lhe o quanto ela se enganou sobre minhas intenções; eu queria lhe revelar todo o preço do tesouro que lhe coube, meu coração só encerra bons sentimentos por ela e, sobretudo, não tem raiva nem desprezo; explique-lhe que sou sua irmã e não sua rival.

— Não irei! — exclamei.

– Você nunca sentiu – disse com o deslumbrante orgulho dos mártires – que certas atenções chegam a beirar o insulto? Vá, vá.

Então, corri para *Lady* Dudley para saber em que estado de espírito ela estava. "Se pudesse se zangar e me largar!", pensei, "eu voltaria para Clochegourde." O cão me conduziu até debaixo de um carvalho, de onde a marquesa se lançou, gritando para mim: *Away! away!*[85] Tudo o que consegui fazer foi segui-la até Saint-Cyr, onde chegamos à meia-noite.

– Esta senhora está em perfeita saúde – disse-me Arabelle ao descer do cavalo.

Só os que a conheceram conseguem imaginar todos os sarcasmos que continha essa observação secamente lançada com ares que queriam dizer: "Eu teria morrido!".

– Proíbo-a de arriscar uma só de suas brincadeiras de triplo dardo sobre a sra. de Mortsauf – respondi-lhe.

– Seria desgostar a vossa graça observar a perfeita saúde de que goza uma criatura cara a seu precioso coração? As mulheres francesas odeiam, dizem, até o cão de seus amantes; na Inglaterra, amamos tudo o que nossos senhores soberanos amam, odiamos tudo o que odeiam, porque vivemos na pele de nossos senhores. Permita-me, portanto, amar essa dama tanto quanto você mesmo a ama. Só que, querido menino – disse enlaçando-me com seus braços úmidos de chuva –, se você me traísse, eu não estaria de pé nem deitada, nem numa caleche tendo lacaios ao lado, nem passeando nas charnecas de Charlemagne, nem em nenhuma das charnecas de nenhum país de nenhum mundo, nem em minha casa, nem sob o teto de meus pais! Eu não existiria mais. Nasci no Lancashire, região onde as mulheres morrem de amor. Conhecer-te e ceder-te! Eu não te cederia a poder nenhum, nem mesmo à morte, pois morreria contigo.

---

85. "Vá embora! Vá embora!" Em inglês no original. (N. do E.)

Levou-me para seu quarto, onde o conforto já tinha espalhado suas alegrias.

– Ame-a, minha querida – eu lhe disse com calor –, ela a ama, não de forma zombeteira, mas sinceramente.

– Sinceramente, pequeno? – disse, desabotoando o traje de amazona.

Por vaidade de amante, quis revelar o aspecto sublime do temperamento de Henriette a essa orgulhosa criatura. Enquanto a camareira, que não sabia uma palavra de francês, arrumava seus cabelos, eu tentava pintar a sra. de Mortsauf esboçando sua vida, e repeti os grandes pensamentos que tinha lhe sugerido a crise em que todas as mulheres se tornam pequenas e más. Arabelle deu a impressão de não prestar a menor atenção em mim, mas não perdeu nenhuma de minhas palavras.

– Estou encantada – disse quando ficamos a sós – em conhecer seu gosto por essas espécies de conversas cristãs; existe em uma de minhas terras um vigário que sabe como ninguém compor sermões, nossos camponeses os entendem, de tal forma essa prosa é apropriada ao ouvinte. Escreverei amanhã a meu pai para que me envie por navio esse bom homem e você o encontrará em Paris; quando o tiver escutado uma vez, só quererá escutar a ele, tanto mais que ele também goza de perfeita saúde. Sua moral não lhe causará esses abalos que fazem chorar, pois flui sem tormentas, como uma nascente clara, e proporciona um delicioso sono. Todas as noites, se lhe agradar, você satisfará sua paixão pelos sermões, digerindo o seu jantar. A moral inglesa, querido menino, é tão superior à da Touraine como nossa cutelaria, nossa prataria e nossos cavalos são superiores às suas facas e a seus animais. Faça-me o obséquio de ouvir meu vigário, promete? Sou apenas uma mulher, meu amor, sei amar, posso morrer por você se desejar, mas não estudei em Eton, nem em Oxford, nem em Edimburgo, não sou doutor nem reverendo, portanto não saberia prepará-lo para a moral, para isso sou totalmente inadequada, cometeria a pior inabilidade se tentasse. Não censuro os seus gostos, se você tivesse outros mais depravados que este eu tentaria me conformar, pois quero que encontre perto de mim tudo o que você ama, prazeres de amor, prazeres de mesa, prazeres de igreja, bom vinho e virtudes cristãs. Quer que eu ponha um cilício esta noite? Ela é muito feliz, essa mulher, ao cuidar de sua moral! Em que universidade as francesas se diplomam? Pobre de mim! Posso apenas me dar, sou apenas sua escrava...

— Então, por que fugiu quando eu queria vê-las juntas?

— Está louco, *my Dee*? Iria de Paris a Roma disfarçada de lacaio, faria por você as coisas mais insensatas, mas como posso falar nas estradas com uma mulher que não me foi apresentada e que ia começar um sermão em três pontos? Falaria com os camponeses, pediria a um operário que dividisse seu pão comigo, se estivesse com fome, e lhe daria alguns guinéus, e tudo seria aceitável; mas parar uma caleche, como fazem os salteadores da Inglaterra, isso não está em meu código. Então você só sabe amar, pobre menino? Então você não sabe viver? Aliás, ainda não me pareço totalmente com você, meu anjo! Não gosto da moral. Mas, para agradá-lo, sou capaz dos maiores esforços. Vamos, cale-me, procurarei me adaptar! Tentarei tornar-me pregadora. Comparado com você, Jeremias será, em pouco tempo, apenas um bufão. Não mais me permitirei carícias sem recheá-las de versículos da Bíblia.

Usou de seu poder, abusou, logo que viu em meu olhar essa ardente expressão que se delineava assim que começavam suas feitiçarias. Triunfou completamente e de bom grado coloquei acima das sutilezas católicas a grandeza da mulher que se perde, que renuncia ao futuro e faz do amor toda a sua virtude.

— Então ela ama a si mesma mais que a você? — perguntou. — Então prefere a você qualquer coisa que não seja você? Como dar ao que é nosso outra importância além daquela com que o honramos? Nenhuma mulher, por mais moralista que seja, consegue igualar-se a um homem. Andem sobre nós, matem-nos, jamais embaracem suas vidas por causa de nós. A nós cabe morrer, a vocês cabe viver, grandes e altivos. De vocês para nós, o punhal, de nós para vocês, o amor e o perdão. O sol inquieta-se com os mosquitos que existem em seus raios e que vivem dele? Ficam ali enquanto podem, e quando ele desaparece, morrem...

– Ou saem voando – disse eu, interrompendo-a.

– Ou saem voando – retrucou com uma indiferença que teria açulado o homem mais determinado a usar do singular poder de que ela o investia. – Você acredita que seja digno de uma mulher fazer um homem engolir fatias untadas de virtude para persuadi-lo de que a religião é incompatível com o amor? Então, sou eu uma ímpia? Ou nos damos ou nos recusamos, mas recusar-se e pregar a moral constituem uma dupla pena, o que é contrário ao direito de todos os países. Aqui você só terá excelentes sanduíches preparados pela mão de sua serva Arabelle, de quem toda a moral será imaginar carícias que nenhum homem já sentiu e que os anjos me inspiram.

Não conheço nada mais corrosivo do que o gracejo manejado por uma inglesa, no qual ela joga a seriedade eloqüente, o ar de pomposa convicção sob o qual os ingleses encobrem as altas tolices de suas vidas de preconceitos. O gracejo francês é uma renda com que as mulheres sabem embelezar a alegria que dão e as discussões que inventam; é um ornamento moral, gracioso como a toalete delas. Mas o gracejo inglês é um ácido que corrói tão bem as criaturas sobre quem cai que as transforma em esqueletos lavados e escovados. A língua de uma inglesa espirituosa parece a de um tigre que, querendo brincar, arranca a carne até o osso. Arma todo-poderosa do demônio que vem dizer, zombando: *É só isso?*. A zombaria deixa um veneno mortal nas feridas que abre de bom grado. Durante aquela noite, Arabelle quis mostrar seu poder assim como um sultão que, para provar sua destreza, diverte-se em degolar inocentes.

– Meu anjo – ela me disse quando me mergulhou naquela sonolência em que esquecemos tudo exceto a felicidade –, acabo de praticar a moral, eu também! Perguntei-me se cometia um crime ao amá-lo, se violava as leis divinas, e achei que nada era mais religioso e nem mais natural. Por que Deus criaria seres mais bonitos que os outros senão para nos indicar que devemos adorá-los? Não amá-lo é que seria um crime: você não é um anjo? Essa dama o insulta ao confundi-lo com os outros homens, as regras da moral não são aplicáveis a você, Deus o colocou acima de tudo. Amá-lo não seria aproximar-se dele? Ele poderia querer mal a uma pobre mulher por ter apetite pelas coisas divinas? Seu vasto e luminoso coração parece tanto com o céu que me engano como os mosquitos que vão se queimar nas velas de uma festa! Estes serão punidos por seu erro? Aliás, é um erro? Não seria uma elevada adoração da luz? Eles perecem por religião demais, se chamamos perecer jogar-se no coração de quem amamos. Tenho a fraqueza de amá-lo, ao passo que essa mulher tem a força de permanecer em sua capela católica. Não franza o cenho! Acha que quero mal a ela? Não, meu pequeno! Adoro a moral dela, que a aconselhou a deixá-lo livre e me permitiu assim conquistá-lo, guardá-lo para sempre, pois você é meu para sempre, não é?

– Sou.
– Para sempre?
– Sou.
– Então você me perdoa, sultão? Só eu é que adivinhei tudo o que você valia! Ela sabe cultivar as terras, diz você? Deixo essa ciência para os lavradores, prefiro cultivar seu coração.

Tento me lembrar dessas inebriantes conversas a fim de bem descrever-lhe essa mulher, de justificar-lhe o que disse dela e colocá-la assim em condições de compreender o desfecho. Mas como lhe descrever os acompanhamentos dessas lindas palavras que você sabe! Eram loucuras comparáveis às fantasias mais exorbitantes de nossos sonhos; ora criações semelhantes às de meus buquês: a graça unida à força, a ternura e suas lânguidas lentidões, opostas às erupções vulcânicas do arrebatamento; ora as gradações mais eruditas da música aplicadas ao concerto de nossas volúpias; depois, jogos parecidos com os das serpentes entrelaçadas; enfim, os mais acariciantes discursos ornamentados com as idéias mais risonhas, tudo o que o espírito pode acrescentar de poesia aos prazeres dos sentidos. Ela queria aniquilar sob as fulminações de seu amor impetuoso as impressões deixadas em meu coração pela alma casta e recolhida de Henriette. A marquesa tinha visto tão bem a condessa assim como a sra. de Morsauf a tinha visto: as duas se haviam julgado muito bem. A grandeza do ataque feito por Arabelle me revelava a extensão de seu medo e sua secreta admiração pela rival. De manhã, encontrei-a com os olhos em lágrimas, não tendo dormido.

– O que você tem? – perguntei.

– Tenho medo de que meu amor extremo me prejudique – respondeu. – Dei tudo. Mais hábil que eu, essa mulher possui em si alguma coisa que você pode desejar. Se a prefere, não pense mais em mim: não mais o aborrecerei com minhas dores, meus remorsos, meus sofrimentos; não, irei morrer longe de você, como uma planta sem o sol que a vivifica.

Ela soube arrancar de mim juras de amor que a encheram de alegria. De fato, que dizer a uma mulher que chora de manhã? Uma dureza parece-me, nessa hora, infame. Se não resistimos a ela na véspera, no dia seguinte não somos obrigados a mentir, pois o Código dos Homens nos impõe, como gentileza, um dever de mentir?

– Pois bem! Sou generosa – disse enxugando as lágrimas –, volte para perto dela, não quero prendê-lo pela força de meu amor, mas por sua própria vontade. Se voltar para cá, acreditarei que me ama tanto quanto o amo, o que sempre me pareceu impossível.

Ela soube me convencer a voltar para Clochegourde. A falsidade da situação que eu ia enfrentar não podia ser pressentida por um homem repleto de felicidade. Ao me recusar a ir para Clochegourde, dava ganho de causa a *Lady* Dudley contra Henriette. Arabelle levava-me então para Paris. Mas ir para lá não seria insultar a sra. de Mortsauf? Nesse caso, eu devia voltar ainda mais seguramente para Arabelle. Uma mulher algum dia já perdoou tais crimes de lesa-amor? A não ser que seja um anjo descido dos céus, e não o espírito purificado que a ele se dirige, uma mulher apaixonada prefereria ver o amante sofrendo uma agonia a vê-lo feliz com outra: quanto mais amar, mais se sentirá ferida. Assim, vista de seus dois lados, minha situação, quando saí de Clochegourde para ir à Grenadière, era tão mortal para meus amores de eleição como favorável a meus amores do acaso. A marquesa tinha calculado tudo com uma profundidade estudada. Confessou-me mais tarde que se a sra. de Mortsauf não a tivesse encontrado nas charnecas, pensara em me comprometer andando em torno de Clochegourde.

No momento em que encontrei a condessa, a quem vi pálida, abatida como uma pessoa que sofreu uma dura insônia, exerci subitamente, não esse tato, mas esse faro que faz os corações ainda jovens e generosos sentirem o alcance de atos indiferentes aos olhos do vulgo, criminosos segundo a jurisprudência das grandes almas. Tal como uma criança que, tendo descido por um precipício ao brincar, colhendo flores, vê com angústia que lhe será impossível subir, não percebe mais o solo humano a não ser com uma distância intransponível, e sente-se sozinha, à noite, e ouve uivos selvagens, logo compreendi que estávamos separados por todo um mundo. Surgiu em nossas duas almas um grande clamor e como que um eco do lúgubre *Consummatum est!* que se clama nas igrejas na Sexta-feira Santa, na hora em que o Salvador expirou, cena horrível que gela as jovens almas para quem a religião é um primeiro amor. Todas as ilusões de Henriette haviam morrido de uma só vez, seu coração tinha sofrido uma paixão. Ela, que tanto respeitara o prazer a ponto de jamais ter sido enlaçada em suas entorpecentes dobras, será que adivinhava hoje as volúpias do amor feliz, a ponto de me recusar seus olhares? Pois ela me retirou a luz que nos últimos seis anos brilhava sobre minha vida. Sabia, pois, que a fonte dos raios derramados por nossos olhos estava em nossas almas, às quais serviam de rota para que elas penetrassem uma na outra ou para que se confundissem numa só, e se separassem, e se comportassem como duas mulheres sem desconfiança que se dizem tudo? Senti amargamente o erro de apresentar, sob aquele teto que desconhecia as carícias, um rosto onde as asas do prazer haviam semeado sua poeira multicolorida. Se, na véspera, tivesse deixado *Lady* Dudley partir sozinha, se tivesse voltado a Clochegourde, onde talvez Henriette teria me esperado, talvez... enfim, talvez a sra. de Morsauf não tivesse se proposto tão cruelmente ser minha irmã. Ela conferiu a todas as suas condescendências o fausto de uma força exagerada, entrou violentamente em seu papel para dele não sair. Durante o almoço, demonstrou milhares de atenções comigo, atenções humilhantes, cuidou de mim como de um doente de quem se condoesse.

– Você andou passeando muito cedo – disse-me o conde –, deve então estar com um excelente apetite, você, cujo estômago não está destruído!

Essa frase, que não atraiu para os lábios da condessa o sorriso de uma irmã astuciosa, acabou de me provar o ridículo de minha posição. Era impossível estar em Clochegourde de dia, em Saint-Cyr de noite. Arabelle tinha contado com minha delicadeza e com a grandeza da sra. de Mortsauf. Durante esse longo dia, senti como era difícil tornar-se o amigo de uma mulher por muito tempo desejada. Essa transição, tão simples quando os anos a preparam, é uma doença na juventude. Eu tinha vergonha, amaldiçoava o prazer, gostaria que a sra. de Mortsauf me pedisse meu sangue. Eu não podia difamar violentamente a sua rival, de quem ela evitava falar, e falar mal de Arabelle era uma infâmia que me teria feito desprezar Henriette, magnífica e nobre até nos últimos desvãos de seu coração. Depois de cinco anos de deliciosa intimidade, não sabíamos do que falar, nossas palavras não correspondiam mais a nossos pensamentos, nós nos escondíamos mutuamente dores devoradoras, nós, para quem a dor sempre fora um fiel intérprete. Henriette fingia uma aparência feliz, tanto para ela como para mim, mas estava triste. Embora se dissesse a todo instante minha irmã, não encontrava nenhuma idéia para entreter a conversa, e quase o tempo todo ficávamos num silêncio constrangedor. Aumentou meu suplício interior, fingindo acreditar ser a única vítima dessa *lady*.

– Sofro mais que você – eu lhe disse num momento em que a irmã deixou escapar uma ironia bem feminina.

– Como? – respondeu nesse tom de altivez que as mulheres assumem quando queremos sobrepujar suas sensações.

– Toda a culpa é minha.

Houve um momento em que a condessa assumiu comigo um ar frio e indiferente que me alquebrou; resolvi partir. À noite, no terraço, despedi-me da família reunida. Todos me seguiram até o gramado onde escavava meu cavalo, do qual se afastaram. Ela veio até mim quando peguei as rédeas.

– Vamos a pé, sozinhos, pela avenida – disse-me.

Dei-lhe o braço e saímos pelo pátio, andando a passos lentos, como se saboreássemos nossos movimentos confundidos; atingimos assim um arvoredo que envolvia um canto da cerca externa.

– Adeus, meu amigo – disse ela, parando, jogando a cabeça contra meu coração e os braços em meu pescoço. – Adeus, não nos reveremos mais. Deus me deu o triste poder de ver o futuro. Não se lembra do terror que me assaltou, um dia, quando você voltou tão bonito? Tão jovem? E que o vi dando-me as costas como hoje, que parte de Clochegourde para ir à Grenadière? Pois bem! Mais uma vez, durante esta noite consegui dar uma espiada em nossos destinos. Meu amigo, neste momento nos falamos pela última vez. Apenas poderei lhe dizer mais algumas palavras, pois já não serei eu inteira que lhe falarei. A morte já atacou alguma coisa em mim. Você terá então arrebatado de meus filhos a mãe deles, substitua-a perto deles! Você pode fazê-lo! Jacques e Madeleine o amam como se você os tivesse feito sempre sofrer.

– Morrer! – disse eu, apavorado, olhando para ela e revendo o fogo seco de seus olhos luzentes dos quais não se pode dar uma idéia a quem não conheceu entes queridos atingidos por essa doença horrível, a não ser comparando seus olhos a globos de prata polida. – Morrer! Henriette, ordeno-lhe que viva. Outrora você me pediu juramentos, pois bem! Hoje exijo um de você: jure-me consultar Origet e obedecer-lhe em tudo...

– Então quer se opor à clemência de Deus? – disse ela interrompendo-me com o grito do desespero indignado por não ser reconhecido.

– Então você não me ama o suficiente para me obedecer cegamente em tudo como essa miserável *lady*...

– Sim, tudo o que quiser – disse, impelida por um ciúme que num instante a fez transpor as distâncias que até então havia respeitado.

– Fico aqui – eu lhe disse, beijando-a nos olhos.

Apavorada com esse consentimento, escapou de meus braços, foi se apoiar contra uma árvore; depois voltou para casa andando precipitadamente, sem virar a cabeça, mas a segui, ela chorava e rezava. Ao chegar ao gramado, peguei sua mão e a beijei respeitosamente. Essa submissão inesperada a tocou.

– Seu, apesar de tudo! – eu lhe disse –, pois a amo como sua tia a amava.

Ela estremeceu, e então apertou violentamente minha mão.

– Um olhar – disse-lhe eu –, mais um de nossos antigos olhares! A mulher que se dá inteiramente – exclamei, sentindo minha alma iluminada pelo olhar que me lançou –, dá menos vida e alma do que acabo de receber. Henriette, você é a mais amada, a única amada.

– Viverei! – ela me disse. – Mas cure-se também.

Esse olhar tinha apagado a impressão dos sarcasmos de Arabelle. Eu era, portanto, o brinquedo das duas paixões inconciliáveis que descrevi para você e cuja influência eu sentia alternadamente. Amava um anjo e um demônio, duas mulheres igualmente belas, uma revestida de todas as virtudes que esmagamos por ódio a nossas imperfeições, a outra de todos os vícios que endeusamos por egoísmo. Percorrendo aquela avenida, onde a todo instante me virava para rever a sra. de Mortsauf apoiada contra uma árvore e cercada por seus filhos que abanavam os lenços, flagrei em minha alma um gesto de orgulho por saber que era o árbitro de dois destinos tão belos, por ser a glória, a títulos tão diversos, de duas mulheres tão superiores, e por ter inspirado tão grandes paixões que, de cada lado, a morte chegaria caso eu lhes faltasse. Essa fatuidade passageira foi duplamente punida, acredite! Não sei qual demônio me dizia para esperar perto de Arabelle o momento em que algum desespero, ou a morte do conde, me libertaria Henriette, pois Henriette continuava a me amar: suas asperezas, suas lágrimas, seus remorsos, sua resignação cristã eram traços eloqüentes de um sentimento que não conseguia se apagar nem de seu coração nem do meu. Andando a passo lento por aquela linda avenida, e fazendo essas reflexões, eu já não tinha 25 anos, mas cinqüenta. Não será ainda mais o jovem do que a mulher que passa em um instante de trinta a sessenta anos? Embora eu tivesse eliminado com um sopro esses maus pensamentos, eles me obcecaram, devo confessar! Talvez o princípio deles se encontrasse nas Tulherias, sob os lambris do gabinete real. Quem conseguia resistir ao espírito cáustico de Louis XVIII, ele, que dizia que só temos verdadeiras paixões na maturidade, porque a paixão só é bela e furiosa quando a ela se mistura a impotência e que então nos sentimos, em cada prazer, como que um jogador em sua última cartada? Quando cheguei ao final da avenida, virei-me e a transpus num abrir e piscar de olhos, percebendo que Henriette ainda estava ali, sozinha! Fui lhe dar um último adeus, molhado de lágrimas expiadoras cuja causa lhe ocultei. Lágrimas sinceras, dedicadas sem saber àqueles belos amores para sempre perdidos, àquelas virgens emoções, àquelas flores da vida que não renascem mais, pois, mais tarde, o homem já não dá, mas recebe, ama a si mesmo em sua amante, ao passo que na juventude ama sua amante em si mesmo; mais tarde inoculamos nossos gostos, nossos vícios talvez na mulher que nos ama, ao passo que no início da vida aquela a quem amamos nos impõe suas virtudes, suas delicadezas, convida-nos ao belo por um sorriso e nos ensina a dedicação por seu exemplo. Ai de quem não teve a sua Henriette! Ai de quem não conheceu uma *Lady* Dudley! Se esses homens se casarem, um não conservará sua mulher, outro será talvez abandonado pela amante; mas feliz de quem pode encontrar as duas numa só, feliz, Natalie, do homem a quem você amar!

De volta a Paris, Arabelle e eu ficamos mais íntimos que no passado. Logo abolimos insensivelmente, um e outro, as leis de conveniência que eu havia me imposto, e cuja observância estrita volta e meia faz a sociedade perdoar a falsidade da posição em que *Lady* Dudley se colocara. A sociedade, que gosta tanto de penetrar além das aparências, as legitima assim que conhece o segredo que encerram. Os amantes forçados a viver em meio à alta sociedade sempre estarão errados ao derrubar essas barreiras exigidas pela jurisprudência dos salões, errados ao não obedecer escrupulosamente a todas as convenções impostas pelos costumes; então, trata-se menos dos outros que deles mesmos. As distâncias a transpor, o respeito exterior a conservar, as comédias a representar, o mistério a ocultar, toda essa estratégia do amor feliz ocupa a vida, renova o desejo e protege nosso coração contra as tibiezas do hábito. Mas, essencialmente dissipadoras, as primeiras paixões, assim como as pessoas jovens, cortam suas florestas inteiramente em vez de cultivá-las. Arabelle não adotava essas idéias burguesas, às quais se curvara para me agradar; semelhante ao carrasco que assinala de antemão sua presa a fim de apropriar-se dela, queria me comprometer em face de toda Paris para fazer de mim seu *sposo*[86]. Assim, empregou suas manhas para me conservar em sua casa, pois não estava satisfeita com o escândalo elegante que, à falta de provas, encorajava apenas cochichos discretos. Vendo-a tão feliz por cometer uma imprudência que fixaria francamente sua posição, como eu não teria acreditado em seu amor? Uma vez mergulhado nas doçuras de um casamento ilícito, o desespero me invadiu, pois via minha vida interrompida, a contrapelo das idéias recebidas e das recomendações de Henriette. Vivi então com a espécie de fúria que se apodera de um tísico quando, pressentindo o fim, não quer que se examine o chiado de sua respiração. Havia um canto de meu coração em que eu não podia me retirar sem sofrimento, um espírito vingativo me jogava incessantemente idéias sobre as quais eu não ousava me deter. Minhas cartas a Henriette retratavam essa doença moral e causavam-lhe um mal infinito.

"À custa de tantos tesouros perdidos, desejava ao menos que você fosse feliz!", disse-me na única resposta que recebi. E eu não era feliz! Querida Natalie, a felicidade é absoluta, não suporta comparações. Passado meu primeiro ardor, comparei necessariamente essas duas mulheres, uma com a outra, contraste que ainda não tinha conseguido estudar. De fato, toda grande paixão pesa tão fortemente em nosso caráter que, de início, recalca suas asperezas e apaga o vestígio dos hábitos que constituem nossos defeitos ou nossas qualidades; mais tarde, porém, em dois amantes bem acostumados um ao outro, os traços da fisionomia moral reaparecem; então, os dois se julgam mutuamente, e é fre-

---

86. Em italiano no original. (N. do E.)

qüente que se declarem, durante essa reação do caráter contra a paixão, antipatias que preparam as desuniões com que se armam as pessoas superficiais para acusarem de instabilidade o coração humano. Teve início então esse período. Menos cego pelas seduções, e analisando, por assim dizer, meu prazer, comecei, talvez sem desejar, um exame que foi nocivo para *Lady* Dudley.

Primeiro, achei-a menos dotada desse espírito que distingue a francesa entre todas as mulheres e torna-a a mais deliciosa de amar, segundo a confissão das pessoas a quem os acasos da vida deram condições de sentir as maneiras de amar de cada país. Quando uma francesa ama, se metamorfoseia; sua faceirice tão vangloriada, ela a emprega em enfeitar o amor; sua vaidade tão perigosa, ela a sacrifica e joga todas as suas pretensões em bem-amar. Desposa os interesses, os ódios, as amizades do amante, adquire em um dia as sutilezas experimentadas do homem de negócios, estuda o código, compreende o mecanismo do crédito e seduz o cofre de um banqueiro; estouvada e pródiga, não cometerá um só erro e não desperdiçará um só luís; torna-se, a um só tempo, mãe, governanta, médico, e dá a todas as suas transformações um atrativo de felicidade que revela nos mais leves detalhes um amor infinito; reúne as qualidades especiais que recomendam as mulheres de cada país, dando unidade a essa mistura graças ao espírito, a essa semente francesa que anima, permite, justifica, varia tudo e destrói a monotonia de um sentimento apoiado no primeiro tempo de um só verbo. A mulher francesa ama sempre, sem folga nem cansaço, a todo instante, em público ou sozinha; em público, encontra uma entonação que só ecoa num ouvido, fala por seu próprio silêncio, e sabe olhar para você de olhos baixos; se a ocasião a proibir de falar e olhar, empregará a areia sobre a qual se imprime seu pé para escrever um pensamento; sozinha, exprime sua paixão mesmo durante o sono; enfim, submete o mundo a seu amor. A inglesa, ao contrário, submete seu amor ao mundo. Habituada por sua educação a conservar esse ar glacial, essa pose britânica tão egoísta de que lhe falei, abre e fecha o coração com a facilidade de um mecanismo inglês. Possui uma máscara impenetrável que põe e tira fleumaticamente; apaixonada como uma italiana quando nenhum olhar a vê, torna-se friamente digna assim que a sociedade intervém. O homem mais amado duvida então de seu domínio ao ver a profunda imobilidade do rosto, a calma da voz, a perfeita liberdade de atitude que distingue uma inglesa fora de seus aposentos. Nesse momento, a hipocrisia vai até a indiferença, a inglesa tudo esqueceu. Decerto, a mulher que sabe pôr de lado seu amor como se fosse uma roupa faz crer que pode mudá-lo. Que tempestades levantam então as ondas do coração quando são agitadas pelo amor-próprio ferido de ver uma mulher tomando, interrompendo, retomando o amor como um trabalho manual! Essas mulheres são demasiado donas de si mesmas para conseguir pertencer a nós; conferem demasiado prestígio à sociedade para que nosso reino seja completo. Ali onde a francesa consola o paciente com um olhar, trai sua cólera contra os visitantes graças a algumas lindas caçoadas, o silêncio das inglesas é absoluto, agasta a alma e importuna o espírito. Essas mulheres imperam tão constantemente em toda ocasião que, para a maioria delas, a onipotência da *fashion* deve se estender até seus prazeres. Quem exagera o pudor deve exagerar o amor, as inglesas são assim; põem tudo na forma, sem que nelas o amor da forma produza o sentimento da arte: o que quer que digam, o protestantismo e o catolicismo explicam as diferenças que dão à alma das francesas tanta superioridade sobre o amor raciocinado, calculista das inglesas. O protestantismo duvida, examina e mata as crenças, portanto é a morte da arte e do amor. Ali onde a sociedade manda, as pessoas da sociedade devem obedecer, mas as pessoas apaixonadas logo fogem dela, que lhes é insuportável. Você compreenderá então como meu amor-próprio ficou chocado ao descobrir que *Lady* Dudley não conseguia dispensar a sociedade, e que a capacidade inglesa de transição lhe era familiar: não era um sacrifício que o mundo lhe impunha; não, ela se manifestava naturalmente sob duas formas inimigas uma da outra. Quando amava, amava com embriaguez, nenhuma mulher de nenhum país era comparável, ela valia por todo um harém. Mas, caído o pano sobre essa cena de fantasia, bania até mesmo sua simples recordação, não respondia a um olhar nem a um sorriso, não era senhora nem escrava, era como uma embaixatriz obrigada a arredondar as frases e as arestas, impacientava por sua calma, ultrajava o coração por seu decoro, rebaixava assim o amor até o limite da necessidade, em vez de elevá-lo até o ideal por meio do entusiasmo. Não expressava temor, nem arrependimentos, nem desejo, mas, na hora certa, sua ternura se erguia como fogos subitamente acesos e parecia insultar seu recato. Em qual dessas duas mulheres eu devia acreditar? Senti então, por mil alfinetadas, as diferenças infinitas que separavam Henriette e Arabelle. Quando a sra. de Mortsauf me deixava por um instante, parecia deixar ao ar a missão de me falar dela; as dobras de seu vestido, quando partia, dirigiam-se a meus olhos assim como seu frufru onduloso chegava alegremente a meus ouvidos quando ela voltava; havia ternuras infinitas em sua maneira de mexer as pálpebras ao baixar os olhos para o chão, sua voz, essa voz musical, era uma carícia contínua, suas conversas testemunhavam um pensamento constante, ela sempre se parecia consigo mesma, não cindia a alma em duas atmosferas, uma ardente e a outra gélida; enfim, a sra. de Mortsauf reservava seu espírito e a flor de seu pensamento para expressar seus sentimentos, era atraente pelas idéias, com os filhos e comigo. Mas o espírito de Arabelle não lhe servia para tornar a vida agradável, ela não o exercia em meu proveito, só existia pela sociedade e para a sociedade, era puramente zombeteira, gostava de difamar, maldizer, não para se divertir, mas para satisfazer um gosto. A sra. de Mortsauf teria ocultado sua felicidade de todos os olhares, *Lady* Arabelle queria mostrar a sua à Paris inteira, e, por uma horrível dissimulação, mantinha-se dentro das conveniências quando se pavoneava no Bois de Boulogne comigo. Essa mistura de ostentação e dignidade, de amor e frieza, feria constantemente minha alma, a um só tempo virgem e apaixonada, e como eu não sabia passar assim de uma temperatura à outra, meu humor se ressentia, eu ficava palpitante de amor quando ela retomava seu pudor convencional. Quando tentei me queixar, não sem grandes cuidados, virou sua língua de triplo dardo contra mim, misturando as fanfarronadas de sua paixão com essas caçoadas inglesas que tentei descrever para você. Assim que se achava em contradição comigo, recorria ao jogo de magoar meu coração e humilhar meu espírito, manipulava-me como a uma pasta. Às observações sobre o meio-termo que se deve guardar em tudo, respondia com a caricatura de minhas idéias, que levava ao extremo. Quando eu lhe censurava sua atitude, perguntava-me se queria que ela me beijasse diante de Paris inteira, no Théâtre des Italiens, e insistia tanto nisso que, conhecendo sua vontade de dar de falar de si, eu tremia ao pensar que executaria a promessa. Apesar de sua paixão real, eu nunca sentia nada de recolhido, de santo, de profundo como em Henriette: ela era sempre insaciável como uma terra arenosa. A sra. de Mortsauf estava sempre serena e sentia minha alma numa palavra ou num olhar, ao passo que a marquesa jamais se sentia fulminada por um olhar, nem por um aperto de mão nem por uma palavra meiga. Ainda há mais! A felicidade da véspera não era nada no dia seguinte, nenhuma prova de amor a surpreendia; sentia um desejo tão grande de agitação, de barulho, de brilho que nada atingia talvez seu belo ideal nesse gênero, e daí seus furiosos esforços de amor; em sua fantasia exagerada, tratava-se dela e não de mim. Aquela carta da sra. de Mortsauf, luz que ainda brilhava em minha vida, e que provava como a mulher mais virtuosa sabe obedecer à índole da francesa, demonstrando uma eterna vigilância, um entendimento contínuo de todas as minhas boas fortunas, aquela carta deve ter feito você compreender com que cuidado Henriette tratava de meus interesses materiais, de minhas relações políticas, de minhas conquistas morais, com que ardor abraçava minha vida pelos pontos permitidos. Em todos esses pontos, *Lady* Dudley fingia a reserva de uma simples conhecida. Nunca se informou de meus negócios, nem de minha fortuna, nem de meus trabalhos, nem das dificuldades de minha vida, nem de meus ódios, nem de minhas amizades de homem. Pródiga para si mesma sem ser generosa, separava realmente um pouco demais os interesses e o amor, ao passo que, sem o haver comprovado, eu sabia que, a fim de me poupar uma tristeza, Henriette teria encontrado para mim o que não teria procurado para si mesma. Numa dessas desgraças que podem atacar os homens mais eminentes e mais ricos – a história comprova muitos desses casos! – eu teria consultado Henriette, mas me deixaria arrastar para a prisão sem dizer uma palavra a *Lady* Dudley.

Até aqui o contraste repousa sobre os sentimentos, mas era o mesmo para as coisas. O luxo, na França, é a expressão do homem, a reprodução de suas idéias, de sua poesia especial, descreve o caráter e dá, entre os amantes, valor aos menores cuidados, fazendo irradiar ao nosso redor o pensamento dominante do ser amado; mas esse luxo inglês cujos requintes haviam me seduzido por sua finura, também era mecânico! Lady Dudley nada punha ali de seu, ele vinha dos criados, era comprado. As milhares de atenções carinhosas de Clochegourde eram, aos olhos de Arabelle, coisa para os domésticos; a cada um deles seu dever e sua especialidade. Escolher os melhores lacaios era tarefa de seu mordomo, como se se tratasse de cavalos. Não se afeiçoava aos criados, a morte do mais precioso não a teria afetado; seria substituído, à custa de dinheiro, por algum outro igualmente hábil. Quanto ao próximo, nunca flagrei em seus olhos uma lágrima pelas desgraças do outro, tinha um egoísmo tão ingênuo que fazia rir. As vestes púrpura da grande dama cobriam essa natureza de bronze. A deliciosa almeia que se revolvia à noite sobre seus tapetes, que fazia tocar todos os guizos de sua amorosa loucura reconciliava prontamente um rapaz com a inglesa insensível e dura; assim, só passo a passo descobri o tufo sobre o qual eu perdia minhas sementeiras, e que não iria germinar. A sra. de Mortsauf havia penetrado prontamente naquela natureza em seu rápido encontro; lembro-me de suas palavras proféticas: Henriette teve razão em tudo, o amor de Arabelle tornava-se insuportável para mim. Desde então observei que a maioria das mulheres que montam bem a cavalo têm pouca ternura. Como às amazonas, falta-lhes um seio, e seus corações são endurecidos em um certo lugar, não sei qual.

No momento em que começava a sentir o peso desse jugo, em que o cansaço ganhava meu corpo e minha alma, em que compreendia muito bem tudo o que o sentimento verdadeiro dá de santidade ao amor, em que estava prostrado pelas lembranças de Clochegourde, respirando, apesar da distância, o perfume de todas as suas rosas, o calor de seu terraço, ouvindo o canto de seus rouxinóis, nesse momento horroroso em que percebia o leito pedregoso da torrente sob suas águas diminuídas, recebi um golpe que ainda ressoa em minha vida, pois a cada hora encontra um eco. Eu trabalhava no gabinete do rei, que devia sair às quatro horas, e o duque de Lenoncourt estava de serviço; vendo-o entrar, o rei lhe pediu notícias da condessa; levantei abruptamente a cabeça, de modo muito significativo. Chocado com esse movimento, o rei me deu o olhar que precedia essas palavras duras que ele sabia tão bem dizer.

– Sire, minha pobre filha está morrendo – respondeu o duque.

– O rei se dignará a me conceder uma licença? – disse eu com lágrimas nos olhos, afrontando uma cólera prestes a explodir.

– Corra, milorde – respondeu-me, sorrindo por meter um epigrama em cada palavra e me poupando de sua reprimenda para mostrar espírito.

Mais cortesão que pai, o duque não pediu uma licença e subiu no carro do rei para acompanhá-lo. Parti sem dar adeus a *Lady* Dudley, que por felicidade tinha saído, e a quem escrevi que ia em missão a serviço do rei. Em Croix de Berny, encontrei Sua Majestade, que voltava de Verrières. Aceitando um buquê de flores que ele deixou cair a seus pés, o rei me deu um olhar cheio dessas ironias reais, opressivas de profundidade, e que parecia me dizer: "Se quer ser alguma coisa na política, volte! Não se divirta a parlamentar com os mortos!". O duque me fez com a mão um sinal de melancolia. As duas pomposas carruagens de oito cavalos, os coronéis dourados, a escolta e seus turbilhões de poeira passaram rapidamente diante dos gritos de "Viva o rei!". Pareceu-me que a corte havia passado por cima do corpo da sra. de Mortsauf com a insensibilidade que a natureza demonstra por nossas catástrofes. Embora fosse um excelente homem, o duque ia provavelmente jogar uíste com o irmão mais velho do rei, depois que o soberano fosse se deitar. Quanto à duquesa, havia muito tempo que desferira o primeiro golpe contra a filha, falando-lhe, só ela, de *Lady* Dudley.

Minha rápida viagem foi como um sonho, mas um sonho de jogador arruinado; eu estava desesperado por não ter recebido notícias. O confessor teria levado a rigidez até o ponto de proibir meu acesso a Clochegourde? Eu acusava Madeleine, Jacques, o padre de Dominis, todos, até o sr. de Mortsauf. Mais para lá de Tours, desembocando pelas pontes Saint-Sauveur para descer ao caminho ladeado de álamos que leva a Poncher, e que eu tanto admirara quando corri à procura de minha desconhecida, encontrei o dr. Origet; adivinhou que eu ia para Clochegourde, adivinhei que ele vinha de lá, e nós dois paramos nossos carros e descemos, eu para pedir notícias e ele para me dar.

– E então, como vai a sra. de Mortsauf? – perguntei.

– Duvido que o senhor a encontre viva – respondeu-me. – Ela morre de uma morte pavorosa, morre de inanição. Quando mandou me chamar, no último mês de junho, nenhuma força médica podia mais combater a doença; estava com os horrendos sintomas que o sr. de Mortsauf sem dúvida lhe terá descrito, já que ele acreditava senti-los. A senhora condessa não estava então sob a influência passageira de uma perturbação decorrente de uma luta interior que a medicina controla e que se transforma em causa de um melhor estado, ou sob o golpe de uma crise começada e cuja desordem se repara; não, a doença tinha chegado ao ponto em que a arte é inútil: é o resultado incurável de um desgosto, assim como uma ferida mortal é a conseqüência de uma punhalada. Essa afecção é produzida pela inércia de um órgão cuja função é tão necessária à vida como a do coração. O desgosto fez as vezes do punhal. Não se engane! A sra. de Mortsauf morre de algum pesar desconhecido.

– Desconhecido! – disse eu. – Seus filhos não andaram doentes?

– Não – ele me disse, olhando-me de um jeito significativo –, e desde que ela está seriamente doente, o sr. de Mortsauf não mais a atormentou. Já não sou útil, o dr. Deslandes, de Azay, é suficiente, não existe nenhum remédio, e os sofrimentos são horríveis. Rica, jovem, bela, e morrer magra, envelhecida pela fome, pois morrerá de fome! Há quarenta dias, o estômago está como que fechado, rejeita qualquer alimento, sob qualquer forma que se apresente.

O dr. Origet apertou a mão que lhe estendi e que ele quase tinha me pedido por um gesto de respeito.

– Coragem, senhor – disse, levantando os olhos.

Sua frase expressava compaixão por pesares que ele acreditava igualmente partilhados; não desconfiava do dardo envenenado de suas palavras, que me atingiram como uma flecha no coração. Subi abruptamente no carro, prometendo uma boa recompensa ao cocheiro se chegasse a tempo.

Apesar de minha impaciência, creio ter feito o caminho em poucos minutos, de tal forma estava absorto pelas reflexões amargas que se comprimiam em minha alma. Então ela morria por mim! Minha consciência ameaçadora pronunciou um desses libelos que ressoam durante a vida inteira e, às vezes, além dela. Que fraqueza e que impotência na justiça humana! Ela só vinga os atos patentes. Por que a morte e a ignomínia para o assassino que mata de um golpe, que surpreende generosamente a vítima no sono e a faz adormecer para sempre, ou que fere de improviso, evitando-lhe a agonia? Por que a vida feliz, por que a estima para o assassino que derrama gota a gota o fel na alma e mina o corpo para destruí-lo? Quantos assassinos impunes! Que condescendência com esse vício elegante! Que absolvição para o homicídio causado pelas perseguições morais! Não sei qual mão vingativa levantou de repente o pano pintado que cobre a sociedade. Vi diversas dessas vítimas que você conhece tão bem como eu: a sra. de Beauséant, que partiu moribunda para a Normandia, alguns dias antes de minha partida! A duquesa de Langeais comprometida! *Lady* Brandon[87], que chegara à Touraine para ali morrer naquela casa humilde onde *Lady* Dudley permanecera duas semanas, e morta com que horrível desfecho!, você sabe! Nossa época é fértil em episódios do gênero.

Quem não conhece essa pobre moça que se envenenou, vencida pelo ciúme que talvez fosse o que estava matando a sra. de Mortsauf? Quem não fremiu com o destino daquela deliciosa moça que, semelhante a uma flor picada por um moscardo, pereceu em dois anos de casamento, vítima de sua pudica ignorância, vítima de um miserável a quem Ronquerolles[88], Montriveau[89], de Marsay[90] dão a mão porque ele serve a seus projetos políticos? Quem não se sentiu palpitando diante do relato dos últimos momentos dessa mulher que nenhuma prece conseguiu curvar e que nunca

---

87. *Lady* Brandon, personagem fictícia de *A comédia humana*, que aparece em *O pai Goriot*, *Memórias de duas jovens esposas*, entre outros. (N. do E.)

88. Personagem fictícia de *A comédia humana*, que aparece em *A menina dos olhos de ouro* e *César Birotteau*, entre vários outros. (N. do E.)

89. Personagem fictícia de *A comédia humana*, que aparece em *A duquesa de Langeais* e *Ilusões perdidas*, entre outros. (N. do E.)

90. Personagem de *A comédia humana*, protagonista de *A menina dos olhos de ouro*. (N. do E.)

mais quis ver o marido, depois de ter pagado tão nobremente suas dívidas?

A sra. d'Aiglemont[91] não viu, acaso, o túmulo de bem perto, e sem os cuidados de meu irmão ela viveria? O mundo e a ciência são cúmplices desses crimes para os quais não há tribunal do júri. Parece que ninguém morre de tristeza, nem de desespero, nem de amor, nem de misérias ocultas, nem de esperanças cultivadas sem fruto, incessantemente replantadas e desenraizadas.

A nova nomenclatura tem palavras engenhosas para tudo explicar: gastrite, pericardite, as mil doenças femininas cujos nomes são ditos ao ouvido, servem de passaporte aos féretros escoltados de lágrimas hipócritas que a mão do tabelião logo enxuga. Há no fundo dessa desgraça alguma lei que não conhecemos? Deve o centenário julgar impiedosamente o terreno de mortos, e ressecá-lo em torno de si para elevar-se, assim como o milionário assimila os esforços de uma multidão de pequenas indústrias? Há uma forte vida venenosa que se alimenta das criaturas doces e ternas? Meu Deus! Então eu pertencia à raça dos tigres? O remorso apertava meu coração com seus dedos escaldantes, e minhas faces estavam sulcadas de lágrimas quando entrei na avenida de Clochegourde numa úmida manhã de outubro que soltava as folhas mortas dos álamos cuja plantação tinha sido dirigida por Henriette, naquela avenida onde outrora ela abanava o lenço como para me chamar! Estaria viva? Poderia eu sentir suas duas mãos brancas sobre minha cabeça prosternada? Num momento paguei todos os prazeres dados por Arabelle e achei-os extremamente caros! Jurei a mim mesmo nunca mais revê-la, e fiquei com ódio da Inglaterra. Embora *Lady* Dudley seja uma variedade da espécie, envolvi todas as inglesas nos crepes de minha sentença!

---

91. Personagem fictícia de *A comédia humana*, que aparece em *O baile de Sceaux*, *O pai Goriot*, entre outros. (N. do E.)

Ao entrar em Clochegourde, recebi mais um golpe. Encontrei Jacques, Madeleine e o padre de Dominis ajoelhados, os três, ao pé de um crucifixo de madeira plantado no canto de um pedaço de terra que ficara dentro do cercado, durante a construção da grade, e que nem o conde nem a condessa tinham querido retirar. Saltei do carro e fui até eles com o rosto banhado em lágrimas, o coração partido pelo espetáculo daquelas duas crianças e daquele grave personagem implorando a Deus. O velho picador também estava ali, a poucos passos, de cabeça descoberta.

– E então, senhor? – perguntei ao padre de Dominis, beijando na testa Jacques e Madeleine, que me deram um olhar frio, sem parar a oração.

O padre se levantou, peguei seu braço para me apoiar, dizendo-lhe:

– Ela ainda vive?

Inclinou a cabeça num gesto triste e suave.

– Fale, eu lhe suplico em nome da Paixão de Nosso Senhor! Por que estão rezando ao pé dessa cruz? Por que estão aqui e não perto dela? Por que seus filhos estão aqui fora numa manhã tão fria? Diga-me tudo, a fim de que eu não cause alguma desgraça por ignorância.

– Há vários meses a senhora condessa só quer ver os filhos em horas determinadas. Talvez – acrescentou depois de uma pausa – o senhor devesse esperar algumas horas antes de rever a sra. de Mortsauf, ela está bem mudada! Mas é útil prepará-la para esse encontro, o senhor poderia lhe causar um sofrimento a mais... Quanto à morte, seria uma bênção.

Apertei a mão daquele homem divino cujo olhar e cuja voz acariciavam os ferimentos alheios sem avivá-los.

– Todos nós aqui rezamos por ela – continuou –, pois ela, tão santa, tão resignada, tão feita para morrer, há alguns dias sente pela morte um horror secreto, lança aos que estão cheios de vida olhares em que, pela primeira vez, delineiam-se sentimentos sombrios e invejosos. Seus desvarios são excitados, creio, menos pelo pavor da morte do que por uma embriaguez interior, pelas flores murchas de sua juventude que fermentam ao murchar. Sim, o anjo mau disputa essa bela alma ao céu. A senhora trava sua luta no monte das Oliveiras, acompanha com suas lágrimas a queda das rosas brancas que coroavam sua cabeça de Jefté[92] casada, e que caíram, uma a uma. Espere, não se mostre por ora, o senhor lhe levaria os clarões da corte, ela reencontraria em seu rosto um reflexo das festas mundanas e o senhor daria novas forças a seus lamentos. Tenha piedade de uma fraqueza que o próprio Deus perdoou a seu Filho feito homem. Que méritos teríamos, aliás, em vencer sem adversário? Permita-me que seu confessor ou eu, dois velhos cujas ruínas não ofendem sua vista, a preparemos para um encontro inesperado, para emoções às quais o padre Birotteau tinha exigido que ela renunciasse. Mas há nas coisas deste mundo uma trama invisível de causas celestes que um olho religioso percebe, e se o senhor veio aqui talvez seja trazido por uma dessas estrelas celestes que brilham no mundo moral e conduzem tanto ao túmulo como ao presépio...

Então ele me disse, empregando essa melosa eloqüência que cai no coração como um orvalho, que nos últimos seis meses a condessa tinha sofrido cada dia mais, apesar dos cuidados do dr. Origet. Durante dois meses, todas as noites o médico fora a Clochegourde, querendo arrancar da morte aquela presa, pois a condessa tinha dito: "Salve-me!". "Mas para curar o corpo seria preciso que o coração fosse curado!", exclamara um dia o velho médico.

– Seguindo os avanços da doença, as palavras dessa mulher tão doce tornaram-se amargas – disse-me o padre de Dominis. – Ela clama à terra para guardá-la, em vez de clamar a Deus para levá-la; depois, arrepende-se de mur-

---

92. Jefté: um dos juízes de Israel que ofereceu a Deus em holocausto a primeira pessoa que o cumprimentasse depois de sua vitória contra os amonitas. Foi sua filha, que teve de ser sacrificada.

murar contra os decretos do alto. Essas alternativas dilaceram seu coração e fazem com que a luta entre o corpo e a alma seja horrível. Volta e meia o corpo triunfa! "Vocês me custam bem caro!", disse um dia a Madeleine e a Jacques, afastando-os de sua cama. Mas nesse momento, como ouviu, ao me ver, o chamado de Deus, disse à srta. Madeleine essas palavras angelicais: "A felicidade dos outros torna-se a alegria dos que não podem mais ser felizes". E sua expressão foi tão dilacerante que senti minhas pálpebras se molharem. Ela cai, é verdade, mas a cada passo em falso levanta-se mais alto rumo ao céu.

Impressionado com as mensagens sucessivas que o acaso me enviava, e que, nesse grande concerto de infortúnios, preparavam por dolorosas modulações o tema fúnebre, com o grande grito do amor expirando, exclamei:

– Acredita que esse belo lírio cortado reflorescerá no céu?

– O senhor a deixou flor ainda – respondeu –, mas a encontrará consumida, purificada no fogo das dores, e pura como um diamante ainda enterrado nas cinzas. Sim, esse brilhante espírito, estrela angelical, sairá esplêndida de suas nuvens para ir para o reino da luz.

No momento em que eu apertava a mão desse homem evangélico, com o coração oprimido de gratidão, o conde mostrou, fora de casa, sua cabeça inteiramente branca e lançou-se para mim com um gesto em que se delineava a surpresa.

– Ela acertou! Ei-lo. "Félix, Félix, eis Félix chegando!", exclamou a sra. de Mortsauf. Meu amigo – continuou, dando-me olhares insensatos de terror –, a morte está aqui. Por que não pegou um velho louco como eu, que ela já tinha atacado...

Andei para o castelo, apelando para minha coragem, mas na soleira da grande ante-sala que levava do gramado à escadaria, atravessando a casa, o padre Birotteau me parou.

– A senhora condessa pede-lhe para não entrar ainda – disse-me.

Ao dar uma olhadela, vi os criados indo e vindo, muito atarefados, inebriados de dor e sem dúvida surpresos com as ordens que Manette lhes comunicava.

– Que está acontecendo? – disse o conde apavorado com aquele movimento, tanto por temor do terrível acontecimento quanto pela inquietação natural de seu caráter.

– Uma fantasia de doente – respondeu o padre. – A senhora condessa não quer receber o senhor visconde no estado em que se encontra; fala em preparar-se. Por que contrariá-la?

Manette foi buscar Madeleine, e vimos Madeleine saindo alguns momentos depois de ter entrado no quarto da mãe. Em seguida, nós cinco, Jacques e seu pai, os dois padres e eu, fomos passear, todos silenciosos, ao longo da fachada que dá para o gramado, e mais para lá da casa. Contemplei alternadamente Montbazon e Azay, olhando para o vale amarelado cujo luto correspondia então, como em toda ocasião, aos sentimentos que me agitavam. De repente avistei a querida garota correndo atrás das flores de outono e colhendo-as sem dúvida para compor buquês. Pensando em tudo o que significava aquela réplica de meus cuidados amorosos, surgiu em mim não sei qual movimento de entranhas, cambaleei, minha vista escureceu, e os dois padres entre os quais eu estava me carregaram a um terraço onde fiquei por um instante como que desfalecido, mas sem perder totalmente consciência.

– Pobre Félix – disse-me o conde –, ela tinha me proibido de escrever-lhe, ela sabe como você a ama!

Embora preparado para sofrer, vi-me sem forças contra uma atenção que resumia todas as minhas lembranças de felicidade. "Lá está, pensei, aquela charneca ressecada como um esqueleto, iluminada por um dia cinzento, no meio da qual erguia-se um só arbusto de flores, que outrora em minhas corridas não admirei sem um sinistro estremecimento e que era a imagem dessa hora lúgubre!" Tudo estava triste naquele pequeno castelo, outrora tão vivo, tão animado! Tudo chorava, tudo expressava o desespero e o abandono. Eram alamedas podadas pela metade, trabalhos começados e abandonados, operários de pé contemplando o castelo. Embora se fizesse a vindima dos vinhedos, não se ouviam barulho nem conversa. As vinhas pareciam desabitadas, tão profundo era o silêncio. Andávamos como pessoas cuja dor rejeita as palavras banais, e escutávamos o conde, o único de nós que falava. Depois das frases ditadas pelo amor mecânico que sentia pela mulher, o conde foi conduzido pelo pendor de seu espírito a se queixar da condessa. Sua mulher jamais quisera se cuidar nem escutá-lo quando ele lhe dava bons conselhos; ele fora o primeiro a perceber os sintomas da doença, pois os havia estudado em si mesmo, os havia combatido e se curara sozinho sem outro recurso além de um regime, e evitando toda emoção forte. Bem que poderia ter curado também a condessa, mas um marido não deveria aceitar semelhantes responsabilidades, sobretudo quando tem a desgraça de ver em todos os negócios sua experiência desprezada. Apesar de suas objeções, a condessa pegara Origet como médico. Origet, que no passado cuidara tão mal dele, matava sua mulher. Se essa doença tem como causa desgostos excessivos, ele teria reunido todas as condições para tê-la, mas quais podiam ser os desgostos de sua mulher? A condessa era feliz, não tinha pesares nem contrariedades! Sua fortuna estava, graças a seus cuidados e boas idéias, num estado satisfatório; ele deixava a sra. de Mortsauf reinar em Clochegourde; os filhos, bem educados, saudáveis, não davam mais nenhuma inquietação; de onde, portanto, podia proceder o mal? E discutia e misturava a expressão de seu desespero com acusações insensatas. Depois, trazido brevemente por uma lembrança à admiração que essa nobre criatura merecia, algumas lágrimas escapavam de seus olhos, secos há tanto tempo.

Madeleine veio me avisar que a mãe me esperava. O padre Birotteau me seguiu. A jovem grave ficou perto do pai, dizendo que a condessa desejava estar a sós comigo, dando o pretexto do cansaço que lhe causaria a presença de várias pessoas. A solenidade daquele momento produziu em mim essa impressão de calor interior e de frio exterior que nos alquebra nas grandes circunstâncias da vida. O padre Birotteau, um desses homens que Deus marcou como seus revestindo-os de doçura, simplicidade, conferindo-lhes paciência e misericórdia, chamou-me à parte:

– Senhor – disse-me –, saiba que fiz tudo o que era humanamente possível para impedir este encontro. A salvação dessa santa assim exigia. Pensei só nela e não no senhor. Agora que vai rever aquela cujo acesso deveria lhe ser proibido pelos anjos, saiba que ficarei entre os dois para defendê-la contra o senhor e talvez contra ela! Respeite a fraqueza. Não lhe peço misericórdia para ela como padre, mas como um humilde amigo que o senhor não sabia ter e que deseja evitar que o senhor tenha remorsos. Nossa querida enferma morre exatamente de fome e de sede. Desde a manhã, anda às voltas com a irritação febril que precede essa morte horrível, e não posso lhe esconder como sente deixar a vida. Os gritos de sua carne revoltada extinguem-se em meu coração, onde ferem ecos ainda muito sensíveis; mas o padre de Dominis e eu aceitamos essa tarefa religiosa, a fim de ocultar o espetáculo da agonia moral dessa nobre família que não mais reconhece sua estrela da tarde e da manhã. Pois o marido, os filhos, os criados, todos perguntam: "Onde ela está?", de tal forma está mudada. Ao vê-lo, seus lamentos renascerão. Abandone os pensamentos do homem mundano, esqueça as vaidades do coração, seja perto dela o auxiliar do céu e não o da terra. Que essa santa não morra numa hora de dúvida, deixando escapar palavras de desespero...

Nada respondi. Meu silêncio consternou o pobre confessor. Eu via, ouvia, andava, e no entanto não estava mais na terra. A reflexão: "Mas o que aconteceu? Em que estado devo encontrá-la, para que cada um recorra a tais precauções?" engendrava apreensões mais cruéis ainda porque eram indefinidas: englobava todas as dores juntas. Chegamos à porta do quarto, que o confessor, inquieto, me abriu. Vi então Henriette de vestido branco, sentada em seu pequeno sofá, colocado defronte da lareira enfeitada por nossos dois vasos cheios de flores; depois, mais flores sobre a mesinha diante da janela. O rosto do padre Birotteau, estupefato com o aspecto daquela fada improvisada e com a mudança daquele quarto subitamente restabelecido em seu antigo estado, me fez adivinhar que a moribunda banira o repulsivo aparato que cerca o leito dos doentes. Dispendera as derradeiras forças de uma febre expirante para enfeitar seu quarto desordenado e receber dignamente aquele a quem amava neste momento mais que qualquer outra coisa. Sob as ondas de rendas, sua figura emagrecida, que tinha a palidez esverdeada das flores da magnólia quando entreabrem, aparecia assim como na tela amarela de um retrato aparecem os primeiros contornos de uma cabeça querida desenhada a giz; mas, para sentir como a garra do abutre se cravou profundamente em meu coração, imagine perfeitos e cheios de vida os olhos daquele esboço, olhos cavos que brilhavam com um brilho inusitado num rosto apagado. Ela já não tinha a majestade calma que lhe era comunicada pela constante vitória travada contra suas dores. Sua fronte, única parte do rosto que guardou as belas proporções, expressava a audácia agressiva do desejo e das ameaças reprimidas. Apesar dos tons de cera de sua face alongada, fogos interiores dela escapavam por uma irradiação semelhante ao fluido que flameja acima dos campos num dia quente. Suas têmporas afundadas, suas faces chupadas mostravam as formas interiores do rosto e o sorriso formado por seus lábios brancos parecia vagamente com o escárnio da morte. Seu vestido cruzado sobre o peito demonstrava a magreza do belo busto. A expressão de sua cabeça dizia bastante que ela sabia estar mudada e que por isso estava desesperada. Não era mais minha deliciosa Henriette, nem a sublime e santa sra. de Mortsauf, mas aquela certa coisa sem nome de Bossuet, que se debatia contra o nada, e que a fome, os desejos enganados impeliam ao combate egoísta da vida contra a morte. Fui me sentar perto dela, pegando para beijá-la a mão que senti pelando e ressecada. Ela adivinhou minha dolorosa surpresa no próprio esforço que fiz para disfarçá-la. Seus lábios descorados distenderam-se, então, sobre os dentes famintos para tentar um desses sorrisos forçados sob os quais escondemos igualmente a ironia da vingança, a expectativa do prazer, a embriaguez da alma e o furor de uma decepção.

– Ah! É a morte, meu pobre Félix – ela me disse –, e você não gosta da morte! A morte odiosa, a morte da qual toda criatura, mesmo o amante mais intrépido, tem horror. Aqui acaba o amor: eu bem o sabia. *Lady* Dudley jamais o verá espantado com sua transformação. Ah! por que tanto o desejei, Félix? Você veio afinal: recompenso-o por essa dedicação com o horrível espetáculo que outrora fez do conde de Rancé[93] um trapista, eu que desejava permanecer bela e grande na sua lembrança, aí viver como um lírio eterno, retiro-lhe as suas ilusões. O verdadeiro amor nada calcula. Mas não fuja, fique. O dr. Origet me achou muito melhor esta manhã, vou retornar à vida, renascerei diante de seus olhares. Depois, quando tiver recuperado algumas forças, quando começar a poder tomar algum alimento, voltarei a ser bela. Tenho apenas 35 anos, ainda posso ter belos anos. A felicidade remoça, e quero conhecer a felicidade. Fiz projetos deliciosos, deixaremos Clochegourde e iremos juntos à Itália.

Lágrimas umedeceram meus olhos, virei-me para a janela como para olhar as flores; o padre Birotteau aproximou-se precipitadamente e debruçou-se sobre o buquê:

– Nada de lágrimas! – disse-me ao ouvido.

– Henriette, então você não gosta mais de nosso querido vale? – respondi-lhe a fim de justificar meu movimento brusco.

---

93. Jean-Armand le Bouthillier de Rancé (1626-1700) teve uma juventude devassa e, depois da morte da amante, converteu-se e entrou para a Trapa, fundando a ordem dos trapistas cistercienses.

– Gosto – ela disse levando sua fronte a meus lábios com um gesto carinhoso –, mas, sem você, o vale me é funesto... *Sem você* – continuou, aflorando minha orelha com seus lábios quentes para depositar essas três sílabas como três suspiros.

Fiquei apavorado com essa carícia louca que ampliava ainda mais os terríveis discursos dos dois padres. Nesse momento minha primeira surpresa se dissipou; mas, se consegui fazer uso da razão, minha vontade não foi suficientemente forte para reprimir o movimento nervoso que me agitou durante essa cena. Escutava sem responder, ou melhor, respondia com um sorriso fixo e sinais de aprovação, para não contrariá-la, agindo como a mãe com o filho. Depois de ter me chocado com a metamorfose da pessoa, percebi que a mulher, outrora tão imponente por suas qualidades sublimes, tinha na atitude, na voz, nas maneiras, nos olhares e nas idéias a ingênua ignorância de uma criança, as graças cândidas, a avidez do gesto, a despreocupação profunda do que não é seu desejo nem ela mesma, enfim, todas as fraquezas que recomendam a criança à proteção. Com todos os moribundos será assim? Despojam-se eles de todos os disfarces sociais, assim como a criança ainda não os vestiu? Ou, ao se achar à beira da eternidade, a condessa, que de todos os sentimentos agora só aceitava o amor, expressava assim a suave inocência à maneira de Cloé?

– Como antigamente, você vai me restituir a saúde, Félix – ela disse –, e meu vale me será benéfico. Como eu não comeria o que você me apresentará? Você é um enfermeiro tão bom! E depois, é tão rico de força e saúde, que perto de você a vida é contagiosa. Portanto, meu amigo, prove-me que não posso morrer, morrer enganada! Eles acreditam que minha dor mais viva é a sede. Ah, sim! Tenho muita sede, meu amigo. A água do Indre me faz muito mal à vista, mas meu coração sente uma sede mais ardente. Eu tinha sede de você – disse-me com uma voz mais abafada, pegando minhas mãos nas suas mãos, escaldantes, e atraindo-me para si para me jogar essas palavras ao ouvido: – Minha agonia foi não vê-lo! Você não me disse para viver? Quero viver. Quero montar a cavalo também! Quero conhecer tudo, Paris, as festas, os prazeres.

Ah, Natalie! Esse clamor horrível, que o materialismo dos sentidos enganados torna frio à distância, fazia retinir nossos ouvidos, os do velho padre e os meus: as inflexões dessa voz magnífica descreviam os combates de toda uma vida, as angústias de um verdadeiro amor decepcionado. A condessa levantou-se com um gesto de impaciência, como uma criança que quer um brinquedo. Quando o confessor viu sua penitente assim, o pobre homem caiu de súbito de joelhos, juntou as mãos e recitou preces.

– Sim, viver! – ela disse me fazendo levantar e apoiando-se em mim –, viver realidades e não mentiras. Tudo foi mentira em minha vida, faz alguns dias eu as tenho contado, essas imposturas. É possível que eu morra, eu, que não vivi? Eu, que nunca fui buscar alguém numa charneca?

Parou, deu a impressão de escutar, e sentiu através dos muros sei lá que odor.

– Félix! As vindimadoras vão jantar, e eu, eu – disse-me com uma voz de criança –, que sou a patroa, estou com fome. O mesmo acontece com o amor. Elas são felizes!

– *Kyrie eleison*! – dizia o pobre padre, que, de mãos postas e olhar para o céu, recitava as ladainhas.

Ela jogou os braços em volta do meu pescoço, beijou-me violentamente, apertou-me, dizendo:

– Você não escapará mais de mim! Quero ser amada, farei loucuras como *Lady* Dudley, aprenderei inglês para dizer: *my Dee*.

Fez-me um gesto de cabeça como fazia antigamente ao me deixar, para me dizer que voltaria logo:

– Jantaremos juntos – disse-me –, vou avisar Manette...

Foi detida por uma fraqueza que se manifestou e deitei-a toda vestida, em sua cama.

— Já uma vez você me carregou assim — disse-me, abrindo os olhos.

Estava muito leve, mas sobretudo, muito quente; ao pegá-la, senti seu corpo escaldante. O dr. Deslandes entrou, ficou espantado de encontrar o quarto enfeitado assim, mas, ao me ver, tudo lhe pareceu explicado.

— Sofre-se muito para morrer, doutor — ela disse com voz alterada.

Ele se sentou, pegou o pulso da enferma, levantou-se abruptamente, foi falar em voz baixa com o padre e saiu; segui-o.

— O que vai fazer? — perguntei.

— Evitar que ela tenha uma terrível agonia — disse-me. — Quem podia acreditar em tanto vigor? Só compreendemos como ela ainda vive quando pensamos na maneira como viveu. Hoje é o quadragésimo segundo dia em que a senhora condessa não bebe, não come, não dorme.

O dr. Deslandes chamou Manette. O padre Birotteau me levou para os jardins.

— Deixemos o doutor agir — disse-me. — Ajudado por Manette, vai envolvê-la em ópio. Pois bem, o senhor ouviu — ele me disse —, se é que ela é cúmplice desses gestos de loucura!...

— Não — eu lhe disse —, não é mais ela.

Eu estava embrutecido de dor. Quanto mais andava, mais cada detalhe dessa cena assumia um alcance maior. Saí abruptamente pela portinhola no fundo do terraço e fui sentar perto do bote, onde me escondi para ficar sozinho a devorar meus pensamentos. Tentei me soltar eu mesmo dessa força pela qual vivia; suplício comparável àquele com que os tártaros puniam o adultério pregando um membro do culpado num pedaço de madeira e deixando-lhe uma faca para que o cortasse, se não quisesse morrer de fome: lição terrível sofrida por minha alma, da qual eu teria de cortar a mais bela metade. Minha vida também estava fracassada! O desespero me sugeria as idéias mais estranhas. Ora queria morrer junto com ela, ora ir me trancar em La Meilleraye onde os trapistas acabavam de se instalar. Meus olhos embaçados já não viam os objetos exteriores. Eu contemplava as janelas do quarto onde Henriette sofria, acreditando ali ver a luz que a iluminava durante a noite em que me havia consagrado a ela. Não deveria eu ter obedecido à vida simples que ela me havia criado, conservando-me para ela no trabalho dos negócios públicos? Não me tinha ela ordenado ser um grande homem, a fim de me preservar das paixões baixas e vergonhosas que eu havia sofrido, como todos os homens? A castidade não era uma sublime distinção que eu não soubera conservar? O amor, como Arabelle o concebia, subitamente me repugnou. No momento em que levantava a cabeça prostrada perguntando-me de onde me viriam doravante a luz e a esperança, que interesse teria em viver, o ar se agitou com um leve ruído, virei-me para o terraço, onde avistei Madeleine passeando sozinha, a passos lentos. Enquanto eu subia para o terraço para pedir explicação a essa querida criança sobre o frio olhar que me lançara ao pé do crucifixo, ela se sentou no banco, e, quando me viu a meio caminho, levantou-se e fingiu não me ver, para não ficar sozinha comigo; seu andar era apressado, significativo. Odiava-me, fugia do assassino de sua mãe. Voltando pelas escadarias a Clochegourde, vi Madeleine como uma estátua, imóvel e de pé, escutando o ruído de meus passos. Jacques estava sentado num degrau, e sua atitude expressava a mesma insensibilidade que me impressionara quando tínhamos todos juntos passeado, e me inspirara essas idéias que deixamos num canto da alma, para retomá-las e aprofundá-las mais tarde, livremente. Observei que os jovens que carregam em si a morte são todos insensíveis aos funerais. Quis interrogar aquela alma triste. Madeleine teria guardado seus pensamentos só para si, teria inspirado seu ódio a Jacques?

– Saiba – disse-lhe para puxar conversa – que você tem em mim o mais dedicado dos irmãos.

– Sua amizade me é inútil, seguirei minha mãe! – ele respondeu lançando-me um olhar furioso de dor.

– Jacques – exclamei –, você também?

Ele tossiu, afastou-se para longe de mim; depois, quando voltou, mostrou-me rapidamente seu lenço ensangüentado.

– Compreende? – disse.

Assim, cada um deles tinha um segredo fatal. Como vi desde então, a irmã e o irmão fugiam um do outro. Tendo Henriette caído, em Clochegourde tudo estava em ruínas.

– A senhora está dormindo – Manette veio nos dizer, feliz de saber que a condessa não estava sofrendo.

Nesses momentos terríveis, embora todos saibam o fim inevitável, os afetos verdadeiros tornam-se alucinantes e se apegam a pequenas felicidades. Os minutos são séculos que gostaríamos de tornar benéficos. Gostaríamos que os doentes repousassem sobre rosas, gostaríamos de pegar seus sofrimentos, gostaríamos que o último suspiro fosse para eles inesperado.

– O dr. Deslandes mandou retirar as flores, que excitavam demais os nervos da senhora – disse Manette.

Então quer dizer que as flores tinham sido a causa de seu delírio, pelo qual ela não era responsável. Os amores da terra, as festas da fecundação, as carícias das plantas a haviam inebriado com seus perfumes e sem dúvida haviam despertado pensamentos de amor feliz que nela adormeciam desde a juventude.

– Venha logo, sr. Félix – ela me disse –, venha ver a senhora, está bela como um anjo.

Voltei para perto da moribunda no momento em que o sol se punha e dourava o rendilhado dos telhados do castelo de Azay. Tudo estava calmo e puro. Uma luz suave iluminava a cama onde repousava Henriette, banhada em ópio. Nesse momento o corpo estava, por assim dizer, anulado, só a alma reinava naquele rosto, sereno como um belo céu depois da tempestade. Blanche e Henriette, essas duas faces sublimes da mesma mulher, reapareciam mais belas ainda na medida em que minha lembrança, meu pensamento, minha imaginação, ajudando a natureza, reparavam as alterações de cada traço, a que a alma triunfante enviava seus clarões por vagas confundidas com as da respiração. Os dois padres estavam sentados perto da cama. O conde ficou fulminado, em pé, reconhecendo os estandartes da morte que tremulavam sobre aquela criatura adorada. Tomei no sofá o lugar que ela havia ocupado. Depois, nós quatro trocamos olhares em que a admiração daquela beleza celeste misturava-se com lágrimas de pesar. As luzes do pensamento anunciavam o retorno de Deus a um de seus mais belos tabernáculos. O padre de Dominis e eu nos falávamos por sinais, comunicando-nos idéias mútuas. Sim, os anjos velavam Henriette! Sim, seus gládios brilhavam acima daquela nobre fronte para onde voltavam as augustas expressões da virtude que outrora o tornavam como uma alma visível com que se entretinham os espíritos de sua esfera. As linhas de seu rosto se purificavam, nela tudo se engrandecia e tornava-se majestoso sob os invisíveis turíbulos dos serafins que a guardavam.

Os tons verdes do sofrimento corporal davam lugar aos tons perfeitamente brancos, à palidez fosca e fria da morte próxima. Jacques e Madeleine entraram, Madeleine fez com que todos nós nos estremecêssemos com o movimento de adoração que a precipitou diante da cama, juntou suas mãos e inspirou-lhe essa exclamação sublime:

– Finalmente! Eis minha mãe!

Jacques sorria, estava certo de seguir a mãe para onde ela ia.

– Ela está chegando ao porto – disse o padre Birotteau.

O padre de Dominis olhou para mim como para me repetir: "Eu não disse que a estrela se elevaria brilhante?".

Madeleine ficou com os olhos fixos nos da mãe, respirando quando ela respirava, imitando seu sopro leve, último fio pelo qual ela se prendia à vida, e que acompanhávamos com terror, temendo a cada esforço vê-lo se romper.

Como um anjo às portas do santuário, a jovem estava ávida e calma, forte e prosternada. Nesse momento, tocou o ângelus no campanário do vilarejo. As ondas do ar calmo levaram o tilintar que nos anunciava que, naquela hora, a cristandade inteira repetia as palavras ditas pelo anjo à mulher que resgatou as faltas de seu sexo. Naquela noite, a *Ave-Maria* nos pareceu uma saudação do céu. A profecia era tão clara e o acontecimento tão próximo que nos debulhamos em lágrimas. Os murmúrios da noite, brisa melodiosa nas folhagens, derradeiros gorjeios de pássaro, refrãos e zumbidos de insetos, vozes das águas, coaxar queixoso das rãs, todo o campo dava adeus ao mais belo lírio do vale, à sua vida simples e campestre. Essa poesia religiosa unida a todas aquelas poesias naturais expressava tão bem o canto da despedida que nossos soluços logo foram repetidos. Embora a porta do quarto estivesse aberta, estávamos tão mergulhados nessa terrível contemplação, para que sua lembrança se imprimisse para sempre em nossa alma, que não percebemos os criados da casa ajoelhados em grupo e dizendo fervorosas orações. Toda aquela pobre gente, habituada à esperança, ainda acreditava conservar sua patroa, e esse presságio tão claro os prosternava. Diante de um gesto do padre Birotteau, o velho picador saiu para ir buscar o vigário de Saché. O médico, em pé junto ao leito, calmo como a ciência, e segurando a mão adormecida da doente, tinha feito um sinal ao confessor para lhe dizer que aquele sono era a derradeira hora sem sofrimento que restava ao anjo chamado. Chegara o momento de ministrar-lhe os últimos sacramentos da Igreja. Às nove horas, ela acordou suavemente, olhou para nós com olhos surpresos mas meigos, e todos nós revimos nosso ídolo na beleza de seus belos dias.

– Mamãe, você é bonita demais para morrer, a vida e a saúde voltarão! – gritou Madeleine.

– Querida filha, eu viverei, mas em você – ela disse sorrindo.

Foram então os abraços dilacerantes da mãe nos filhos e dos filhos na mãe. O sr. de Mortsauf beijou piamente a mulher, na testa. A condessa corou ao me ver.

– Querido Félix – disse –, eis, creio, a única tristeza que lhe terei causado! Mas esqueça o que lhe tiver dito, pobre insensata que eu era.

Estendeu-me a mão, que peguei para beijar, disse-me então com seu gracioso sorriso de virtude:

– Como antigamente, Félix?...

Nós todos saímos e fomos para o salão enquanto durasse a última confissão da enferma. Coloquei-me perto de Madeleine. Em presença de todos, ela não podia fugir de mim sem descortesia; mas, imitando a mãe, não olhava para ninguém, e manteve o silêncio sem lançar uma só vez os olhos para mim.

– Querida Madeleine – eu lhe disse baixinho –, o que você tem contra mim? Por que esses sentimentos frios quando em presença da morte todos devem se reconciliar?

– Creio ouvir o que diz neste momento minha mãe – ela me respondeu, assumindo os ares que Ingres encontrou para pintar sua *Mãe de Deus*, essa virgem já dolorosa e que se prepara para proteger o mundo onde seu filho vai morrer.

– E você me condena no momento em que sua mãe me absolve? Se, todavia, eu sou culpado...

– *Você,* e sempre *você*!

Sua voz traía um ódio refletido como o de um corso, implacável como são os julgamentos dos que, não tendo estudado a vida, não admitem nenhuma atenuação das faltas cometidas contra as leis do coração. Passou-se uma hora num silêncio profundo. O padre Birotteau voltou depois de ter recebido a confissão geral da condessa de Mortsauf, e todos nós entramos no momento em que, seguindo uma dessas idéias que se apoderam das almas nobres, todas irmãs de intenção, Henriette se fizera vestir com um longo vestido que devia lhe servir de mortalha. Encontramo-la recostada, bela em sua expiação e bela em suas esperanças: vi na lareira as cinzas negras de minhas cartas, que acabavam de ser queimadas, sacrifício que ela só quisera fazer, disse-me seu confessor, na hora da morte. Sorriu para todos com seu sorriso de antigamente. Seus olhos úmidos de lágrimas anunciavam que iam se abrir totalmente, ela já avistava as alegrias celestes da terra prometida.

– Querido Félix – disse-me estendendo a mão e apertando a minha –, fique. Você deve assistir a uma das últimas cenas de minha vida, e que não será a menos sofrida de todas, mas na qual você tem uma parte importante.

Fez um gesto, a porta se fechou. A convite seu, o conde se sentou, o padre Birotteau e eu ficamos em pé. Ajudada por Manette, a condessa levantou-se, ajoelhou-se diante do conde surpreso, e assim quis ficar. Depois, quando Manette se retirou, ergueu a cabeça, que apoiara sobre os joelhos do conde, espantado.

– Embora eu me tenha comportado com você como uma esposa fiel – disse-lhe com voz alterada –, pode ter me acontecido haver às vezes faltado com meus deveres; acabo de rezar a Deus para me conceder a força de lhe pedir perdão por meus erros. Posso ter dedicado, nos cuidados de uma amizade fora da família, atenções mais afetuosas ainda que aquelas que eu lhe devia. Talvez você se tenha irritado comigo pela comparação que podia fazer entre esses desvelos, esses pensamentos e os que lhe dediquei. Tive – disse baixinho – uma amizade profunda que ninguém, nem mesmo aquele que foi seu objeto, conheceu inteiramente. Embora eu tenha me mantido virtuosa segundo as leis humanas, e tenha sido para você uma esposa irrepreensível, volta e meia pensamentos, involuntários ou voluntários, atravessaram meu coração, e neste momento tenho medo de havê-los acolhido em demasia. Mas como o amei ternamente, como permaneci sua esposa submissa, como as nuvens, passando sob o céu, não alteraram sua pureza, é com a fronte pura que você me vê solicitando sua bênção. Morrerei sem nenhum pensamento amargo se ouvir de sua boca uma palavra doce para a sua Blanche, para a mãe de seus filhos, e se você lhe perdoar todas as coisas que ela mesma só se perdoou depois das garantias recebidas do tribunal de que nós todos dependemos.

— Blanche, Blanche — exclamou o velho, derramando subitamente lágrimas sobre a cabeça da mulher —, você quer me matar?

Ele a ergueu para junto de si com uma força inusitada, beijou-a santamente na fronte e, olhando-a assim:

— Não tenho eu que lhe pedir perdão? — recomeçou. — Não fui muitas vezes duro? Não está você exagerando seus escrúpulos de criança?

— Talvez — ela continuou. — Mas, meu amigo, seja indulgente com as fraquezas dos moribundos, tranqüilize-me. Quando chegar a esta hora, pensará que parti abençoando-o. Permita-me deixar a nosso amigo que está aqui esse penhor de um sentimento profundo? — perguntou, mostrando uma carta que havia sobre a lareira. — Agora ele é meu filho adotivo, eis tudo. O coração, querido conde, tem seus testamentos: minhas últimas vontades impõem a esse querido Félix obras sagradas a realizar, não creio ter presumido demais dele, faça com que eu não tenha presumido demais de você, permitindo-me legar a ele alguns pensamentos. Continuo a ser mulher — disse inclinando a cabeça com uma suave melancolia —, depois de meu perdão peço-lhe um favor: leia, mas só depois de minha morte — ela me disse, estendendo-me o misterioso texto.

O conde viu sua mulher empalidecer, tomou-a e levou-a para a cama, onde nós a cercamos.

— Félix — ela me disse —, posso ter cometido erros com você. Muitas vezes posso ter lhe causado dores deixando-o esperar alegrias diante das quais recuei, mas não é à coragem da esposa e da mãe que devo o fato de morrer reconciliada com todos? Portanto, você também me perdoará, você que tantas vezes me acusou, e cuja injustiça me dava prazer!

O padre Birotteau pôs um dedo nos lábios. Diante desse gesto, a moribunda inclinou a cabeça, uma fraqueza se manifestou, ela agitou as mãos para mandar chamar o clero, os filhos e os criados; depois indicou-me, com um gesto imperioso, o conde aniquilado e seus filhos que chegavam. A visão daquele pai cuja secreta demência só nós conhecíamos, agora tutor daquelas criaturas tão delicadas, inspirou-lhe súplicas mudas que caíram em minha alma como um fogo sagrado. Antes de receber a extrema-unção, pediu perdão a seus domésticos por tê-los às vezes maltratado, implorou suas preces, recomendou todos, individualmente, ao conde, confessou nobremente ter proferido, durante esse último mês, queixas pouco cristãs que podiam ter escandalizado seus domésticos; tinha repelido os filhos, tinha manifestado sentimentos pouco convenientes, mas atribuiu essa falta de submissão às vontades de Deus às suas dores intoleráveis. Enfim, agradeceu publicamente, com uma tocante efusão de coração, ao padre Birotteau por ter lhe mostrado o nada das coisas humanas. Quando parou de falar, as preces começaram, depois o padre de Saché lhe deu o viático. Alguns momentos depois, sua respiração ficou difícil, uma nuvem espalhou-se sobre seus olhos, que logo se reabriram, ela me lançou um último olhar e morreu diante dos olhos de todos, ouvindo talvez o concerto de nossos soluços. Por um acaso bastante natural no campo, ouvimos então o canto alternativo de dois rouxinóis que repetiram várias vezes sua nota única, puramente assobiada como um meigo apelo. Quando deu seu último suspiro, derradeiro sofrimento de uma vida que foi um longo sofrimento, senti em mim um golpe que atingiu todas as minhas faculdades. O conde e eu ficamos junto do leito fúnebre durante toda a noite, com os dois padres e o vigário, velando sob o clarão das velas, a morte estendida sobre o estrado da cama; agora ela estava calma, ali onde havia tanto sofrido. Foi minha primeira comunicação com a morte. Durante toda essa noite permaneci de olhos fitos em Henriette, fascinado pela expressão pura que dá o apaziguamento de todas as tempestades, pela brancura do rosto em que eu ainda podia ver seus inúmeros afetos, mas que já não respondia a meu amor. Que majestade naquele silêncio e naquele frio! Quantas reflexões ele não exprime! Que beleza naquele repouso absoluto, que despotismo naquela imobilidade: todo o passado ainda se encontra ali, e o futuro ali começa. Ah, eu a amava morta, tanto como a amei viva! De manhã, o conde foi se deitar, os três padres, cansados, adormeceram naquela hora opressiva, tão conhecida dos que velam. Pude, então, sem testemunhas, beijá-la na fronte com todo o amor que ela jamais tinha me permitido expressar.

Dois dias depois, numa fresca manhã de outono, acompanhamos a condessa à sua última morada. Era levada pelo velho picador, os dois Martineau e o marido de Manette. Descemos pelo caminho que eu tinha tão alegremente subido no dia em que a encontrei; atravessamos o vale do Indre para chegar ao pequeno cemitério do Saché, pobre cemitério de aldeia, situado atrás da igreja, no alto de uma colina, e onde por humildade cristã ela quis ser enterrada com uma simples cruz de madeira preta, como uma pobre mulher do campo, como dissera. Quando, do meio do vale, avistei a igreja do vilarejo e a praça do cemitério, invadiu-me um arrepio convulso. Pobre de mim! Todos temos na vida um Gólgota onde deixamos nossos 33 primeiros anos recebendo um golpe de lança no coração, sentindo sobre nossa cabeça a coroa de espinhos que substitui a coroa de rosas: aquela colina devia ser para mim o monte das expiações. Éramos seguidos por um grupo imenso que acorrera para expressar a tristeza daquele vale em que ela enterrara no silêncio uma multidão de belas ações. Soubemos por Manette, sua confidente, que para socorrer os pobres ela economizava nas roupas, quando suas economias não bastavam. Eram crianças nuas que se vestiam, enxovais enviados, mães socorridas, sacos de trigo pagos aos moleiros no inverno para os velhos inválidos, uma vaca oferecida a um casal pobre; enfim, as obras da cristã, da mãe e da castelã, depois os dotes oferecidos para unir noivos que se amavam, e gratificações pagas a jovens em dificuldade, tocantes oferendas da mulher amorosa que dizia: *A felicidade dos outros é o consolo dos que não podem mais ser felizes*. Essas coisas contadas em todos os serões nos últimos três dias tinham engrossado a imensa multidão. Eu andava com Jacques e os dois padres, atrás do caixão. Seguindo o costume, nem Madeleine nem o conde estavam conosco, ficaram sozinhos em Clochegourde. Manette fez questão de ir.

– Pobre senhora! Pobre senhora! Ei-la feliz – ouvi várias vezes através de seus soluços.

Quando o cortejo saiu da estrada dos moinhos, houve um lamento unânime misturado a lágrimas, que parecia dar a entender que aquele vale chorava por sua alma. A igreja estava lotada. Depois do serviço, fomos ao cemitério onde ela devia ser enterrada perto da cruz. Quando ouvi as pedras e o cascalho da terra rolarem sobre o caixão, minha coragem me abandonou, cambaleei, pedi aos dois Martineau para me segurar, e levaram-me desfalecido até o castelo de Saché; os donos da casa me ofereceram polidamente um asilo, que aceitei. Confesso, não quis retornar para Clochegourde, repugnava-me encontrar-me em Frapesle, de onde podia ver o castelo de Henriette. Ali, estava perto dela. Fiquei alguns dias num quarto cujas janelas dão para aquele vale tranqüilo e solitário do qual falei com você. É uma vasta dobra de terreno ladeado por carvalhos duas vezes centenários, e onde na época das grandes chuvas corre uma torrente. Esse aspecto convinha à meditação severa e solene a que queria me entregar. Percebi que, durante todo o dia que seguiu a noite fatal, minha presença em Clochegourde seria inoportuna. O conde sentira violentas emoções com a morte de Henriette, mas esperava esse terrível acontecimento, e no fundo de seu pensamento havia certa prevenção que se assemelhava à indiferença. Percebi isso várias vezes, e quando a condessa prosternada me entregou aquela carta que eu não ousava abrir, quando falou de seu afeto por mim, aquele homem desconfiado não me lançou o olhar fulminante que eu esperava dele. As palavras de Henriette, atribuíra-as à excessiva delicadeza daquela consciência que ele sabia ser tão pura. Essa insensibilidade de egoísta era natural. As almas dessas duas criaturas não se haviam desposado mais do que seus corpos, jamais haviam tido essas comunicações constantes que reavivam os sentimentos, jamais tinham trocado pesares nem prazeres, esses laços tão fortes que nos quebram em mil pontos quando se rompem, porque tocaram em todas as nossas fibras, porque se prenderam nas dobras de nosso coração, ao mesmo tempo em que afagaram a alma que sancionava cada uma dessas ligações. A hostilidade de Madeleine fechava-me Clochegourde. Essa moça dura não estava disposta a transigir com seu ódio sobre o ataúde da mãe, e eu teria ficado horrivelmente constrangido entre o conde, que teria me falado dela, e a dona da casa, que teria me causado repugnâncias invencíveis. Ser assim ali onde, outrora, as próprias flores eram carinhosas, onde os degraus das escadarias eram eloqüentes, onde todas as minhas lembranças revestiam de poesia as sacadas, as beiradas, as balaustradas e os terraços, as árvores e os mirantes, ser odiado ali onde tudo me amava: eu não suportava esse pensamento. Assim, desde o início tomei minha decisão. Ai de mim! Tal era, portanto, o desfecho do mais vivo amor que algum dia atingiu o coração de um homem. Aos olhos dos estranhos, meu comportamento seria condenável, mas tinha a sanção de minha consciência. Eis como acabam os mais belos sentimentos e os maiores dramas da juventude. Partimos quase todos de manhã, como eu de Tours para Clochegourde, apoderando-nos do mundo, com o coração faminto de amor; depois, quando nossas riquezas passaram pelo crisol, quando nos misturamos aos homens e aos acontecimentos, tudo encolhe insensivelmente, encontramos pouco ouro entre muitas cinzas. Eis a vida! A vida tal como ela é: grandes pretensões, pequenas realidades. Meditei longamente sobre mim mesmo, perguntando-me o que ia fazer depois de um golpe que ceifava todas as minhas flores. Resolvi lançar-me na política e na ciência, nos sendeiros tortuosos da ambição, excluir de minha vida a mulher e ser um homem de Estado, frio e sem paixões, permanecer fiel à santa que tinha amado. Minhas meditações estendiam-se a perder de vista, enquanto meus olhos ficavam presos na magnífica tapeçaria dos carvalhos dourados, de copas severas, pés de bronze: perguntava-me se a virtude de Henriette não tinha sido ignorância, se eu era mesmo culpado de sua morte. Debatia-me em meio a meus remorsos. Enfim, numa suave tarde de outono, num dos últimos sorrisos do céu, tão belos na Touraine, li a carta que, seguindo sua recomendação, só deveria abrir depois de sua morte. Avalie minhas impressões ao lê-la!

CARTA DA SRA. DE MORTSAUF AO VISCONDE FÉLIX DE VANDENESSE

"Félix, amigo muito amado, devo agora lhe abrir meu coração, menos para lhe mostrar quanto o amo do que para lhe informar sobre a grandeza de suas obrigações, desvendando a profundidade e a gravidade das feridas que nele você abriu. No momento em que tombo, estafada pelas fadigas da viagem, esgotada pelos golpes recebidos durante o combate, felizmente a mulher está morta, só a mãe sobreviveu. Você vai ver, querido, como foi a causa primeira de meus males. Se mais tarde ofereci-me condescendente a seus golpes, hoje morro atingida pelo último ferimento que recebi, mas há infinita volúpia em se sentir ferida por quem amamos. Breve os sofrimentos me privarão sem dúvida de minha força, portanto aproveito os derradeiros clarões de minha inteligência para lhe suplicar de novo que substitua junto a meus filhos o coração de que você os terá privado. Se eu o amasse menos impor-lhe-ia esse encargo com autoridade, mas prefiro que o assuma por si mesmo, pelo efeito de um santo arrependimento, e também como uma continuação de seu amor: não foi o amor em nós constantemente misturado a meditações contritas e temores expiatórios? E, eu sei, continuamos a nos amar. Seu erro não é tão funesto para você senão pela repercussão que lhe dei dentro de mim. Não lhe disse que eu era ciumenta, de morrer de ciúme? Pois bem, estou morrendo. Console-se, porém: satisfizemos as leis humanas. A Igreja, por uma de suas vozes mais puras, disse-me que Deus seria indulgente com os que haviam imolado suas inclinações naturais a seus mandamentos. Portanto, meu amado, saiba tudo, pois não quero que ignore um só de meus pensamentos. O que confiarei a Deus em meus derradeiros momentos você também deve saber, você, o rei de meu coração, como ele é o rei do céu. Até aquela festa dada ao duque de Angoulême, a única a que assisti, o casamento tinha me deixado na ignorância que dá à alma das moças a beleza dos anjos. Eu era mãe, é verdade, mas o amor não havia me envolvido com seus prazeres permitidos. Como permaneci assim? Não sei nada; não sei tampouco por quais leis tudo em mim se modificou num instante. Lembra-se ainda hoje de seus beijos? Eles dominaram minha vida, sulcaram minha alma, o ardor de seu sangue despertou o ardor do meu, sua juventude penetrou minha juventude, seus desejos entraram em meu coração. Quando me levantei tão altiva, experimentei uma sensação para a qual não conheço palavra em nenhuma língua, pois as crianças ainda não encontraram palavra para expressar o casamento da luz e de seus olhos, nem o beijo da vida em seus lábios. Sim, era exatamente o som chegado no eco, a luz projetada nas trevas, o movimento dado ao universo, foi pelo menos tão rápido como essas coisas todas, mas muito mais bonito, pois era a vida da alma! Compreendi que existia no mundo algo desconhecido por mim, uma força mais bela que o pensamento, eram todos os pensamentos, todas as forças, todo um futuro numa emoção partilhada. Senti-me então apenas mãe pela metade. Ao cair sobre meu coração, essa paixão fulminante acendeu desejos que ali dormiam sem que eu soubesse, adivinhei de súbito tudo o que minha tia queria dizer quando me beijava na fronte exclamando: *'Pobre Henriette!'*. Ao voltar para Clochegourde na primavera, as primeiras folhas, o perfume das flores, as lindas nuvens brancas, o Indre, o céu, tudo me falava uma linguagem até então incompreendida e que devolvia à minha alma um pouco do movimento que você tinha atribuído a meus sentidos. Se esqueceu aqueles terríveis beijos, jamais consegui apagá-los de minha memória: morro por causa deles! Sim, desde então, toda vez que o vi você reanimava a marca desses beijos, eu me emocionava da cabeça aos pés com seu aspecto, só com o pressentimento de sua chegada. Nem o tempo, nem minha firme vontade conseguiram domar essa imperiosa volúpia. Perguntava-me involuntariamente: que devem ser os prazeres? Nossos olhares trocados, os beijos respeitosos que você depositava em minhas mãos, meu braço pousado sobre o seu, sua voz nos tons de ternura, enfim as menores coisas me revolviam tão violentamente que quase sempre se espalhava uma nuvem sobre meus olhos: o ruído dos sentidos revoltados enchia então meus ouvidos. Ah! Se nesses momentos em que eu redobrava de frieza você tivesse me tomado nos braços, eu teria morrido de felicidade. Às vezes desejei de você alguma violência, mas a prece expulsava prontamente esse mau pensamento. Seu nome proferido por meus filhos enchia meu coração com um sangue mais quente que logo corava meu rosto e eu armava ciladas para que minha pobre Madeleine o dissesse, de tanto que amava os frêmitos dessa sensação. Que lhe direi? Sua letra tinha um encanto, eu olhava para suas cartas como se contempla um retrato. Se desde aquele primeiro dia você já tinha conquistado um poder fatal sobre mim, entenderá, meu amigo, que ele se tornou infinito quando me foi dado ler sua alma. Que delícias inundaram-me ao achá-lo tão puro, tão completamente verdadeiro, dotado de qualidades tão belas, capaz de coisas tão grandes e já tão experimentado! Homem e menino, tímido e corajoso! Que alegria quando nos vi, a nós dois, santificados por sofrimentos comuns! Desde aquela noite em que nos confiamos um ao outro, perdê-lo para mim era morrer: assim, deixei-o perto de mim, por egoísmo. A certeza que teve o sr. de la Berge da morte que me causaria seu afastamento impressionou-o muito, pois ele lia em minha alma. Ele julgava que eu era necessária a meus filhos, ao conde: não me mandou fechar a entrada da casa a você, pois lhe prometi permanecer pura de ação e pensamento. 'O pensamento é involuntário' ele me disse, 'mas pode ser guardado no meio dos suplícios.' 'Se eu pensar' respondi, 'tudo estará perdido, salve-me de mim mesma. Faça com que ele fique perto de mim, e que eu permaneça pura!' 'Você pode amá-lo como se ama a um filho, destinando-lhe a sua filha', ele me disse. Aceitei corajosamente uma vida de sofrimentos para não perdê-lo, e sofri com amor vendo que estávamos atrelados ao mesmo jugo. Meu Deus! Mantive-me neutra, fiel a meu marido, não o deixando dar um só passo, Félix, no seu próprio reino. A grandeza de minhas paixões reagiu sobre minhas faculdades, olhei para os tormentos que o sr. de Mortsauf me infligia como sendo expiações, e tolerava-as com orgulho para insultar minhas inclinações culpadas. Antigamente, eu era dada a me queixar, mas desde que você ficou perto de mim recuperei alguma alegria, que fizeram certo bem ao sr. de Mortsauf. Sem essa força que você me emprestava, há muito tempo teria sucumbido à minha vida interior que lhe contei. Se você contribuiu muito para minhas faltas, contribuiu muito para o exercício de meus deveres. O mesmo se deu com meus filhos. Acreditava tê-los privado de alguma coisa, e temia nunca fazer bastante para eles. Minha vida foi, desde então, uma dor contínua que eu amava. Sentindo que era menos mãe, menos mulher honesta, o remorso alojou-se em meu coração, e, temendo faltar com minhas obrigações, quis constantemente ultrapassá-las. Para não fraquejar, pus então Madeleine entre mim e você, e destinei-os um ao outro, erguendo assim barreiras entre nós dois. Barreiras impotentes! Nada conseguia sufocar os frêmitos que você me causava. Ausente ou presente, você tinha a mesma força. Preferi Madeleine a Jacques, porque Madeleine devia ser sua. Mas não o cedia a minha filha sem combates. Pensava que tinha apenas 28 anos ao encontrá-lo, que você tinha quase 22, aproximava as distâncias, entregava-me a falsas esperanças. Ó, meu Deus, Félix, faço-lhe essas confissões a fim de poupá-lo de remorsos, talvez também a fim de lhe dizer que eu não era insensível, que nossos sofrimentos de amor eram cruelmente iguais, e que Arabelle não tinha nenhuma superioridade sobre mim. Eu também era uma dessas moças da raça decadente que os homens tanto amam. Houve um momento em que a luta foi tão terrível que eu chorava durante noites inteiras: meus cabelos caíam. Esses, que um dia lhe dei! Você se lembra da doença do sr. de Mortsauf. Na época, a sua grandeza de alma, longe de me elevar, diminuiu-me. Ai de mim! Desde esse dia eu queria me dar a você como uma recompensa devida a tanto heroísmo, mas essa loucura foi curta. Coloquei-a aos pés de Deus durante a missa à qual você se negou a assistir. A doença de Jacques e os sofrimentos de Madeleine pareceram-me ameaças de Deus, que puxava fortemente para si a ovelha desgarrada. Depois, seu amor tão natural por essa inglesa revelou-me segredos que eu mesma ignorava. Eu o amava mais do que acreditava amá-lo. Madeleine desapareceu. As constantes emoções de minha vida tempestuosa, os esforços que fazia para domar a mim mesma sem outro recurso além da religião, tudo preparou a doença da qual estou morrendo. Esse golpe terrível determinou as crises sobre as quais guardei silêncio. Via na morte o único desfecho possível dessa tragédia desconhecida. Houve toda uma vida arrebatada, ciumenta, furiosa, durante os dois meses que se passaram entre a notícia que minha mãe me deu sobre sua ligação com *Lady* Dudley e sua chegada. Eu queria ir a Paris, tinha sede de homicídio, desejava a morte dessa mulher, era insensível às carícias de meus filhos. A prece, que até então havia sido para mim como um bálsamo, não agiu sobre minha alma. O ciúme abriu a larga brecha por onde a morte entrou. Fiquei, contudo, com a fisionomia calma. Sim, essa temporada de combates foi um segredo entre mim e Deus. Quando soube que eu era amada tanto quanto eu mesma o amava e que só era traída pela natureza e não por seu pensamento, quis viver... e não havia mais tempo. Deus tinha me posto sob sua proteção, provavelmente tomado de piedade por uma criatura verdadeira consigo mesma, verdadeira com ele, e que seus sofrimentos muitas vezes levaram às portas do santuário. Meu bem-amado, Deus me julgou, o sr. de Mortsauf decerto me perdoará;

mas você será clemente? Escutará a voz que sai neste momento de meu túmulo? Reparará as desgraças das quais somos igualmente culpados, você talvez menos que eu? Sabe o que quero lhe pedir. Fique perto do sr. de Mortsauf como uma irmã de caridade fica perto de um doente, escute-o, ame-o, ninguém o amará. Interponha-se entre os filhos e ele, como eu fazia. Sua tarefa não será longa: breve Jacques sairá de casa e irá para Paris para perto do avô, e você me prometeu guiá-lo pelos escolhos deste mundo. Quanto a Madeleine, ela se casará; pudesse você um dia lhe agradar! Ela é igual a mim, e além disso é forte, tem essa vontade que me faltou, essa energia necessária à companheira de um homem cuja carreira o destina às tempestades da vida política, ela é perspicaz e penetrante. Se seus destinos se unissem, seria mais feliz do que foi sua mãe. Adquirindo assim o direito de continuar minha obra em Clochegourde, você eliminaria faltas que não foram expiadas o suficiente, ainda que perdoadas no céu e na terra, pois *ele* é generoso e me perdoará. Como vê, continuo a ser egoísta, mas não é a prova de um despótico amor? Quero ser amada por você através dos meus. Como não pude ser sua, lego-lhe meus pensamentos e meus deveres! Se você me amar demais a ponto de não poder me obedecer, se não quiser se casar com Madeleine, ao menos cuidará do repouso de minha alma tornando o sr. de Mortsauf tão feliz como possível.

Adeus, querido menino de meu coração, este é meu adeus em completa consciência, ainda cheio de vida, o adeus de uma alma em que você espalhou alegrias muito grandes para que possa ter o menor remorso da catástrofe que geraram; sirvo-me dessa expressão pensando que você me ama, pois estou chegando ao lugar do repouso, imolada ao dever, e, o que me faz tremer, não sem pesar! Deus saberá melhor do que eu se pratiquei suas santas leis segundo o espírito delas. Sem dúvida vacilei muitas vezes, mas não caí, e a mais poderosa desculpa para meus erros é a própria grandeza das seduções que me cercaram. O Senhor me verá igualmente trêmula como se eu tivesse sucumbido. Mais um adeus, um adeus semelhante àquele que dei ontem ao nosso belo vale, no seio do qual logo repousarei, e ao qual você virá com freqüência, não é?

HENRIETTE."

Caí num abismo de reflexões ao perceber as profundezas desconhecidas dessa vida então iluminada pela derradeira chama. As nuvens de meu egoísmo se dissiparam. Então ela tinha sofrido tanto quanto eu, mais que eu, pois estava morta. Ela acreditava que os outros deviam ser excelentes com seu amigo, ficara tão cega por seu amor que não desconfiara da inimizade de sua filha. Essa derradeira prova de sua ternura me fez muito mal. Pobre Henriette, que queria me dar Clochegourde e sua filha!

Natalie, desde esse dia para sempre terrível em que entrei pela primeira vez num cemitério acompanhando os despojos daquela nobre Henriette, que agora você conhece, o sol foi menos quente e luminoso, a noite foi mais escura, o movimento foi menos ágil, o pensamento foi menos pesado. Há pessoas que sepultamos na terra, mas há outras mais particularmente queridas que tiveram nosso coração como mortalha, cuja lembrança mistura-se todo dia a nossas palpitações; pensamos nelas como respiramos, estão em nós pela doce lei de uma metempsicose própria ao amor. Uma alma está em minha alma. Quando algum bem é feito por mim, quando uma bela palavra é dita, essa alma fala, age; tudo o que posso ter de bom emana desse túmulo, assim como de um lírio emanam os perfumes que embalsamam a atmosfera. O escárnio, o mal, tudo o que você censura em mim vem de mim mesmo. Agora, quando meus olhos forem obscurecidos por uma nuvem e virarem-se para o céu, depois de terem contemplado muito tempo a terra, quando minha boca for muda às suas palavras e aos seus cuidados, não me pergunte mais: *Em que pensa?*

Querida Natalie, parei de escrever por algum tempo, essas lembranças me emocionaram demais. Agora devo-lhe o relato dos acontecimentos que se seguiram a essa catástrofe, e que exigem poucas palavras. Quando uma vida só se compõe de ação e movimento, tudo é logo dito, mas quando se passou nas regiões mais elevadas da alma, sua história é difusa. A carta de Henriette fazia brilhar uma esperança diante de meus olhos. Nesse grande naufrágio, eu avistava uma ilha onde poderia abordar. Viver em Clochegourde junto de Madeleine, consagrando-lhe minha vida em que se satisfaziam todas as idéias que agitavam meu coração. Mas era preciso conhecer os verdadeiros pensamentos de Madeleine. Eu devia me despedir do conde. Portanto, fui a Clochegourde vê-lo e encontrei-o no terraço. Passeamos muito tempo. Primeiro, falou-me da condessa como homem que conhecia a extensão de sua perda, e todo o dano que ela causava à sua vida interior. Mas, depois do primeiro grito de dor, mostrou-se mais preocupado com o futuro que com o presente. Temia por sua filha, que, disse-me, não tinha a doçura da mãe. O caráter firme de Madeleine, em quem algo heróico misturava-se às qualidades graciosas da mãe, apavorava esse velho acostumado às ternuras de Henriette, e que pressentia uma vontade que nada conseguiria dobrar. Mas o que podia consolá-lo dessa perda irreparável era a certeza de juntar-se à sua mulher: as agitações e as tristezas daqueles últimos dias tinham agravado seu estado doentio e despertado as antigas dores; o combate que se preparava entre sua autoridade de pai e a de sua filha, que se tornava a dona da casa, iria fazê-lo terminar seus dias na amargura, pois, ali onde conseguira lutar com a mulher, deveria sempre ceder à filha. Aliás, seu filho partiria, sua filha se casaria; que genro teria? Embora falasse de morrer brevemente, sentia-se só, sem amizades ainda por muito tempo.

Durante essa hora em que só falou de si, pedindo-me minha amizade em nome de sua mulher, acabou de me desenhar por completo a grande figura do Emigrado, um dos tipos mais imponentes de nossa época. Na aparência era fraco e alquebrado, mas pelo visto a vida devia persistir nele, justamente por causa de seus costumes sóbrios e de suas ocupações campestres. No momento em que escrevo ele ainda vive. Embora Madeleine pudesse ter nos visto andando ao longo do terraço, não desceu; chegou à escadaria e entrou em casa várias vezes, a fim de me demonstrar seu desprezo. Aproveitei o momento em que ela foi até a escadaria, pedi ao conde que subisse ao castelo; precisava falar com Madeleine, dei a desculpa de uma última vontade que a condessa me confiara, não tinha outro momento para vê-la, o conde foi buscá-la e nos deixou a sós no terraço.

– Querida Madeleine – eu disse –, se devo lhe falar, não seria aqui, onde sua mãe me escutou quando teve de se queixar, menos de mim que dos acontecimentos da vida? Conheço seus pensamentos, mas você não me condena sem conhecer os fatos? A vida e minha felicidade estão ligadas a este local, você sabe, e deles você me expulsa pela frieza que faz suceder à amizade fraterna que nos unia e que a morte estreitou pelo laço de uma mesma dor. Querida Madeleine, você, por quem eu daria a vida neste instante, sem nenhuma esperança de recompensa, sem que nem sequer você soubesse, de tal forma amamos os filhos daquelas que nos protegeram na vida, você não ignora o projeto afagado por sua mãe adorável durante esses sete anos, e que sem dúvida modificaria seus sentimentos; mas não quero essas vantagens. Tudo o que lhe imploro é que não me prive do direito de vir respirar o ar deste terraço e esperar que o tempo tenha mudado suas idéias sobre a vida social; neste momento eu evitaria opor-me a elas, respeito uma dor que a perturba, pois até de mim mesmo ela retira a faculdade de julgar razoavelmente as circunstâncias em que me encontro. A santa que neste momento vela por nós aprovará a reserva em que me mantenho ao lhe implorar apenas que se conserve neutra entre seus sentimentos e eu. Apesar da aversão que você me demonstra, amo-a demais para explicar ao conde um plano que ele aceitaria com ardor. Seja livre. Mais tarde, pense que não conhecerá ninguém no mundo melhor do que me conhece, que nenhum homem terá no coração sentimentos mais devotados...

Até então Madeleine tinha me escutado cabisbaixa, mas interrompeu-me com um gesto.

– Senhor – disse com voz trêmula de emoção –, conheço também todos os seus pensamentos, mas não mudarei meus sentimentos a seu respeito, e preferiria me jogar no Indre a me ligar ao senhor. Não lhe falarei de mim, mas se o nome de minha mãe ainda conserva alguma força sobre si, é em nome dela que lhe peço que nunca mais venha a Clochegourde enquanto eu aqui estiver. Sua simples presença me causa uma perturbação que não consigo expressar, e que jamais superarei.

Cumprimentou-me com um movimento cheio de dignidade e subiu para Clochegourde, sem se virar, impassível como sua mãe fora um só dia, mas implacável. O olhar clarividente daquela moça tinha, embora tardiamente, tudo adivinhado no coração da mãe, e talvez seu ódio contra um homem que lhe parecia funesto tivesse se ampliado com mais tristezas ao perceber sua inocente cumplicidade. Ali tudo era abismo. Madeleine me odiava, sem querer se explicar se eu era a causa ou a vítima de suas desgraças: teria igualmente nos odiado, a sua mãe e a mim, se tivéssemos sido felizes. Assim, tudo estava destruído no belo edifício de minha felicidade. Só eu deveria saber por completo a vida daquela grande mulher desconhecida, só eu estava a par do segredo de seus sentimentos, só eu tinha percorrido sua alma em toda a sua extensão; nem sua mãe, nem seu pai, nem seu marido, nem seus filhos a tinham conhecido. Coisa estranha! Remexo nesse monte de cinzas e sinto prazer em exibi-las diante de você, todos nós podemos aí encontrar alguma coisa de nossos mais caros destinos. Quantas famílias têm também sua Henriette! Quantas nobres criaturas partem da terra sem ter encontrado um historiador inteligente que tenha sondado seus corações, que tenha avaliado sua profundidade e seu alcance! Isto é a vida humana em toda a sua verdade: volta e meia as mães conhecem os filhos tão pouco como os filhos as conhecem; o mesmo acontece com esposos, amantes e irmãos! Sabia eu que um dia, sobre o próprio caixão de meu pai, discutiria com Charles de Vandenesse, com meu irmão para cuja ascensão tanto contribuí? Meu Deus! Quantos ensinamentos na mais simples história. Quando Madeleine desapareceu pela porta da escadaria, voltei com o coração partido para me despedir de meus anfitriões, e fui para Paris seguindo a margem direita do Indre, pela qual tinha ido para aquele vale pela primeira vez. Atravessei, triste, o bonito vilarejo de Pont-de-Ruan. No entanto, eu era rico, a vida política me sorria, eu não era mais o andarilho cansado de 1814. Naquele tempo, meu coração estava cheio de desejos, hoje meus olhos estavam cheios de lágrimas; antigamente eu tinha que preencher minha vida, hoje a sentia deserta. Eu era bem jovem, tinha 29 anos, meu coração já estava murcho. Alguns anos bastaram para despojar aquela paisagem de sua primeira magnificência e para me desgostar da vida. Agora você pode compreender qual foi minha emoção quando, ao me virar, vi Madeleine no terraço.

Dominado por uma imperiosa tristeza, não mais pensava no fim de minha viagem. *Lady* Dudley estava bem longe de meu pensamento quando entrei em seu pátio sem nem perceber. Uma vez feita a bobagem, era preciso sustentá-la. Mantinha na casa dela hábitos conjugais, e subi triste pensando em todos os aborrecimentos de uma ruptura. Se você entendeu direito o temperamento e as maneiras de *Lady* Dudley, imaginará meu infortúnio quando seu mordomo me introduziu, em traje de viagem, num salão onde a encontrei pomposamente vestida, cercada de cinco pessoas. Lorde Dudley, um dos velhos homens de Estado mais respeitáveis da Inglaterra, mantinha-se em pé na frente da lareira, circunspecto, cheio de arrogância, frio, com o ar de escárnio que deve ter no Parlamento, e sorriu ao ouvir meu nome. Junto de Arabelle estavam seus dois filhos, que pareciam incrivelmente com De Marsay, um dos filhos naturais do velho lorde, e que ali estava, na conversadeira, perto da marquesa. Ao me ver, Arabelle logo fez um ar altivo, fixou seu olhar no meu boné de viagem, como se quisesse me perguntar a cada instante o que eu fora fazer em sua casa. Olhou-me de cima a baixo como faria com um fidalgo do campo que lhe fosse apresentado. Quanto à nossa intimidade, àquela paixão eterna, aos seus juramentos de morrer se eu deixasse de amá-la, àquela fantasmagoria de Armida,[94] tudo havia desaparecido como um sonho. Eu jamais tinha apertado sua mão, era um estrangeiro, ela não me conhecia. Apesar do sangue-frio diplomático ao qual começava a me acostumar, fiquei surpreso, e qualquer um em meu lugar não teria ficado menos. De Marsay sorria para suas botas, que examinava com uma afetação singular. Logo tomei meu partido. De qualquer outra mulher, teria modestamente aceitado uma derrota, mas, indignado ao ver de pé a heroína que queria morrer de amor, e que zombara da falecida, resolvi opor impertinência a impertinência. Ela conhecia o desastre de *Lady* Brandon: recordá-lo era lhe dar uma punhalada no coração, embora a arma devesse se embotar ao tocá-lo.

– A senhora – disse eu – me perdoará por ter entrado em sua casa tão grosseiramente quando souber que chego da Touraine e que *Lady* Brandon me encarregou de lhe dar um recado que não comporta nenhum atraso. Temia que tivesse partido para o Lancashire, mas, já que está em Paris, esperarei suas ordens e a hora em que se dignar a me receber.

Ela inclinou a cabeça e saí. Desde esse dia, só a reencontrei em sociedade, onde trocamos um cumprimento amical e, às vezes, um epigrama. Falo com ela das mulheres inconsoláveis do Lancashire, ela me fala das francesas que honram seu desespero com suas doenças de estômago. Graças a suas intrigas, tenho um inimigo mortal em De

---

94. Heroína sedutora de *Jerusalém libertada*, de Torquato Tasso, e que vive em um palácio encantador.

Marsay, de quem ela gosta muito. E, quanto a mim, digo que ela desposa as duas gerações. Assim, nada faltava a meu desastre. Segui o plano que tinha traçado durante meu retiro em Saché. Atirei-me no trabalho, ocupei-me de ciência, literatura e política, entrei para a diplomacia com o advento de Carlos X, que suprimiu o emprego que eu ocupava com o finado rei. Desde esse momento resolvi jamais prestar atenção em qualquer mulher por mais bela, mais espiritual, mais amorosa que fosse. Essa decisão me ajudou maravilhosamente: adquiri uma tranqüilidade de espírito inacreditável, uma grande força para o trabalho, e compreendi tudo o que essas mulheres dissipam de nossa vida acreditando nos pagarem por algumas palavras graciosas. Mas todas as minhas resoluções fracassaram: você sabe como, e por quê. Querida Natalie, ao lhe contar minha vida sem reserva e sem artifício, como a contaria a mim mesmo, ao lhe falar de sentimentos aos quais você era inteiramente alheia, talvez eu tenha machucado alguma dobra de seu coração ciumento e delicado; mas o que enfureceria uma mulher vulgar será para você, tenho certeza, uma nova razão de me amar. Perto das almas sofredoras e doentes, as mulheres de elite têm um papel sublime a representar, o da irmã de caridade que trata das feridas, o da mãe que perdoa a criança. Os artistas e os grandes poetas não são os únicos a sofrer: os homens que vivem por seus países, pelo futuro das nações, alargando o círculo de suas paixões e de seus pensamentos, muitas vezes criam para si mesmos uma solidão bem cruel. Precisam sentir a seu lado um amor puro e dedicado. Creia que eles compreendem a grandeza e o valor desse amor. Amanhã saberei se me enganei ao amá-la.

AO SENHOR CONDE FÉLIX DE VANDENESSE

"Caro amigo, você recebeu dessa pobre sra. de Mortsauf uma carta que, segundo diz, não lhe foi inútil para conduzi-lo na sociedade, carta à qual deve sua elevada posição. Permita-me completar sua educação. Por favor, desfaça-se de um hábito detestável; não imite as viúvas que falam sempre de seu primeiro marido, que sempre jogam na cara do segundo as virtudes do defunto. Sou francesa, caro conde, gostaria de me casar inteiramente com um homem que amasse, e na verdade não poderia me casar com a sra. de Mortsauf. Depois de ter lido o seu relato com a atenção que ele merece, e você sabe que interesse lhe dedico, pareceu-me que você aborreceu consideravelmente *Lady* Dudley ao lhe opor as perfeições da sra. de Mortsauf, e fez muito mal à condessa importunando-a com os recursos do amor inglês. Você não teve tato comigo, pobre criatura, que não tenho outro mérito além de lhe agradar; deu-me a entender que eu não o amava como Henriette, nem como Arabelle. Confesso minhas imperfeições, conheço-as, mas por que me fazê-las sentir tão rudemente? Sabe por quem me enchi de pena? Pela quarta mulher que você amará. Esta será necessariamente obrigada a lutar contra três pessoas; assim, devo precavê-lo, no seu interesse como no dela, contra o perigo de sua memória. Renuncio à glória laboriosa de amá-lo: precisaria de demasiadas qualidades católicas ou anglicanas, e não me agrada combater fantasmas. As virtudes da Virgem de Clochegourde desesperariam a mulher mais segura de si, e a sua intrépida amazona desencoraja os mais ousados desejos de felicidade. Por mais que faça, uma mulher jamais poderá proporcionar-lhe alegrias iguais à sua ambição. Nem o coração nem os sentidos jamais vencerão as suas recordações. Você esqueceu que muitas vezes montamos a cavalo. Não consegui reaquecer o sol que se esfriou com a morte de sua santa Henriette, você sentiria arrepio ao meu lado. Meu amigo, pois você sempre será meu amigo, evite recomeçar confidências semelhantes que põem a nu o seu desencanto, que desencorajam o amor e forçam uma mulher a duvidar de si mesma. O amor, querido conde, só vive de confiança. A mulher que, antes de dizer uma palavra, ou de montar a cavalo, pergunta-se se uma celeste Henriette falava melhor, se uma amazona como Arabelle exibia mais graças, essa mulher, tenha certeza, terá as pernas e a língua trêmulas. Você me deu vontade de receber alguns de seus buquês inebriantes, mas você não mais os compõe. Há assim uma multidão de coisas que não ousa mais fazer, pensamentos e prazeres que não podem mais renascer em você. Nenhuma mulher, saiba-o bem, quererá topar em seu coração com a morta que ali você guarda. Você me pede para amá-lo por caridade cristã. Posso fazer, confesso, uma infinidade de coisas por caridade, tudo, exceto o amor. Às vezes você é tediante e entedia, da à sua tristeza o nome de melancolia: que seja. Mas é insuportável e causa preocupações cruéis àquela que ama. Muitas vezes encontrei entre nós dois o túmulo da santa: consultei-me, conheço-me e não gostaria de morrer igual a ela. Se você cansou *Lady* Dudley, que é uma mulher extremamente distinta, eu, que não tenho os desejos furiosos dela, temo esfriar-me ainda mais depressa. Suprimamos o amor entre nós, já que você não pode mais provar sua felicidade senão com as mortas, e fiquemos amigos, é o que quero. Como, querido conde? Você teve como primeiro amor uma mulher adorável, uma amante perfeita, que sonhava com a sua fortuna, que lhe deu o pariato, que o amava com embriaguez, que só lhe pedia para ser fiel, e você a fez morrer de tristeza; não conheço nada mais monstruoso. Entre os mais ardorosos e os mais infelizes jovens que arrastam suas ambições pelas ruas de Paris, qual é aquele que não ficaria comportado durante dez anos para obter a metade dos favores que você não soube reconhecer? Quando se é amado assim, que mais se pode pedir? Pobre mulher! Sofreu muito, e depois de compor algumas frases sentimentais você se acredita quite com seu féretro. Eis provavelmente o pagamento que espera minha ternura por você. Obrigada, caro conde, não quero rival nem além nem aquém do túmulo. Quando se tem na consciência semelhantes crimes, pelo menos não se deve contá-los. Eu lhe fiz um pedido imprudente, estava no meu papel de mulher, de filha de Eva, o seu consistia em calcular o alcance da resposta. Era preciso me enganar; mais tarde, eu o agradeceria. Será então que jamais compreendeu a virtude dos homens que agradam às mulheres? Será que não sente como são generosos ao nos jurarem que nunca amaram, que amam pela primeira vez? Seu programa é inexequível. Ser ao mesmo tempo a sra. de Mortsauf e *Lady* Dudley, mas, meu amigo, não é querer juntar a água e o fogo? Então não conhece as mulheres? Elas são o que são, devem ter os defeitos de suas qualidades. Você encontrou *Lady* Dudley cedo demais para poder apreciá-la, e o mal que diz dela parece-me uma vingança de sua vaidade ferida; você compreendeu a sra. de Mortsauf tarde demais, puniu uma por não ser a outra. Que vai acontecer comigo, que não sou uma nem outra? Amo-o bastante para ter profundamente refletido em seu futuro, pois o amo realmente muito. Seu ar de Cavaleiro da Triste Figura sempre me interessou profundamente: eu acreditava na constância das pessoas melancólicas, mas ignorava que você tinha matado a mais bela e mais virtuosa das mulheres ao entrar na sociedade. Pois bem! Perguntei-me o que lhe resta fazer: pensei muito nisso. Creio, meu amigo, que você precisa se casar com uma sra. Shandy,[95] que nada saberá do amor, nem das paixões, que não se inquietará com *Lady* Dudley nem com a sra. de Mortsauf, muito indiferente a esses momentos de tédio que você chama melancolia, durante os quais você é divertido como a chuva, e que será para você essa excelente irmã de caridade que você pede. Quanto a amar, a estremecer diante de uma palavra, a saber esperar a felicidade, dá-la, recebê-la, sentir as mil tempestades da paixão, desposar as pequenas vaidades de uma mulher amada, meu caro conde, desista. Você seguiu bem demais os conselhos que seu bom anjo lhe deu sobre as jovens mulheres, evitou-as tão bem que não as conhece mais. A sra. de Mortsauf teve razão de colocá-lo bem alto desde o começo, todas as mulheres se teriam voltado contra você, que não teria chegado a nada. Agora é tarde demais para começar seus estudos, para aprender a nos dizer o que gostamos de ouvir, para ser grande quando for preciso, para adorar nossas pequenezas quando nos agrada sermos pe-

---

95. Personagem de *A vida e as opiniões do cavaleiro Tristram Shandy*, de Laurence Sterne (1713-1768). É uma boa esposa, mas limitada.

quenas. Não somos tão bobas como crê: quando amamos, colocamos o homem de nossa escolha acima de tudo. O que abala nossa fé em nossa superioridade abala nosso amor. Ao nos lisonjear, vocês mesmos se lisonjeiam. Se quiser permanecer na sociedade, desfrutar do convívio das mulheres, esconda delas com cuidado tudo o que me disse: elas não gostam de semear as flores de seu amor sobre rochedos, nem de prodigar suas carícias para medicar um coração doente. Todas as mulheres se dariam conta da aridez do seu coração, e você seria sempre infeliz. Bem poucas entre elas seriam bastante francas para lhe dizer o que lhe digo, e bastante generosas para abandoná-lo sem rancor, oferecendo-lhe sua amizade, como o faz hoje esta que se diz sua amiga dedicada,

NATALIE DE MANERVILLE."

Paris, outubro de 1835

# CRONOLOGIA

**1799** – 20 de maio: nasce em Tours, no interior da França, Honoré Balzac, segundo filho de Bernard-François Balzac (antes, Balssa) e Anne-Charlotte-Laure Sallambier (outros filhos seguirão: Laure, 1800, Laurence, 1802, e Henri-François, 1807).

**1807** – Aluno interno no Colégio dos Oratorianos, em Vendôme, onde ficará seis anos.

**1813-1816** – Estudos primários e secundários em Paris e Tours.

**1816** – Começa a trabalhar como auxiliar de tabelião e matricula-se na Faculdade de Direito.

**1819** – É reprovado num dos exames de bacharel. Decide tornar-se escritor. Nessa época, é muito influenciado pelo escritor escocês Walter Scott (1771-1832).

**1822** – Publicação dos cinco primeiros romances de Balzac, sob os pseudônimos de lorde R'Hoone e Horace de Saint-Aubin. Início da relação com madame de Berny (1777-1836).

**1823** – Colaboração jornalística com vários jornais, o que dura até 1833.

**1825** – Lança-se como editor. Torna-se amante da duquesa de Abrantès (1784-1838).

**1826** – Por meio de empréstimos, compra uma gráfica.

**1827** – Conhece o escritor Victor Hugo. Entra como sócio em uma fundição de tipos gráficos.

**1828** – Vende sua parte na gráfica e na fundição.

**1829** – Publicação do primeiro texto assinado com seu nome, *Le Dernier Chouan* ou *La Bretagne en 1800* (posteriormente *Os Chouans*), de "Honoré Balzac", e de *A fisiologia do casamento*, de autoria de "um jovem solteiro".

**1830** – *La Mode* publica *El Verdugo*, de "H. de Balzac". Demais obras em periódicos: *Estudo de mulher, O elixir da longa vida, Sarrasine* etc. Em livro: *Cenas da vida privada*, com contos.

**1831** – *A pele de onagro* e *Contos filosóficos* o consagram como romancista da moda. Início do relacionamento com a marquesa de Castries (1796-1861). *Os proscritos, A obra-prima desconhecida, Mestre Cornélius* etc.

**1832** – Recebe uma carta assinada por "A Estrangeira", na verdade Ève Hanska. Em periódicos: *Madame Firmiani, A mulher abandonada*. Em livro: *Contos jocosos*.

**1833** – Ligação secreta com Maria du Fresnay (1809-1892). Encontra madame Hanska pela primeira vez. Em periódicos: *Ferragus*, início de *A duquesa de Langeais, Teoria do caminhar, O médico de campanha*. Em livro: *Louis Lambert*. Publicação dos primeiros volumes (*Eugénie Grandet* e *O ilustre Gaudissart*) de *Études des moeurs au XIXème siècle*, que é dividido em "Cenas da vida privada", "Cenas da vida de província", "Cenas da vida parisiense": a pedra fundamental da futura *A comédia humana*.

**1834** – Consciente da unidade da sua obra, pensa em dividi-la em três partes: *Estudos de costumes, Estudos filosóficos* e *Estudos analíticos*. Passa a utilizar sistematicamente os mesmos personagens em vários romances. Em livro: *História dos treze* (menos o final de *A menina dos olhos de ouro*), *A busca do absoluto, A mulher de trinta anos*; primeiro volume de *Estudos filosóficos*.

**1835** – Encontra madame Hanska em Viena. Folhetim: *O pai Goriot, O lírio do vale* (início). Em livro: *O pai Goriot*, quarto volume de *Cenas da vida parisiense* (com o final de *A menina dos olhos de ouro*). Compra o jornal *La Chronique de Paris*.

**1836** – Inicia um relacionamento amoroso com "Louise", cuja identidade é desconhecida. Publica, em seu próprio jornal, *A missa do ateu, A interdição* etc. *La Chronique de Paris* entra em falência. Pela primeira vez na França um romance (*A solteirona*, de Balzac) é publicado em folhetins diários, no *La presse*. Em livro: *O lírio do vale*.

**1837** – Últimos volumes de *Études des moeurs au XIXème siècle* (contendo o início de *Ilusões perdidas*), *Estudos filosóficos, Facino Cane, César Birotteau* etc.

**1838** – Morre a duquesa de Abrantès. Folhetim: *O gabinete das antigüidades*. Em livro: *A casa de Nucingen*, início de *Esplendor e miséria das cortesãs*.

**1839** – Retira candidatura à Academia em favor de Victor Hugo, que não é eleito. Em folhetim: *Uma filha de Eva, O cura da aldeia, Beatriz* etc. Em livro: *Tratado dos excitantes modernos*.

**1840** – Completa-se a publicação de *Estudos filosóficos*, com *Os proscritos, Massimilla Doni* e *Seráfita*. Encontra o nome *A comédia humana* para sua obra.

**1841** – Acordo com os editores Furne, Hetzel, Dubochet e Paulin para publicação de suas obras completas sob o título *A comédia humana* (17 tomos, publicados de 1842 a 1848, mais um póstumo, em 1855). Em folhetim: *Um caso tenebroso, Ursule Mirouët, Memórias de duas jovens esposas, A falsa amante*.

**1842** – Folhetim: *Albert Savarus, Uma estréia na vida* etc. Saem os primeiros volumes de *A comédia humana*, com textos inteiramente revistos.

**1843** – Encontra madame Hanska em São Petersburgo. Em folhetim: *Honorine* e a parte final de *Ilusões perdidas*.

**1844** – Folhetim: *Modeste Mignon, Os camponeses* etc. Faz um *Catálogo das obras que conterá A comédia humana* (ao ser publicado, em 1845, prevê 137 obras, das quais 50 por fazer).

**1845** – Viaja com madame Hanska pela Europa. Em folhetim: a segunda parte de *Pequenas misérias da vida conjugal, O homem de negócios*. Em livro: *Outro estudo de mulher* etc.

**1846** – Em folhetim: terceira parte de *Esplendor e miséria das cortesãs, A prima Bette*. O editor Furne publica os últimos volumes de *A comédia humana*.

**1847** – Separa-se da sua governanta, Louise de Brugnol, por exigência de madame Hanska. Em testamento, lega a madame Hanska todos os seus bens e o manuscrito de *A comédia humana* (os exemplares da edição Furne corrigidos a mão por ele próprio). Simultaneamente em romance-folhetim: *O primo Pons, O deputado de Arcis*.

**1848** – Em Paris, assiste à revolução e à proclamação da Segunda República. Napoleão III é presidente. Primeiros sintomas de doença cardíaca. É publicado *Os parentes pobres*, o 17º volume de *A comédia humana*.

**1850** – 14 de março: Casa-se com madame Hanska. Os problemas de saúde se agravam. O casal volta a Paris. Diagnosticada uma peritonite. Morre a 18 de agosto. O caixão é carregado da igreja Saint-Philippe-du-Roule ao cemitério Père-Lachaise pelos escritores Victor Hugo e Alexandre Dumas, pelo crítico Sainte-Beuve e pelo ministro do Interior. Hugo pronuncia o elogio fúnebre.